SALVATORE BASILE

Der Junge, der ans Meer glaubte

Salvatore Basile

Der Junge, der ans Meer glaubte

Roman

Aus dem Italienischen
von Elvira Bittner

blanvalet

Die Originalausgabe erschien 2018 unter dem Titel
»La leggenda del ragazzo che credeva nel mare« bei Garzanti, Mailand.

Dieses Buch ist auch als E-Book erhältlich.

FSC www.fsc.org MIX Papier aus verantwortungsvollen Quellen FSC® C014889

Penguin Random House Verlagsgruppe FSC® N001967

1. Auflage

Redaktion: Angela Kuepper
Umschlaggestaltung: FAVORITBUERO, München
Umschlagmotiv: iStock.com/SaulHerrera; furoking300/Shutterstock.com
KW · Herstellung: sam
Satz: KompetenzCenter, Mönchengladbach
Druck und Bindung: Friedrich Pustet GmbH & Co. KG, Regensburg
Printed in Germany
ISBN 978-3-7645-0705-3

www.blanvalet.de

Für meine engsten Cousins und Cousinen

Schönheit ist nichts anderes als die Enthüllung einer gefallenen Dunkelheit und des Lichts, das daraus hervorging.

Alda Merini

»In jedem von uns leben zwei Wölfe. Der eine nährt sich von Hass und Eifersucht, Neid, Missgunst, der andere von Frieden, Liebe, Großzügigkeit und Mitgefühl. Tag für Tag bekämpfen sie sich gegenseitig.«

»Und welcher Wolf gewinnt?«

»Derjenige, den du am meisten fütterst.«

Eine alte Legende der Cherokee

In jener Nacht schien auch das Meer an der Decke aufgewühlt. Selbst die Zimmerwände vibrierten in einer seltsamen Unruhe. Der Mann betrachtete die Seesterne über seinem Kopf, die anders glitzerten als sonst.

Die Asteroiden.

Milena war es gewesen, von der er dieses schwierige Wort gelernt hatte. Sie hatte ihm auch erzählt, dass Seesterne einer alten Sage nach einfach vom Himmel ins Meer gefallene Sterne seien. Ein gefallener Stern für jedes Glück, das verloren war. Die Sage wollte es so, dass sie eines Tages in den Himmel zurückkehren und von dort herableuchten würden, allerdings erst, wenn es einem gelänge, ein verlorenes Glück aufs Neue zu ergreifen. Und zu erspüren, von welcher Beschaffenheit es war.

Milena wusste die Worte zu nutzen, sie las Bücher über Bücher. Und das schüchterte den Mann ein, da er doch nur ein Fischer war und mit Mühe und Not die Sprache des Meeres kannte, die Versprechen und Drohungen im Raunen der Wellen, die an den Flanken seines Bootes leckten und ihn vor einem heraufziehenden Sturm warnten oder ihn beruhigten, weil das Wetter milde blieb. Seesterne waren für ihn, bevor er Milena begegnete, nur kleine Wesen, die man wieder ins Wasser warf, wenn sie sich in den Netzen verfingen.

Sie heirateten am Meeresufer, unter den Sternen, den nicht gefallenen. Der Altar am Strand war in Mond- und Kerzenlicht getaucht. Und Milena war schön wie eine Musik, die ihn jedes Mal aufs Neue überraschte.

»Du bist wie eine Melodie, die ich auswendig weiß und doch immer wieder zum ersten Mal höre«, hatte er zu ihr gesagt, als er ihr den Ring an den Finger gesteckt hatte. Und alle hatten es gehört und sich gewundert, denn dies waren nicht die Worte eines Fischers, sondern die eines Dichters oder wenigstens eines Mannes, der studiert hatte. Sie wussten nicht, dass er durch Milenas Liebe alle Bücher der Welt in sich aufgesogen hatte.

Und dann, als Milena ihm gestand, dass sie schwanger war, sagte er nichts. Er blickte ihr einfach in die Augen, die die Farbe von Honig hatten, und machte dann kehrt und verließ das Haus. Er ging einen Stoff kaufen, den er ein paar Tage zuvor im Kurzwarengeschäft des Dorfes gesehen hatte. Er war dafür gemacht, im Dunkeln zu leuchten, genau wie die Sterne: Aus ihm wurden die Jacken und Anoraks der Leute geschneidert, die nachts im Straßenbau arbeiteten, damit sie nicht von einem Auto erfasst wurden. Er aber schnitt den Stoff in tausend Stücke, jedes in der Form eines Seesterns. Und die klebte er dann an die Decke des Zimmers, das ihrem kleinen Sohn oder ihrer kleinen Tochter gehören würde. Denn er hielt das Glück schon mit den Händen gepackt. Und darum war es richtig, dass alle Sterne aus dem Meer zurückkehrten in den Himmel.

An jenem Abend hatte er den Blick zu dieser Decke gerichtet. Und es schien ihm, dass die Sterne weniger leuchteten als sonst.

Als die Tür hinter ihm aufging, drehte er sich um, und jeder andere Gedanke war fort. Was er sah, war die junge Hebamme, die auf ihn zukam mit einem weißen Bündel in den Armen.

»Es ist ein Junge«, hörte er sie sagen, leise und verstohlen, als verriete sie ein Geheimnis.

Er nahm das Bündel in die Arme und blickte in die Augen des Neugeborenen, dessen Iris von unbestimmter Farbe war, tief und unerforschlich, wie das Meer in der Nacht.

»Angelo …«, murmelte er. Das war der Name, den sie für ihn ausgesucht hatten. Und wenn es ein Mädchen geworden wäre, hätte es Angela geheißen.

Dann streichelte er ihm übers Gesicht, schob das Tuch zur Seite, das ihn umhüllte, und entdeckte auf der Schulter des Jungen einen kleinen rötlichen Fleck in der Form eines Sternes.

»Ein Muttermal«, flüsterte die Hebamme.

Er nickte mit einem Lächeln und dachte an die langen Monate von Milenas Schwangerschaft. Die Müdigkeit, die er in ihrem Gesicht gelesen hatte. Seine Versuche, ihr beizustehen: »Was möchtest du essen? Soll ich dir vielleicht etwas kochen? Worauf hast du Lust?« Und sie, die lächelnd den Blick hob, zum Meeresboden, der an der Decke leuchtete, zu den Seesternen, ihrem Glück, das sie beide mit vollen Händen gepackt hielten.

»Mir genügt es schon, unsere Sterne anzusehen …«, hatte sie geantwortet.

»Es ist ein Seestern«, sagte der Mann wie zur Bestätigung und küsste Angelo auf die Stirn.

Erst jetzt merkte er, dass im Blick der Hebamme etwas Dunkles lag. Und er hörte das Geräusch der Welle, die aus dem Meer heranrollte. Sie brach sich an den Felsen und kündete von Schmerz.

»Milena hat es nicht geschafft.«

Nie würde er begreifen, ob es die Hebamme war, die zu ihm gesprochen hatte, oder das Meer.

Aber er begriff, warum die Sterne an der Decke heute Abend so trübe waren.

Er gab das Kind zurück, wie etwas, das ihm nicht mehr gehörte.

Nie wieder würde ihm etwas gehören, ohne Milena.

Weder der Himmel noch die Sterne noch das Meer.

Und vor allem nicht das Kind, das schon keinen Namen mehr hatte.

Erster Teil

I

Die Sprungleiter kam ihm vor wie ein Weg, der sich nach oben schraubte, ins Unbekannte. Marco musterte sie lange, bevor er sich endlich entschloss, sie hochzusteigen. Verstohlen sah er sich um, um sicherzugehen, dass er wirklich allein war. Das klare tiefblaue Wasser unter ihm lag in der Abendstille vollkommen ruhig in seinem Becken wie ein Spiegel, der das hohe Deckengewölbe reflektierte. Der Chlorgeruch stieg Marco in die Nase, intensiv wie am ersten Tag. Es war noch keine Woche vergangen, seit er das Schwimmbad zum ersten Mal betreten hatte, und schon hatte er sich an den penetranten Geruch gewöhnt, der an Reinlichkeit und Regeln denken ließ, an Arbeit, die mit penibler Sorgfalt zu erledigen war. Als er den Fuß auf die erste Leiterstufe stellte, beschloss er, nicht auf seine innere Stimme zu hören, die ihm zuraunte, es lieber zu lassen: Er war doch nur der Putzjunge, der Hilfsarbeiter, und die Sprungbretter waren für die Athleten reserviert, für die Sprungchampions, die die Olympiade im Blick hatten.

Nach zwölf Stufen hatte er das Drei-Meter-Brett erreicht. Er blieb am Anfang der flexiblen Holzplanke stehen, die Hände fest um die eisernen Treppengriffe gelegt, die nackten Füße auf dem Stahlgelenk. Seine Kleider waren in der Umkleide zurückgeblieben, und er trug nur einen dunklen Baumwollslip. Was hatte ihn hier heraufgeführt? Und wie ging es jetzt weiter? Er wusste, dass nicht einfach nur Neugier ihn getrieben hatte oder die Lust zu erfahren, wie es sich anfühlte, hier oben zu stehen. Es war auch nicht der Reiz, die Vorschriften zu missachten, welche ihm den Zugang zu den Sprungbrettern untersagten: Nur das Wartungspersonal durfte hier heraufsteigen, meist sehr früh am Morgen, bevor die Sportler kamen, oder auch am Abend. Dann wurde kontrolliert, ob alles in Ordnung war: ob die Bolzen richtig saßen, die die Holzbretter fixierten, ob die Elastizität des Bretts für den Impuls beim Absprung stimmte, ob es vielleicht notwendig war, ein rutschhemmendes Material anzubringen.

Er wusste schon, was ihn heraufgeführt hatte: Es war das Erlebnis, das er wenige Tage zuvor gehabt hatte.

Er war ein wenig zu früh zur Arbeit gekommen und wollte gleich ins Schwimmbad gehen, um dort mit dem Putzen zu beginnen. Doch er hatte die Schwimmhalle noch nicht betreten, als er schon das Aufklatschen eines Körpers hörte, dann das typische Beben des Wassers nach dem Untertauchen und schließlich das beruhigende Plätschern, das anzeigte, dass der Kopf wieder aus dem Wasser kam, wie von einer mysteriösen Kraft getrieben. Zögernd verharrte Marco an der Schwelle und hörte, wie zwei Leute miteinander tuschelten. Dann das Geräusch von Schritten. Nasse, leichte Füße auf dem Boden, das Lachen einer Frau, das sich mit der Stimme eines Mannes mischte: »Komm, Virginia, wir versuchen's noch mal …«

Als er durch die Tür in die Schwimmhalle lugte, sah er sie: ein junges Mädchen mit glatten blonden Haaren, blauen Katzenaugen und perfekt geschwungenen Wangenknochen unter der leicht gebräunten Haut. Er fühlte sich sofort unwiderstehlich zu ihr hingezogen, und es kam ihm so vor, als wäre sie aus einem immer wiederkehrenden Traum aufgetaucht, ihm so vertraut, als würde er sie längst kennen, auch wenn er sie in Wirklichkeit zum ersten Mal sah.

Das Mädchen namens Virginia stand unbeweglich auf dem Drei-Meter-Brett. Und auf dem Brett daneben, parallel zu dem ihren, stand ein junger Mann, groß und muskulös, mit kurzen braunen Haaren. Seine Augen schienen hinter zwei Schlitzen verborgen, schmal wie Klingen.

Marco stand wie angewurzelt und starrte die beiden jungen Sportler an, die wie zwei antike Statuen auf ihren Sprungbrettern posierten. In ihrer eng anliegenden, leuchtenden Badekleidung, die Blicke in stiller Konzentration nach vorn gerichtet, waren sie von entwaffnender Schönheit. Eine Hymne an das Leben. Die Konturen ihrer definierten Muskeln erschienen ihm von einer bewundernswerten Klarheit, und ihre Oberkörper, die sich unter der Atmung hoben und senkten, waren wie von einem leichten, rhythmischen Pulsieren durchwirkt.

Jetzt nickten Virginia und ihr Freund sich unmerklich zu, wie um eine Übereinkunft zu treffen, stellten sich dann auf die Fußspitzen und wagten sich langsam an den äußersten Rand der Planke vor. Vollkommen synchron setzten sie zu einem kleinen Hopser an, kamen gleich darauf in einer federnden Bewegung wieder auf dem biegsamen Holz auf und drückten sich abermals ab, zweimal hintereinander, als hätten sie nur einen einzigen Körper. Beim dritten Hopser kamen sie nicht mehr zurück, sondern stiegen wie zwei Pfeile empor, um sich einen Augenblick später, Irrlichtern gleich, in der Luft zu drehen. Zweimal kreiselten ihre Leiber blitzschnell um sich selbst, dann streckten sie sich wieder und stürzten als blinkende Schwerter ins Wasser.

Marco stand mit angehaltem Atem ins Dunkel gedrückt

und sah ihnen zu, als sie eine Reihe von weiteren Sprüngen vollführten. Sie waren so mit ihren Volten und Kapriolen beschäftigt, dass sie ihn gar nicht bemerkten, doch er selbst spürte, dass eine wachsende Unruhe von ihm Besitz ergriff. Es war nicht nur Neid, weil der junge Springer diese Momente mit Virginia teilte. Vielmehr war es, als hörte er einen Ruf von geheimnisvoller Kraft, der ihn magisch hinzog zu dieser Kunst, ins Leere zu springen und sich federleicht durch die Luft zu bewegen.

Irgendwann stieg der dunkelhaarige Junge allein auf das Sprungbrett, während das Mädchen unten stehen blieb, um ihm zuzuschauen. Am Rand des Bretts angekommen, drehte er sich mit dem Rücken zum Wasser und stellte sich aufrecht in Position. Marco entging es nicht, wie bewundernd Virginia zu ihrem Freund aufsah, und der schmerzhafte Stich, der ihn durchfuhr, mischte sich mit dem unwiderstehlichen Drang, selbst einen solchen Sprung zu wagen. Er ließ den Jungen nicht aus den Augen, als dieser nun die Lider schloss und die Arme hob, den Rücken leicht durchgebogen. Alles schien plötzlich stillzustehen in einem Augenblick gespannter Konzentration: Die blaue Wasseroberfläche lag unbewegt da, das dumpfe Keuchen der Belüftung und das Schwirren der Luftreiniger traten in den Hintergrund, und selbst die fernen Verkehrsgeräusche schienen zu verstummen wie in Erwartung eines Wunders …

Langsam hob sich der Springer auf die Zehenspitzen, um dann ganz leicht in die Knie zu gehen und sich mit einem plötzlichen Schwung nach hinten zu bugsieren. Staunend verfolgte Marco, wie er rückwärts um sich selbst kreiselte und dann wie ein Wirbelwind durch die Luft rotierte, ein-, zwei-, dreimal, wie ein Windrad aus purem Licht. In diesem Moment begriff er, dass ein solcher Sprung bedeutete, sich dem Leben rückhaltlos auszuliefern in der Gewissheit, aufgefangen zu werden. Nur jemand, der vor Selbstbewusstsein strotzte und fest mit der Bewunderung der anderen rechnete, konnte so springen. Es war genau das, was ihm in seinem eigenen Leben immer gefehlt hatte, in diesem unsteten Umherirren von einer Pflegefamilie zur nächsten, ohne Sicherheiten, ohne Wurzeln, aus denen er Kraft ziehen konnte, ohne Perspektive auf eine anständige Zukunft. Und als nun Virginia ihrem Freund applaudierte, voller Respekt, ja Verehrung, als sie leicht tänzelnd dazu von einem Bein aufs andere hüpfte, die Augen strahlend vor Begeisterung, da meinte Marco förmlich in sich zusammenzusacken. Er wünschte fast, nicht Zeuge dieser Vorführung gewesen zu sein, denn sie machte ihm deutlich, dass das Mädchen und er zwei völlig verschiedenen Welten angehörten, für immer getrennt von einer unüberbrückbaren Kluft, die ein Zusammenfinden unmöglich machte.

Und doch, trotz allem, übte diese andere Welt einen geheimnisvollen Zauber auf ihn aus. Schon hatte sich in seinem Kopf ein Gedanke festgesetzt, auch wenn er ihn zu unterdrücken suchte.

In den folgenden Tagen spürte Marco den immer drängenderen Wunsch, selbst auf das Sprungbrett zu steigen und zu springen. Er hatte keine Angst vor dem Wasser: Im Sommer badete er oft im Meer, ließ sich von den sanften Wellen schaukeln und sich Hitze und Schweiß vom Leib waschen. Doch auch wenn er immer gerne geschwommen war, hatte er vor diesem Abend den Akt des Springens nie als magisch empfunden. Er hatte sich das Schwimmen ganz allein beigebracht, bei den wenigen Gelegenheiten, als seine jeweiligen Pflegefamilien ihn ans Meer mitgenommen hatten.

Zunächst war er einfach mithilfe eines Schwimmreifens an der Wasseroberfläche gedümpelt und hatte sich dann, nach und nach, immer weiter aufs Meer hinaustreiben lassen. Dazu hatte er mit den Armen Schwimmbewegungen gemacht und mit den Beinen rhythmisch gestrampelt, um sich an der Wasseroberfläche zu halten. Und irgendwann war er tatsächlich geschwommen, hatte sogar den Kopf unter Wasser gesteckt und dort ausgeatmet, um dann mit kräftigen Armstößen wieder emporzutauchen.

Er war die ganze Zeit so mit seinen Gedanken beschäftigt, dass er während der Arbeit kaum bei der Sache war. Immer wieder ertappte er sich dabei, dass er so tat, als würde er putzen, obwohl er seinem Arbeitspensum heillos hinterherhinkte. Wie nicht anders zu erwarten, fing er sich dafür einen Rüffel von seinem Chef ein, und eines Abends, als dieser schon nach Hause gegangen und Marco allein im Schwimmbad zurückgeblieben war, fasste er spontan den Entschluss, den Sprungturm zu erklettern …

Oben angekommen, nahm er die Hände vom schützenden Geländer und tat ein paar Schritte nach vorn. Ein leichter Schwindel erfasste ihn, als er sich auf dem Brett, das immer schmaler zu werden schien, weiter vorantastete. Vom äußersten Rand aus wagte er einen Blick hinunter auf das klare blaue Wasser, durch das er sogar die weißen Fugen zwischen den blauen Kacheln am Beckenboden erkennen konnte. Er beugte leicht die Knie und deutete einen kleinen Hopser an, der die Planke unter seinen Füßen zum Vibrieren brachte und einen Ton hervorrief, der sich in der Stille wellenförmig ausbreitete. Ein weiterer Hopser, eine weitere Vibration, und plötzlich fühlte sich Marco wie durch ein Wunder von dem seltsamen Gefühl getragen, in vollkommener

Sicherheit zu sein. Er nahm einen kräftigen Atemzug und beschloss, dass der Moment zum Sprung gekommen war. Er würde es auf die allereinfachste Weise machen: sich nach oben abdrücken und dann hinunterspringen, aufrecht wie eine Spindel, die Beine zusammengepresst und mit den Füßen voraus. Er spürte, wie sein Herz kaum merklich schneller schlug, machte einen weiteren Hopser, um sich abzudrücken, und trat dann hinaus ins Leere ... Der Flug war nur kurz, und schon spürte er, wie seine Füße ins Wasser tauchten und er pfeilgerade in die Tiefe sank, nur um gleich darauf wieder nach oben zu steigen und mit einem lauten Schrei zurück an die Luft zu brechen.

Er schwamm zum Beckenrand und zog sich aus dem Wasser. Die Wassertropfen auf seiner Haut kamen ihm vor wie eine Schutzschicht, die ihn vor allen Gefahren bewahren würde.

Sofort kletterte er von Neuem die Leiter hoch. Diesmal würde er versuchen, einen Kopfsprung zu machen. Am Rand des Sprungbretts angekommen, schloss er die Augen und konzentrierte sich, um sich nochmals die Reihe von Bewegungen vor Augen zu halten, die er bei den anderen Springern gesehen hatte. Er hatte nicht vor, es ihnen nachzutun und akrobatische Übungen zu vollführen oder gar Purzelbäume zu schlagen. Noch nicht jedenfalls. Aber er wollte wenigstens versuchen, nicht völlig krumm und schief auf der Wasseroberfläche anzukommen.

Langsam breitete er die Arme aus und beugte sich nach vorn. Dann ging er leicht in die Knie und ließ sich vornüberfallen. Instinktiv verschränkten sich seine Hände, als wollten sie eine Pfeilspitze bilden, die unerschütterlich auf ihr Ziel zeigte.

Er spürte, wie er flog. Und im Flug schien ihm, dass die

Zeit stehen blieb. Plötzlich sah er den langen Korridor eines Waisenhauses vor sich, in dem er einmal gelebt hatte, und sich selbst als Kind, das ihn entlangrannte, dem Lärm des Silvesterfeuerwerks nach, das im nahen Dorf im Gange war. Durch die Fenster am Ende des Korridors konnte er sie schon sehen, die bunten, glitzernden Fontänen, die über den dunklen Himmel schossen und trotz aller Pracht doch nur das Glück der anderen Menschen beleuchteten.

Dann drang er sanft ins Wasser ein, wie eine Schwalbe, die in gemäßigtem Sturzflug auf ihr Nest zuhielt. Unwillkürlich riss er die Augen auf und sah den Beckengrund auf sich zukommen, und mit einem Ruck drehte er aus der Hüfte ab und vollführte eine Kehrtwende, die Arme an die Seiten gelegt, während er sich mit strampelnden Füßen nach oben drückte, ins Freie.

Wie lange hatte er wohl gedauert, dieser Sprung? Eine Sekunde vielleicht oder wenig mehr. Aber das Glücksgefühl, das er empfunden hatte, war ihm viel länger vorgekommen, als hätte sich sein Flug ins Unendliche ausgedehnt, bis er ihn sogar zu dem Feuerwerk seiner Kindheit geführt hatte.

Was war nur passiert? Woher kamen diese Gefühle?

Während er auf den Beckenrand zuschwamm, fiel ihm ein, dass er einmal gehört hatte, kurz vor dem Tod spule sich im Schnelldurchlauf das ganze Leben vor dem inneren Auge ab, als durchlebte man nochmals alle wichtigen Momente. Marco hatte den Eindruck, als wäre ihm gerade etwas Ähnliches passiert. Und ihm war klar geworden, was sein sehnlichster Wunsch war: so bald wie möglich wieder zu springen, und dann wieder und immer wieder.

Er wollte gerade aus dem Becken steigen, als er das Geräusch von Schritten hörte. Das musste der Wachmann sein, der soeben seine Schicht angetreten hatte. Marco verharrte bewegungslos und hielt den Atem an. Wenn man ihn um diese Zeit im Schwimmbecken entdeckte, riskierte er nichts Geringeres, als seinen Arbeitsplatz zu verlieren.

Die Schritte kamen näher: Der Mann würde sicher gleich in der Schwimmhalle ankommen.

Marco holte tief Luft und tauchte unter.

Von dort unten drangen alle Außengeräusche nur gedämpft an sein Ohr. Doch er konnte immer noch die Schritte des Wachmanns hören, der die Anlage inspizierte. Als ihm langsam die Luft ausging, drückte er immer wieder ein wenig Luft aus der Lunge, die in Form von zahllosen Bläschen an die Wasseroberfläche stieg. Als er gerade auftauchen wollte, hörte er das Klicken des Generalschalters, und das Schwimmbad fiel ins Dunkel. Marco wartete noch einen Moment, bis die Schritte des Wachmanns sich entfernten, um dann endlich aufzutauchen und gierig die Luft in die Lunge zu saugen.

Jetzt war er nur noch von Dunkel und Stille umgeben. Er streckte sich auf dem Wasser aus wie auf einem Teppich, die Arme ausgebreitet, das Gesicht zur Decke gewandt, und ließ sich noch ein Weilchen auf der Oberfläche treiben. Dann schwamm er zum Beckenrand und zog sich hoch, ängstlich darauf bedacht, nur ja kein Geräusch zu machen. Das sanfte Licht des Mondes half ihm, sich an das Dunkel zu gewöhnen, und so konnte er bald die Umrisse des Deckengewölbes, des Sprungturms und der Holzbänke an der Wand ausmachen.

Er schlich beinahe lautlos in den Umkleideraum zurück, fand seine Kleider, trocknete sich mit den Papiertüchern ab, die er sonst zum Polieren der Fliesen benutzte, und zog sich hastig an.

Dann stahl er sich hinaus wie ein Dieb.

2

Als er die Sporthalle verließ, nieselte ein feiner Sommerregen auf die Stadt. Die Gehsteige waren schon mit Wassertropfen gesprenkelt, die sich auf dem dunklen Grau des Straßenbelags verliefen und wegen der Hitze, die der Asphalt den Tag über aufgenommen hatte, schnell verdampften. Es war kaum Verkehr, da die Leute entweder in ihren Häusern oder in den Restaurants beim Abendessen saßen. Später würden sie dann wieder auf die Straßen strömen und die Bars bevölkern, die Kioske am Flussufer oder die Musikkneipen, die bis spät in der Nacht geöffnet hatten.

Marco fröstelte plötzlich, als er an der Bushaltestelle ankam, mit noch nassen Haaren und feuchten, nach Chlor riechenden Kleidern. Neben ihm stand ein knutschendes Liebespaar im Schutz des orangefarbenen Schutzdachs. Die beiden blickten kurz auf, als er sich zu ihnen gesellte. Marco empfand bei ihrem Anblick eine Mischung aus Neid und Bewunderung, denn sie waren auffallend gut gekleidet und strahlten die natürliche Eleganz von Menschen aus, die noch nie Geldsorgen gekannt hatten. Wieder kam ihm Virginia in den Sinn. Auch sie gehörte zu dieser Art von Menschen, auch sie war es gewohnt, ohne eigenes Zutun alles zu bekommen, was sie haben wollte, auch sie paradierte ganz selbstverständlich auf einem Teppich, den das Leben durch das Vorrecht ihrer Geburt vor ihr ausgebreitet hatte.

Ich dagegen habe schon mein ganzes Leben für alles

kämpfen müssen …, dachte er. Und oft genug habe ich mich abgerackert, ohne dass auch nur das geringste bisschen dabei herausgekommen ist.

Schnell flüchtete er sich in die Erinnerung an das erfrischende Wasser im Schwimmbad und spürte wieder, wie er nach dem Sprung an die Oberfläche getaucht war und nach Luft geschnappt hatte. Dieser Moment des Atemholens kam ihm plötzlich vor wie ein Versuch, sich sein Leben zurückzuholen, fast wie bei einer Wiedergeburt. Wenn er doch nur die Möglichkeit hätte, ernsthaft zu trainieren, wenn er das Geld hätte, um sich in diesem oder einem anderen Schwimmbad in einen Springkurs einzuschreiben, wenn es ihm gelingen könnte, ein echter Profispringer zu werden, wer weiß, dann gäbe es vielleicht sogar die Hoffnung, dass Virginia sich für ihn interessierte …

Die Ankunft des Busses riss ihn aus seinen Gedanken. Er stieg mit einem kleinen Hüpfer ein und ging ganz nach hinten, um wie üblich auf der Rückbank Platz zu nehmen. Dort blickte er aus dem Fenster auf die Stadt, die an ihm vorüberzog. Mit der Zeit wurden die hellen Leuchtreklamen der Geschäfte im Zentrum spärlicher, und das Bild wurde immer mehr dominiert von den heruntergekommenen Wolkenkratzern der Peripherie. Der Bus füllte sich mit Menschen, die nach einem langen Arbeitstag nach Hause fuhren, Menschen mit müden, abgespannten Gesichtern und abgetragenen, ausgeleierten Klamotten, die sie wahrscheinlich auf den Märkten ihres Stadtviertels gekauft hatten.

Die Schlaglöcher auf den Straßen waren inzwischen mit grauem Regenwasser vollgelaufen.

Das ist mein Leben … jedenfalls im Moment, dachte Marco, während der Bus sich immer weiter zu den Rändern der Stadt bewegte, ins Niemandsland.

Die Wohnung war sehr klein, nur zwei möblierte Zimmer mit Kochecke und einem winzigen Bad, in dem die Dusche förmlich am Waschbecken klebte. Sie lag im Souterrain und war über eine Treppe erreichbar, die neben dem Aufzug in die Tiefe führte. Wer sie hinunterging, wurde leicht von dem Gefühl beschlichen, in eine andere, dunklere Dimension hinabzusteigen.

Na, das ist ja auch so eine Art Sprung in die Tiefe, dachte Marco jetzt mit einem ironischen Lächeln, als er unten ankam.

Schon am ersten Abend, als er mit den Freunden aus seinem alten Viertel auf sein neues Leben angestoßen hatte, war ihm klar geworden, dass die Einsamkeit ihm Angst machte. Er war daher froh, dass Aldo, ein alter Bekannter, sich das Apartment mit ihm teilte.

»Mensch, Marco, was für ein Glück!«, sagte Gigi damals zu ihm, während er einen Joint drehte und die Bierflasche kreisen ließ. »Du hast einen Job gefunden, ein Zimmer in einer Wohnung mit dieser Arschgeige Aldo … und da ist keiner, der euch auf den Sack geht. Das Leben liegt dir zu Füßen, was willst du noch mehr?«

Marco antwortete nicht, sondern nahm einen großen Schluck aus der Flasche und verzog das Gesicht bei dem bitteren Geschmack des lauwarmen Biers. Der kleine Platz, wo sie sich oft am Abend trafen, mit dem vertrockneten Gärtchen und den rostigen Eisenbänken, war ihm inmitten der umstehenden Betonburgen immer vorgekommen wie vom Himmel gefallen, als wäre er das letzte Bollwerk eines romantischen Widerstands gegen den städtischen Niedergang. Um zehn Uhr abends war er üblicherweise schon in Dunkelheit getaucht, und nur der Schein der laufenden Fernseher hinter den Fenstern machte den wenigen Straßenlampen mit ihrem trüben Licht Konkurrenz. Um diese Uhrzeit fuhr auch kein Auto mehr vorbei, denn in dieses Viertel begab man sich einzig und allein in der Absicht, nach einem Arbeitstag nach Hause zu kommen – jedenfalls, wenn man das Glück hatte, eine Arbeit zu haben.

»Wir kommen dich dann besuchen, versprochen!«

»Fährt denn überhaupt ein Bus dorthin, wo du wohnst?«

»Na, er zieht ja nicht nach Patagonien … und wir wohnen ja auch nicht gerade im Zentrum.«

»Ja, aber es ist echt in der Pampa … Er kann ja froh sein, dass er ein Zimmer gefunden hat, aber leider ist es nun mal am Arsch der Welt.«

»Na ja, wenn du es Zimmer nennen willst … Eher wohl eine Art Abstellkammer.«

»Haha, stimmt. Mädchen braucht ihr euch in dieses Loch jedenfalls nicht einzuladen …«

Marco hatte an jenem Abend über die Kommentare der Freunde nur gutmütig gegrinst, und gleichzeitig war es ihm vorgekommen, als würden ihre Gesichter sich jetzt schon auflösen, geschluckt werden von einer Gegenwart, die die Vergangenheit ablöste. Er hatte weiter mit ihnen geplaudert und gekifft und auf ihre Witze und Sticheleien reagiert, aber im Grunde seines Herzens war ihm klar gewesen, dass sie bald ins Reich der Erinnerung abdriften würden. Er hatte sie schon längst verloren, genau wie die anderen Freunde, die er gefunden hatte, genau wie die Familien, die ihn aufgenommen und denen er sich anzupassen versucht hatte, genau wie die anderen Leben, die ihm fremd geblieben waren.

Mit zwei großen Reisetaschen, die alles enthielten, was er besaß, war er dann später in den Nachtbus gestiegen. Zuvor hatte er sich noch flüchtig von Saverio und seiner Frau verabschiedet, seinen letzten Pflegeeltern, mit ihren drei Kindern, von denen er sich kurzzeitig eingebildet hatte, sie könnten ihm vielleicht zu Geschwistern werden. Die Frau hatte geweint, als sie ihn umarmt hatte, und an diese Tränen hatte er sich verzweifelt geklammert und sich eingeredet, dass sie vielleicht doch ein Fünkchen Zuneigung für ihn empfunden hatte.

Aber dann waren fast zwei Monate vergangen, und er hatte sie nicht wiedergesehen und nicht mal mehr von ihnen gehört. Mit den anderen Pflegefamilien war es nicht anders gewesen, als hätten sie ihn im selben Moment aus ihrem Leben gestrichen, als er ihre Häuser verlassen hatte.

An der Wohnungstür angekommen, steckte er den Schlüssel ins Schloss und wollte aufsperren, bemerkte aber plötzlich einen dunklen Schatten, der sich im Kellergeschoss in eine Ecke duckte. Marco wich erschrocken zurück, als der Schatten sich nun auch noch bedrohlich auf ihn zubewegte.

Bin ich schneller, wenn ich weglaufe oder wenn ich in die Wohnung schlüpfe und die Tür hinter mir zuschlage?, dachte er blitzartig. Doch gerade als er die Flucht ergreifen wollte, merkte er, dass es nur Aldo war, der ihn schallend auslachte.

»Du schaust ja ganz schön bescheuert aus der Wäsche. Hab ich dir etwa Angst gemacht?«

Marco fluchte leise, atmete aber gleichzeitig erleichtert auf, als sein Freund mit dem schiefen Grinsen und den leicht gelblichen Schneidezähnen ins Licht trat.

»Wieso lauerst du mir denn auf, verdammt?«, fragte er verärgert und machte sich nun endlich daran, die Tür aufzuschließen.

»Ich hab schon wieder den Schlüssel in der Wohnung vergessen … Aber wenigstens hab ich die Zeit genutzt und eine strategische Runde gemacht«, erwiderte Aldo und hielt ihm zwei volle Tüten vor die Nase, die nach Pizza und Frittenfett dufteten. Die »strategische Runde« bestand darin, die Imbissläden im Viertel wenige Minuten vor Geschäftsschluss abzuklappern, wenn die übrigen Pizzastücke, Kroketten und Reisbällchen nicht mehr verkauft werden konnten. Sehr oft wurden sie dann zu einem Spottpreis verscherbelt, und wenn man Glück hatte, bekam man sie sogar geschenkt.

»Der Typ mit dem Schnurrbart hat mir fast eine halbe Schippe Capricciosa und drei frittierte Stockfischfilets geschenkt, das ist doch was, oder?«, frohlockte Aldo, während er sich hinter Marco in die Wohnung schob. »Und bei der Scancarella habe ich auch noch zwei Stück Margherita und eine Handvoll Kroketten erwischt, die sind zwar kalt, aber wir können sie uns ja aufwärmen. Hast du Bier gekauft?«

Marco deutete auf den kleinen Kühlschrank unter dem Spülbecken, und Aldo stürzte darauf zu und riss ihn auf.

»Ich hab's heute früh besorgt … Übrigens müssen wir schon wieder die Gemeinschaftskasse auffüllen«, sagte Marco, während er sich auf ein kleines, mit Flicken besetztes Sofa fallen ließ.

Aldo hatte schon zwei Bierdosen geöffnet, setzte sich jetzt neben ihn und ließ den Blick durch den Raum schweifen.

»Ach, aber weißt du … eigentlich geht es uns doch gar nicht schlecht hier, für das, was wir zahlen«, meinte er mit selbstzufriedener Miene. »Und jetzt, wo wir uns die Miete teilen, ist es für mich auch leichter …«

Marco sah ihn an und grinste.

»Glück gehabt«, kommentierte er mit ironischem Unterton.

Dann machte er sich daran, in den Tüten zu wühlen, die Aldo mitgebracht hatte.

»Aber das sind doch gar keine Stockfischfilets da in der Panade … das sind Zucchiniblüten!«

»War ja klar, dass irgendein Beschiss dabei sein musste«, gab Aldo zurück. »Aber solange es nichts kostet …«

Dann stand er auf und deckte den Tisch.

»Hör mal, Marco, ich muss dich was fragen …«

Im Nu waren die Pizzen und die frittierten Köstlichkeiten verputzt, und jetzt waren sie dabei, das letzte Bier zu leeren, am Küchentisch sitzend, mit der Stimme von Demi Lovato im Hintergrund, die gerade »Stone Cold« sang. Marco wandte sich erwartungsvoll Aldo zu, der ein wenig verlegen dreinsah.

»Schieß los …«

Sein Freund zögerte noch einen Moment und platzte dann heraus: »Hast du was dagegen, wenn ich mich mit Lorena treffe?«

Marco sah ihn überrascht an. Lorena war ein Mädchen, mit dem er ein paar Monate zuvor ein kurzes Intermezzo gehabt hatte.

»Nein, kein Problem«, gab er zurück.

»Wirklich?«

»Wirklich.«

Aldo atmete erleichtert auf, stand dann von seinem Stuhl am Tisch auf und wechselte auf das Sofa.

»Es war mir aber wichtig, dich zu fragen. Ich wollte nicht, dass du dich hintergangen fühlst.«

Marco nickte verlegen.

»Na ja … Ehrlich gesagt, fahre ich inzwischen sowieso auf eine andere ab«, entfuhr es ihm dann.

Aldo beugte sich überrascht auf dem Sofa vor.

»Echt? Und wer ist das? Kenne ich sie?«

Marco zuckte die Schultern, als wollte er die Sache herunterspielen.

»Nicht so wichtig … Es ist eine, die ins Schwimmbad zum Springen kommt«, erwiderte er.

»Toll! Du hast sie also in deinem neuen Job kennengelernt?«, wollte Aldo interessiert wissend.

Marco nickte und stieß einen Seufzer aus.

»Also, kennengelernt ist ein bisschen übertrieben … Bisher kenne ich sie nur vom Sehen, nicht mehr. Aber sie kommt regelmäßig ins Schwimmbad. Das ist ja das Problem«, fügte er betrübt hinzu.

»Was meinst du denn damit?«

»Ich meine damit, dass ich da nichts anderes als der Kloputzer bin. Und sie ist allermindestens die Tochter von einem Minister oder so. Du solltest sie mal sehen …«, gab Marco zurück.

»Ist sie sexy?«, fragte Aldo, nun noch interessierter.

»Ob sie sexy ist?«, erwiderte Marco und verdrehte die Augen. »Die Frau ist so schön, das kannst du dir nicht mal vorstellen … Und sie hat wirklich Klasse, da kommt unsereins wahrscheinlich sowieso nicht ran.«

Aldo hatte es vor Überraschung die Sprache verschlagen.

»Ob sie sexy ist …«, wiederholte Marco, in einem Ton, als bezichtige er Aldo der Ketzerei, »… echt, das glaubt man doch nicht.«

»Mhm, mir scheint, diesmal hat's dich wirklich erwischt«, kommentierte Aldo. »Wie wird das erst sein, wenn du mal mit ihr redest.«

»Ach, ich rede ja nicht mit ihr«, gab Marco zurück.

Er trank den letzten Schluck Bier und schloss die Augen.

Seine Gedanken schweiften ab, und er sah wieder das Rechteck des Schwimmbeckens zu seinen Füßen. Er versuchte, das Glücksgefühl zurückzuholen, das er während des Sprungs empfunden hatte, die Mischung aus Euphorie und tiefem Frieden, die ihn überraschend überkommen hatte und die eine ganz unerwartete Entdeckung für ihn gewesen war.

»Aldo«, flüsterte er mit geschlossenen Augen.

»Was ist? Denkst du immer noch an die Tochter vom Minister?«

»Ich weiß ja gar nicht, wer ihr Vater ist. Aber nein, ich habe nicht an sie gedacht …«

»Und woran dann?«

»Hast du mal einen Moment gehabt in deinem Leben … einen Moment, in dem du gedacht hast: Scheiße, jetzt bin ich genau der, der ich immer sein wollte?«

»Meinst du, wenn ich normal bin oder nach einem Joint?«

Marco grinste.

»So was passiert uns sowieso nicht, Marco. Das ist es, was ich denke, fuhr Aldo fort, nun ernst geworden. »Wir bleiben besser mit den Füßen auf dem Boden der Realität.«

Marco nickte stumm. Wieder sah er das Blau des Wassers unter sich. Dann begann das rechteckige Becken vor seinem inneren Auge eine andere Form anzunehmen: Die Ecken wurden rund und buchteten sich zu einem langen Oval aus, das sich immer weiter auseinanderzog und sich schließlich teilte, bis zwei leuchtend blaue Spiegel daraus geworden waren. Plötzlich begriff er, dass die beiden Spiegel in Wirklichkeit Virginias Augen waren. Und mit einem Sprung, der nicht enden wollte, stürzte er sich hinein und merkte gar nicht, dass ihn der Schlaf übermannte.

3

Unvorhersehbare Ereignisse, wie der Name schon sagt, kündigen sich nicht an, noch gibt es irgendwelche Vorzeichen, die uns helfen könnten, auf sie vorbereitet zu sein. Man wacht einfach morgens auf in der Überzeugung, einen ganz normalen Tag mit den üblichen Verpflichtungen vor sich zu haben, und stattdessen steht uns etwas bevor, was den Lauf unseres Lebens verändern wird, zum Guten oder zum Schlechten.

An jenem Morgen stand Marco auf wie immer, und wie immer hatte er das Gefühl, sich in fremdem Territorium zu befinden. Das ging ihm täglich so, seit er in der neuen Wohnung lebte, und er kannte es auch schon von all den anderen Malen, als er gezwungen gewesen war, die Pflegefamilie zu wechseln, mit der Folge, dass er sich immer wieder an neue Wohnungen gewöhnen musste. Er wusste, dass das Gefühl mit der Zeit verschwinden würde. Er brauchte nur Geduld, musste ausharren und warten.

Beim Aufwachen war der Gedanke an Virginia in weite Ferne gerückt, und er verspürte auch nicht mehr den verzweifelten Wunsch, ein tollkühner Springer zu werden. Das Gefühl, dass die Zeit bei seinem Sturz nach unten innegehalten habe, kam ihm nun seltsam unwirklich vor. Als er unter der Dusche stand und sich einseifte, gelangte er immer mehr zu der Überzeugung, dass er einer naiven Illusion aufgesessen war und dass der Wunschtraum, mit dem er kurz geliebäugelt hatte, sich beim Zusammentreffen mit der Wirklichkeit in nichts aufgelöst hatte. Im Grunde hatte Aldo recht: Es war viel besser, mit den Füßen auf dem Boden zu bleiben und sich innerhalb der Realitäten zu bewegen, die für sie machbar waren.

Nach dem Frühstück verließ er das Haus und verbrachte den Großteil des Tages damit, zu Fuß umherzustreifen und die Zeit totzuschlagen, bis er seine Schicht im Schwimmbad antreten musste. Mittags setzte er sich auf eine Parkbank und verzehrte im Schatten der Bäume ein Sandwich, das er mit einem Bier hinunterspülte. Am frühen Nachmittag überkam ihn ein seltsames Gefühl der Erleichterung, das wohl daraus entsprang, sich in der schützenden Anonymität der Großstadt zu verlieren und als Fremder unter Fremden unbekannte Gegenden zu durchstreifen. Es war, als löse sich sein eigenes Leben im Leben der anderen Menschen auf, bis es kaum mehr zu erkennen war, ein winziger Punkt, der sich irgendwann im Nichts verlor.

Er lief, bis die Sonne unterging, und kam dann etwas zu früh in der Sporthalle an, wo der Mann, der für die Wartung des Schwimmbads verantwortlich war, schon nach ihm Ausschau hielt. Die Umkleideräume und die ganze Anlage waren menschenleer, und Marco stellte erleichtert fest, dass auch Virginia und die anderen Springer schon nach Hause gegangen waren. So war er nicht versucht, sie heimlich zu beobachten oder zu belauschen, sondern konnte sich sofort entschlossen an die Arbeit machen. Ohne den gespielten Übereifer vom Abend zuvor an den Tag zu legen, verwendete er viel Aufmerksamkeit auf die Reinigung der Bäder und Duschen, denn er war bestrebt, seine Arbeit gut zu machen. Später nach Feierabend würde er sich dann mit Aldo und den anderen Freunden treffen, um zusammen etwas zu trinken oder vielleicht den einen oder anderen Joint zu rauchen. Dann würde er nach Hause gehen und sofort einschlafen, ohne noch irgendeinen Gedanken an Dinge zu verschwenden, die für ihn sowieso nicht infrage kamen.

Als Marco dabei war, die Damenumkleide zu reinigen, stach ihm ein plötzliches Glitzern in die Augen, das aus einer Ecke zwischen der Holzbank und den Metallspinden zu kommen schien. Er legte den Putzlappen zur Seite und ging auf die Stelle zu, und als er sich hinunterbeugte, entdeckte er tatsächlich einen Ring auf dem Boden. Er hob ihn auf und stellte nach eingehender Betrachtung fest, dass er aus purem Gold war, auch wenn das Glitzern eher von dem Stein zu kommen schien, der in seiner Fassung steckte: ein schimmernder Brillant in der Form eines facettierten Dreiecks.

Wer weiß, wie viel das Ding wert ist?, fragte sich Marco mit klopfendem Herzen, während er den Ring zwischen den Fingern drehte. Wenn er ihn einstecken und verkaufen würde, hätte er wahrscheinlich eine Zeit lang all seine Geldprobleme gelöst … Er sah sich verstohlen um: Die Versuchung, den Ring in seiner Tasche verschwinden zu lassen, war groß, mindestens so groß wie die Furcht, entdeckt zu werden und später Unannehmlichkeiten zu bekommen. Er hatte noch nie in seinem Leben etwas gestohlen – jedenfalls, wenn man die kleinen Klauereien mit seinen Freunden nicht als Diebstahl betrachtete. Sie hatten sich im Supermarkt immer mal wieder eine Flasche Wodka oder Bier in die Jackentasche gesteckt, und natürlich waren sie mit Bus oder Metro regelmäßig schwarzgefahren: alles in allem Lappalien, die nicht der Rede wert waren.

Nach allem, was ich mitgemacht habe, hätte ich eine kleine Entschädigung wirklich verdient, ging es ihm durch den Kopf, und er beschloss, den Ring mitzunehmen. Er hatte ihn gerade in die Tasche gesteckt, als der Wartungsmann hereinkam.

»Ach, Marco, da bist du ja …«

Marco zuckte erschrocken zusammen und fuhr schnell herum. Instinktiv hatte er die Hand sofort aus der Tasche gezogen, aber es kam ihm so vor, als würde der Brillantring fest gegen seinen Oberschenkel drücken. Er hatte Angst, auf frischer Tat ertappt worden zu sein, und überspielte das leichte Zittern seiner Hände damit, dass er hastig den Putzlappen wieder aufnahm, ohne den Mann dabei auch nur einen Moment aus den Augen zu lassen.

»Ich bin so gut wie fertig«, stammelte er mit einer Stimme, in der die Anspannung mitschwang.

»Ja, keine Sorge. Ich wollte dir nur sagen, dass ich heute Abend früher Schluss machen muss. Die Verwandtschaft kommt zum Abendessen. Du kannst dir ja vorstellen, wie stressig das ist.«

Marco atmete erleichtert auf und setzte ein mitfühlendes Grinsen auf.

»Gib mir noch zehn Minuten, dann kannst du hier dichtmachen«, versicherte er dem Mann und begab sich wieder an die Arbeit.

»Ist gar nicht nötig, nimm dir Zeit«, beruhigte der Mann ihn wieder. »Gleich kommt der Wächter, der wird später sowieso alles ausschalten …«

»In Ordnung«, gab Marco zurück und fuhr dann schweigend fort, die Bänke zu polieren.

Schon nach kurzer Zeit war er mit seiner Arbeit fertig. Er verließ die Umkleideräume und stellte die Putzsachen zurück an ihren Platz. Er konnte es gar nicht erwarten, sich auf den Nachhauseweg zu machen, denn der Ring in seiner Tasche lastete schwer auf seinem Gewissen, und er hatte Sorge, doch noch entdeckt zu werden. Eilig hastete er den Flur entlang und weiter zum Schwimmbad, das er durchqueren musste.

Die Schwimmhalle lag in völliger Stille da, und das Wasser im Becken war so unbeweglich, dass es an einen strahlend klaren Himmel erinnerte. Marco ging zügig Richtung Ausgang in der Absicht, dort auf den Wachmann zu warten. Doch plötzlich veranlasste ihn etwas, das er selbst nicht erklären konnte, stehen zu bleiben. Er schloss die Augen, um sich nicht beirren zu lassen, doch als er sie wieder öffnete, schweifte sein Blick ganz von selbst zu den Sprungbrettern, die unbeweglich ins Leere ragten. Es kam ihm auch jetzt wieder so vor, als forderten sie ihn heraus. Er vergaß den Ring in seiner Tasche, vergaß die Dringlichkeit, das Gebäude zu verlassen, hörte nichts anderes mehr als den lautlosen Ruf dieser Bretter. Und er sagte sich, dass es ihn trösten würde, sie auszuprobieren, nach all der Einsamkeit und Verlorenheit, die er den ganzen Tag über empfunden hatte. Es war diesmal nicht die Hoffnung, in einer imaginären Zukunft von dem blonden Mädchen bemerkt zu werden, sondern ein ganz persönliches Bedürfnis, das ihn antrieb, ein Ruf, den er sich zwar nicht erklären konnte, aber dem er dennoch folgen musste.

Er bemerkte die plötzliche Kälte kaum, als er nun hastig Schuhe und Strümpfe, Hose und T-Shirt auszog, auf den Sprungturm zuging und die Leiter hinaufstieg.

Mit jeder Stufe kam es ihm so vor, als fühle er sich leichter und als blieben all seine Ängste und Sorgen hinter ihm zurück, ähnlich wie bei seiner Busfahrt durch die Stadt die

Straßen und Häuser an ihm vorbeigezogen waren. Nachdem er die auf drei Metern gelegene Ebene erreicht hatte, ging er auf die Mitteltreppe zu, die zu der Zehn-Meter-Plattform hinaufführte. Er wagte zunächst nicht, sie weiter emporzusteigen, doch als er den Blick zu der weißen Kuppeldecke hob, kam ihm diese vor wie ein Himmel, dem er mit aller Macht entgegenstrebte. Er fasste sich ein Herz, griff nach dem Metallhandlauf und stieg weiter hinauf, bis er die höchste Position erreicht hatte.

Die rechteckige Zehn-Meter-Plattform war fest in den Sprungturm eingebaut, und unter seinen Füßen spürte er den kalten Beton, der mit feinem Gummi ummantelt war. Ohne weiter darüber nachzudenken, stieg er nun auf das Sprungbrett und wagte sich langsam weiter vor bis zum Rand.

Unter seinen Augen tat sich ein Abgrund auf, dem zu widerstehen ihm unmöglich war. Zehn Meter Flug durch die Luft, zehn Meter rauschhafte Trunkenheit, ging es ihm durch den Kopf, während er mit den Füßen ein weiteres Stück nach vorn rückte und sich dann auf die Zehenspitzen hob. Verwundert stellte er fest, dass er weder Schwindel noch Angst empfand, sondern sich vielmehr vollkommen leicht und heiter fühlte. Die Aussicht auf den Sprung erfüllte ihn mit einer tiefen inneren Zufriedenheit, und es schien ihm, dass sein ganzes Leben, alles, was er bisher erlebt hatte, den einzigen Zweck gehabt hatte, ihn genau hierher zu führen, zu diesem Augenblick, auf dieses Sprungbrett, zehn Meter über dem Erdboden.

Er verbannte jeden anderen Gedanken aus seinem Kopf, als er jetzt die Knie beugte, um sich an den Absprung zu machen, mit heftig schlagendem Herzen und stockendem Atem. Es war, als würden Raum und Zeit plötzlich auf wundersame Weise an Schärfe gewinnen und als würden ihn unsichtbare Fäden mit der Decke über seinem Kopf, dem Wasser zu seinen Füßen, den vier Wänden, die ihn umgaben, und der Plattform unter dem Sprungbrett verbinden und so seine Bewegungen steuern. Er musste gar nicht selbst entscheiden, wann er sich wie ins Wasser stürzen wollte: Es war, als wäre der Sprung bereits getan und als müsste er nur noch eine schon vorhandene Flugbahn nachzeichnen, so wie er mit einem Bleistift die Linien einer bereits existierenden Skizze nachfahren würde. Ganz unvermittelt spürte er, wie seine Muskeln und Sehnen sich anspannten und ihn nach oben katapultierten, sodass er sich plötzlich im luftleeren Raum befand. Instinktiv führte er die Knie zur Brust und zog den Kopf ein, presste die gebeugten Beine an den Oberkörper und krümmte sich zu einem menschlichen Ball, der nun durch die Luft zu rotieren begann.

Der erste Überschlag ließ ihn den Geschmack von Schokolade schmecken und eröffnete den Blick auf drei Kinder, an deren Namen er sich nicht erinnern konnte. Eine Tafel Milchschokolade, die sie sich zu viert teilten, im Heim. Sie hatten sie bei der Essensausgabe in der Kantine geklaut und aßen sie nun heimlich, in der Garage mit den Lieferwagen versteckt, während draußen der Schnee vom Himmel fiel wie frische, cremige Sahne …

Der zweite Überschlag stürzte ihn in einen Abschied. Er war acht Jahre alt und weinte, und da war die kalte Hand der Sozialarbeiterin, die ihn eine schmale Straße entlang zu einem Auto führte, das schon auf ihn wartete. Als sie an einem Kornfeld vorbeifuhren, sah er durch die Fensterscheibe die Ähren, die sich im Wind beugten, als wollten sie ihm nachwinken …

Der dritte Überschlag drückte ihm den ersten Kuss auf den Mund. Ein dunkler Hauseingang und der Geruch nach Schimmel und Essen, der aus den Wohnungen kam. Und das Mädchen, das auf den Aufzug zulief, sich plötzlich noch einmal umwandte und ihm zulächelte, wie um zu bestätigen, dass alles wirklich geschehen war. Die Gewissheit einer blutjungen Liebe, die nie enden würde und doch nach zwei Wochen schon wieder vorbei war, ohne eine Erklärung …

Er löste den Griff um die Knie und ließ die Beine frei, die sich blitzschnell streckten, während seine Handflächen sich vereinten. Mit dem Kopf voraus flog er weiter nach unten, die Augen geöffnet, um das blaue Nass, dem er entgegenstrebte, nicht aus dem Blick zu lassen. Die letzten drei Meter seines Flugs führten ihn zu den Häusern der verschiedenen Familien, die ihn in Pflege gehabt hatten, und im Schnelldurchlauf blickte er durch ein Fenster auf eine vielbefahrene, mit Schlaglöchern und Teerflicken übersäte Straße, durchlief einen engen Flur mit einem alten, wackligen Schuhschrank und roch ein muffeliges, schweißnasses Bettlaken.

Dann stach er ins Wasser wie in einen Moment der reinen Freude, die ihn für allen durchlittenen Schmerz entschädigte. Er tauchte hinunter bis zum Beckenboden, betastete ihn sogar mit den Händen, machte gleich wieder kehrt und schwang sich nach oben, wo er mit dem Kopf durch die Wasseroberfläche brach und wie in einem stummen Schrei den Mund aufriss, um seine Lunge mit Sauerstoff zu füllen.

Erst als ihm jemand leise Beifall klatschte, merkte er, dass er nicht allein war.

Virginia hatte kurz vor seinem Sprung die Schwimmhalle betreten. Sie war überrascht, als sie den Jungen auf dem

Sprungturm bemerkte, und blieb neugierig stehen, um ihm heimlich zuzuschauen. Er war zwar schlank und gut proportioniert, aber zu schmächtig, um ein trainierter Athlet zu sein. Auch war seine Haltung vor dem Sprung nicht wirklich korrekt, denn er bog den Rücken zu wenig durch, und seine kräftigen Beine waren zu wenig elastisch. Als er in die Knie ging, um sich abzudrücken, hätte sie ihn beinahe davor gewarnt zu springen. Sie befürchtete, er könnte bei einem so unprofessionellen Herangehen und von dieser Höhe aus einen schmerzhaften Bauchklatscher machen oder sich gar ernsthaft verletzen. Aber dann fing er sich in der Luft ganz unerwartet und drehte sich mit einer Anmut um sich selbst, wie sie es zuvor nur wenige Male gesehen hatte. Die drei Überschläge erstaunten und berührten sie, denn sie schienen einer seltsamen Harmonie zu folgen, als wäre es ihm gelungen, in der Luft langsamer zu werden und die Schwerkraft außer Kraft zu setzen, wie um in seinem ureigenen Rhythmus zu tanzen. Auch machte es sie sprachlos, wie er dann mit der Präzision eines fallenden Lots ins Wasser tauchte, fast ohne einen Spritzer, wie eine Klinge, die geradewegs aus dem Himmel in weiche Butter stürzte.

Während er vom Boden wieder nach oben tauchte, war sie an den Beckenrand getreten und hatte spontan Beifall geklatscht …

Marco erstarrte bei ihrem Anblick. Während sie ihm immer noch zulächelte und weiter in die Hände klatschte, fürchtete er, dass ihr Beifall nur ironisch gemeint war. Sein wahnwitziger Traum, eines Tages mit einem perfekten Sprung ihre Bewunderung zu erlangen, hatte sich urplötzlich in einen Albtraum verwandelt. Er schwamm auf den Beckenrand zu und suchte währenddessen fieberhaft nach einer Erklärung, was er hier im Schwimmbad überhaupt zu suchen hatte, denn er konnte nicht darauf vertrauen, dass sie ihn nicht verraten und bei der Schwimmbadleitung anzeigen würde. Als er an der Leiter angekommen war und sich gerade aus dem Wasser ziehen wollte, fiel ihm zu allem Überfluss auch noch ein, dass er nur seinen groben, ausgeleierten Baumwollslip trug. Er wünschte sehnsüchtig, sich in Luft aufzulösen und einfach zu verschwinden – oder wenigstens ungesehen zu seinen rettenden Kleidern zu gelangen, doch stattdessen baute Virginia sich vor ihm auf und wartete auf ihn.

»Wie lange trainierst du schon?«, fragte sie ihn und musterte seine grünen Augen und die braunen Haare, die an den Schläfen rasiert und oben auf dem Kopf zu einer Bürste geschnitten waren.

»Nein, ich … Entschuldige, ich weiß, dass ich das Schwimmbad nicht benutzen darf, aber …«

»Das ist mir doch egal, davon rede ich gar nicht«, antwortete sie. »Willst du mir nicht verraten, seit wann du trainierst? Kommst du von einem anderen Verein?«

»Nein, ich, also eigentlich … ich …«

Das Mädchen sah ihn jetzt noch aufmerksamer an.

»Warte mal … Ach, bist du nicht der Typ, der hier sauber macht? Ich habe dich doch schon gesehen«, stellte sie dann noch überraschter fest.

Marco nickte mit einem Seufzer.

»Hör mal, verrat mich bitte nicht, sonst riskier ich, dass …«

»Mann, glaubst du, ich spioniere hier herum?«, unterbrach sie ihn, und in ihrer Stimme schwang ein komplizenhafter Unterton mit, der Marco gefiel.

»Danke«, sagte er erleichtert, während er das untrügliche

Gefühl hatte, in die Untiefen von Virginias Augen gesogen zu werden.

»Keine Ursache. Aber nun mal ehrlich: Es ist schon klar, dass so ein Sprung in keinem Wettbewerb akzeptiert werden würde, aber sagst du mir trotzdem, wie du das gerade angestellt hast? Wer hat dir das beigebracht? Wer ist dein Trainer?«

Marco hielt ihrem Blick stand und beschloss, ihr die Wahrheit zu sagen.

»Also ehrlich gesagt … Es ist heute erst das zweite Mal in meinem Leben, dass ich überhaupt von einem Brett springe. Wer soll mich denn schon trainieren, der Typ von der Security vielleicht?«

Sie stieß ein kristallklares Gelächter aus, das jedoch gleich wieder erstarb und einem Ausdruck ungläubigen Erstaunens Platz machte.

»Willst du damit sagen, dass du ein blutiger Anfänger bist?«

»Na ja, eigentlich schon. Ich hatte einfach Lust, auf den Turm zu steigen und es auszuprobieren. Weil ich ein paarmal zugesehen habe, wie du gesprungen bist … also, du und die anderen. Das hat mir so gefallen, dass ich es auch versuchen wollte … Ich hab mir gar nichts dabei gedacht«, log Marco.

»Das kann ich dir einfach nicht glauben!«, rief das Mädchen aus und schüttelte den Kopf. »Ist dir klar, dass es Leute gibt, die nach jahrelanger Übung nicht ansatzweise in der Lage wären, das zu tun, was du da gerade getan hast? Drei perfekte Überschläge … fast perfekt jedenfalls … Und dann hast du auch noch ein unglaubliches Gespür für das Wasser! Du bist mit dem perfekten Timing eingetaucht.«

»Gespür für das Wasser?«, fragte Marco völlig perplex.

»Ja, das ist eine Sache, die man eigentlich erst mit der Zeit lernt. Wie soll ich dir das erklären? Du hast es einfach im Gefühl, wie lange der Sprung dauern wird, und du spürst das Wasser, das näher kommt, und dann nimmst du intuitiv die richtige Position vor dem Eintauchen ein … Also, wenn du das einfach so kannst, dann ist das … na ja, eine wahnsinnige Gabe! Meine Güte, was bist du denn für einer?«

Marco antwortete nicht, sondern stand wie angewurzelt da und fröstelte, nicht nur wegen der Kälte, sondern auch vor Aufregung. Er konnte es noch immer nicht glauben, sich ausgerechnet dem Mädchen gegenüberzusehen, das ihn vom ersten Moment an völlig fasziniert hatte, und noch dazu einfach so mit ihm zu sprechen, als wäre das die natürlichste Sache der Welt.

»Jetzt zieh dich aber erst mal an … du zitterst ja vor Kälte«, sagte sie mitfühlend, auch wenn sie keine Ahnung hatte, worauf sein Zittern eigentlich zurückzuführen war.

Marco lief schnell zu seinen Kleidern und wollte nach seiner Hose greifen, um eilig hineinzuschlüpfen.

»Jetzt warte doch mal!«, hörte er Virginia hinter sich rufen.

Er drehte sich zu ihr um und sah zu, wie sie zu einer Wand ging, an der mehrere Bademäntel hingen. Sie nahm einen davon herunter und brachte ihn Marco.

»Willst du dich nicht erst mal abtrocknen?«

Marco nahm den Bademantel und streifte ihn über.

»Danke.«

»Ich heiße Virginia«, sagte sie und hielt ihm die Hand hin.

»Marco …«, erwiderte er und ergriff die Hand.

»Hör mal, Marco, da fällt mir noch was anderes ein …

Ich vermisse einen Ring und glaube, dass ich ihn in der Umkleide verloren habe. Du hast ihn nicht zufällig gefunden?«

Marco wurde bleich. Nervös blickte er auf seine Hose, die vor ihm auf der Bank lag.

»Es ist ein kleiner Goldring mit einem dreieckigen Diamanten darin. Mein Vater hat ihn mir zum Geburtstag geschenkt, und wenn ich ihn verliere, dann ist er beleidigt und lässt mir keine Ruhe mehr. Du weißt schon, ›Pass doch besser auf‹ und die ganze Leier ...«

Marco hätte sich am liebsten in ein Mauseloch verkrochen, aber gleichzeitig bemerkte er sehr wohl, dass Virginia kein Wort über den Wert des Rings verlor, so als hätte der für sie gar keine Bedeutung.

Die schwimmt im Geld ... genau wie ich gedacht hatte, schoss es ihm durch den Kopf. Bis auf die Vorhaltungen ihres Vaters würde es ihr überhaupt nichts ausmachen, wenn sie den Ring nicht wiederbekäme, und dann konnte er genauso gut abstreiten, ihn gefunden zu haben, und ihn stattdessen verkaufen, um sich ein wenig Geld dazuzuverdienen. Doch die Tatsache, dass sie ihm gegenüberstand, änderte das Ganze grundlegend: Es wäre ihm relativ leichtgefallen, einen zufällig gefundenen Ring einzustecken, aber da er nun auch noch die Eigentümerin kannte, wäre er sich wie ein ausgemachter Dieb vorgekommen.

Er beschloss also, den Ring zurückzugeben.

Aber wie sollte er das am besten anstellen? Sollte er ihr einfach beichten, dass er den Ring an sich genommen hatte, vielleicht in der Absicht, ihn später dem Wachmann zu übergeben? Und wenn Virginia ihm nicht glaubte? Wenn ihr dadurch der Verdacht käme, dass er eigentlich die Absicht gehabt hatte, ihn zu behalten? Das würde auf jeden

Fall ein schlechtes Licht auf ihn werfen, und mit der Möglichkeit, sie besser kennenzulernen und sich vielleicht sogar mit ihr anzufreunden, wäre es dann gleich wieder vorbei. Doch er hatte eine andere Idee.

»Warte mal, wir gehen gleich nachsehen … ich begleite dich«, sagte er hastig und zog den Bademantel aus, um seine eigenen Kleider überzustreifen.

Während sie sich gemeinsam auf den Weg zu den Umkleideräumen machten, überlegte er fieberhaft, wie genau er es anstellen sollte.

Virginia ging entschlossen auf die Spinde zu, als sie wenig später die Damenumkleide betraten.

»Wenn ich ihn hier verloren habe, müsste er ja vielleicht im Spind sein«, sagte sie, kramte in ihrem Rucksack und zog einen Schlüsselbund hervor.

Während sie den Spind aufschloss, inspizierte Marco den Boden, scheinbar intensiv mit der Suche nach dem Ring beschäftigt. Virginia hatte ihm den Rücken zugedreht und durchwühlte ihren Spind, der mit Duschcremeflakons und jeder Menge anderem Krimskrams vollgepackt war. Marco nutzte die Gelegenheit und zog den Ring aus der Tasche, beugte sich hinunter und ließ ihn unter eine Bank gleiten. Anschließend richtete er sich wieder auf und trat ein Stück zurück.

»Könnte er vielleicht dort sein?«, sagte er laut.

Virginia drehte sich zu Marco um, der auf die Stelle deutete, wo er den Ring hatte fallen lassen. Dann machte er zwei Schritte darauf zu, beugte sich erneut hinunter, und als er wieder nach oben kam, hatte er tatsächlich den Ring in der Hand und hielt ihn Virginia hin, die vor Glück strahlte.

»Ja, das ist er! Gott sei Dank …«, rief sie ganz begeistert aus, bevor sie den Ring von Marco entgegennahm und ihn sich an den Finger steckte.

»Du hast mir echt das Leben gerettet«, versicherte sie ihm mit einem tiefen Seufzer der Erleichterung. »Ich weiß gar nicht, wie ich dir dafür danken soll!«

»Ach, ist doch gar nicht der Rede wert«, erwiderte Marco mit einem Schulterzucken, um die Sache herunterzuspielen. Er war froh und erleichtert, die richtige Entscheidung getroffen zu haben, und auch, dass alles gut gegangen war.

Virginia musterte ihn nachdenklich.

»Was machst du morgen?«, fragte sie dann.

»Nichts … warum?«, erwiderte er überrascht.

Sie lächelte.

»Hast du Lust, ans Meer zu fahren?«

Er starrte sie an, als wäre soeben ein Wunder geschehen.

4

Es war zwei Uhr nachts, und die Straße lag völlig verlassen da. Marcos Schritte hallten in der Stille wider, während die Umrisse der alten Platanen sich schwarz gegen den dunklen Himmel abzeichneten und die wenigen Katzen, die auf den Rändern der Mülltonnen kauerten, sich ängstlich nach ihm umdrehten, um dann weiter im Müll zu wühlen.

Als er am Tor zu einem begrünten Innenhof vorbeiging, spürte er die Anspannung der Hunde, die ein paar Meter weiter die Schnauzen durch die rostigen Gitterstäbe schoben, bereit zur Verteidigung ihres Territoriums. Er ließ sie knurren und bellen und ging unberührt weiter; sogar der Anblick ihrer in der Dunkelheit bedrohlich leuchtenden Fangzähne vermochte es nicht, das selige Lächeln aus seinem Gesicht zu verbannen.

»Meiner Meinung nach solltest du ernsthaft trainieren. Du hast wirklich Talent, und das darfst du nicht vergeuden. Ich rede bald mal mit unserem Trainer, du wirst sehen, dass ich ihn überzeugen kann … Bis morgen also«, hatte Virginia gesagt, bevor sie sich Stunden zuvor am Ausgang der Sporthalle verabschiedet hatten.

Von diesem Moment an war ihm alles auf unglaubliche Weise anders als sonst erschienen: anders der Bus, in den er gestiegen war, um damit nach Hause zu fahren, anders die Straßen, sowohl im Zentrum als auch in den Randgebieten, anders die von ihrem Arbeitstag erschöpften Fahrgäste in ihren Billigklamotten; anders auch das Nachhausekommen, die Treppe hinunter ins Souterrain und sogar Aldos Wohnung mit den Schimmelflecken an den Wänden, die eigentlich zu klein für zwei Personen war.

Es war, als verliehe das Glücksgefühl, das er mit einem Mal empfand, ihm die Kraft, über alles hinwegzusehen, das ihn noch kurz zuvor an seinem Leben gestört hatte. Als gehörten der Bus, die Vorstadt und die Schimmelflecken zu einer vergangenen Zeit, als wären sie nur mehr eine Reminiszenz an all die Probleme, die vor dem verdienten Triumph seinen Alltag bestimmt hatten. In seinem unerwarteten Höhenflug meinte er sogar, ein bisschen Heimweh nach seinem vorher so tristen Leben mit all den Enttäuschungen zu empfinden.

Es war, als wäre alles nun überwunden.

Nach dem Abendessen hatte er sich von Aldo beraten lassen, was er am nächsten Tag anziehen sollte, und dazu noch eine einigermaßen neue Badehose und ein halbwegs sauberes Handtuch hervorgekramt.

Dann war er ins Bett gegangen und hatte versucht zu schlafen im sehnlichen Wunsch, dass die Zeit bis zum Wiedersehen mit Virginia so schnell wie möglich verstreichen möge. Aber seine euphorische Stimmung hatte ihn einfach nicht zur Ruhe kommen lassen, und er hatte sich auf seinem Lager hin- und hergewälzt. Es war alles so schnell gegangen: der Sprung vom Zehn-Meter-Brett und die ungewohnten Gefühle, die ihn fast in eine andere Dimension katapultiert hatten. Die Begegnung mit Virginia und ihre völlig unverhoffte Einladung zu einem Strandausflug …

Und so war Marco, während Aldo schon lange tief und fest schlief, mitten in der Nacht aufgestanden, hatte sich angezogen und einen Spaziergang durch die klare, kühle Nachtluft gemacht.

Schließlich ging er wieder nach Hause, legte sich ins Bett und löschte das Licht, schüttelte sein Kissen auf und stopfte es sich unter den Kopf. Einen Augenblick später übermannte ihn endlich der Schlaf wie ein plötzlicher Sommerregen.

Am nächsten Morgen traf er ein paar Minuten zu früh bei der Sporthalle ein. Es war ein schwülwarmer Tag, durchwirkt von der typischen Ruhe eines Sonntagmorgens in der Stadt. Er stellte den Rucksack mit seinen Badesachen und einem frischen T-Shirt auf den Boden und zählte noch einmal das Geld, das er in der Tasche hatte. Er hoffte, dass es für den ganzen Tag reichen würde, auch wenn unvorhersehbare Ausgaben dazukommen sollten. Er hatte seine letzten Ersparnisse aus der Schublade genommen, um sich vor Virginia nicht zu blamieren.

Dann sah er sie kommen. Sie hatte die Haare offen gelassen, trug ein gelbes Sommerkleid und Sandalen mit orangefarbenen Streifen, und an ihrer Schulter baumelte eine grüne Tasche mit Lederfransen. Marco fühlte sich ihrer Schönheit und Eleganz nicht würdig und versuchte das zu überspielen, indem er seinen Rucksack packte und mit gespielter Lässigkeit eine Hand zum Gruß hob.

»Wartest du schon lange?«, fragte sie ihn, als sie bei ihm angekommen war, einen intensiven Geruch nach Moschus und Zitrusfrüchten verströmend.

»Fünf Minuten«, erwiderte er leichthin, wie berauscht von ihrem Duft.

»Komm, sie warten auf uns«, sagte sie und hielt auf eine kleine Seitenstraße zu.

Marco folgte ihr überrascht. Damit hatte er nicht gerechnet.

Tatsächlich waren sie zu fünft. Neben Virginia und ihm war da der dunkelhaarige, kräftige Junge, den er im Schwimmbad zusammen mit ihr beim Springen beobachtet hatte und der sich jetzt mit dem Namen Luca vorstellte. Und dann noch Luciano und Simona, er groß, blond und blauäugig, mit leichtem Silberblick, sie mit dunkler Kurzhaarfrisur, großen braunen Augen und einem markanten Gesicht. Auch diese beiden erkannte Marco sofort wieder, denn sie gehörten ebenfalls zu der Gruppe, die regelmäßig ins Schwimmbad zum Trainieren kam. Sie standen bei einem Cabriolet vom Typ Maggiolone, in das sie jetzt alle fünf stiegen, um in Richtung Meer aufzubrechen.

Luca saß am Steuer, Virginia auf dem Beifahrersitz. Marco hatte hinter Virginia auf der Rückbank Platz genommen, und neben ihm saß Luciano, der Simonas Hand fest in der seinen hielt, als wollte er keinen Zweifel daran lassen, dass sie zu ihm gehörte. Marco fragte sich unwillkürlich, ob wohl auch Virginia und Luca ein Paar waren, und er spürte, wie ihn dabei ein Stich der Eifersucht durchfuhr. Heimlich studierte er die beiden und musste wiederholt feststellen, dass sie sehr vertraut miteinander umgingen und immer wieder Blicke wechselten oder einander zulächelten, wenngleich sie sich nie offensichtlich berührten. Virginia drehte sich aber auch relativ häufig zu Marco um, wie um sich seiner Gegenwart zu versichern, während die anderen über gemeinsame Freunde, Studienprojekte und die anstehenden Sommerferien plauderten. Marco ließ die Geschichten aus einer Welt, die nie die seine gewesen war, an sich vorbeiziehen, ohne einen eigenen Beitrag leisten zu können, und so fühlte er sich mehr und mehr wie ein

Zaungast, der vor einem versehentlich offen stehenden Fenster wartete und heimlich lauschte. Trotz seiner Neugier auf ihre Erzählungen nahm sein Unwohlsein stetig zu, denn bis auf Virginia ignorierten ihn alle, als empfänden sie ihn im Grunde als Klotz, den sie bei ihrem Strandausflug nun mal am Bein hatten. Er bereute schon bald, dass er Virginias Einladung angenommen hatte, und hegte jetzt auch noch die Angst, dass sie ihn in Wirklichkeit nur mitgenommen hatte, um sich über ihn lustig zu machen und ihn als Außenseiter bloßzustellen. Aber wieso sollte sie so etwas tun? Immerhin war er es doch gewesen, der ihren Ring wiedergefunden und ihr damit einen großen Gefallen getan hatte.

Es traf Marco völlig unerwartet, als Luca nach einem Moment der Stille plötzlich das Wort an ihn richtete.

»Virginia hat mir erzählt, dass du gerne springst …«, sagte er und sah ihn durch den Rückspiegel an.

Marco fuhr zusammen, da er gar nicht mehr damit gerechnet hatte, ins Gespräch einbezogen zu werden. Er zögerte mit einer Antwort. Auch Luciano und Simona sahen ihn fragend an, und Virginia hatte sich zu ihm umgewandt und fixierte ihn, als wollte sie ihn ermutigen zu sprechen. Er dachte daran, wie sie ihn beim Springen beobachtet hatte, und an ihren spontanen Applaus, der ihm jetzt nur noch gespielt erschien. Auch ihre Ermutigung am Abend zuvor, in Zukunft regelmäßig zu trainieren, schien ihm Teil eines diabolischen Plans zu sein, der nur dazu angetan war, ihn an der Nase herumzuführen und der Lächerlichkeit preiszugeben. Wie hatte er bloß so dumm sein können, das nicht gleich zu kapieren? Der Kerl, der die Klos putzte und gleichzeitig davon träumte, ein Springer zu werden … Es war doch vollkommen klar, dass auch Luca jetzt nur das

Wort an ihn richtete, um ihn vor den anderen vorzuführen und ihn dann hinterrücks auszulachen.

»Ja, es macht mir Spaß«, gab er endlich zu. »Vor allem entspannt es mich, nachdem ich den Dreck weggeputzt habe, den ihr in den Umkleiden hinterlassen habt. Mehr kann ich dazu nicht sagen.«

Virginias Blick wurde plötzlich von ehrlicher Enttäuschung überschattet, und als Marco es bemerkte, bereute er sofort, solch einen harten Ton angeschlagen zu haben.

»So wie Virginia es mir beschrieben hat, ist es schon mehr als nur eine kleine Entspannung nach der Drecksarbeit ...«, gab Luca leicht ironisch, aber mit ruhiger Stimme zurück.

Virginia nickte und sah wieder Marco an, als wollte sie ihn ermuntern, ganz offen zu sprechen.

»Na ja, vielleicht schon, aber ich werde sowieso nicht besonders weit kommen. Ich habe nie trainiert und weiß auch nicht, ob ich mir das in Zukunft leisten kann«, sagte er dann ehrlich.

»Wie alt bist du denn?«, fragte ihn Luciano.

Marco seufzte.

»Achtzehn ...«

»Gut, das ist schon ein wenig spät zum Anfangen ... Aber es ist auch nicht gesagt, dass du es *nicht* schaffen könntest. Soweit ich es gesehen habe, hast du wirklich ein besonderes Talent«, mischte sich Virginia ein, als nähme sie ganz persönlich Anteil an seinem Schicksal.

Marco sah sie dankbar an und merkte, wie er von neuer Hoffnung durchdrungen wurde.

»Na, das werden wir ja gleich sehen«, sagte Luca orakelhaft.

Marco warf einen überraschten Blick zu Virginia, die ihm beruhigend zulächelte.

Das Cabriolet legte eine lange, ansteigende Kurve zurück und hielt dann an einem Rastplatz am Wegesrand. Sie stiegen aus dem Auto, nahmen ihre Rucksäcke aus dem Kofferraum und gingen im Schatten einer Steineichenallee ein abschüssiges Sträßchen hinunter, bis sie zu einem mit Tamarisken und Rosmarin bewachsenen Hang kamen, von dem aus das Meer schon zu sehen war. Es lag etwa dreißig Meter unter ihren Füßen, wie ein leuchtender Abgrund.

Marco blieb stehen, hingerissen von dem Ausblick, während die anderen einem schmalen Schotterweg folgten, der sich weiter unten zu einem Felsplateau erweiterte.

»Was machst du denn, kommst du nicht mit?«, rief Virginia ihm von unten zu.

Marco riss sich aus seiner Verzauberung und folgte ihnen zu dem Plateau, von dem es noch etwa fünfzehn Meter bis hinunter zum Meer waren.

»Herrlich, nicht? Es wäre bestimmt eine tolle Sache, von hier zu springen«, sagte Luca gerade und sah versonnen in die Tiefe.

Marco folgte seinem Blick, und ganz plötzlich überkam ihn mit ungeahnter Macht eine große Sehnsucht nach dem Meer. Er konnte sich nicht erinnern, so etwas schon einmal in dieser Intensität erlebt zu haben. Instinktiv schloss er die Augen und stellte sich vor, wie er dem leuchtenden Blau des Meeres entgegenflog.

»Du bist ja verrückt.«

Es war Virginias Stimme, die Marco veranlasste, die Augen zu öffnen.

»Aus dieser Höhe wirst du zerschmettert«, sagte sie, nun an Luca gewandt. »Und vergiss nicht, was Teodoro uns geraten hat.«

Teodoro war ihr Trainer. Marco hatte ihn oft im

Schwimmbad gesehen: ein Mann von etwa vierzig Jahren, eher klein, aber schlank und kompakt gebaut. Er war viele Jahre hintereinander italienischer Sprungmeister gewesen, doch dann hatte ihn eine hässliche Sehnenentzündung gezwungen, seine Karriere im Hochleistungssport aufzugeben. Marco hatte das alles in einem Bildprospekt gelesen, der in der Sporthalle herumlag.

»Teodoro geht mir auf die Nerven. Er macht sich in die Hosen, wie alle, die sich mal schlimm verletzt haben und jetzt überall Gefahren sehen«, sagte Luciano und suchte mit dem Blick Lucas Unterstützung.

»Lassen wir die Diskussionen und gehen lieber weiter zum Sporn«, gab Virginia zurück und schlug einen mit Büschen gesäumten Weg ein.

Marco und die anderen folgten ihr schweigend, und sie konzentrierten sich jetzt ganz auf das Gehen, um auf dem abschüssigen Gelände voller Steine und Löcher nicht auszurutschen.

Nach ein paar Minuten kamen sie an dem »Sporn« an, von dem Virginia gesprochen hatte. Es handelte sich um einen flachen, oval geformten Felsausläufer, der wie eine Art großräumiges, natürliches Sprungbrett wirkte und etwa fünf Meter über dem Meeresspiegel in die Luft ragte. Sie stellten ihre Rucksäcke im Schatten von ein paar Mimosengewächsen ab und zogen sich dann rasch aus.

Luca nahm schwungvoll Anlauf und sprang als Erster, gefolgt von Luciano und den beiden Mädchen.

Marco sah zu, wie sie sich einer nach dem anderen unter Freudenschreien ins Leere stürzten, mit den Füßen voraus, wie Kinder, die einfach ihren Spaß haben wollten, ohne Anspruch auf ausgefeilte Akrobatik zu erheben: Für sie war alles nur ein Spiel, ein Tag am Meer zur Entspannung nach einer Woche, die dem Studium und Training gewidmet war. Gleich darauf kamen sie klatschend auf dem Wasser auf und tauchten dann wieder an die Oberfläche, ausgelassen lachend und sich gegenseitig vollspritzend.

Er selbst zögerte mit dem Springen, auch wenn er nach wie vor und jetzt sogar noch mächtiger den Ruf des Wassers verspürte. Er kam sich vor wie unter Beobachtung und hatte das unangenehme Gefühl, beweisen zu müssen, dass Virginia sich nicht in ihm getäuscht hatte. Und auch wenn er es nicht gerne zugab, dann hatte er den dringenden Wunsch, ihr zu imponieren.

»Was ist denn? Warum stehst du da oben herum? Spring doch endlich!«, rief ihm Luca von unten zu.

Marco wagte sich vor bis zum äußersten Rand des Felsensporns, und da er wusste, dass man während des Flugs aufhört zu atmen, füllte er die Lunge mit Sauerstoff. Bei seinen Sprüngen im Schwimmbad war es ihm immer so vorgekommen, als würde mit dem Sturz in die Tiefe für einen Moment auch das Leben unterbrochen. Es war einfach automatisch passiert, dass ihm der Atem gestockt hatte, und so hatte er beim Wiederauftauchen an die Oberfläche jedes Mal gierig die Luft eingesogen, mit weit aufgerissenem Mund, als würde er neugeboren werden.

Als er jetzt die Knie beugte, fühlte er sich wie schon im Schwimmbad getragen von einem Gefühl der Balance und der Kontrolle des Raums, als wären da unsichtbare Fäden, die ihn mit Himmel und Meer verbanden. Dann spürte er einen Impuls nach oben, und einen Wimpernschlag später fand er sich in der strahlend blauen Luft wieder, die Arme weit ausgebreitet. Er krümmte sich instinktiv zusammen, zog die Knie heran und presste sie an die Brust. Dann begann er in der Stille um sich selbst zu kreisen, und die Stille führte ihn zurück zu einem Haus seiner Kindheit: ein Glas Wasser auf dem Nachttisch, Schweißperlen auf einem fiebernden Kindergesicht, die Stimme aus dem Radio in der Küche und der Geruch nach Knoblauch, der im heißen Öl brutzelte. Sein häufiges Fehlen in der Schule, das dazu geführt hatte, dass er sitzengeblieben war, was er seinem Empfinden nach nicht verdient hatte. Seine einsamen Tränen nach den harten Worten des Pflegevaters, die menschenleere Straße in der Augusthitze draußen vor dem Fenster und die vorsichtige Hoffnung, stets dieselbe, jedes Mal wieder, für immer in diesem Haus bleiben zu dürfen.

Beim dritten Überschlag löste er den Knoten seiner Hände um die Knie und streckte sich, wurde zum Blitz, der ins Wasser fuhr, ohne jedes Geräusch. Es schien ihm fast, als hörte er den zugehörigen Donner heranrollen.

Er riss die Augen auf, als er in den Bauch des Meeres drang, und einen Moment später sah er schon den Grund vor sich, der grün war von Algen und rot von Korallen, und Schwärme von Fischen, die geschmeidig abschwenkten und davonstoben. Und wie ein Fisch schwenkte auch er jetzt ab und stieß nach oben. Er sah die Beine der vier Freunde, die sich über ihm im Wasser bewegten, in einem rhythmischen Tanz, der sie an der Oberfläche hielt, und schon tauchte er wieder hinauf an die Luft, saugte sie ein in einem langen Atemzug – und fand sich den verdutzten Blicken seiner Gefährten gegenüber.

Er ließ sich ein wenig treiben, in Erwartung eines Kommentars, eines Wortes, einer Würdigung. Er wünschte sich sehnsüchtig zu erfahren, was sie von seinem Sprung hielten, und ertappte sich bei der Hoffnung, dass er eine reale Chance hatte zu werden wie sie, dass es die Mühe wert wäre, wenn er finanzielle Opfer brächte, um den Kurs im

Schwimmbad bezahlen zu können. Zur Not würde er Überstunden machen, um das zu verwirklichen, was völlig unerwartet sein Lebenstraum geworden war.

»Ich schwimme mal ein bisschen«, sagte Luca jetzt zu seiner Verblüffung, als wäre nichts geschehen, und im nächsten Moment wandte er sich um zum offenen Meer. Die anderen folgten ihm sogleich, ohne Marco eines weiteren Blickes zu würdigen. Nur Virginia schwamm kurz zu ihm herüber und flüsterte ihm zu: »Du warst richtig gut …« Dann drehte sie aber sofort wieder ab und folgte den anderen mit kräftigen Armstößen.

Marco sah ihr nach und spürte, wie das Gewicht der Enttäuschung ihn hinunterzog in die Tiefe, hinunter zu einer Frustration, die tiefer war als das Meer. Er verzichtete darauf, ihnen nachzuschwimmen, sondern kehrte zurück zum Ufer und zog sich auf einen der Felsen hoch, die dort aus dem Wasser ragten. Dann suchte er den Weg zu dem Sporn, fand einen Durchgang zwischen den Klippen und kletterte langsam hinauf, wobei ihm die in der Sonne glühenden Steine die Füße verbrannten.

Als er das Oval erreicht hatte, zog er sein Handtuch aus dem Rucksack und trocknete sich schweigend ab. Er blickte aufs Meer hinaus und sah in der Ferne die vier, die ein gutes Stück ins Weite hinausgeschwommen waren und sich jetzt anschickten zurückzukehren. Sie schwammen langsam, und ab und zu hielten sie inne, um miteinander zu plaudern und zu lachen. Der Wind trieb ihr Gelächter herüber und ließ es sogar noch anschwellen, weil die Klippen, die die kleine Bucht einfassten, wie ein Resonanzkasten wirkten.

Marco war sich sicher, dass sie ihn auslachten, und wieder dachte er jetzt, dass sie ihn im Grunde nur eingeladen hatten, um sich über ihn lustig zu machen. Der Gedanke machte ihn traurig und unsicher, aber plötzlich wurde er von einer blinden Wut gepackt. Er sann auf Revanche, wie er es gelernt hatte in seinem Nomadenleben in der Vorstadt, das einen lehrte, sich seinem Peiniger niemals zu ergeben, sondern zurückzuschlagen, wenn man nicht riskieren wollte, der Prügelknabe zu sein. Er wollte die anderen zwingen, ihn einzubeziehen und seine Fähigkeiten zu würdigen. Er wollte sie überraschen, alle vier, nicht nur Virginia, und damit ihre Bewunderung erringen und dieses Gelächter ein für alle Mal auslöschen.

Sein Blick ging hinauf zu der Stelle weiter oben, an der sie kurz vorher gestanden hatten. Fünfzehn Meter über dem Meer. Er spürte den Ruf der Gefahr, der denkwürdigen Tat. Ohne einen weiteren Gedanken zu verschwenden, zog er die Schuhe an, warf das Handtuch auf den Boden und stieg den Saumpfad hinauf.

Die Strahlen der Sonne stachen in seine Schultern und verbrannten ihm die Haut, die noch gar nicht gebräunt und schon jetzt ganz ausgetrocknet war. Einen Moment blieb er stehen, im Schatten eines Felsüberhangs, und sah hinunter: Virginia und ihre Freunde hatten fast die Küste erreicht, in wenigen Minuten würden sie aus dem Wasser kommen. Er beschleunigte seine Schritte, als er jetzt weiter hinaufging, bis zu dem Felsvorsprung. Dort angekommen, trat er ganz nach vorn bis zum Rand und blickte in die Tiefe.

Das Meer lag in weiter Ferne und kam ihm vor wie ein umgedrehter Himmel. Beim Hinuntersehen wurde er von dem untrüglichen Gefühl beschlichen, ihm anzugehören, für immer. Er zog die Schuhe aus, und obwohl er jetzt barfuß war, nahm er kaum die scharfen, glühenden Kanten des

Gesteins unter seinen Füßen wahr. Der sanfte Wind auf seinem Gesicht kam ihm vor wie eine Liebkosung, die das Brennen der Haut milderte.

Die vier jungen Leute hatten inzwischen das Ufer erreicht und machten sich wieder an den Aufstieg. Marco steckte zwei Finger in den Mund und stieß einen spitzen, verlängerten Pfiff aus, um ihre Aufmerksamkeit auf sich zu ziehen.

Virginia war die Erste, die den Kopf hob und ihn erblickte. Schnell machte sie die anderen auf ihn aufmerksam, die nun ebenfalls hochsahen, verblüfft und besorgt. Ihre Stimmen erreichten Marco verzerrt und verworren wie ein schon verhallendes Echo, aber er sah, wie sie sich heftig bewegten und mit den Armen fuchtelten, um ihn davon abzuhalten, sich in die Tiefe zu stürzen.

Er schloss die Augen.

Ihm war klar, dass er sich in dieser Höhe keine gefährlichen Kunststücke leisten durfte. Er würde einfach nur springen, gerade wie eine Spindel, im Engelsflug, um dann das Wasser zu durchbrechen, ohne sich dabei wehzutun. Er atmete ein und füllte die Lunge mit so viel Luft wie nur möglich, dann ging er in die Knie und sprang.

Wie durch eine Nebelwand hörte er Virginias Schrei, während er nach unten flog, seinem nassen Ziel entgegen. Ansonsten war nur absolute Leere um ihn herum. Keine Erinnerungen diesmal, keine Gedanken. Nur eine diffuse Hoffnung streifte ihn im Sturz, wie ein noch nicht in Worte gefasstes Versprechen. Für einen Moment schien es ihm, dass nicht er es war, der auf das Meer zufiel, sondern dass es das Blau war, das ihm entgegenkam und zu ihm hochspritzte, als würde es explodieren.

Als er eintauchte, spürte er die Kälte des Wassers, die seine Haut umfing und in jede Faser seines Körpers drang.

Dann sah er einen dunklen Schatten aus der Tiefe tauchen, nahm kurz die stachligen Umrisse wahr, die Algen in den Ritzen, die Felsenklinge, die seit jeher auf ihn zu warten schien.

Er spürte den Schmerz des Aufpralls nicht, als löste sich das Übel im Wasser auf ähnlich wie Staub.

Er sah nur, dass das Blau sich rot färbte, und spürte, dass es ihn einlud in den Schlaf, ihm gebot, sich einem unerwarteten Frieden zu überlassen.

Er schloss die Augen und atmete nicht mehr, und im Dunkel sah er ein Haus mit Garten, in dem kleine rosa Malven blühten und Zitronenbäume wuchsen, so dicht, dass sie die Sonne verdunkelten. Die Fenster des Hauses waren geschlossen und staubig.

Dann, zwei Augen, die ihn in der Stille fixierten und die Farbe von Honig hatten.

5

Zunächst nahm er nur die Dunkelheit wahr. Eine Dunkelheit, die alles einhüllte, auch die Gedanken. Anschließend waren da sein pochendes Herz und sein Atem, in der Stille um ihn herum, die jetzt in ein mechanisches Surren überging. Er spürte die Konsistenz der Zunge in seinem Mund und bemerkte einen herben, fast bitteren Geschmack, als er mit ihrer Spitze über seine Zähne glitt. Dann suchte er seine Lippen, und als er sie fand, wusste er plötzlich, dass er lange Zeit fort gewesen war.

Wer bin ich, und wo bin ich?

Er wusste nicht genau, was die Frage zu bedeuten hatte. Es war, als hätte sie sich von selbst ergeben, obwohl er die Worte, aus denen sie sich zusammensetzte, gar nicht verstand: Sie waren eher ein unbestimmter Klang, ein tastender Hinweis auf einen Gedanken, den er nicht fassen konnte.

»Kannst du die Augen öffnen?«

Eine Stimme.

»Schaffst du es, die Augen zu öffnen?«

Augen. Augen öffnen. Langsam wurde ihm klar, was damit gemeint war, und er kam jetzt ganz zu Bewusstsein. Aber es war immer noch dunkel, als er sich verzweifelt zu erinnern versuchte, wie man seine Augen dazu brachte, sich zu öffnen. Seine geschlossenen Lider zitterten unter dem

Druck der zusammengekniffenen Wimpern. Er schluckte die Leere im Mund hinunter, mehrmals. Dann bemerkte er ein Brennen in der rechten Schulter, als hätte er dort eine Wunde.

»Hörst du mich, Marco?«

Marco.

Marco war ein Name, und es war *sein* Name. Die Tatsache, dass er das wusste, kam ihm vor wie eine zweite Taufe. Und zusammen mit seinem Namen kam auch die Erinnerung: das Meer, das ihm explosionsartig entgegenspritzte, die Felsklinge in der Totenstille, das Blau, das sich schnell rot färbte ... und dann das Nichts.

»Marco ...«, drängte die Stimme in einem fast zärtlichen Flüstern.

Langsam öffnete er die Augen. Er hatte das Gefühl, dass sie von selbst in Bewegung gerieten und nicht, weil er ihnen seinen Willen aufgezwungen hatte. Er konnte jetzt die Gitterstäbe des Bettes sehen, in dem er lag, die weißen Laken, das Nachtkästchen aus Metall an seiner Seite. Offensichtlich befand er sich in einem Krankenhauszimmer, dessen Wände in einem beruhigenden Grün gestrichen waren. Hinter ihm war eine Lichtquelle, die einen milden Schimmer aussandte und ein Gesicht beleuchtete, das er nie zuvor gesehen hatte: ein älterer Mann in einem grünen Kittel.

»Gut gemacht ... Siehst du mich jetzt? Kannst du mich sehen?«

Er war unfähig zu antworten.

»Wenn du mich sehen kannst, schließe zweimal die Augen ...«

Er schloss die Augen, einmal, zweimal.

»Sehr gut. Ich werde jetzt deinen rechten Fuß berühren, und du sagst mir, ob du meine Hand spüren kannst. Wenn es ein Ja ist, schließt du wieder zweimal die Augen …«

Er spürte deutlich den Kontakt der fremden Hand auf seinem rechten Fuß und schloss die Augen, zweimal.

»Sehr gut, Marco. Kannst du ihn denn auch bewegen, den Fuß?«

Marco bot all seine Kräfte auf wie bei einem Appell. Tatsächlich bewegte sich der Fuß, mit steif aufgerichteten Zehen.

»Noch besser. Kannst du das Bein heben?«

Er hob es und bemerkte, wie ein breites Lächeln auf dem Gesicht des Mannes erschien, das zwischen einem grauen Schnurrbart und einem weißen Bart eingebettet war.

»Und jetzt bewege auch die linke Seite, bitte, erst den Fuß, dann das ganze Bein …«

Seine Glieder gehorchten ohne Widerrede.

»Wunderbar, Marco, könntest du dann jetzt bitte die rechte Hand bewegen?«

»Ja …«, flüsterte Marco. Er war überrascht, seine eigene Stimme zu hören, ohne dass er zuvor darüber nachgedacht hatte. Auch sie reagierte offensichtlich auf den Appell.

»Oh, was für ein schönes Ja! Prima machst du das, Marco. Wie du siehst, schaffen wir es nach und nach, alles wieder in Bewegung zu kriegen.«

Mit zufriedener Miene sah der Arzt ihm dabei zu, wie er gehorsam die rechte Hand hob und seine Finger bewegte.

»Jetzt noch die linke. Wenn das auch so gut geht, sind wir erst mal fertig …«

Er spürte, wie ihm heiß das Blut in den Kopf schoss, wie nach einem großen Schrecken oder der plötzlichen Erinnerung an etwas Unangenehmes: Es kam ihm so vor, als wäre diese Hand schon vom Moment des Aufwachens an seiner Aufmerksamkeit entgangen, wie ein Gast, der auf einem Fest mit Abwesenheit glänzt, was aber erst bemerkt wird, nachdem jemand nach ihm gefragt hat. Tatsächlich hatten all seine Glieder auf den Appell reagiert bis auf diese eine Hand.

Er versuchte, sie zu heben, sah aber am Blick des Arztes, dass es ihm nicht gelungen war.

»Spürst du es, wenn ich deine Hand berühre?«

Der Arzt legte die Finger auf Marcos Hand und drückte sie leicht.

»Ja, das spüre ich …«

»Gut. Kannst du jetzt den linken Arm heben?«

Der linke Arm hob sich kaum merklich, fiel dann aber wie leblos zurück auf die Bettdecke. Der Arzt nahm ihn hoch und betastete ihn vorsichtig, um Marco dann zu bitten, ein paar Bewegungen zu vollführen.

»Aha, du kannst ihn also nicht beugen … das ist der Trizeps … Auch die Funktionen des Handgelenks scheinen zumindest eingeschränkt zu sein …«, sagte er endlich.

»Was heißt das?«, fragte Marco gespannt.

»Außer der Verletzung an der Schulter hast du dir eine leichte Spondylolisthesis zugezogen, das ist ein Wirbelgleiten, und außerdem ein ziemlich ausgeprägtes Schleudertrauma in der Halswirbelsäule. Letzteres dürfte der Grund dafür sein, warum die Hand und der Arm nicht reagieren, wie sie sollten. Aber das ist alles nichts Gravierendes …«

Marco war bleich geworden und begann zu zittern, wie von einem plötzlichen Kälteschauer erfasst.

»Beruhige dich, Marco … alles nur halb so schlimm …«, besänftigte ihn der Arzt. »Deine Beschwerden sind nur vorübergehend, du wirst bald wieder ganz der Alte sein.«

Dann nahm er einen kleinen Pappbecher, legte eine Hand vorsichtig unter Marcos Nacken und half ihm zu trinken.

»Das wird deine Schmerzen lindern«, sagte er zur Erklärung, »und dafür sorgen, dass du dich gut ausruhen kannst.«

Marco hatte Mühe beim Schlucken, doch er spürte sofort eine gewisse Erleichterung, als ihm die süßliche Flüssigkeit in die Kehle rann.

»Du brauchst dir auf jeden Fall keine Sorgen zu machen. Natürlich wirst du ein wenig Physiotherapie brauchen, aber du wirst sehen, dass alles wieder in Ordnung kommt.«

Marco nickte, während sich schon wieder Nebel über seinen Geist senkte. Er spürte, wie seine Augenlider sich langsam zuzogen und er in das Dunkel glitt, das ihm jetzt vorkam wie eine Zuflucht. Er leistete keinen Widerstand und ließ sich dankbar in die Tiefe fallen.

Der Körper des Springers ist ein perfekter Mechanismus. Er hat hervorragende motorische Fähigkeiten und eine außergewöhnliche neuromuskuläre Koordinationsfähigkeit.

»Bei einem perfekten Sprung muss alles stimmen«, hatte Virginia zu ihm gesagt, an jenem Abend, als sie ihn im Schwimmbad auf dem Sprungbrett überrascht hatte.

Und jetzt war sie tatsächlich hier, in Marcos Krankenzimmer, und sah ihn schweigend an, als wäre er ein für immer ruinierter Gegenstand.

Schon beim Aufwachen am Morgen hatte seine Wunde an der Schulter kaum mehr geschmerzt, aber die linke Hand war immer noch wie tot gewesen, und auch den Arm hatte er nicht beugen können. Der Arzt hatte ihm bei der Visite aus dem Bett geholfen, weil er ihn einem ausführlichen Check hatte unterziehen wollen. Bereits nach den ersten paar Schritten, von den Armen des Arztes gestützt, war Marco schwindelig geworden. Er hatte sich gefühlt, als müsste er auf einem dünnen Seil laufen, das zwischen den Zimmerwänden in der Luft gespannt war, und als wäre er zu allem Überfluss auch noch starkem Wind ausgesetzt. Er hatte es nicht geschafft, das Gleichgewicht zu wahren und sich auf den Beinen zu halten. Zudem dröhnte ihm so der Kopf, dass er jedes Gefühl für Balance und Entfernung verloren zu haben schien.

»Soweit ich den Arzt verstanden habe, hast du ein leichtes Problem mit der Wirbelsäule …«, sagte Virginia und brach damit das Schweigen, »und dann natürlich ein Schleudertrauma …«

Marco sah sie nur verwirrt an.

»Im Grunde hast du Glück gehabt, weißt du? Es sind alles Dinge, die wieder vorübergehen«, fügte sie hinzu.

»Das sagen sie nur, um mich zu beruhigen«, erwiderte Marco mit dünner Stimme.

»Aber nein, wie kommst du denn darauf? Du musst dir nur Mühe geben mit der Physiotherapie, dann wird's schon wieder«, entgegnete sie und warf dabei einen schnellen Blick auf ihre Armbanduhr.

Marco bemerkte es und fühlte sich in der Überzeugung bestärkt, dass sie nur einen Höflichkeitsbesuch machte und er sie danach sicher nie wiedersehen würde. Und auch auf einem Sprungbrett würde er nicht mehr zu stehen kommen. Der Traum war zu Ende, noch bevor er so richtig begonnen hatte.

»Ihr solltet mir wenigstens keine falschen Hoffnungen machen. Auch du nicht. Ich kann den Arm nicht bewegen. Und die Hand auch nicht …«

»Aber das tue ich doch gar nicht. Ich bin zwar kein Arzt,

aber man hat mir glaubhaft versichert, dass du nur Geduld haben und deine Übungen machen musst, um wieder ganz gesund zu werden. Gleich kommt Lara, sie wird dir schon zeigen, wie sie dich wieder in Gang bringt.«

»Lara? Wer ist das denn?«, fragte Marco misstrauisch.

»Sie ist Physiotherapeutin. Und zwar eine sehr gute. Vielmehr, sie ist *meine* Physiotherapeutin. Sie arbeitet hier in der Klinik, und ich kenne sie schon seit Jahren. Sie ist es auch, die uns wieder zum Laufen bringt, wenn wir muskuläre Probleme oder so was haben.«

»Willst du damit sagen, dass ... sie auch mit Profisportlern arbeitet?«

»Ja genau ... Ich habe dich extra ihretwegen in diese Klinik bringen lassen«, gab Virginia zu.

Marco runzelte verdattert die Stirn. Als er sich jetzt umsah, wurde ihm langsam bewusst, dass er sich wohl in einer Luxusklinik befinden musste.

»Du solltest aber wissen, dass ich mir solche Dinge nicht leisten kann«, sagte er. »Privatklinik, Physiotherapie ...«

»Mach dir keine Sorgen, ich habe alles geregelt. Es ist Lara gewesen, die dich hier hat aufnehmen lassen, so geht alles über die Krankenkasse«, versicherte ihm Virginia.

»Na dann«, flüsterte Marco, wenig überzeugt. »Und warum hast du das für mich getan?«

»Weil ich mich verantwortlich fühle für das, was dir geschehen ist«, erwiderte Virginia.

Sie zögerte, bevor sie weitersprach.

»... und auch, weil wir, nachdem der Rettungswagen gekommen ist, nach deiner Familie gesucht haben, um sie von dem Unfall zu benachrichtigen, und ...«

»Und dann habt ihr gemerkt, dass ich gar keine Familie habe«, führte Marco den Satz zu Ende.

Virginia setzte ein verlegenes Lächeln auf und nickte gleichzeitig zustimmend, was bei Marco das unangenehme Gefühl hervorrief, Objekt ihres Mitleids zu sein.

»Brauchst du noch was?«, fragte Virginia ihn schnell.

»Nein danke. Ich würde sagen, dass du sowieso schon viel für mich getan hast, zu viel vielleicht«, erwiderte er kühl und brach abrupt ab.

Virginia wartete noch ein paar Minuten, schmerzlich berührt von Marcos Schweigen. Dann verabschiedete sie sich etwas verlegen und ging aus dem Zimmer.

Als die Tür sich hinter ihr geschlossen hatte, warf Marco einen verzweifelten Blick auf seinen linken Arm und versuchte, ihn zu heben, doch vergeblich. Er stieß einen geflüsterten Fluch aus und flüchtete sich wieder in den Schlaf.

Ein glockenhelles Lachen im Flur wies Virginia den Weg und entlockte ihr ein Lächeln. Einzig und allein Lara hatte die Gabe, selbst schwerkranke Patienten im null Komma nichts zum Lachen zu bringen, und Virginia beneidete sie darum, wie sie es immer schaffte, die Menschen in ihrer Umgebung mit ihrer guten Laune anzustecken.

Sie warf einen Blick in das Zimmer, aus dem das Lachen gekommen war, und tatsächlich entdeckte sie dort Lara, die gerade mitverfolgte, wie eine alte Frau ihre ersten schleppenden Schritte mit einem Rollator wagte.

»Unglaublich, Annalisa, ich bin wirklich beeindruckt … Sie laufen ja fast wieder wie ein junges Mädchen, und jetzt wackeln Sie auch noch mit den Hüften wie ein Fotomodell … Haben Sie etwa vor, einen Pfleger zu erobern?«, scherzte Lara, zum offensichtlichen Vergnügen der alten Frau, die immer noch amüsiert kicherte.

»Virginia«, rief sie dann mit einem strahlenden Lächeln,

als sie die junge Frau erblickte. »Was für eine schöne Überraschung, komm nur herein …«

»Wenn ich störe, kann ich auch später wiederkommen«, gab Virginia zurück, die immer noch zögernd auf der Türschwelle stand.

»Keine Sorge, wir sind sowieso fast fertig. Annalisa ist unglaublich tapfer und offensichtlich auf Eroberungen aus«, hielt Lara ihr fröhlich entgegen und zeigte auf die alte Frau, die sich prompt mit einem koketten Lächeln revanchierte.

»Drehen Sie ruhig noch eine Runde, ich komme gleich wieder«, sagte Lara zu ihrer Patientin, um dann augenzwinkernd hinzuzufügen: »Aber gehen Sie bloß nicht zu weit weg, nicht dass ich Sie nicht mehr erwische.«

Die alte Frau kicherte wieder und machte sich eifrig daran, sich mit winzigen Schritten auf das Fenster zuzubewegen, die Hände fest um die Griffe des Rollators geklammert.

Lara war inzwischen mit Virginia zusammen hinaus in den Flur gegangen, wo sie ungestört miteinander reden konnten.

»Wenn ich mit meiner Morgenrunde fertig bin, kümmere ich mich gleich um deinen Freund«, versicherte sie dem jungen Mädchen.

»Vielen Dank. Aber … sag ihm bitte nicht, dass ich ihn auf eigene Kosten hier habe einliefern lassen. Ich glaube, er ist sehr stolz, zu stolz vielleicht. Wenn er die Wahrheit erfährt, will er die Klinik bestimmt verlassen«, gestand Virginia.

»Deswegen interessierst du dich wahrscheinlich für ihn, oder? Weil er ein Sturkopf ist, der sich von niemandem etwas sagen lässt«, sagte Lara in einem vertraulichen, fast mütterlichen Ton.

»Was redest du denn da?«, verteidigte sich Virginia. »Ich habe dir doch schon erklärt, dass …«

»Ja, ja … er ist Waise, und du fühlst dich für ihn verantwortlich … Das habe ich schon verstanden«, unterbrach Lara sie. »Wie auch immer, mach dir keine Gedanken. Wir sagen ihm das, was wir ausgemacht haben: Die Krankenkasse übernimmt die Kosten. Und hoffen einfach, dass er an das Christkind glaubt … Ich werde jedenfalls alles tun, damit er wieder auf die Beine kommt. Gott sei Dank ist er nicht so schwer verletzt, wie man gleich nach seiner Einlieferung dachte.«

»Bist du da wirklich sicher?«, fragte Virginia in einem geradezu flehentlichen Ton.

»Habe ich dich schon mal belogen?«, gab Lara zurück und zwinkerte ihr aufmunternd zu.

Virginia schüttelte den Kopf.

»Nein. Das hast du wirklich noch nie getan …«, bestätigte sie erleichtert.

Als sie sich wenig später auf den Heimweg machte, war ihr schon etwas leichter ums Herz.

Draußen vor dem Fenster schob der Wind die Wolken vorüber, bis der Himmel klar war. Da die Rollläden halb heruntergelassen waren, fielen die Strahlen der Nachmittagssonne nur gedämpft ins Zimmer. Marco lag im Bett und döste vor sich hin, doch ein leichter Luftzug bedeutete ihm nun, dass die Zimmertür aufgegangen war.

Durch halb geschlossene Augenlider sah er jemanden hereinkommen, eine unbekannte Frau. Er folgte ihr mit dem Blick, als sie an ihm vorbeiging und ans Fenster trat, um die Rollläden hochzuziehen. Sie war nicht mehr ganz jung und hatte dunkle wellige Haare, die ihr bis zu den Schultern reichten. Ihr weißer Kittel umspielte einen geschmeidigen, aber um die Hüften etwas fülligen Körper. Die dunklen Augen in ihrem runden Gesicht waren fest auf Marco gerichtet, als sie sich jetzt zu ihm umwandte. Er war sich sicher, sie noch nie gesehen zu haben, hoffte aber plötzlich, dass es sich um die mit Virginia befreundete Physiotherapeutin handelte.

Die Frau lächelte ihm aufmunternd zu und trat an sein Bett, um dann auf dem Stuhl neben dem Nachtkästchen Platz zu nehmen. Anschließend nahm sie Marcos Patientenakte auf und begann aufmerksam zu lesen.

»Also, dann sehen wir mal … Marco Innocenti …«

Sie zögerte einen Moment, als käme ihr plötzlich ein Gedanke, fuhr dann aber in der Lektüre der Akte fort. Nach einer Weile, die Marco endlos erschien, hob sie schließlich den Kopf und musterte ihn prüfend.

»Na, was meinst du, Marco? Wollen wir langsam mal loslegen? Ist es nicht an der Zeit, dass du wieder gesund wirst?«

Während Marco sie noch verdattert ansah, hatte sie schon seine linke Hand ergriffen und tastete sie jetzt sorgfältig ab.

»Das spürst du, nicht wahr?«

Marco nickte kaum merklich, während sie sich bereits an seinem Unterarm zu schaffen machte.

»Wir müssen zusehen, dass der Arm die Spannkraft nicht verliert, daher machen wir uns sofort an die Arbeit. Übrigens, ich heiße Lara und bin deine Physiotherapeutin … Und jetzt zieh mal an meiner Hand, so fest du kannst.«

»Ich kann aber nicht.«

»Versuch's einfach, ich sag dir dann schon, was du alles kannst oder auch nicht …«

Marco seufzte. Er fühlte sich lustlos und erschöpft, und

ihre gute Laune ging ihm auf die Nerven. Außerdem wollte er nicht, dass sie ihm falsche Hoffnungen machte. Ohne sich dessen bewusst zu sein, hatte er sich schon in seiner misslichen Lage eingerichtet, die ihm immerhin erlaubte, sich eine Zeit lang aus dem Wettkampf des Lebens zurückzuziehen. Die Hilflosigkeit und Resignation, in die sie ihn unweigerlich versetzte, schenkte ihm sonderbarerweise auch ein tröstliches Gefühl des Friedens.

Er machte einen nicht sehr überzeugten Versuch, an Laras Hand zu ziehen, doch gab er gleich wieder auf, als sie seinen Druck erwiderte.

»Ich kann nicht«, wiederholte er, ihrem Blick ausweichend.

»Du hast es nicht mal versucht, Marco. So geht das nicht«, sagte Lara vorwurfsvoll und fixierte ihn streng.

Er schwieg.

»Versuchen wir's noch mal«, forderte sie ihn jetzt auf.

Marco schnaubte widerwillig. »Es hat doch sowieso keinen Sinn, meine Hand funktioniert nicht, der ganze Arm funktioniert nicht …«

»Darum arbeiten wir ja daran, alles wieder zum Funktionieren zu bringen.«

Statt einer Antwort schloss Marco entnervt die Augen und spürte, wie eine dumpfe Wut auf Lara in ihm aufstieg. Es kam ihm so vor, als wollte sie ihm in Wirklichkeit einen bösen Streich spielen, indem sie ihm dabei half, wieder gesund zu werden.

»Warum lassen Sie mich nicht in Frieden?«, fragte er leise, die Augen immer noch geschlossen.

»Weil das mein Job ist. Und weil mich Virginia darum gebeten hat«, erwiderte sie, und ihre Stimme klang dabei ernst, aber auch ein wenig amüsiert.

»Wenn du schon solche Zauberkräfte hast, dann geh doch zu denen, die dich haben wollen«, entfuhr es Marco, indem er nun auch zum Du wechselte.

»Fehlanzeige. Mit den anderen bin ich schon durch, sie sind ganz abgekämpft von meinen Übungen. Daher muss ich jetzt leider dich quälen, es bleibt mir nichts anderes übrig. Und außerdem habe ich gar keine Zauberkräfte, mein Junge. *Du* bist es, der an sich arbeiten muss, *du* musst wieder auf die Beine kommen. Also mach kein Theater und streng dich an …«

»Ich hab aber keine Lust. Und zwingen wirst du mich nicht können.«

Lara seufzte und beschloss, ihm reinen Wein einzuschenken. »Weißt du, dass ich zwar keine Zauberkräfte habe, aber doch irgendwie eine Hexe bin? Ich kann Menschen mit einem einzigen Blick einschätzen. Bei dir habe ich sofort gesehen, dass du Angst hast, es zu versuchen, weil du nicht daran glaubst, dass du wieder gesund wirst. Stimmt's, oder hab ich recht? Du kannst es ruhig zugeben, ich weiß sowieso, dass ich richtigliege. Aber ich weiß auch, dass du dich irrst, glaub mir das. Du irrst dich, so einfach ist das.«

Marco schlug die Augen auf und sah sie betroffen an, ohne ein Wort herauszubringen. Was hätte er ihr auch sagen sollen? Dass sie direkt ins Schwarze getroffen hatte? Dass er am liebsten im Erdboden versunken wäre, weil er fürchtete, nicht mehr zu dem Jungen zu werden, der er vorher gewesen war? Dass er sich deshalb so gerne in den Schlaf flüchtete? Ohne dass er es hätte verhindern können, stiegen ihm plötzlich die Tränen in die Augen, und die erste rann ihm auch schon über die Wange.

Lara sah ihn mitfühlend an und strich ihm in einer mütterlichen Geste über die Haare.

»Wir haben noch gar nicht angefangen, und schon weinst du?«, sagte sie leise und wischte mit ihrer Hand die Träne von seinem Gesicht. »Was wirst du erst anstellen, wenn ich dich härter anfassen muss, weil du nicht tust, was ich dir sage?«

Marco schüttelte schniefend den Kopf und schob unwirsch die Hand der Frau von seinem Gesicht.

»Ich weiß einfach, dass es keinen Sinn hat.«

»Schon wieder diese Nummer? Du bist ja wirklich ein Sturkopf! Wahrscheinlich kommst du aus dem Süden, oder, genau wie ich?«

»Weiß ich nicht«, antwortete Marco.

»Was soll das denn heißen? Du bist Waise, das weiß ich … Aber du musst doch wissen, wo du geboren bist.«

»Ich bin keine Waise, denn ich habe sie nicht verloren, meine Eltern, sondern ich habe nie welche gehabt. Das heißt, ich weiß nicht mal genau, ob ich welche gehabt habe, aber es ist mir auch scheißegal. Sie haben mich nicht gewollt, und ich will sie jetzt auch nicht mehr. Daher weiß ich nicht, wo ich geboren bin, und ich will es auch nicht wissen.«

Lara sah ihn schweigend an. Sie dachte an ihre Vergangenheit, an die Wunde in ihrem Herzen, die sie noch immer mit sich herumtrug und die auch jetzt noch keine Anstalten machte, endlich zu heilen. Sie erinnerte sie an das traurigste Kapitel ihres Lebens, und es schmerzte unterschwellig so sehr, dass Lara immer auf der Hut war, nicht daran zu rühren.

»Bist du im Heim aufgewachsen?«

Marco nickte.

»Die ersten Jahre jedenfalls. Danach war ich bei drei verschiedenen Pflegeeltern«, sagte er. »Und dann bin ich volljährig geworden.«

»Und allein zurückgeblieben«, fügte Lara mit einem Anflug von Bitterkeit hinzu.

»Ich bin nicht allein, ich habe meine Freunde«, erwiderte er mit trotzigem Stolz in der Stimme.

Lara lächelte.

»Das ist gut … Wollen wir dann nicht diesen Freunden zeigen, dass du in der Lage bist, ganz schnell wieder der Alte zu werden?«

»Und wenn ich es doch nicht schaffe?«, fragte er traurig.

Lara sah ihn mit einem aufmunternden Lächeln an.

»Wenn du es nicht schaffst, versuchen wir es noch einmal. Und dann noch einmal und noch einmal. Und am Ende gebe ich dir einen kräftigen Tritt in den Hintern, und du wirst sehen, dass das wahre Wunder wirkt. Was meinst du?«

Als Marco jetzt gegen seinen Willen grinsen musste, nutzte Lara sofort die Gelegenheit, um seine linke Hand zu ergreifen und fest zu drücken.

»So, und jetzt drück auch du meine Hand, so kräftig du kannst.«

Marcos Gesicht verzerrte sich vor Anstrengung, als er ernsthaft versuchte, Laras Anordnung zu befolgen. Doch er schaffte es nicht und gab resigniert auf.

»Lass dich nicht entmutigen, das ist ganz normal. Ich nehme jetzt deinen Arm, und du ziehst ihn zu dir zurück, okay?«

Marco stieß einen langen Seufzer aus, aber sie beachtete ihn nicht und ergriff entschlossen seinen Unterarm.

»Komm schon, zieh! Hol ihn dir zurück …«

Er tat wie ihm geheißen und versuchte zu ziehen, schaffte jedoch nur eine winzige, kaum wahrnehmbare Bewegung. Dennoch strahlte Lara wie ein Honigkuchenpferd.

»Das ist sehr gut so, Marco. Das ist sehr gut …«

»Aber wenn er sich doch gar nicht bewegt hat …«

»Er hat sich bewegt, ich hab's genau gespürt«, widersprach sie im Brustton der Überzeugung.

»Du verarschst mich doch …«

Lara bedachte ihn mit einem Blick, der so streng war, dass Marco beschämt die Augen niederschlug.

»Entschuldige …«, hauchte er leise.

Lara hatte schon wieder ein mütterliches Lächeln aufgesetzt. Der Junge hatte etwas an sich, das eine Mischung aus Zärtlichkeit und Vorsicht in ihr auslöste. Sie hatte eine seltsame Vertrautheit empfunden, als er ihre Hand gepackt hielt, so als hätte es diesen Kontakt schon in der Vergangenheit gegeben. Ganz plötzlich lag die Erinnerung an ihre Jugend in der Luft, verbunden mit einem Anflug von Sehnsucht und Schmerz, wie sie ihn seit langer Zeit nicht mehr gefühlt hatte.

»Du musst mir vertrauen«, sagte sie jetzt zu ihm und sah ihm dabei fest in die Augen. »Und du darfst keine Angst haben, dass du nicht mehr gesund wirst. Ich versichere dir, dass deine Verletzungen nicht so schwerwiegend sind, und ich habe schon Leute in wenigen Wochen wieder hingekriegt, die auch so ein Wirbelgleiten hatten wie du. Aber du wirst dafür arbeiten müssen, und ich verlange von dir, dass du dich nach Kräften bemühst … Es wird manchmal auch wehtun, darum kommst du nicht herum. Aber du musst mir glauben, dass ich wirklich nichts anderes will, als dich ganz geheilt zu sehen. Ist das jetzt klar geworden?«

Marco seufzte und mied Laras Blick. Stattdessen sah er schweigend aus dem Fenster, als suche er dort draußen nach einem fernen Ort, an dem niemand ihn erreichen konnte. Trotzdem war es Lara nicht entgangen, dass er kaum merklich genickt hatte.

Sie musterte ihn eine Weile prüfend, bevor sie endlich aufstand und die Patientenakte an sich nahm.

»Wir sehen uns morgen …«

Marco antwortete nicht. Sie spürte das Gewicht jedes einzelnen Schritts, als sie sich von dem Jungen abwandte und aus dem Zimmer ging.

6

Es war fast Abend, als Lara auf die Straße trat, und es lag noch die Selbstherrlichkeit des Sommers in der Luft, der seine Hitze in jeden Winkel der Stadt verströmte. Ihr Lächeln, das sie im Krankenhaus wie einen Schild vor sich hergetragen hatte, war verschwunden, ebenso wie die zur Schau gestellte Fröhlichkeit und der Optimismus, die sie auf die Menschen in ihrem Umfeld ausströmte. Die Einkaufstüte in ihrer Hand war nicht schwer, und gerade deswegen bezeugte sie umso mehr die Bürde des Alleinlebens. Bei ihrem Auto angekommen, schloss Lara die Tür auf und deponierte die Tüte auf dem Rücksitz. Sie war gerade im Begriff einzusteigen, als ihr Blick auf die Leuchtanzeige einer Snackbar fiel: An den Tischen in ihrem Inneren saßen überwiegend junge Leute, die, den Leichtsinn der Jugend in den Gesichtern, sich fröhlich miteinander unterhielten; ein Fenstertisch jedoch war mit einer Familie besetzt, und die Eltern verfolgten besorgt, wie ihre Kinder mit ihren Frittentüten und Softdrinks hantierten. Plötzlich wurde Lara von dem dringenden Bedürfnis übermannt, sich unter Menschen zu mischen, wenigstens für eine kurze Zeit, statt in ihre abendlich stille Wohnung zu fahren, wo sie mit ihren einsamen Gedanken und den Stimmen aus dem Fernseher allein sein würde.

Schnell entschlossen, betrat sie das Lokal und suchte sich einen Platz an einem freien Tisch. Dann blickte sie sich ein wenig verloren um: Wie lange schon hatte sie nicht mehr außer Haus zu Abend gegessen? Und welchen Eindruck würde sie wohl auf die übrigen Gäste machen, eine Frau allein, mit müdem Gesicht und mit keiner anderen Gesellschaft als nur ihrer eigenen Sehnsucht?

Zwei Teenager ganz in ihrer Nähe hatten gerade begonnen sich ohne Scham zu küssen, offensichtlich in der Überzeugung, für ihre Umgebung unsichtbar zu sein. Lara ertappte sich dabei, wie sie immer wieder zu ihnen hinübersah, wenn auch verstohlen, weil sie sich für ihre Neugierde schämte.

Sie musste unwillkürlich an eine Zeit vor wenigen Jahren denken: ein Abend im September, eine Trattoria ganz in ihrer Nähe, Domenico, der ihre Hand hielt, kühler Weißwein, der in ihren Gläsern perlte, und sie beide, die sich in die Augen sahen, wie zwei zukünftige Geschäftspartner in einer komplizierten Verhandlung. Sie hatte ihn ganz zufällig kennengelernt, im Wartesaal der Klinik. Er war ungefähr in ihrem Alter und alleinstehend wie sie. Lara hatte Domenicos Schwester behandelt und ihre Schulter wieder in Ordnung gebracht, und zum Dank dafür hatte er sie zum Abendessen eingeladen. Es war eine Ausrede gewesen, das wusste sie gut, genauso wie sie wusste, dass die langen, stummen Blicke an den vorhergehenden Tagen, ebenso wie die Gelegenheiten, bei denen sie miteinander gelacht und gescherzt hatten, ein Vorspiel gewesen waren zu einem Versuch, ihrer beider Einsamkeit ein Ende zu setzen.

An jenem Abend hatte Lara so viel gelacht wie schon lange nicht mehr. Diesmal allerdings nicht, um, so wie sonst, ihre Patienten aufzuheitern, sondern einfach nur, weil sie den Abend genossen hatte. Ihre Wangen waren gerötet gewesen vom Wein und von einem neuen Begehren.

Und als Domenico sie nach dem Abendessen nach Hause begleitet hatte, hatte sie all ihren Mut zusammengenommen und ihn eingeladen, auf ein letztes Glas mit hochzukommen.

Der erste Kuss, bei dem sie noch mit dem Rücken an die gerade zugefallene Wohnungstür gelehnt hatte, war süß und zart gewesen. Lara hatte dabei das Versprechen auf andere, schönere Tage auf den Lippen geschmeckt, auf einen Weg, den man von nun an zusammen gehen würde. Dann hatte sie Domenico zum Sofa geführt und sich darauf gelegt, wie auf einen Schleier aus Freude und Hoffnung. Er hatte sich vor sie hingekniet und sie angesehen, als wäre sie das Licht am Ende eines langen, dunklen Tunnels. Seine Hände hatten ihre Brust gesucht und sie gestreichelt, als hätten sie sie vor allem Schmerz bewahren wollen. Und als er die ersten Knöpfe ihrer Bluse geöffnet hatte, war ihr das vorgekommen wie die natürlichste Sache der Welt.

Doch dann.

Doch dann hatte da ganz plötzlich der Duft des Meeres in der Luft gelegen. Und ganz ohne Vorwarnung hatte sie *seine* Hände gespürt, die sich auf Domenicos Hände gelegt hatten. Sie hatte *seine* Augen gesehen, die die von Domenico verdunkelt hatten. Und sie hatte *seine* Stimme gehört, die die von Domenico übertönt hatte. Ja, es war ihr sogar so vorgekommen, als hätten *seine* Schultern sich über Domenicos Schultern geschoben, als wären sie zu Flügeln geworden, die sie wegtrugen von diesem Sofa, weg von diesem Zimmer, weg von diesem Mann, weg von jedem Versprechen. Sie hatte begriffen, dass *er*, auch wenn er sie nie berührt, sie doch seit jeher besessen hatte, schon seit sie ein kleines Mädchen gewesen war, und dass sie dazu verurteilt war, ohne *ihn* nichts zu empfinden als eine immer unvollkommene Lust. Und da hatten sich ihre Augen mit einer solchen Verzweiflung gefüllt, dass Domenico es bemerkt und seine Hände von ihren Brüsten genommen hatte.

Sie hatte nichts anderes tun können, als den Kopf zu schütteln, wie um sich für immer zu verweigern.

»Ich kann warten …«, hatte Domenico geflüstert.

»Es hat keinen Sinn. Ich will dir keine unnötigen Hoffnungen machen«, hatte sie geantwortet, zutiefst ehrlich und unendlich traurig.

Also war er einfach aufgestanden und hatte das Haus verlassen, ohne ein weiteres Wort.

»Haben Sie schon gewählt?«

Die Stimme der Kellnerin riss Lara aus ihren Gedanken. Sie starrte sie verwirrt an, als merke sie erst in diesem Moment, dass sie in einem Speiselokal am Tisch saß, inmitten fremder Menschen. Die Kellnerin lächelte ihr freundlich zu, wie in einem heimlichen Einvernehmen. Sie war ungefähr in ihrem Alter, hatte vielleicht denselben Schmerz, den Schmerz, den die Frauen meist im Stillen ertragen, den sie akzeptieren wie einen blinden Passagier auf ihrer Lebensreise, auf den sie sich oft sogar stützen, fast wie auf einen Stock, um doch irgendwie weiterzugehen und nicht in der Furt der Resignation stecken zu bleiben. Und wie Lara stellte die Kellnerin eine provozierend gute Laune zur Schau, wie eine Fassade, die ihr nützlich war bei ihrer Arbeit im Dienst der Gäste, die aber auch etwas Gezwungenes hatte, als wäre sie dabei, eine verdiente Strafe abzubüßen.

»Die Kroketten mit Krebsfüllung sind hervorragend«, sagte die Kellnerin jetzt leise, als wollte sie Lara die richtige Antwort bei einer Prüfung einflüstern.

Lara nahm ihre Empfehlung dankbar an und revanchierte sich mit einem Lächeln.

Marco lag im Dunkeln und versuchte zu vergessen, dass er seinen Arm und seine Hand nicht bewegen konnte. Er sehnte sich nach dem Schlaf, der aber nicht kommen wollte, trotz der Beruhigungsmittel, die man ihm verabreicht hatte. Endlich schaltete er die Nachttischlampe an und fixierte stumm den Arm, der ihm nicht mehr zu gehören schien. Wie war es möglich, dass er plötzlich nicht mehr gehorchte, wo er doch noch bis vor wenigen Tagen mit großer Natürlichkeit alle Bewegungen ausgeführt hatte, ohne dass er, Marco, auch nur einen Gedanken daran hatte verschwenden müssen? Krampfhaft versuchte er, eine Faust zu machen und seiner Hand wenigstens eine kleine Bewegung zu entlocken. Doch einmal mehr musste er feststellen, dass es nicht funktionierte. Ratlos betastete er seine rechte Hand mit der gesunden linken und nahm erleichtert zur Kenntnis, dass er die Berührung immerhin spürte, was ihn mit Freude und Hoffnung erfüllte.

»Wenigstens das Gefühl ist da«, flüsterte er, »wenigstens das …«

Er glitt mit den Fingern der gesunden Hand den linken Unterarm hinauf, bis zur Grube des Ellbogens und dann weiter bis zur Schulter. Wieder machte er Anstalten, den Arm zu heben, vergeblich. Sein ganzes bisheriges Leben hatte er versucht, sich gegen tausenderlei Formen von Schmerz zu wappnen, ob gegen den Verrat oder das Verlassenwerden, gegen die Einsamkeit oder die Angst. Irgendwie hatte er es geschafft, sich damit abzufinden, dass er keine Eltern hatte, und das Gefühl der Verlorenheit darüber, dass er nicht mal wusste, wer sie waren, war ihm zur zweiten

Natur geworden. Aber bei dem Gedanken, dass er jetzt noch von einem Teil seines Körpers betrogen und verraten wurde, erschrak er zutiefst. Er wusste, dass er dazu nicht bereit war und es wohl auch nie sein würde.

Eine Hand ist eine Hand, ein Arm ist ein Arm, dachte er. Wie ist es dann möglich, dass sie einfach den Geist aufgeben? Vielleicht ist es besser, sie ganz zu verlieren, Arm ab, und das war's. Dann findet man sich wenigstens leichter damit ab ...

Der Gedanke jagte ihm Angst ein: Resignation war ihm eigentlich immer fremd gewesen, selbst in den schwierigsten Momenten seines Lebens. Jetzt hingegen war sie plötzlich da, bereit, Besitz von ihm zu ergreifen und sich einzunisten wie in einer Höhle, die ihr Schutz bot – und das nur wegen dieses verdammten Arms, der nicht tat, was er von ihm verlangte.

Statt weiter nachzugrübeln, griff Marco nach dem Handy auf seinem Nachttisch und wählte Aldos Nummer.

»Ich brauche einen Joint ... aber einen richtigen«, flüsterte er ihm zu, sobald er die Stimme seines Freundes hörte.

Schon nach dem dritten Zug hatte das Marihuana dafür gesorgt, dass das Leben ihm nicht mehr so mühevoll und verworren vorkam, sondern ausgebreitet dalag wie ein leuchtend bunter Teppich.

Durch das weit aufgerissene Fenster wehte eine leichte nächtliche Brise herein, die eine beruhigende Atmosphäre erzeugte, und auch der billige Wodka tat seine Pflicht, als er mit einem leichten Brennen durch ihre Kehlen rann.

Aldo hatte sich heimlich ins Krankenhaus geschlichen und nach langem Warten und Lauern im Flur die Gelegenheit genutzt, als zwei Pfleger die Tür zu Marcos Abteilung hatten halb offen lassen. Die beiden Freunde hatten bereits den zweiten Joint geraucht und waren ziemlich euphorisiert, blieben allerdings auf der Hut, um nicht vom Klinikpersonal überrascht zu werden.

Aldo wirkte gelöst und heiter, und seine geweiteten Pupillen leuchteten im Halbdunkel, als er sie nun fest auf Marco richtete.

»Weißt du eigentlich, dass ich immer sein wollte wie du?«, fragte er mit gedehnter Stimme.

Marco sah ihn überrascht an.

»Wie bitte?«

»Ja, du hast schon richtig gehört … Aber ich glaube, das schaffe ich sowieso nicht, besser, ich schminke es mir gleich ab«, fuhr Aldo fort und nahm einen weiteren Schluck Wodka.

»Was redest du denn da?«, fragte Marco, der seinen Ohren nicht traute.

Aldo nickte und machte eine beschwichtigende Geste, als müsste er sich erst die Zeit nehmen, um seine Gedanken zu ordnen.

»Also, da ist zum Beispiel die Tatsache, dass ich die Haare immer trage wie du … du weißt schon, du gehst zum Friseur und lässt sie dir schneiden, und kurz darauf mache ich das auch … Und ehrlich gesagt, merke ich manchmal sogar, dass ich versuche, so zu sprechen wie du …«

»Jetzt hör aber auf, Aldo … Ich weiß, dass du mich trösten willst, aber deswegen musst du mir nicht gleich eine Liebeserklärung machen«, beschwichtigte ihn Marco, den die Komplimente seines Freundes in Verlegenheit brachten.

»Nein, nein, warte, ich bin ja noch nicht fertig … Lorena, zum Beispiel … die hat mir immer gefallen, nicht? Und mit wem war sie zusammen? Mit dir …«

»Ja klar, und dann hat sie mich sitzen lassen …«

»Na gut, aber mir hat sie direkt einen Korb gegeben, kein einziges Mal hat sie mich rangelassen«, gab Aldo mit einem bitteren Grinsen zu bedenken.

»Ach, wirklich nicht?«

»Denkst du, ich mache Witze? Wir sind ein paarmal ausgegangen, und weißt du, was sie getan hat? Sie hat die ganze Zeit von dir geredet … Was macht Marco denn so … Hast du in letzter Zeit mit ihm gesprochen ... Mit wem trifft er sich … Weißt du irgendwas … Ist er mit einer zusammen … Meiner Meinung nach hat sie es bereut, dass sie die Beziehung beendet hat.«

»Glaub ich nicht.«

»Wie auch immer, sobald ich mich ein bisschen vorgewagt habe, hat sie mich abblitzen lassen …«

»Das kommt vor.«

»Da ist noch was …«, warf Aldo ein und schluckte, wie um den Mut zu finden weiterzusprechen.

»Also?«, forderte Marco ihn auf, der nun doch neugierig geworden war.

»Vor drei Tagen … bin ich zu dem Schwimmbad gegangen, du weißt schon, dem, wo du arbeitest …«

Marco riss überrascht die Augen auf.

»Wo ich gearbeitet *habe*, willst du wohl sagen«, korrigierte er Aldo.

»Ja genau«, sagte Aldo. »Also ich dachte, angesichts der Tatsache, dass du krankgeschrieben bist … na ja, ich hab gedacht, dass sie mich vielleicht einstellen würden … Du weißt ja, wie's läuft, ich könnte einen Job gut brauchen …«

»Und?«

»Und sie haben mich tatsächlich genommen, auf Probe«, gab Aldo etwas verlegen zu.

»Na, ist doch gut … Ich gönn's dir ja«, sagte Marco leise, obwohl er seine Verblüffung kaum verbergen konnte.

»Ich glaube, ich habe da auch die gesehen, die dir gefällt … Virginia heißt sie, nicht? Meine Güte … die ist wirklich der Hammer, ein Trip auf zwei Beinen, da hast du ganz recht …«

»Ja, aber lass bloß die Finger von ihr! Nicht dass du meinst, du müsstest mit der was anfangen, nur weil ich auf sie stehe.«

»Keine Sorge … Ehrlich gesagt, haben die mich nach zwei Tagen sowieso schon wieder davongejagt.«

»Wie bitte? Warum das denn?«

»Ach, na ja … Da hing dieser Bademantel an der Wand, weißt du? Eigentlich waren es ganz viele … aber der war echt scharf … leuchtendes Hellgrün, schöner, schwerer Frotteestoff …«

»Sag bloß nicht, dass du ihn geklaut hast!«

»Ich hab's versucht, aber mein Rucksack war zu klein. Und dann hat da ein Ärmel rausgehangen … ist so runtergependelt, dass man's gesehen hat … Ich selbst hab's gar nicht gemerkt, aber der Typ mit der Glatze hat mich erwischt …«

Marco brach gegen seinen Willen in schallendes Lachen aus, was auch Aldo veranlasste loszuprusten. Und plötzlich konnten sie beide nicht mehr aufhören und schütteten sich aus vor Lachen, was für sie eine Befreiung war, aber auch etwas Verzweifeltes an sich hatte.

»Du bist wirklich ein Arschloch«, stieß Marco hervor, Tränen in den Augen.

»Sogar beim Stehlen bist du besser«, gab Aldo schulterzuckend zurück, bevor er einen weiteren Zug von dem immer noch brennenden Joint nahm. »Wie auch immer, ich fahre übrigens nächste Woche weg.«

Marco sah ihn verdutzt an.

»Ich gehe nach München, zu meinem Bruder … Wie es aussieht, hat er einen Job für mich gefunden, in dem Restaurant, wo er auch arbeitet.«

Marco schaffte es nicht, seine Enttäuschung zu verbergen.

»Was sagst du da? Und was sollen wir mit der Wohnung anstellen? Ich kann die Miete doch nicht allein bezahlen …«

»Ich weiß, tut mir leid. Du wirst schon jemand anderen finden. Es gibt immer eine Lösung, ganz bestimmt.«

»Ich pfeif auf deine Lösung! Ich habe kein Geld mehr, und wer weiß, wann ich wieder zur Arbeit gehen kann«, rief Marco verärgert aus.

»Das weiß ich doch alles. Aber verstehst du denn nicht? Ich kann diese Gelegenheit nicht sausen lassen, mein Bruder wartet auf mich, er hat einen Job für mich gefunden, was soll ich denn machen? Ich kann ihm ja schlecht sagen, dass ich nicht kommen kann, weil ich erst einen Ersatz finden muss, der die halbe Miete zahlt? Oh, übrigens vielen Dank für deine Wertschätzung, weißt du? Nur wegen der Miete tut es dir leid, dass ich weggehe, nicht etwa meinetwegen«, schloss Aldo vorwurfsvoll.

»Du hast recht, entschuldige … Aber ehrlich gesagt, tut es mir wirklich leid, dass du weggehst, auch deinetwegen«, sagte Marco versöhnlich. »Das heißt, ich freue mich natürlich für dich, du hast eine Chance verdient, auch wenn du mich allein in der Scheiße zurücklässt …«

»Ach, hör auf. Jetzt sag bloß nicht, dass du mich vermissen wirst, das glaube ich dir sowieso nicht.«

»Natürlich werde ich dich vermissen! Verdammt noch mal, du bist doch der einzige Freund, den ich habe«, gab Marco kleinlaut zu.

»Wenn der Glatzkopf mich angezeigt hat, gelte ich als Wiederholungstäter, Marco … Weißt du noch, als sie mich damals bei Conad erwischt haben, mit dem Schinken und dem Brunello unter der Daunenjacke? Also, wenn's dumm läuft, dann buchten mich die wirklich und wahrhaftig ein. Das heißt, dass ich gar keine andere Wahl habe, als abzuhauen …«

»Ach, glaub doch nicht, dass dich der Glatzkopf wegen eines blöden Bademantels anzeigt. Der ist zwar immer schlecht gelaunt, aber eigentlich ist er kein übler Mensch. Außerdem hast du das Ding doch zurückgegeben, oder? Und er hat dich rausgeschmissen, damit ist die Geschichte sicher zu Ende.«

In Aldos Miene lag eine Mischung aus Hoffnung und Verbitterung.

»Wenn ich hierbleibe, lande ich früher oder später im Knast. Das weißt du genau, und ich selber weiß es … Und ich will mich auch nicht mit diesem Scheißleben zufriedengeben …«

Marco nickte nachdenklich.

»Und auch du musst dich nicht zufriedengeben«, sagte Aldo ernst.

Marco sah ihn lange an und spürte, wie der Rausch von den Joints und dem Wodka langsam nachließ.

»Guck nur, was mit mir los ist, und dann sag mir, ob du immer noch sein möchtest wie ich«, flüsterte er dann mit fast versagender Stimme.

»Klar möchte ich das!«, erwiderte Aldo nach einem kurzen Zögern. »Auch weil du spätestens in einem Monat wieder ganz der Alte sein wirst …«

»Ich habe es nicht verdient, dass ein Freund mich anlügt«, antwortete Marco hart.

»Das ist keine Lüge. Ich wiederhole doch nur, was die Ärzte sagen.«

»Denen kann man nicht über den Weg trauen ...«

Aldo senkte den Blick und zögerte einen Moment.

»Besser, ich gehe jetzt«, sagte er dann. »Bei dem Pech, das ich immer habe, erwischen sie uns am Ende noch, und dann haben wir beide ein Problem.«

Schweigend sammelte er seine Sachen auf.

»Ich sage dir jetzt nicht Lebewohl, okay? Abschiede konnte ich noch nie leiden ...«

Ohne weitere Erklärungen ging er zur Tür und verließ das Zimmer.

Marco nickte, als könnte Aldo ihn immer noch sehen.

7

Den ganzen Tag über hatte er versucht, sein Spiel mit der Zeit zu treiben. Er hatte im Geiste die Stunden, Minuten, Sekunden gezählt, sie eingewickelt in Erinnerungen, ausgebreitet beim Mittagessen, ausgetrickst mit dem Schlaf, verflucht in der Langeweile. Die Zeit und er kamen ihm vor wie die Hände eines Akkordeonspielers: Sie näherten sich an und entfernten sich wieder voneinander, während sie immer neue Melodien zum Klingen brachten; und doch blieben sie letztendlich an dem Instrument haften, an den runden Knöpfen und der Klaviatur, wie in einem obsessiven Tanz, der den Rhythmus des Wartens skandierte.

Als Lara das Zimmer betrat, brach die Musik in seinem Inneren abrupt ab. Marco empfand eine seltsame Scheu, fast einen Verdruss, als er sie erblickte. Er hatte keine Lust, nach ihrer Pfeife zu tanzen, und alles in ihm sträubte sich dagegen, die von ihr vorgeschriebenen Übungen zu machen, die er im Grunde für unnötig und überflüssig hielt.

Als Lara ihm zur Begrüßung ein strahlendes Lächeln schenkte, reagierte er daher nur mit einem leichten Neigen des Kopfes.

»Und, wie geht's uns heute?«, fragte sie ihn gut gelaunt, wie immer Optimismus und Energie im Überfluss versprühend.

»Ausgezeichnet!«, erwiderte Marco ironisch.

»Umso besser … Draußen scheint die Sonne, und das

Leben ist schön. Also, dann schauen wir uns mal deine Hand an.«

Marco seufzte genervt, als Lara nun zu ihm ans Bett trat und entschlossen seine linke Hand ergriff.

»Drück meine Hand.«

»Tue ich ja.«

»Nein, tust du nicht …«

»Natürlich nicht! Ich kann es ja gar nicht … ich versuch's, aber ich schaffe es einfach nicht.«

»Dann drücke ich eben deine. Und du versuchst jetzt, meine Hand zu dir hinzuziehen … Und tu nicht so, als würdest du dich anstrengen, ich merke es sowieso, wenn du schummelst.«

Marco mühte sich folgsam, Laras Hand zu sich herzuziehen.

»Genau wie gestern … ein bisschen Reaktion ist da. Sehr gut.«

»Wenn du meinst …«

»Ja, meine ich«, gab Lara zurück.

Dann begann sie mit schnellen Handbewegungen seinen Arm zu reiben.

»In der Zwischenzeit aktivieren wir ein bisschen den Blutkreislauf. Das ist immer gut …«

In diesem Moment ging die Tür auf, und noch bevor Virginia auf der Schwelle erschien, erkannte Marco am Duft nach Zitrusfrüchten und Moschus, dass sie da war. Er konnte kaum glauben, dass sie ihn schon wieder besuchen kam. Doch tatsächlich stand sie jetzt im Zimmer, in einem weißen Kleid und mit leicht verwuschelten Haaren, und lächelte ihn freudig an.

»Ich war gerade in der Gegend und dachte …«, sagte sie anstelle einer Begrüßung, doch statt den Satz zu beenden, warf sie einen hilfesuchenden Blick zu Lara, die ungerührt fortfuhr, Marcos Arm zu massieren.

»Störe ich, oder darf ich reinkommen?«, fragte sie dann mit einem verlegenen Lächeln.

»Ciao, Schätzchen. Ja, komm nur rein, komm … Marco hat mir gerade eine Liebeserklärung gemacht, aber das können wir auch noch aufschieben, nicht wahr?«, erwiderte Lara und zwinkerte Marco zu.

»Ja, ganz bestimmt«, gab Marco zurück.

»Es ist zwar keine Besuchszeit, aber ich hatte gerade frei und …«, sagte Virginia immer noch unsicher, trat aber langsam näher.

Lara nickte ihr mit Komplizenmiene zu.

»Kein Problem«, sagte sie. »Im Gegenteil, es ist gut, dass du kommst, dann kann ich kurz weggehen und ein wenig Kampferspiritus holen. Du passt inzwischen auf ihn auf, dann läuft er nicht weg«, sagte sie mit einem scherzhaft tadelnden Blick zu Marco. »Aber kommt mir nicht auf dumme Gedanken!«, fügte sie noch hinzu, bevor sie hinausging und die beiden jungen Leute allein zurückließ.

Virginia war inzwischen an Marcos Bett getreten.

»Ich hoffe, es stört dich nicht, dass ich gekommen bin?«

Er antwortete nicht. Eigentlich war er glücklich über den unvorbereiteten Besuch, aber gleichzeitig brachte er ihn auch in Verlegenheit. Bei Virginias letztem Besuch hatte er wahrscheinlich noch unter Schock gestanden, und daher war er sich seiner Versehrtheit nicht so richtig bewusst gewesen. Doch als er jetzt instinktiv die Hand heben wollte, um seine Haare in Ordnung zu bringen, hielt er plötzlich inne. Die Sorge um sein Aussehen kam ihm sinnlos vor, da er in Virginias Augen wahrscheinlich sowieso zu nichts mehr nütze war.

»Du hättest dich nicht extra herbemühen müssen«, sagte er schließlich kühl.

Virginia setzte sich auf den Stuhl an seinem Bett und stieß einen Seufzer aus.

»Ich bin gern gekommen, sonst wäre ich nicht hier. Und, wie geht es dir inzwischen?«

»Wie beim letzten Mal. Es hat sich eigentlich nichts verändert. Nur dass das Essen hier ekelhaft ist und die Zeit nicht rumgehen will …«

»Na, dann war es ja eine gute Idee, dir das hier mitzubringen«, sagte Virginia, während sie in ihrer Tasche nach etwas kramte. Sie zog ihr Handy heraus, ihren Geldbeutel, ihre Sonnenbrille …

»Ach, wo habe ich es nur hin?«, murmelte sie, während sie alles auf das Nachtkästchen legte und weiterkramte, bis sie endlich einen iPod und Kopfhörer hervorzog.

»Hier, das ist für dich. Da sind meine Lieblingslieder drauf.«

Marco nahm überrascht den iPod entgegen.

»Danke …«, stammelte er.

Er machte Anstalten, die Kopfhörer aufzusetzen, zögerte aber beim Anblick des völlig verhedderten Kabels, weil er nicht in der Lage war, es allein mit seiner guten Hand zu lösen. Virginia merkte es und beugte sich vor, um ihm zu helfen, doch als sie Marcos gedemütigten Blick bemerkte, begannen ihre Hände zu zittern, und ihre Augen füllten sich mit Tränen. Marco, der sich nun vollends zum Objekt des Mitleids degradiert fühlte, sah genervt und verlegen zum Fenster hinaus. Er wünschte sich sehnlichst, dass Virginia bald wieder gehen und diesem lästigen Pflichtbesuch ein Ende setzen würde.

»So, fertig …«, sagte sie endlich und reichte Marco erneut die Kopfhörer, der sie lustlos entgegennahm und auf den Nachttisch legte.

»Warum hast du es eigentlich getan? Warum bist du gesprungen?«, fragte Virginia ihn einen Moment später unvermittelt.

Marco schüttelte den Kopf, ohne einen Laut von sich zu geben.

»Du hättest mir nichts beweisen müssen, falls es das war«, fügte sie mit kaum hörbarer Stimme hinzu.

»Ich habe es nicht für dich getan, da brauchst du keine Angst zu haben«, sagte Marco. »Und du brauchst dich auch nicht verantwortlich zu fühlen.«

Virginia senkte den Blick und wurde über und über rot.

»Es war einfach stärker als ich ... Es war, als müsste ich es tun, und dann ist es halt passiert«, fügte Marco hinzu.

»Aber warum? Ich will einfach den Grund wissen«, drängte Virginia.

»Weil das mein ganzes Leben lang schon so gewesen ist ... Ich war in einem ständigen Wettkampf mit mir selbst, immer musste ich mir beweisen, dass ich etwas wert bin.«

Virginia sah ihn so erschüttert an, dass Marco beschloss, seinen Widerstand aufzugeben und ihr von seinem Leben zu erzählen, von den Waisenhäusern und Pflegefamilien und den vielen Enttäuschungen, die er erlitten hatte.

»In der letzten Familie bin ich vier Jahre gewesen«, gestand er, »und ich dachte wirklich, dass es die letzte wäre, dass sie mich für immer bei sich behalten würden. Und weißt du, was dann passiert ist? Ich bin volljährig geworden, und sie haben mich einfach fallen gelassen ...«

»Fallen gelassen?«, fragte Virginia schockiert.

Marco grinste bitter und ahmte die Stimme seines letzten Pflegevaters nach.

»›Mein lieber Marco, im nächsten Monat wirst du achtzehn Jahre alt. Weißt du, was das bedeutet? Dass du volljährig wirst und die Pflegschaft zu Ende geht … Leider sind unsere Verhältnisse nicht so, dass wir uns weiter um dich kümmern könnten. Solange du bei uns in Pflege warst, haben wir eine staatliche Unterstützung bekommen, aber wenn wir dich jetzt adoptieren, geht alles auf unsere Kosten, und das können wir uns nicht leisten.‹ – Das hat er zu mir gesagt, verstehst du? Für sie war ich nur eine Möglichkeit, ein bisschen mehr Geld zu kriegen … sonst nichts.«

Virginia seufzte tief.

»Na ja, wie auch immer, du musst dir jedenfalls keine Sorgen machen, dass der Unfall irgendwas mit dir zu tun hätte. Wenn ich allein auf diesem Felsvorsprung gestanden hätte, wäre ich wahrscheinlich trotzdem gesprungen. Ich bin ja auch im Schwimmbad von selbst auf das Sprungbrett gestiegen, nicht wahr?«

Virginia dachte über seine Worte nach und sah ihn dann betroffen an.

»Ja natürlich. Aber … aber ich glaube nicht, dass es nur das ist. Das heißt, ich weiß ja, dass du dich über Lucas Verhalten geärgert hast. Das habe ich deutlich gemerkt … und deswegen fühle ich mich sehr wohl verantwortlich. Er macht das absichtlich so, immer … als wollte er jeden herabsetzen, der ihm in die Quere kommt. Er muss sein Territorium abstecken, sobald er einen Rivalen riecht …«

»Rivale? Ich?«, fragte Marco überrascht. »Wegen des Springens?«

Virginia seufzte und zögerte einen Moment.

»Nein, nicht wegen des Springens … Es ist, weil ich dich eingeladen hatte, mit ans Meer zu kommen«, sagte sie schließlich verlegen. »So ist er nun mal … immer muss er im Mittelpunkt stehen.«

»Und warum bist du mit so einem befreundet? Das kann doch keinen Spaß machen«, fragte Marco geradeheraus.

Virginia seufzte wieder.

»Wir sind seit langer Zeit ein Paar«, sagte sie endlich, Marcos Blick ausweichend.

Er spürte einen schmerzhaften Stich in der Brust, was ihn verblüffte.

»Ach so … tut mir leid«, sagte er leise.

Virginia lächelte entschuldigend.

»Er ist nicht so böse, wie er scheint … Im Grunde ist er vor allem unsicher, auch wenn er nicht so wirkt«, fügte sie hinzu, wie um Luca und auch sich selbst zu rechtfertigen.

Marco sah nachdenklich zum Fenster hinaus, wo eine Möwe am Himmel kreiste und mit ihren ausgebreiteten Flügeln für einen Moment die Sonne verdunkelte. Dann war draußen im Flur das Geräusch von Schritten zu hören, die schließlich vor der Tür zum Stehen kamen, und einen Augenblick später lugte schon Lara ins Zimmer.

»Da bin ich wieder … Ich habe mir extra Zeit gelassen, hoffe, es war lange genug«, sagte sie fröhlich und schob einen Handwagen herein, der mit allerlei Behältern und Gläsern beladen war.

Virginia stand ruckartig von ihrem Stuhl auf, woraus Marco prompt ableitete, dass sie nur auf eine Gelegenheit gewartet hatte, die Flucht zu ergreifen.

»Ähm, ja … also ich … Ich geh dann mal«, sagte sie nervös.

»Von mir aus kannst du gern bleiben, das weißt du doch«, stellte Lara verwundert klar.

Aber Virginia hatte schon ihre Tasche in der Hand und

bedachte Marco mit einem Blick, der ihn anzuflehen schien, ihr nicht böse zu sein.

»Vielleicht komme ich nächste Woche wieder … und …«

Sie brach verlegen ab, beugte sich dann aber überraschend schwungvoll zu Marco herunter und streifte seinen Mund mit einem flüchtigen Kuss. Marco war völlig perplex, als er ihre weichen, frischen Lippen auf den seinen spürte. Er starrte ihr verdattert nach, als sie jetzt so überstürzt aus dem Zimmer stürmte, als würde sie vor sich selbst die Flucht ergreifen.

Auch Lara folgte ihr mit dem Blick, überrascht, aber auch zufrieden.

»Na, so was … Du hast wohl Eindruck auf sie gemacht, was?«, fragte sie Marco dann mit mütterlichem Stolz in der Stimme.

»Na ja, sie ist doch mit diesem Idioten zusammen. Und ich tue ihr einfach leid, deswegen hat sie mich wahrscheinlich geküsst«, antwortete Marco, immer noch ganz entrückt.

»Mit dem Idioten hast du recht«, kommentierte Lara mit einem Blick auf die Tür, hinter der Virginia verschwunden war. »Das habe ich schon immer gesagt. Aber das gerade war ganz bestimmt kein Mitleid, glaub mir. Ich kenne das Mädchen gut.«

»Vielen Dank, aber spar dir deine Kommentare lieber«, zischte Marco.

»Hat doch keiner was gesagt«, erwiderte Lara grinsend. »Ach so was, sie hat ja ihre Sachen hier vergessen …«

Tatsächlich lagen Virginias Handy, Sonnenbrille und Geldbeutel immer noch auf dem Nachtkästchen.

»Schlaues Kindchen, was? Eine Ausrede, um wiederzukommen«, zwinkerte Lara.

»Hörst du jetzt bitte damit auf?«

Lara unterdrückte nur mit Mühe ein amüsiertes Lachen, bevor sie die Flasche mit dem Kampferspiritus ergriff und etwas davon auf ihre Hände gab. Dann fing sie wieder seelenruhig an, Marcos Arm zu massieren. Nach einer Weile sah sie den Jungen auffordernd an und fragte ruhig: »Bist du bereit, ein paar Schritte zu machen?«

»Nicht mal im Traum«, erwiderte er.

Als hätte sie ihn gar nicht gehört, schlug Lara mit einer schnellen Bewegung die Bettdecke zurück. Marco, in Slip und weißem T-Shirt, wurde vor Scham und Überraschung puterrot.

»Komm schon, steh auf… Hier wird gearbeitet. Jetzt ist's vorbei mit dem schönen Leben, mein Lieber …«

»Ich habe aber keine Lust.«

»Na, dann versuch, dir Lust zu machen, sonst zerre ich dich mit Gewalt aus diesem Bett«, antwortete Lara, indem sie die Ärmel ihres Kittels hochkrempelte.

Marco stöhnte.

»Ich habe doch schon versucht, ein paar Schritte zu machen … vor ein paar Tagen schon, mit dem Chirurgen zusammen.«

»Gut. Und wie ist es gegangen?«

»Es ist so gegangen, dass ich mich nicht auf den Beinen halten konnte. Mir ist ganz schwindelig geworden«, erwiderte Marco und versuchte, sich wieder die Decke über den Körper zu ziehen, was Lara allerdings nicht zuließ.

»Ich weiß, dass dir schwindelig geworden ist, das ist ganz logisch. Du musst erst wieder Kräfte sammeln, auch wegen des Schleudertraumas … Jetzt stütz dich auf mich, ich halte dich schon.«

Lara klemmte sich mit einer Schulter unter Marcos

Achsel ein und half ihm beim Aufstehen, wobei sie achtgab, die verbundene Schulterwunde nicht zu belasten. Mit festem Griff umfing sie dann seine Hüfte und zog ihn hoch, ihr Gesicht ganz nahe an dem seinen.

»Entspann dich, ich halte dich schon … ich bin das gewohnt … Ja, aber so durchhängen sollst du auch wieder nicht, Marco! Ein winziges bisschen musst du schon mitarbeiten.«

Marco versuchte tapfer, sich auf den Beinen zu halten, doch schon im nächsten Moment begann alles vor seinen Augen zu verschwimmen, und es kam ihm so vor, als wäre die ganze Welt um ihn herum in Bewegung geraten. Nicht nur, dass er sich fühlte wie in einem herumwirbelnden Karussell, jetzt verkrampfte sich auch noch sein Magen, und ihm wurde übel, sodass er sich hustend und würgend

ungestüm nach vorn beugte und eine gallebittere Flüssigkeit erbrach.

»Mach dir keine Sorgen … das ist ganz normal und geht wieder vorbei«, redete Lara ihm zu und hielt seine Stirn, während er sich mit der rechten Hand am Kopfteil des Bettes festhielt. Die Übelkeit war zwar schnell vergangen, und er atmete schon wieder relativ regelmäßig, doch war er immer noch kreidebleich und brachte kein Wort heraus. Stattdessen sah er Lara nur flehentlich an, damit sie ihn endlich in Ruhe ließ.

»Du musst wenigstens ein paar Schritte machen, Marco. Wenn du dich jetzt wieder ins Bett legst, werden wir morgen ganz von vorn anfangen müssen. Dabei sollten wir jeden Tag ein bisschen weiter kommen, auch wenn es nur ganz wenig ist. Also lass jetzt das Bett los und folge mir … Danach kannst du das T-Shirt wechseln und dich waschen, aber erst will ich, dass du ein paar Schritte machst. Nur zwei oder drei, verstanden? Und morgen ist es dann mindestens einer mehr.«

Marco, der mit den Tränen kämpfte, kam Lara vor wie ein Hündchen, das die Hand abwehrt, die es eigentlich streicheln will.

»Was liegt dir denn an mir? Du verschwendest hier nur deine Zeit, es ist alles umsonst«, stammelte er erschöpft.

»Ich mache einfach nur meine Arbeit, Marco. Dafür werde ich bezahlt. Es ist nicht so, dass es mir besonderen Spaß macht, dich zu quälen«, erwiderte Lara ehrlich. »Und ich versichere dir, dass es keine verlorene Zeit ist. So funktioniert das eben mit dem Gesundwerden, weißt du?«

Marco hustete wieder und stieß einen tiefen Seufzer aus. Dann schloss er die Augen und nickte resigniert.

»Wenn du die Augen zumachst, wird es schlimmer mit dem Schwindel. Geh einfach ganz ruhig weiter, auch wenn du Angst hast zu fallen. Die Angst ist unbegründet, denn ich halte dich fest. Und wenn sich doch alles zu drehen anfängt, dann denk einfach daran, dass es nur eine Illusion ist. Schau mal … siehst du das Fenster dort? Also, hefte jetzt deinen Blick ganz fest auf dieses Fenster, nur das Fenster, und dann nimm dir vor, es zu erreichen …«

»Okay.«

Lara legte wieder den Arm um Marco und hielt ihn fest. Er machte einen ersten Schritt, zögerte, tat dann aber doch widerstrebend ein paar weitere Schritte.

»Jetzt reicht's aber«, flehte er schließlich.

»Gut, du warst wirklich tapfer«, gestand ihm Lara zu. »Wir gehen jetzt zurück zum Bett, dann kannst du dein T-Shirt wechseln.«

»Ich schaffe es nicht bis zum Bett zurück«, wandte Marco erschöpft ein.

»Versuch's.«

»Ich hab dir gesagt, dass ich es nicht schaffe!«, beharrte er lauter.

Lara stützte ihn wieder.

»Ich bin da … gehen wir …«

Marco machte einen vorsichtigen Schritt, doch sein Gesicht verzog sich in einer Grimasse aus Überforderung und Verdruss. Seine Beine waren gesund und in der Lage, ihn zu tragen. Aber der Schwindel und die Übelkeit sorgten dafür, dass er das Gefühl hatte, den Boden unter den Füßen zu verlieren: Es war, als würde er im nächsten Moment in einen Abgrund stürzen, und dieses Gefühl raubte ihm alle Kraft. Tatsächlich sackte er plötzlich in sich zusammen, und Lara umfing hastig seinen Brustkorb, damit er nicht zu Boden fiel. Verwundert nahm Marco zur Kenntnis, wie stark sie war, als sie ihn jetzt hochzog und zum Bett führte, auf das er mit letzter Kraft niedersank. Sie machte Anstalten, ihm das schmutzige T-Shirt über den Kopf zu streifen.

»So geht das einfach nicht … du gibst zu früh auf und …«

Lara brach abrupt ab, und Marco sah, dass ihr Gesicht ganz bleich geworden war.

Zutiefst erschrocken starrte die Frau auf ein Muttermal in der Form eines Seesterns, das der Junge auf der Schulter trug.

»Was ist denn?«, fragte er sie neugierig.

Laras Hand zitterte merklich, als sie die Finger ausstreckte und das rötliche Muttermal berührte.

»Das habe ich schon immer. Es ist ein Muttermal«, sagte Marco erstaunt.

Lara nickte stumm und wandte den Blick ab, als hätte sie sich plötzlich verirrt und müsste sich neu orientieren. Dann eilte sie in Richtung Tür.

»Aber was machst du denn, willst du etwa gehen?«, rief der halb nackte Marco ihr hinterher.

Lara wandte sich kurz zu ihm um mit einem Blick, als sähe sie ihn zum ersten Mal.

»Ich schicke dir eine Schwester. Ich muss jetzt leider los …«, stammelte sie mit gebrochener Stimme, um dann aus dem Zimmer zu flüchten.

Marco folgte ihr mit dem Blick, ohne zu verstehen, was plötzlich in sie gefahren war. Er war überrascht, dass er ein Gefühl der Verlassenheit empfand, weil Lara gegangen war. Dann packte ihn die Angst.

Virginia hatte gerade wieder das Krankenhaus betreten. Auf dem Nachhauseweg hatte sie gemerkt, dass sie ihr Handy auf Marcos Nachttisch vergessen hatte, und mit dem Auto eine waghalsige Kehrtwende hingelegt. Schnellen Schrittes ging sie jetzt an der Rezeption vorbei und den Gang hinunter zu Marcos Zimmer. Dabei wäre sie fast mit Lara zusammengestoßen, die soeben aus diesem herausgestürmt kam. Sie wirkte völlig durcheinander, ihr ganzer Körper zitterte, ihr Gesicht war gerötet, und ihr Blick verlor sich im Nichts. Sie schien Virginia gar nicht zur Kenntnis zu nehmen, während sie an ihr vorbeihastete. Virginia drehte sich verwundert um und sah ihr nach: Lara stockte plötzlich und torkelte leicht, als wäre sie betrunken, um sich an der Wand abzustützen, das Gesicht in den Händen verborgen.

Virginia zögerte noch einen Moment, wandte sich dann aber doch besorgt an Lara: »Lara, was ist denn passiert?«

Statt ihr zu antworten, raffte Lara sich auf und hastete weiter den Flur hinunter.

Virginia, der das Herz bis zum Hals schlug, wurde plötzlich von der Angst überfallen, dass mit Marco etwas nicht stimmte. Hastig eilte sie zu seinem Zimmer und riss mit großem Schwung die Tür auf: Marco saß mit nacktem Oberkörper und ratlosem Gesichtsausdruck auf dem Bett, als hätte er auf sie gewartet.

»Aber was ist denn passiert?«, brach es aus Virginia hervor. »Lara ist mir draußen begegnet, sie sah aus, als würde sie gleich ohnmächtig werden. Ich dachte schon, dass … dass … ich weiß nicht … Ich habe schon das Schlimmste vermutet.«

Marco suchte nach Worten.

»Ich weiß auch nicht … Ich … musste mich übergeben … und dann … hat sie mich ausgezogen und plötzlich so ein komisches Gesicht gemacht. Sie ist richtig geflüchtet … einfach so, ganz unvorbereitet.«

»Aber hat sie denn etwas zu dir gesagt? Hat sie dir irgendeine Erklärung gegeben?«

Marco schüttelte den Kopf und starrte sie besorgt an.

»Oh Gott, vielleicht hat sie entdeckt, dass ich wirklich schwerkrank bin?«, flüsterte er mit versagender Stimme.

Virginia spürte, wie sich ihr Magen zusammenzog, und dachte wieder an Laras Gesichtsausdruck, an die Verzweiflung, die in ihrem Blick gelegen hatte.

»Bleib jetzt erst mal ganz ruhig … Ich werde sie suchen und mit ihr sprechen, dann komme ich wieder«, sagte sie endlich und verließ das Zimmer.

Marco schloss die Augen, streckte sich auf dem Bett aus und zog die Decke über sich. Er wollte sich gegen die Kälte schützen, die ihn plötzlich überkommen hatte.

8

Als Lara aus dem Krankenhaus trat, empfing sie der Wind, als hätte er auf sie gewartet: eine warme, kräftige Brise, die den Staub durch die Luft wirbelte und das Laub übers Pflaster fegte. Wie benommen blieb sie auf dem weiten Vorplatz stehen und wünschte für einen Moment, der warme Wind möge sie mit sich davontragen, weit fort, an einen Ort ohne Gedächtnis. Sie atmete schwer und versuchte vergeblich, die widerstrebenden Gefühle zu kontrollieren, die Besitz von ihr ergriffen hatten. Nachdem sie irgendwie den Weg zu ihrem Auto gefunden hatte, schloss sie es auf und glitt auf den Fahrersitz, doch statt loszufahren, blieb sie einfach sitzen, den Blick ins Leere gerichtet. Vor ihrem inneren Auge sah sie den Hafen in ihrem Dorf, die bunten Häuser, die aussahen wie in die Felsen gesteckt, die kleine, geschützte Bucht am Meeresufer. In all diesen Jahren hatte sie es nicht fertiggebracht, nach Hause zurückzukehren, denn nach dem großen Schmerz, den sie dort durchlebt hatte, hatte sie sich hier in der Ferne in einer scheinbaren Sicherheit gewiegt. Wenn sie ehrlich war, hatte sie damals praktisch die Flucht ergriffen: Nachdem sie den Beschluss gefasst hatte fortzugehen, hatte sie in aller Eile die Koffer gepackt, sich überstürzt von ihren Eltern verabschiedet und war in den Bus gestiegen, der im Dorf schon mit laufendem Motor auf sie gewartet hatte. Als sie zum letzten Mal an *seinem* Haus vorbeigegangen war, hatte sie gehofft, dass *er* sie nicht sehen, sondern erst von ihrer Abreise erfahren würde, wenn alles vorbei war. Doch je mehr Jahre vergingen, desto klarer wurde ihr, dass *er* ihre Abreise wahrscheinlich kaum zur Kenntnis genommen hatte, und sie hatte versucht, damit irgendwie ihren Frieden zu machen. Die Begegnung mit Marco jedoch hatte sie in einen Strudel der Erinnerungen und ungelösten Fragen gestürzt.

Es waren viele, zu viele Dinge, die übereinstimmten: das Alter des Jungen, das sternförmige Muttermal auf seiner Schulter und bei näherem Hinsehen auch seine Augen, die sie an die *seinen* erinnerten – das Grün der Iris, das an taufeuchten Salbei erinnerte, die tiefschwarze Sonne der Pupillen, die sich bei jeder Emotion weiteten …

Sie saß immer noch da und sann über alles nach, als plötzlich die Autotür aufgerissen wurde.

»Darf man erfahren, was mit dir los ist?«

Lara wandte sich geistesabwesend der Stimme zu, die das gefragt hatte, und erkannte erst nach und nach Virginia, die neben dem Auto stand.

»Ist etwas mit Marco? Bitte sag mir die Wahrheit, Lara!«, drängte das Mädchen jetzt.

Ein Windhauch strich durch die offene Wagentür und holte Lara zurück in die Gegenwart. Sie fuhr sich unwillkürlich mit der Hand durch das Haar und dann übers Gesicht, als wollte sie testen, ob sie noch da war.

»Lara … bitte! Ich habe dich noch nie so durcheinander gesehen … Wird Marco nie wieder gesund? Ist es das?«

»Marco geht es gut«, erwiderte Lara kaum hörbar.

»Dann sag mir, was los ist, verdammt!«

Lara schloss die Augen und stieß einen tiefen Seufzer aus.

»Nichts, nichts ist los. Lass mich ein wenig allein, bitte«, sagte sie erschöpft.

»Nein, das tue ich nicht. Du müsstest dich mal sehen, du wirkst völlig aufgelöst. Wollen wir in die Bar gehen und einen Kaffee trinken?«

»Es ist gleich vorbei, mach dir keine Sorgen«, sagte Lara beschwichtigend, doch ihre geröteten Augen und ihr bleiches Gesicht sprachen eine andere Sprache.

»Lara … Wir kennen uns seit fast zehn Jahren, und du weißt, wie gern ich dich habe. Und ich denke, du hast mich auch gern. Wir waren immer ehrlich zueinander, und du schuldest mir jetzt wirklich eine Erklärung. Erst gestern hast du mich gefragt, ob ich glaube, dass du mich je belogen hast, und ich habe das verneint. Dann fang bitte jetzt nicht an, Geheimnisse vor mir zu haben …«

Als Lara sich Virginia zuwandte, wurde ihr mit einem Mal bewusst, dass sie das dringende Bedürfnis hatte, sich auszusprechen und ihr alles zu erzählen, alles, was ihr seit dem Schreckensmoment, als sie den Stern auf Marcos Schulter gesehen hatte, durch den Kopf gegangen war. Sie ertrug es nicht, den Schmerz und die Verantwortung, die auf ihr lasteten, allein zu übernehmen.

»Steig ein«, sagte sie endlich und winkte zur Bekräftigung mit der Hand. Virginia zögerte, tat dann aber wie ihr geheißen und setzte sich neben Lara ins Auto. Lara lehnte den Hinterkopf gegen das Kopfteil und seufzte erneut.

»Ich weiß, wer Marco ist«, sagte sie schließlich zu dem Mädchen.

»Was soll das heißen?«, entfuhr es Virginia.

»Dieses Muttermal, das aussieht wie ein Stern … ich habe es sofort wiedererkannt.«

Virginia wagte kaum zu atmen und starrte sie erwartungsvoll an.

»Erzähl …«

Lara schluckte schwer, bevor sie zu sprechen begann.

»Ich war dabei, als er geboren wurde. In meiner Jugend war ich Hebamme. *Ich* war es, die ihn auf die Welt gebracht hat …«, gab sie endlich zu und stieß den restlichen Atem aus, wie von einer schweren Last befreit.

»Also … also weißt du, wer seine Eltern sind?«, drängte Virginia.

Lara nickte und fuhr dann fort zu erzählen. Und während sie sprach, erlebte sie alles wieder, die fatale Nacht, viele Jahre zuvor, die Freude über die Geburt des Kindes, dicht gefolgt vom Schmerz über den Tod der Mutter, den liebenden Blick des Vaters, der sich in einem einzigen kurzen Moment in Hass verwandelt hatte, die Verweigerung seines neugeborenen Sohnes, dem er zur Last legte, seine Mutter umgebracht zu haben und damit auch für seinen eigenen Schmerz verantwortlich zu sein, einem Schmerz, der tiefer und schwärzer war als das endlose Meer.

»Angelo … ich weiß noch, dass sie ihn Angelo nennen wollten«, schloss sie leise.

Virginia schüttelte den Kopf, zutiefst erschüttert.

»Und … und du bist sicher, dass es sich bei Marco wirklich um dieses Kind handelt?«, fragte sie Lara nach einer Weile.

»Ich … ich glaube ja«, erwiderte diese nach ein paar Sekunden des Nachdenkens.

»Dann musst du es ihm sagen.«

Lara drehte sich zu Virginia um und sah sie an. Verzweiflung lag in ihrem Gesicht.

»Wie soll ich das denn anstellen?«

»Ich weiß es nicht … Doch wenn du es nicht tust, sage ich es ihm.«

»Aber …«

»Marco, oder wie zum Teufel er auch heißen mag, hat das Recht, alles zu erfahren«, sagte Virginia fest. »Es ist wichtig. Stell dir doch mal vor, wenn du an seiner Stelle wärst … Du möchtest ganz sicher wissen, wer deine Mutter ist und wer dein Vater, auch wenn er ein Arschloch ist, der dich nicht gewollt hat, oder? Ich jedenfalls würde es wissen wollen. Nicht auszudenken, wie er sich fühlen muss, so völlig allein auf der Welt! Sein ganzes Leben schon ist er allein gewesen, und man spürt doch, wie sehr ihn das belastet … Er hat mir das auch gesagt, ganz deutlich sogar. Er schämt sich dafür, dass er niemanden hat, und vielleicht tut es ihm einfach gut zu erfahren, was wirklich passiert ist. Vielleicht hat sein Vater sein damaliges Verhalten ja inzwischen bereut und sucht ihn oder will ihn sogar zurückhaben …«

Lara lächelte bitter.

»Du kennst ihn nicht … Ich glaube nicht, dass er seine Meinung geändert hat«, sagte sie.

»Du glaubst es nicht, aber du weißt es nicht mit Gewissheit, richtig?«, hielt Virginia ihr entgegen.

Lara stöhnte verzweifelt auf, ohne zu antworten, und Virginia konnte in ihren Augen die Qual lesen, aber vor allem auch die Angst davor, Marco die Wahrheit zu sagen.

Ungeduldig riss sie die Autotür auf und platzte heraus: »Okay, ich gehe jetzt wieder rein und sage ihm alles.«

»Nein, ich bitte dich!«, flehte Lara, indem sie Virginia am Arm zurückhielt. »Ich werde es ihm sagen, das verspreche ich dir«, fuhr sie beschwichtigend fort. »Aber gib mir bitte ein wenig Zeit. Ich muss die richtigen Worte finden … ich muss wissen, wie er es aufnimmt, was es mit ihm anstellt … Es ist nicht so einfach, wie du denkst.«

»Was ist denn so schwierig daran?«, fragte Virginia misstrauisch.

Lara schloss erschöpft die Augen.

»Da sind so viele Dinge, von denen du nichts weißt ... so viele Dinge, die ich versucht habe zu vergessen. Deswegen habe ich die Arbeit gewechselt ... Deswegen habe ich darauf verzichtet, Kindern auf die Welt zu helfen, und bin stattdessen Physiotherapeutin geworden: um zu vergessen. Eines Tages werde ich die Kraft finden, dir alles zu erzählen ... aber für den Moment bitte ich dich nur, mir ein wenig Zeit zu geben. Denn wenn jemand diesem Jungen die Wahrheit sagen muss, dann bin ich das«, meinte sie endlich.

Virginia senkte den Kopf und versuchte, die widersprüchlichen Gedanken zu ordnen, die ihr durch den Kopf gingen. Am Ende konnte sie nichts anderes tun, als Laras Hand in die ihre zu nehmen.

»Machen wir es so, wie du meinst«, sagte sie dann beruhigend zu ihrer Freundin. »Wir warten auf den richtigen Moment. Ich vertraue dir ... wie immer.«

Lara, der inzwischen die Tränen gekommen waren, drückte sie leise weinend an sich.

Kurz darauf stieg Virginia aus dem Auto und ging zurück in die Klinik. Auf dem Weg zu Marcos Zimmer machte sie halt in einer Damentoilette, um sich das Gesicht zu waschen und sich ein wenig nachzuschminken, damit ihr die ganze Aufregung äußerlich nicht sofort anzumerken war.

Marco hatte sich in der Zwischenzeit mit der Hilfe eines Pflegers wieder angezogen und musterte sie gespannt, als sie ins Zimmer trat.

»Alles in Ordnung«, sagte Virginia gut gelaunt und setzte ein betont beruhigendes Lächeln auf, während sie auf sein Bett zuging. »Lara hatte einen plötzlichen Schwächeanfall, wahrscheinlich weil sie nichts gegessen hat. Es geht ihr schon wieder besser, und sie lässt dir ausrichten, dass es nichts mit dir zu tun hat.«

»Bist du sicher?«, fragte Marco skeptisch.

»Ganz sicher. Du brauchst dir überhaupt keine Sorgen zu machen.«

»Danke«, sagte er leise in dem Wunsch, ihr glauben zu können.

Virginia sammelte schnell die Sachen auf, die sie auf dem Nachtkästchen vergessen hatte, und steckte sie in ihre Tasche.

»Ich muss jetzt wirklich gehen … Luca wartet schon auf mich«, sagte sie mit offensichtlichem Bedauern in der Stimme.

»Komm bloß nicht auf die Idee, ihn von mir zu grüßen«, gab Marco sarkastisch zurück.

Sie lächelte schwach, kam dann aber näher und strich Marco liebkosend über die Haare.

»Noch einmal: Du musst dir wirklich keine Sorgen machen! Pass auf dich auf … und sei tapfer.«

Marco nickte und sah ihr nach, wie sie das Zimmer verließ. Sie gefiel ihm so gut, dass er sie jetzt schon vermisste.

Auf der Heimfahrt war Lara tief in Gedanken versunken. Der Himmel lag im Abendrot, als sie auf ihren reservierten Parkplatz im Hof ihres Wohnhauses einbog und dann zu Fuß die Treppen zu ihrer Wohnung hinaufging.

Sie hatte die Wohnungstür noch nicht geschlossen, als ihr schon auf leisen Sohlen Cirmolo entgegenkam. Der Kater gähnte herzhaft und streckte sich ausführlich, bevor er sich genüsslich an ihren Knöcheln rieb und ihr mit steil aufgestelltem Schwanz in die Küche folgte. Sein vertrautes freudiges Miauen im Ohr, nahm sie ein Tellerchen aus dem Küchenschrank und gab den Inhalt einer Dose Katzenfutter darauf. Wie üblich sprang Cirmolo mit Elan auf den Tisch mit der bunten Tischdecke und wartete, dass sie sein Fressen vor ihn hinstellte, um sich dann sofort niederzukauern und sich mit großem Appetit darüber herzumachen.

»Und wenn ich mich doch geirrt habe?«, fragte Lara, die sich an den Tisch gesetzt hatte und ihm beim Fressen zusah; sie wandte sich dabei an Cirmolo, als ginge sie davon aus, dass er sie verstehen konnte. »Wenn alles nur ein dummer Zufall ist?«

Es war falsch gewesen, dass sie sich Virginia anvertraut hatte, dachte sie jetzt. Sie hatte sich von der Verzweiflung überwältigen lassen und von dem Bedürfnis, den Ansturm der Gefühle mit jemandem zu teilen. Das hatte ihr alle Klarheit und Besonnenheit geraubt, und jetzt konnte sie nicht mehr zurück. Sie musste ihr Versprechen halten und Marco alles erzählen, um zu verhindern, dass Virginia ihr das früher oder später aus der Hand nahm.

Der Kater hatte bereits die letzten Überbleibsel aufgeschleckt und ließ sich nun auf dem Tisch nieder, wo er sich gemütlich einkringelte. Lara begann ihn geistesabwesend zu streicheln.

»Ich weiß wirklich nicht, was ich tun soll. Ich kann das Leben dieses armen Jungen doch nicht noch mehr durcheinanderbringen. Wie soll ich es ihm denn überhaupt sagen? *Ich weiß, wer du bist und wo du herkommst?* Und wenn er es gar nicht wissen will?«

Statt einer Antwort stand Cirmolo auf und streckte sich nochmals ausgiebig, um dann laut schnurrend seine Krallen in das Gewebe von Laras Pullover zu schlagen. Erst jetzt merkte sie, dass das Schuldgefühl wieder da war, das sie all die Jahre zu unterdrücken versucht hatte. Ein zweites Mal kreuzte sich ihr Weg mit dem Schicksal dieses Jungen, ein zweites Mal würde sie ihm vielleicht wehtun müssen, ihm einen unerträglichen Schmerz bereiten, so wie sie es am Tag seiner Geburt getan hatte.

»Ich muss ruhig bleiben … ruhig und vernünftig. Und ich muss die richtige Gelegenheit finden«, raunte sie dem Kater zu und stand dann vom Stuhl auf, was Cirmolo zum Anlass nahm, in einer geschickten Bewegung vom Tisch zu springen.

Auf dem Weg ins Schlafzimmer kam Lara der Flur plötzlich vor wie eine gewundene, dicht mit Bäumen bestandene Allee, die in schwaches Mondlicht getaucht war. Sie kannte diese Allee, sie erinnerte sich gut an sie. Hunderte Male war sie sie entlanggelaufen, auf dem Weg zum Rostro, einem Felsvorsprung in der Form eines Adlerschnabels ganz in der Nähe ihres Dorfes. Von dort aus hatte sie zugesehen, wie die Fischkutter nachts die Anker lichteten, immer in der Hoffnung, einen Blick auf *ihn* zu erhaschen. Eine Schaumspur hinter sich herziehend, waren die Schiffe auf dem Wasser hinaus ins Weite gefahren, beleuchtet nur vom Mond, der sich auf der Meeresoberfläche spiegelte. Immer suchte sie dabei nach *ihm*, nach seinem dunklen Lockenkopf und dem mageren, sehnigen Körper, wie er am Bug seines rotblauen Kutters stand und die Fischernetze kontrollierte. Wenn sie ihn fand, sah sie ihm noch lange nach, bis das Licht der Schiffslampe mit zunehmender Entfernung immer schwächer wurde und das Boot schließlich im Dunkel verschwand. Nur die Rufe der Eulen und das Geheul der Hunde an ihren Ketten begleiteten sie, wenn sie anschließend nach Hause ging. Später, im Bett, träumte sie davon, in *seinen* Armen zu liegen, bis sie dann im Morgengrauen, der Stunde *seiner* Rückkehr, wieder aus dem Schlummer auftauchte.

Dass die Erinnerung an damals jetzt so deutlich wiederkam, verstörte sie. Es kam ihr vor wie ein Vorzeichen von etwas, das sie sich noch nicht eingestehen wollte, das aber in ihrem Inneren Gestalt annahm. Und das vielleicht zu der Lösung führen würde, nach der sie so verzweifelt suchte.

Als sie sich auszog, spürte sie, wie immer, den Ruf des Spiegels hinter ihrem Rücken. Seit langer Zeit hatte sie ihm nicht mehr nachgegeben und sich nackt davorgestellt. Als wollte sie mit dieser Weigerung auch sich selbst entkommen und damit dem, was die Zeit aus ihr gemacht hatte. Als würde sie beim Betrachten ihres Körpers und ihres Gesichts all das wiederfinden, was sie versucht hatte zu vergessen. Die ersten Falten auf ihrer Haut kamen ihr vor wie eine Geheimschrift, die von ihrer Trauer über einen verdrängten, aber nie ganz verheilten Schmerz erzählte. Wie oft hatte sie damals davon geträumt, dass *er* endlich Notiz von ihr nehmen und ihren nackten Körper betrachten würde, wie innig hatte sie sich gewünscht, dass *seine* Hände ihre weiße weiche Haut streichelten. Auch deshalb hatte sie Angst, sich nackt im Spiegel zu betrachten: Sie fürchtete, damit die Sehnsucht neu zu entfachen und im Spiegel doch immer nur sich selbst zu entdecken, gefolgt von der erschreckenden Erkenntnis, dass es niemals anders sein würde.

Aber an diesem Abend war der Ruf des Spiegels unwiderstehlich. Lara wusste, dass ein geheimnisvoller Zusammenhang bestand zwischen diesem Ruf und ihrer Entdeckung von Marcos wahrer Identität. Es war, als hätte sie damit auch ihre eigene Vergangenheit wiedergefunden und wäre nun gezwungen, aus einer lang anhaltenden Lethargie zu erwachen.

Sie drehte sich langsam um und sah sich an, in der Reife ihrer fünfundvierzig Jahre. Sie war ein wenig fülliger geworden, die Hüften waren nicht mehr so schmal wie früher. Auch die Knie waren etwas gröber und wirkten leicht geschwollen. Aber die Haut war genauso weiß wie einst und …

Sie wandte die Augen ab und lächelte bitter. Ihr war plötzlich bewusst geworden, dass die Jahre wie im Flug vergangen waren, unwiederbringlich.

Als ich ein junges Mädchen war, dachte sie, habe ich in den Spiegel geschaut und mich gefragt, warum mein Körper so anziehend ist. Jetzt hingegen frage ich mich, warum mein Körper niemanden mehr anzieht …

Sie drehte ihrem Spiegelbild den Rücken zu und ließ ihr nacktes Abbild im Spiegel zurück. Dann schaltete sie das Radio ein, um auf andere Gedanken zu kommen, und stellte sich kurz darauf unter die Dusche. Anschließend hüllte sie sich in ihren weißen Bademantel, die nassen Haare in ein Handtuch gewickelt. Eine Weile stand sie einfach nur da und sah zu, wie das restliche Wasser von ihrem nassen Körper auf den Boden tropfte. In dem rhythmischen Ticken der Wassertropfen, die eine kleine Lache bildeten, welche sich auf den blauen Fliesen langsam ausbreitete, fand sie endlich die Antwort, die sie gesucht hatte: Sie wusste jetzt, was sie tun musste und wie sie es anstellen würde, Marco die Wahrheit zu sagen.

9

Am nächsten Morgen rief Lara schon sehr zeitig Virginia an und verabredete sich mit ihr in der Klinik. Sie kam dort etwas früher an, um noch mit dem Personalchef zu sprechen und den ersten Teil des Plans umzusetzen, den sie am Vorabend gefasst hatte. Als sie an Marcos Zimmer vorbeiging, konnte sie der Versuchung nicht widerstehen, die Tür zu öffnen und kurz hineinzuspähen.

Der Junge schlief tief und fest, schien aber sehr unruhig. Er warf den Kopf hin und her, atmete hörbar und stöhnte zwischendurch, als wäre er in einem Albtraum gefangen. Außerdem musste er anscheinend ständig schlucken, da sich sein Kehlkopf auf und ab bewegte. Als Lara zu seinem Bett ging, bemerkte sie, dass seine Stirn gerötet und verschwitzt war und seine geschlossenen Lider zuckten, als jagten seine Augen aufregenden inneren Bildern nach.

Lara trat zum Waschbecken und hielt eine Mullbinde unter den Wasserhahn, mit der sie dann Marcos Lippen befeuchtete. Obwohl er immer noch schlief, öffnete er bereitwillig den Mund und saugte gierig an der Binde wie ein Kind an der Mutterbrust. Lara verharrte eine Weile und stillte seinen Durst, bevor sie ihm mit einem zärtlichen Blick sanft die Stirn betupfte. Er schien immer noch in mysteriöse Träume versunken und machte keine Anstalten aufzuwachen, und so konnte Lara sich nicht zurückhalten und schob sein T-Shirt etwas zur Seite, um das sternförmige

Muttermal betrachten zu können. Ihre Finger zitterten, als sie sich dem Körper des Jungen noch weiter näherte und das Mal aufmerksam musterte. Als sie gesehen hatte, was sie sehen wollte, schob sie das T-Shirt wieder an seinen Platz, beugte sich zu dem Jungen und küsste ihn auf die Wange.

Später, als sie von dem Gespräch mit dem Personalchef zurückkam, ging sie hinunter in den Hof und fand dort wie verabredet Virginia vor, die bereits auf sie wartete.

»Entschuldige bitte die Verspätung«, sagte sie rasch, »aber das Personalbüro hier arbeitet wirklich im Schneckentempo. Ich habe meinen noch ausstehenden Urlaub beantragt und war davon ausgegangen, dass es nur ein paar Minuten dauert, aber stattdessen haben sie eine Staatsaffäre daraus gemacht ...«

Virginia sah sie verblüfft an.

»Urlaub? Aber wieso brauchst du denn Urlaub? Du willst doch nicht etwa ausgerechnet jetzt wegfahren? Lara, ich verstehe wirklich nicht, was in dich gefahren ist, aber ...«

Lara winkte beschwichtigend ab.

»Ich fahre doch nur nach Sarcola ... Keine Sorge, ich hau schon nicht ab, dazu habe ich nicht die geringste Absicht. Mach mir bloß kein schlechtes Gewissen; was ich vorhabe, ist sowieso schon schwer genug.«

»Sarcola?«, fragte Virginia verdutzt.

»Das ist das Dorf, in dem ich geboren bin. Und wo auch Marco geboren ist, obwohl er nichts davon weiß ... Ich habe beschlossen, ihn dorthin mitzunehmen.«

Virginia sah sie an, als wäre sie soeben einem Raumschiff entstiegen.

»Marco wird bald aus der Klinik entlassen, und er müsste die Therapie dann zu Hause fortsetzen. Da können wir doch genauso gut nach Sarcola fahren und dort weitermachen … Darum habe ich einfach Urlaub genommen, denn die Klinik würde mir das nie genehmigen«, erklärte Lara.

Virginia war immer noch völlig verdattert.

»Ich verstehe einfach nicht, worauf du hinauswillst«, gab sie kopfschüttelnd zu.

»In Sarcola ist doch auch Marcos Vater. Er lebt noch immer an seinem Heimatort …«

Virginia riss die Augen noch weiter auf.

»Das sagen wir Marco natürlich nicht, oder wenigstens nicht gleich«, fuhr Lara fort. »Aber du musst mir helfen, ihn zum Mitkommen zu überreden. Alles andere übernehme dann ich.«

»Aber … bist du denn wirklich sicher, dass das eine gute Idee ist?«

»Nein, bin ich keineswegs, wenn du es genau wissen willst«, gab Lara zu. »Aber ich weiß auch nicht, was ich sonst tun soll … Ich glaube jedenfalls, dass es gut ist, wenn sie sich kennenlernen und ein wenig Zeit miteinander verbringen … Und dann sehen wir schon, was passiert.«

Virginia senkte den Kopf und dachte über das Gehörte nach.

»Vielleicht hast du recht. Es könnte … ganz natürlich ablaufen. Aber sicher bin ich mir nicht«, schloss sie und hob wieder den Blick.

»Also hilfst du mir, ihn zu überreden?«

»Was soll ich denn zu ihm sagen? Hast du dir schon eine gute Geschichte überlegt?«

Lara deutete ein Lächeln an und warf einen Blick hinauf zum Fenster von Marcos Zimmer im zweiten Stock.

»Die Therapie …«, sagte sie. »Wir sagen ihm, dass es eine

besondere Therapie ist, die dazu dient, ihn bald wieder ganz gesund zu machen.«

»Und du meinst, das glaubt er uns?«

»Ich weiß es nicht ... aber ich hoffe es. Und im Grunde stimmt es ja auch«, sagte Lara dann wie zu sich selbst.

Die Sonne hatte ihren Zenit erreicht und stach jetzt nicht mehr so durchs Fenster, dass sie Marco mit ihren Strahlen blendete. Er war erleichtert darüber, denn er hatte mehrmals versucht, jemanden zu rufen, der die Rollläden herunterließ. Aber das Pflegepersonal hatte alle Hände voll zu tun mit Patienten, die kränker waren als er, und so hatte niemand seinem Wunsch Folge geleistet. Er merkte jetzt, dass er durstig war, griff nach der Wasserflasche auf dem Nachttisch und trank, mit vorgestrecktem Kopf, in einer unbequemen, schmerzhaften Position verharrend. Das Wasser war brühwarm, aber es blieb ihm nichts anderes übrig, als damit seinen Durst zu stillen.

In diesem Moment klopfte es an der Tür, und einen Augenblick später streckte schon Lara den Kopf herein, ein verlegenes Lächeln auf den Lippen.

Marco reagierte deutlich gereizt auf ihr Kommen. »Du willst mich doch etwa nicht schon wieder schikanieren? Ich habe keine Lust zum Aufstehen, mach dir da bloß keine Hoffnungen«, schnaubte er sie statt einer Begrüßung an.

»Ich habe heute meinen gutmütigen Tag und erspare dir deinen Spaziergang«, sagte Lara, indem sie ins Zimmer trat und die Tür hinter sich offen stehen ließ.

»Wieso das denn?«, fragte Marco verdutzt.

»Einfach so. Hast du was dagegen?«

»Nein, ganz im Gegenteil.«

Lara war an sein Bett getreten und setzte sich jetzt auf den Rand.

»Hast du Lust auf ein Eis?«, fragte sie dann und schüttelte sein Kissen auf, sodass er den Kopf wieder darauf zurücklegen konnte.

»Warum? Darf ich das denn überhaupt essen?«, fragte Marco misstrauisch.

»Klar darfst du das. Dein Magen ist doch völlig in Ordnung, oder?«

»Wenigstens etwas ...«, gab Marco spöttisch zurück.

»Weißt du, dafür, dass du erst achtzehn Jahre alt bist, bist du eine ziemliche Nervensäge!«

»Wer, ich?«

»Wer denn sonst, ich etwa? Du solltest endlich einsehen, dass du gar nicht so schwer verletzt bist, wie du denkst. Auch wenn du dir das einredest, liegst du jedenfalls nicht im Sterben«, schimpfte Lara, wenn auch mit einem Augenzwinkern.

»Na, du bist vielleicht gut. Ich kann nicht laufen, mein Arm und meine Hand sind beide gelähmt ...«

»Gelähmt ...«, platzte Virginia lachend dazwischen, die soeben ins Zimmer getreten war, dreimal Eis am Stiel in der Hand. »Meinst du nicht, dass du etwas übertreibst?«

Marco sah sie verblüfft an.

»Was machst du denn schon wieder hier?«, fragte er sie, während sie ihm ein Eis reichte.

»Eis verkaufen. Ich bessere das Taschengeld auf, das ich von meinen Eltern bekomme«, erwiderte Virginia, indem sie Lara das zweite Eis hinhielt.

Marco starrte die beiden Frauen skeptisch an, öffnete dann mithilfe der Zähne die Verpackung um das Eis und schwang es wie eine Waffe durch die Luft.

»Darf man erfahren, was hier eigentlich vor sich geht? Es kommt mir reichlich komisch vor, dass ihr beide bei mir aufkreuzt und mich mit einem Eis bestechen wollt … Da ist doch was im Busch, habt ihr etwa schlechte Nachrichten für mich?«

»Ganz im Gegenteil, es handelt sich wohl eher um eine gute Nachricht, nicht wahr?«, erwiderte Virginia mit einem Blick auf Lara, die mit einem kaum merklichen Nicken reagierte.

»Nächste Woche machen wir eine kleine Reise«, verkündete Lara an Marco gewandt, ohne verbergen zu können, dass ihre Stimme ein wenig zitterte.

»Wie … was soll das denn heißen?«

»Ich nehme dich mit nach Sarcola …«

»Ich verstehe nicht … Wo zum Teufel ist das, Sarcola? Und wer hat dir gesagt, dass ich mitkomme?«

»Nun sei doch nicht gleich wieder so misstrauisch. Sarcola ist das Dorf, in dem ich geboren bin.«

»Na und? Was hat das mit mir zu tun?«, fragte Marco.

»Es liegt am Meer und hat einen ganz herrlichen Strand … und der ist wunderbar geeignet für dich, um das Laufen zu üben, denn der weiche Sand lässt deine Füße einsinken. Das macht es leichter für dich, dein Gleichgewicht zu halten, und deshalb wirst du schnell Fortschritte machen«, klärte Lara ihn auf. »Ich habe schon eine ganze Reihe von Übungen für dich im Kopf, die wir hier nicht so gut machen können … auch für die Hand und den Arm … Also los, vertrau mir einfach.«

Marco sah sie einigermaßen bestürzt an.

»Ich finde, das ist eine tolle Idee«, schaltete sich Virginia ein und biss von ihrem Eis ab. »Meer, Sonne, Strand … das ist ja fast wie Urlaub.«

Marco hielt den Blick immer noch auf Lara gerichtet.

»Ich verstehe nicht … Warum willst du das für mich tun?«

»Ich sage es noch einmal: Das ist meine Arbeit. Und die mache ich so, wie es mir passt«, erwiderte Lara resolut.

»Das heißt, du nimmst jeden deiner Patienten mit nach Sarcola, um dort Krankengymnastik zu machen?«

Lara lachte schallend.

»Wenn du es wirklich wissen willst: Ich habe einfach Lust, nach vielen Jahren der Abwesenheit in mein Dorf zurückzukehren und meine Eltern wiederzusehen«, erwiderte sie und bereute im selben Moment, es gesagt zu haben.

Marco starrte sie nachdenklich an, dann verdüsterte sich seine Miene.

»Ich verstehe … Diese ganze Geschichte kann nur eins bedeuten: dass ich wirklich in einer schlechten Verfassung bin.«

»Oder auch, dass du schnell gesund werden kannst, wenn du auf mich hörst … und dass ich nicht zu viel Zeit mit dir verlieren will«, erwiderte Lara abwiegelnd.

»Du bist ganz schön schlau, was?«, meinte Marco und sah ihr direkt in die Augen, wie um dort eine Antwort auf seine Fragen zu finden.

Lara zuckte unmerklich zusammen, da sie in seinem Blick ganz plötzlich ein weiteres Mal die Wurzel ihres eigenen Schmerzes entdeckte.

»Sag mal, willst du denn nicht gesund werden und bald wieder mit dem Springen anfangen?«, schaltete sich Virginia an Marco gewandt ein.

Er antwortete nicht und biss wieder lustlos von dem Eis ab, das schon zu schmelzen begann.

»Und wer zahlt das alles?«, fragte er dann, immer noch Angst und Misstrauen in der Stimme.

Die beiden Frauen wechselten einen hilflosen Blick.

»Ich nehme dich mit zu meinen Eltern nach Hause, um das Nützliche mit dem Vergnüglichen zu verbinden … Unterkunft und Verpflegung sind also für dich frei«, improvisierte Lara. »Ich sag's dir noch einmal: Sieh es als Urlaub, es sind ja nur ein paar Tage … Was hast du schon zu verlieren?«

»Und wegen deiner Arbeit im Schwimmbad musst du dir keine Sorgen machen«, fügte Virginia hinzu. »Ich spreche mit der Personalabteilung, damit sie dich wieder einstellen, wenn du zurückkommst.«

Marco musterte die beiden ungläubig und schüttelte kaum merklich den Kopf.

»Ich habe keine Ahnung, ob ihr mir wirklich helfen wollt oder ob doch irgendein Haken an der Sache ist. Mein Gefühl sagt mir, dass irgendwas nicht stimmt an der Geschichte … Was ist es, das ihr mir nicht sagen wollt?«

»Oh, jetzt hör mir mal zu, mein Junge«, konterte Lara, langsam wirklich genervt. »Du bist ein Freund von Virginia, und sie fühlt sich schuldig, weil du von diesem Felsen gesprungen bist und dir dabei wehgetan hast … Ich wiederum bin mit ihr befreundet und habe mir deine Lage daher auch mehr als vielleicht nötig zu Herzen genommen. Entscheide du selbst, niemand zwingt dich zu irgendwas … Aber die Alternative ist nun mal schlicht und einfach, dass du nach deiner Entlassung aus der Klinik mutterseelenallein nach Hause gehst und dir auf eigene Kosten einen Physiotherapeuten suchst. Ich jedenfalls fahre zu meinen Eltern nach Sarcola, da ich ja nun schon mal Urlaub genommen habe. Alles klar so weit?«

Marco ließ Laras Worte auf sich wirken und starrte eine Weile schweigend vor sich hin. Dann, ganz unerwartet, fuhr er zum Kopfteil des Bettes herum und betätigte den Alarmknopf.

»Aber was machst du denn da?«, fragte ihn Lara völlig perplex.

»Ich will mit dem Arzt sprechen, und zwar sofort!«, erwiderte Marco wild entschlossen, die Schalttafel fest umklammert.

Wenige Minuten später kam tatsächlich der behandelnde Arzt herein, der Marco schon in den Tagen zuvor betreut hatte. Lara und Virginia empfingen ihn stumm, in eine Zimmerecke verkrochen, als wären sie zwei Angeklagte in einem Prozess.

»Was ist denn passiert?«, fragte der Mann besorgt.

»Ich bin es, der hier wissen möchte, was passiert ist …«, gab Marco zurück, der dem Arzt bleich und angespannt entgegensah und in seinem von weißen Haaren umrahmten Gesicht nach einem Hinweis suchte, ob seine Ängste begründet waren. »Können Sie mir bitte sagen, warum man mich von hier wegschicken will? Und noch dazu in ein Dorf, das ich nicht mal kenne? Was verbirgt sich hinter dieser Idee? Wenn es wirklich so schlecht um mich steht, dann will ich das wissen, und zwar gleich.«

Marco blickte erst den Arzt und dann Lara und Virginia an, und auch der Arzt wandte sich nun überrascht an die beiden Frauen, auf der Suche nach einer Erklärung.

»Davon weiß ich leider gar nichts«, stammelte er ratlos.

Lara erzählte ihm von ihren Plänen, insbesondere davon, die Reise für Marcos Rehabilitation zu nutzen. Zum besseren Verständnis berichtete sie ihm auch von der besonderen Beziehung, die den Jungen mit Virginia verband, mit der wiederum sie selbst seit vielen Jahren gut befreundet war.

»Ich möchte nichts weiter, als Arbeit und Urlaub miteinander zu verbinden«, präzisierte sie. »Und der Patient müsste die Therapie ja sowieso fortsetzen, allerdings auf eigene Kosten.«

Marco hörte schweigend zu in der Erwartung, dass endlich herauskäme, was Lara in Wirklichkeit im Schilde führte.

Der Arzt nahm die Krankenakte zur Hand und überflog sie kurz, bevor er sich wieder Marco zuwandte.

»Ich habe dir ja schon gesagt, mein Junge, dass du keine schweren Verletzungen hast und bald wieder gesund werden kannst. Wenn sich der Schwindel legt, wirst du schon in wenigen Tagen wieder ohne Probleme gehen können … Mit dem Arm und der Hand wird es allerdings noch ein wenig länger dauern, aber alles in allem läuft es wie vorhergesagt. Wenn ich ehrlich sein soll, ich glaube, dass Lara dir einen großen Gefallen tut …«

Marco wartete noch einen Moment und stieß dann einen langen Seufzer aus.

Der Arzt wandte sich jetzt an Lara und fuhr fort: »Trotzdem würde ich dazu raten, dass Sie auf jeden Fall mit dem Chefarzt über die ganze Geschichte sprechen.«

Lara nickte etwas zögerlich und wartete, bis der Arzt das Zimmer verlassen hatte, bevor sie sich kopfschüttelnd an Marco wandte.

»Glaubst du mir jetzt endlich? Jetzt muss ich mir auch noch eine Standpauke vom Chefarzt anhören, weil ich ihn nicht verständigt habe …«

Marco antwortete nicht. Bis Lara und Virginia endlich aus dem Zimmer gegangen waren und ihn allein gelassen hatten, hüllte er sich in mürrisches Schweigen. Dann legte er sich auf das Kissen zurück, schloss die Augen und versuchte herauszufinden, wofür er sich entscheiden sollte.

10

Die Sonne ging gerade über dem Meer unter, und die Luft war erfüllt vom Duft der Orangenblüten, als Laras Renault Clio sich auf dem mit Unkraut überwucherten Kopfsteinpflaster eine enge, steil ansteigende Kurve hinaufwand.

»Noch wenige Kilometer, und wir sind da«, sagte sie jetzt, den Blick fest auf die Straße gerichtet. Marco nickte kaum merklich und behielt dabei Cirmolo im Auge, der nun schon seit Stunden in seine Transportbox eingesperrt auf dem Rücksitz ausharrte.

Trotz aller Vernunftgründe war es kein leichtes Unterfangen für Lara gewesen, Marco zu einer Reise von ungewisser Dauer ins süditalienische Sarcola zu überreden. Zu seiner hartnäckigen Apathie hatten sich Angst und Misstrauen gesellt, und so wollte er lange nichts davon wissen, in ein Dorf zu fahren, von dem er nur den Namen kannte. Mit vereinten Kräften hatten Lara und Virginia es geschafft, seinen Widerstand zu brechen, auch weil seine Alternativen alles andere als rosig waren: Aldo war tatsächlich wie angekündigt abgereist, und damit hätte Marco die Miete für ihre gemeinsame Wohnung nun allein aufbringen müssen, obwohl er immer noch zu krank war, um seine Arbeit wiederaufzunehmen. Laras Angebot gab ihm wenigstens die Chance, etwas Zeit für die Lösung seiner Probleme zu gewinnen.

Lara hatte versucht, auch ihre eigenen Ängste zum

Schweigen zu bringen, indem sie sie in einen dunklen Winkel ihres Kopfes verbannte. Wenigstens würden sie so nicht den Plan durchkreuzen, den sie für Marco geschmiedet hatte. Jetzt aber, da sie immer weiter Richtung Süden fuhr, blickte sie wiederholt in den Rückspiegel und suchte in ihren eigenen Augen nach der ursprünglichen Entschlossenheit, die ihr im Lauf der Fahrt mehr und mehr abhandengekommen war. Ihr Magen zog sich immer wieder schmerzhaft zusammen, ihr Herz klopfte heftig, und ihre Finger auf dem Lenkrad kamen ihr vor wie Eiszapfen. Nach so vielen Jahren nach Hause zurückzukehren und den Gespenstern der Vergangenheit gegenüberzutreten, erforderte doch sehr viel mehr Mut, als sie vor ihrer Abreise gedacht hatte. Denn die Zeit, die vergangen war, hatte unweigerlich eine Distanz geschaffen, einen Abgrund gegraben zwischen der Lara von früher und der von heute, den nicht einmal die Erinnerungen überbrücken konnten. Je mehr sie alles wiedererkannte – den Duft der Orangenblüten, die kleinen Bergsträßchen, die schon die spätere Abfahrt zum Meer erahnen ließen, das besondere Leuchten in der Luft vor dem Sonnenuntergang, die Rosenmalven am Straßenrand, die salzgeschwängerte Brise, die gelben und orangefarbenen Flecken der Zitronen- und Orangenbäume am Horizont –, desto mehr fühlte sie sich als Fremde. Es schien ihr, als wäre sie nach Hause gekommen, um sich heimlich an der Schönheit einer Natur zu erfreuen, die ihr nicht mehr gehörte.

»Wie lange bist du eigentlich weg gewesen?«, fragte Marco sie unvermittelt.

Lara zögerte und nahm erst noch die nächste Serpentine in Angriff, bevor sie sich entschloss, zu antworten.

»Fast zwanzig Jahre …«, sagte sie endlich, und vermied dabei ganz bewusst die Zahl achtzehn, um Marco nicht misstrauisch zu machen, weil sie mit seinem Alter zusammenfiel.

»Meine Güte, zwanzig Jahre? Und wieso willst du ausgerechnet jetzt zurück?«

»Ich habe mich schon seit ein paar Monaten mit dem Gedanken getragen«, log Lara. »Früher sind meine Eltern mich öfter besuchen gekommen ... Aber meiner Mutter geht es nicht mehr so gut.«

»Das tut mir leid«, sagte Marco. »Was hat sie denn?«

»Das wirst du schon sehen«, erwiderte Lara ausweichend.

»Aber warum bist du denn nicht schon früher nach Hause gefahren? Magst du dein Dorf etwa nicht?«, insistierte der Junge.

»Ich mag es sehr«, gab sie widerstrebend zu.

»Und?«

»Vielleicht bin ich nicht mehr hergekommen, weil es mir sonst zu schwergefallen wäre, wieder wegzufahren«, erklärte Lara in der Hoffnung, der Junge würde sich damit zufriedengeben.

»Das soll mal einer verstehen«, kommentierte Marco. »Je mehr ich darüber nachdenke, desto unsinniger kommt mir die ganze Sache vor«, murrte er finster, während er stur geradeaus starrte, als würde die ganze wunderbare Landschaft ihn gar nichts angehen.

Lara seufzte nur, da sie keine Lust hatte, wie schon die Tage zuvor die immer gleichen Argumente aufzuzählen. Stattdessen schaltete sie einen Gang herunter und nahm die letzte Kurve in Angriff, die, wie sie sich jetzt erinnerte, zu einer Hochebene hinaufführte, von der sich eine wunderbare Aussicht bieten würde. Und tatsächlich, nachdem sie noch einmal kräftig Gas gegeben hatte, eröffnete sich ihnen der freie Blick auf eine endlose Reihe natürlicher Felsterrassen, die zum darunter liegenden Meer hin abfielen. Hier schmiegte sich der Golf von Sarcola an das endlose Blau, und Lara verschlang das atemberaubende Bild mit den Augen und suchte instinktiv nach dem Rostro, dem schnabelförmigen Felsen, der inmitten von Grün wie ein Sprungbrett ins Meer hinausragte. Bei seinem Anblick durchzuckte sie das Heimweh wie ein stechender Schmerz, und schnell verdrückte sie die Tränen, die ihr in die Augen gestiegen waren, und kaschierte ihre Verlegenheit mit einem nervösen Husten.

»Das ist der Rostro«, sagte sie zu Marco und deutete hinüber zu dem Felsen. »Als junges Mädchen bin ich oft dort gewesen …«

Sie merkte plötzlich, dass mit dem Jungen etwas nicht stimmte, und als sie sich zu ihm umdrehte, sah sie, dass sein Gesicht schreckensstarr war. Seine Augen waren geweitet, sein Mund stand offen, und er schien verzweifelt nach Luft zu schnappen, als könnte er plötzlich nicht mehr atmen.

Lara lenkte das Auto in eine Ausweichstelle und bremste scharf, um es zum Stehen zu bringen. Dann griff sie hinüber zum Beifahrersitz und nahm Marcos Kopf zwischen die Hände, um sein Gesicht zu sich zu drehen.

»Was ist denn mit dir, Marco? Was hast du?«

Marco röchelte schwer und schüttelte abwiegelnd den Kopf.

»Kriegst du keine Luft? … Warte mal!«, rief Lara und weitete den Kragen seines T-Shirts. Dann tätschelte sie seine Wangen und schüttelte ihn leicht an den Schultern. Als das nichts zu helfen schien, griff sie nach einer Wasserflasche und gab etwas Wasser auf ihre Hände, um damit sein Gesicht zu befeuchten. Anschließend führte sie die Flasche an seine Lippen und half ihm, ein paar Schlucke zu trinken.

Langsam wich die Blässe aus Marcos Gesicht und machte einer gesunden Röte Platz, und auch sein Atem beruhigte sich wieder. Lara umarmte ihn erleichtert.

»Was ist denn nur in dich gefahren? Du hast mich vielleicht erschreckt«, flüsterte sie besorgt und musterte ihn aufmerksam.

Marco hüstelte, und seine Augen glänzten und waren gerötet, als er sie jetzt ansah. Er nickte, um sie zu beruhigen.

»Kann es sein, dass du allergisch gegen irgendwelche Pflanzen bist? Rosenmalven vielleicht?«, fragte Lara. »Sobald wir ins Dorf kommen, kaufen wir in der Apotheke ein Antihistaminikum …«

Er verneinte stumm und trank einen weiteren Schluck Wasser, bevor er sie wie um Vergebung bittend ansah.

»Es ist keine Allergie«, sagte er dann mit heiserer Stimme.

»Und was ist es dann?«, drängte Lara.

»Ich habe Angst«, stöhnte Marco. »Es macht mir schreckliche Angst.«

»Was denn? Was macht dir Angst?«, fragte Lara bestürzt.

Marco zögerte, doch dann, wie um es nicht mehr sehen zu müssen, schloss er die Augen und zeigte mit der rechten Hand auf das Meer.

Die halbe Toscano begann ihm auf den Lippen zu brennen, verglüht zu einem winzigen Stummel. Er nahm noch einen letzten Zug und legte sie dann im Aschenbecher ab, um sie langsam ausgehen zu lassen, statt sie auszudrücken. *Sie* hatte einmal zu ihm gesagt, dass man Zigarren niemals ausdrückt, sondern in Würde sterben lässt, und das hatte Antonio nie vergessen. Immer wieder hatte er versucht, seine Erinnerungen auszulöschen und seinen Geist in Vergessen zu hüllen, aber *sie* blieb trotzdem immer gegenwärtig wie Staubpartikel im hellen Sonnenlicht. Als er jetzt die Ärmel seines karierten Baumwollhemds hochzog, enthüllte er seine Handgelenke, die von deutlich sichtbaren Narben gezeichnet waren. Es waren Mahnmale seines Scheiterns. Wieder dachte er an jenen Nachmittag im November zurück … Der leichte Regen, der gegen die Scheiben tickte, die fast geleerte Weinflasche und das rote Blut, das ihm warm und dick aus dem Unterarm quoll, nach dem ersten Schnitt, den er mit dem Rasiermesser gesetzt hatte. Erneut hatte er den typischen Eisengeruch in der Nase, den Geruch des Lebens, das langsam aus seinem Körper strömte, das Gefühl von Frieden, das ihn überkam, nachdem der stechende Schmerz der scharfen Klinge, die seine Haut durchdrungen hatte, sich legte. Vielleicht lächelte er, als der Wein in seinen Magen floss und sein Rot sich mit dem seines Blutes vermischte, um das Ende süßer zu machen. Als er die Augen schloss, fand er nicht die Dunkelheit, sondern ein warmes goldenes Licht in der Ferne, wie der Ausgang eines Tunnels, der sich nun endlich zeigte. Plötzlich hatte er *ihren* Namen geflüstert und jene Worte, die in der Stille nachhallten wie ein Gesang.

Ich komme zu dir … ich komme zu dir …

Dann wurde der Rhythmus seines Herzschlags langsamer, und die Luft im Zimmer roch süß, als er sie in die Lunge sog. Ein Wohlgefühl, das er schon lange vergessen hatte, überkam ihn, als die Wirklichkeit zum Traum wurde: *Ihre* Schritte, die sich hinter seinem Rücken näherten, *ihre* Hand, die sein Gesicht liebkoste, *ihr* Atem, der nach Himbeeren und Rosmarin duftete, *ihre* Augen, die die Farbe von Honig hatten, die Weichheit *ihrer* Brüste, die Frische *ihrer* samtenen Haut, *ihr* Lachen, das an zahllose Perlen denken ließ, die über geschliffenes Kristall hüpften und Zähne wie aus feinstem Elfenbein enthüllten. *Ihr* strahlendes Lächeln war wie ein Leuchtturm, der ihm die Richtung wies, die einzige Anlegestelle seines Kutters, der ohne *sie* abzudriften drohte. Und während sein Körper immer schwächer wurde, je mehr Blut davonfloss, Tropfen um Tropfen, schwor er sich wieder, dass er sich immer und überall für *sie* entscheiden würde, in jedem Leben, das ihm zur Verfügung stand. Dies war der einzige Grund, warum er sein Leben opferte, weil ihm eines ohne *sie* nichts wert war.

Ich komme zu dir … Ich komme zu dir … Es war schon zu einem Raunen geworden, das aus einem fernen Traum zu kommen schien.

Als er später erwachte, hatte man ihm erzählt, dass Giuseppe, sein Nachbar, zufällig an seinem Haus vorbeigekommen sei, vielleicht um sich wegen des strömenden Regens unterzustellen. So hatte er ihn durch das Fenster auf dem Fußboden liegen sehen, in einer Blutlache, die sich schnell ausbreitete. Er hatte mit dem Fuß die Tür eingetreten und ihm mit zwei Servietten die Handgelenke abgebunden, um den Blutfluss zu stoppen. Und damit hatte er auch Antonios Hoffnung erstickt, dass die Dunkelheit in seiner Seele in diesem November ein Ende hätte.

Nach jenem Erwachen spürte Antonio, dass der Wunsch zu sterben sich verflüchtigt hatte, wer weiß, wohin. Und dass ihm nichts anderes mehr blieb, als zu warten und nach und nach zu verlöschen wie eine Zigarre im Aschenbecher, einen Tag um den anderen.

Jetzt nahm er das Brot aus der Schale mit Wasser, in der

er es eingeweicht hatte, und ließ es zwischen seinen Händen abtropfen. Dann legte er es auf einen Teller und belegte es mit den frisch geschnittenen Tomaten. Als er sich nun zum Fenster drehte, um nach dem Öl zu greifen, sah er, wie im rötlichen Abendlicht ein Auto in den Hof einfuhr und vor Giuseppes Haus zum Stehen kam.

Lara schaltete den Motor aus und wandte sich an Marco.

»Wir sind da. Das ist mein Haus ... oder besser das Haus meiner Eltern«, sagte sie, indem sie auf ein weiß getünchtes Gebäude zeigte, das aus einer einzigen Etage bestand, ebenso wie alle anderen Häuser, die sich um den Hof gruppierten. Marco betrachtete schweigend die blau gerahmten Fenster und die Fensterbretter, die voller Basilikumpflanzen und Geranien standen. Dann bemerkte er die Anspannung in Laras bleichem Gesicht und sah, dass ihre Hände leicht zitterten.

»Was ist denn?«, fragte er sie besorgt.

Lara schüttelte abwehrend den Kopf.

»Ich hab's dir ja gesagt: Ich bin seit vielen Jahren nicht hier gewesen. Das macht mich schon ein wenig nervös ... Und du? Geht's dir besser?«

»Scheint so«, erwiderte Marco.

Lara nickte und atmete nochmals tief durch, bevor sie mit einem Schwung die Autotür aufriss und aus dem Wagen stieg, wie jemand, der eine bittere Medizin nehmen muss und beschließt, es schnell hinter sich zu bringen. Dann ging sie zum Kofferraum und öffnete ihn, nahm den Rollstuhl heraus und klappte ihn auf. Jetzt erst hielt sie inne und ließ den Blick über den Hof schweifen, bis er schließlich am Fenster des Hauses gegenüber haften blieb.

Lara …, dachte Antonio, bevor er sich vom Fenster zurückzog, um nicht gesehen zu werden. Er hatte sie erst erkannt, als sie sich umgedreht und zu seinem Fenster herübergeschaut hatte. Ihr Anblick machte ihm bewusst, dass eine lange Zeit vergangen war, seit er sie zum letzten Mal gesehen hatte. Ihr Körper war etwas fülliger geworden, und ihr rundes Gesicht hatte die scharfen Konturen der frühen Jugend verloren. Er wandte sich unwillkürlich zum Spiegel in seinem Flur und versuchte, sein eigenes Gesicht mit der Erinnerung zu vergleichen, die er daran hatte: Die Haare an seinen Schläfen waren weiß geworden, und sein Körper war leicht gebeugt und noch magerer als früher. Unverändert war nur der Schmerz, der immer in seinen Augen zu lesen war, seit jenem unseligen Abend vor vielen Jahren, der alles verändert hatte: die freudige Erwartung, die Geburt des Kindes mit dem sternförmigen Muttermal auf der Schulter, der Tod der Frau, die er liebte …

Er ging wieder ans Fenster und sah zu der anderen Frau hinaus, die sich jetzt am Kofferraum ihres Autos zu schaffen machte.

»Was sie wohl hier macht? Warum ist sie zurückgekommen?«, fragte er sich stumm.

Dann sah er den Jungen.

Marco stützte sich auf das Schiebedach des Clio und wartete, dass er sich auf dem Rollstuhl niederlassen konnte, den Lara gerade aus dem Kofferraum zog. Neugierig sah er sich im Hof um und ließ den Blick über die dicht stehenden Zitronenbäume schweifen, durch deren Laub kein Himmel zu sehen war, um ihn dann weiter zu den geschlossenen, staubigen Fenstern des Hauses gegenüber wandern zu lassen. Ganz plötzlich wurde er von einem rätselhaften

Schwindel erfasst. Schnell wandte er den Kopf und konzentrierte sich wieder auf die Bäume mit ihren leuchtend gelben Früchten und die roten Rosenmalven an ihren kräftigen grünen Stängeln im Hof. Warum nur hatte er das sonderbare Gefühl, diesen Hof zu kennen? Er war doch nicht etwa schon einmal hier gewesen? Widerstandslos ließ er zu, dass Laras Arme ihn umfingen und sie ihm dabei half, sich in dem Rollstuhl niederzulassen. Während sie ihn auf das Haus zuschob, blickte er noch einmal zu den geschlossenen, staubigen Fenstern hinüber. Und wie durch eine Patina, die etwas von einem dichten Nebel hatte, konnte er die Gestalt eines Mannes ausmachen, der unbeweglich wie eine Statue in der Mitte des Zimmers stand. Marco senkte den Kopf und ließ sich stumm auf das weiß getünchte Haus von Laras Eltern zuschieben.

Während er seine Tomaten mit Olivenöl besprenkelte, sah Antonio zu, wie Lara und der Junge im Haus gegenüber verschwanden.

»Ob das wohl ihr Sohn ist?«, fragte er sich verwundert. Giuseppe hätte es ihm doch sicher gesagt, wenn Lara ein Kind bekommen hätte. Auch wenn sie schon seit langer Zeit kaum mehr miteinander redeten, hätte sich die Nachricht bestimmt im Dorf verbreitet. Er streute Salz über die Tomaten und versuchte, den Anflug von Mitgefühl zu unterdrücken, den er empfunden hatte, als Lara den Jungen gepackt und in den Rollstuhl gehievt hatte. Anschließend setzte er sich an den Tisch und begann zu essen, mit dem Rücken zum Fenster, vom Leben abgewandt, und mit dem ersten Bissen Brot und dem ersten Tropfen Wein schluckte er den Rest seines Mitleids hinunter. Er hatte keine Verwendung für dieses Gefühl, und er wollte auch keine haben, denn das hätte ihn nur geschwächt. Zu viele Jahre hatte er genau dieses Gefühl in den Augen der Menschen gesehen, die auf der Straße seinen Weg gekreuzt hatten. Mit jedem Blick, den sie ihm heimlich zugeworfen hatten, hatte das stumme Mitleid schwerer auf ihm gelastet, das sich mit Verachtung gepaart hatte. Immer gingen sie seit jenem Abend an seiner Seite, Verachtung und Mitleid, wie zwei Schatten, die bei Sonnenuntergang auf die Häuserwände fielen und ihm überallhin folgten, selbst in sein Zuhause, ins Bad, ins Bett. Verachtung und Mitleid schliefen an seiner Seite und drangen in seine Träume, machten ihn verwundbar, setzten ihn immer wieder dem Sturm der Erinnerungen aus.

Nach und nach war es ihm gelungen, das Mitleid in seinem Leben auszulöschen oder wenigstens in einen dunklen Winkel zu verbannen, aber dafür hatte er eine Entscheidung treffen müssen: die Verachtung der anderen anzunehmen und sich zu eigen zu machen, weil die Verachtung das Mitleid auf Abstand hielt. Durch Selbstverachtung würde es ihm gelingen, stark zu sein und kein Mitgefühl mehr zu empfinden, weder für sich selbst noch für andere. Und dann würde er geduldig warten, dass die Glut der Zigarre immer schwächer wurde, um endlich für immer zu verlöschen.

11

Die Haustür war nur angelehnt, und als Lara sie mit einer Hand aufschob, eröffnete sich ihnen der Blick in einen Flur, der nur von einem Fenster am anderen Ende beleuchtet wurde. Sie schob Marco in seinem Rollstuhl jenen Flur hinunter, vorbei an mehreren Zimmern, die in stilles Halbdunkel getaucht waren. Als sie am Ende des Flurs angekommen waren, tat sich rechts die Küche auf.

Giuseppe stand mit dem Rücken zu ihnen gewandt und war damit beschäftigt, Rotwein von einem Glasballon in mehrere Flaschen abzufüllen, die auf dem Tisch aufgereiht waren. Der Wein gurgelte durch den Aluminiumtrichter und drehte sich dann nochmals fast träge im Kreis, bevor er sich schäumend und doch klar in die Flaschen ergoss. Die Luft war erfüllt von seinem Duft, der so intensiv war, dass er Lara vorkam wie ein Klang oder eine feuchte Brise.

»Papa …«, raunte sie leise, die Stimme bebend vor Aufregung.

Giuseppe stellte den Glasballon auf den Tisch und drehte sich verdutzt um. Er starrte seine Tochter fassungslos an, als wäre sie eine Erscheinung; doch dann hellte sich sein Gesicht plötzlich auf und lief vor Freude rot an, glich sich farblich ganz dem Wein an, der hinter ihm in den vollen Flaschen schäumte.

»Oh mein Gott … Lara …«, rief er aus und machte eine instinktive Geste: Er kämmte sich mit den Fingern die weißen Haare zurück und nestelte an seinem Hemdkragen, wie um sich besser zu präsentieren.

Der Anblick des Mannes rührte Marco sogleich an: Laras Vater war über einen Meter neunzig groß, und trotz des vorgerückten Alters war er immer noch eine beeindruckende Erscheinung, mit muskulösen Armen, einem vorstehenden Bauch und einem robusten Stiernacken. Und doch kam er ihm in diesem Moment vor wie ein schüchternes, linkisches Kind, das bei einem dummen Streich erwischt worden war. Marco sah zu, wie Vater und Tochter sich umarmten, beide mit Tränen der Rührung in den Augen, und wieder einmal spürte er, dass er diese Art von Liebe immer vermisst hatte und dass er sich nicht einmal richtig vorstellen konnte, wie sie sich anfühlte. Er kannte sie nur aus dem Kino, die Liebe eines Vaters zu seinem Kind, oder von dem Umgang, den manche seiner Freunde mit ihren Eltern pflegten. Aus eigenem Empfinden jedoch war sie ihm fremd, und er hätte nicht einmal sagen können, dass er Sehnsucht danach hatte, denn Sehnsucht hatte man doch nur nach etwas, das man erlebt hatte, oder nach einem Menschen, der Teil des eigenen Lebens gewesen war.

»Aber warum hast du mir denn nicht gesagt, dass du kommst, mein Kind?«

Giuseppes Frage riss Marco aus seinen Gedanken. Vater und Tochter hatten sich aus der Umarmung gelöst und unterzogen einander jetzt einer eingehenden Musterung.

»Weil ich nicht wusste, wann genau ich kommen würde, Papa. Und weil ich nicht wollte, dass ihr euch Arbeit macht, mit Kochen und so weiter«, antwortete Lara aufrichtig.

»Immer noch das gleiche Sturköpfchen«, erwiderte Giuseppe. »Aber wenigstens bist du da, das ist die Hauptsache. Wie viele Jahre sind das jetzt, heilige Madonna …«

»Ach Papa … Wir telefonieren doch jeden Tag. Außerdem könntet ihr mich ja auch wieder mal besuchen.«

Der Mann stieß einen tiefen Seufzer aus.

»Mit deiner Mutter zu verreisen ist nicht so einfach.«

Ein Schatten senkte sich auf Laras Gesicht.

»Wie geht es ihr denn?«

Giuseppe schüttelte resigniert den Kopf.

»Wie immer … Dem Aussehen nach gut. Aber du wirst sie ja selbst sehen, sie kommt gleich zurück … Sie ist nur einkaufen gegangen.«

»Allein?«, fragte Lara besorgt.

»Agnese begleitet sie«, erwiderte Giuseppe.

Lara sah ihn fragend an.

»Agnese, die Tochter von den Criscuolos, du kennst sie nicht … Du warst schon weg, als sie geboren wurde. Sie ist ein aufgewecktes Mädchen. Ab und zu gebe ich ihr ein bisschen Geld, und dann kümmert sie sich um Rosa.«

Lara nickte nachdenklich, während Giuseppe jetzt Marco ins Visier nahm, der immer noch in seinem Rollstuhl im Türbogen stand.

»Und dieser Junge? Wer ist er?«

Marco lächelte verlegen und rollte ins Zimmer.

»Das ist Marco«, erklärte Lara. »Er hat einen Unfall gehabt und muss wieder auf die Beine kommen. Lass dich nicht von dem Rollstuhl erschrecken, er wird ihn nur für kurze Zeit brauchen, wenn er tut, was ich ihm sage. Deswegen habe ich ihn auch mitgebracht … Ich erkläre dir später alles.«

»Heißt das, dass du ein paar Tage hierbleibst?«, fragte Giuseppe.

»Wenigstens bis es ihm besser geht«, gab Lara zurück.

Giuseppe strahlte übers ganze Gesicht und streckte Marco dann die Hand zur Begrüßung hin, die dieser bereitwillig ergriff.

»Wie alt bist du denn?«

»Achtzehn.«

»Dann wirst du sicher im Handumdrehen gesund! In deinem Alter hast du mehr Kraft, als du brauchen kannst ... Aber nimm dir ruhig Zeit, sonst fährt sie gleich wieder weg«, lachte Giuseppe und machte eine Bewegung mit dem Kinn in Laras Richtung.

Marco war so überrascht, dass er unwillkürlich in sein Lachen einstimmen musste: Der Mann strahlte eine solche Wärme und Geborgenheit aus, dass er ihm sofort sympathisch war.

»Trinkst du gerne Wein?«, fragte Giuseppe, indem er auf den Glasballon und die Flaschen zeigte. »Den mache ich selbst, Weintrauben und basta, ohne all dieses Zeug, das die anderen reinmantschen, um ihn haltbarer zu machen. Wenn der Wein so lange vorhält, heißt das ja, dass er nicht getrunken wird, und wofür macht man ihn dann eigentlich? Willst du ihn mal probieren? Verträgst du Wein überhaupt?«

Marco nickte verblüfft, während Giuseppe sich anschickte, ein Glas zu füllen und es ihm zu reichen.

»Papa ... Marco hat praktisch nichts im Magen«, schaltete Lara sich besorgt ein.

»Na, das ändert sich ja, wenn er einen Schluck trinkt ... Außerdem essen wir sowieso gleich zu Abend.«

Marco nahm das Glas und führte es an die Lippen, wobei Giuseppe ihn aufmerksam beobachtete, als lege er großen Wert auf das Urteil des Jungen.

Der Wein war frisch und sprudelnd und verströmte

einen wunderbaren Geruch. Er hinterließ einen herben, leicht pelzigen Geschmack im Mund, bevor er in die Kehle rann und plötzlich die Süße der roten Trauben und einen frühherbstlichen Duft enthüllte.

»Hörst du die Geschichte, die er zu erzählen hat?«, fragte Giuseppe stolz, indem er Marco gespannt ansah.

Marco schüttelte nur verständnislos den Kopf, was auf dem Gesicht des Mannes ein breites Grinsen hervorrief.

»Na, diese Kunst bringe ich dir schon noch bei, keine Sorge. Im Grunde hat jeder Schluck seine eigene Geschichte, weißt du? Am Anfang hast du keinen blassen Schimmer, aber dann, ganz langsam ...«

»Schon gut, Papa, jetzt lass uns erst mal ankommen ...«, schaltete sich Lara ein, zugleich belustigt und gerührt. »Marco kann das ja gar nicht aufnehmen, was du ihm alles zu erzählen hast ...«

»Ach du meine Güte, wenn ich endlich mal jemanden habe, mit dem ich ein bisschen plaudern kann ... Deine Mutter redet ja die ganze Zeit selbst, zwar ins Blaue hinein, aber wenigstens redet sie ... Man kann sich aber nicht mehr mit ihr unterhalten, und auch wenn sie antwortet, hat sie mich meist falsch verstanden. Ins Dorf gehe ich auch kaum mehr, um sie nicht allein zu lassen. Dann wäre da noch Antonio von gegenüber, aber der ist so wortkarg, dass er nicht mal grüßt ...«

Lara spürte, wie sie bei Antonios Namen ein Schauder überlief.

»Wie geht es ihm denn?«, fragte sie leise und bereute sofort, die Frage gestellt zu haben.

»Wie soll's ihm schon gehen? Er ist immer allein und hat sich im Haus verbarrikadiert. Frühmorgens kommt er raus und geht zum Hafen, wo er die Kisten ablädt ...«

»Kisten?«, fragte Lara überrascht. »Warum das denn? Fährt er denn nicht mehr zum Fischfang raus?«

»Nein, schon lange nicht mehr. Nach der Tragödie damals hat er seinen Kutter in den Ruhestand versetzt und ist an Land geblieben«, erwiderte Giuseppe. Dann wandte er sich in vertraulichem Tonfall an Marco, indem er durchs Fenster auf das Haus gegenüber zeigte: »Antonio, unser Nachbar … der war verheiratet, weißt du. Er hatte sich eine Fremde genommen, so eine ganz Gescheite aus dem Norden. Und dann ist leider diese hässliche Sache passiert …«

Lara wurde bleich und beeilte sich, ihren Vater zu unterbrechen.

»Hör mal, Papa … Zeigst du uns vielleicht erst mal, wo Marco schlafen soll? Dann kann er es sich schon mal gemütlich machen.«

»Tja, wo soll er denn am besten schlafen … Da ist das Esszimmer mit dem Schlafsofa, das ist sehr bequem … und du gehst natürlich in dein eigenes Zimmer …«

»Sehr gut, bravo … Komm doch am besten mit, dann kannst du mir alles zeigen … Und du bleib erst mal hier, Marco. Wir sind gleich zurück.«

Damit packte sie Giuseppe am Arm und zog ihn mit sich hinaus in den Flur.

Marco blieb allein in der großen Küche zurück. Er packte die Räder des Rollstuhls und rollte zum Fenster hinüber. Durch die Scheibe sah er hinaus auf den kleinen Hof, der jetzt in rötliches Abendlicht getaucht war. Erneut fragte er sich, ob er schon einmal hier gewesen war, und falls ja, wann. Da war eine nebulöse Erinnerung, die ihr Spiel mit ihm trieb, plötzlich auftauchte und wieder verschwand, sich zurückzog ins Vergessen, sobald er versuchte, sie zu greifen. Marco wusste nicht, dass er, wenn er sich erinnert hätte, auch die honigfarbenen Augen auf dem Grund des Meeres wiedergesehen hätte, die aus dem Nichts erschienen waren, während das Wasser sich schon rot gefärbt hatte, zusammen mit dem Bild von genau diesem Hof. Aber diese Bilder waren ihm nicht mehr bewusst, ebenso wie der Schmerz und die Angst lagerten sie unter einer schweren, dunklen Decke, die vielleicht nur die Zeit eines Tages lüften würde.

Dann sah er einen Mann aus dem Haus gegenüber treten und folgerte, dass es Giuseppes Nachbar sein musste: Antonio. Es war derselbe Mann, den er kurz zuvor als undeutliche Gestalt hinter der Fensterscheibe wahrgenommen hatte. Er beobachtete ihn neugierig, wie er sich, ihm den Rücken zuwendend, auf die Zehenspitzen stellte und einen Arm ausstreckte, um zwei Zitronen von einem der vielen Bäume zu pflücken, und wie er sie dann zu seinem Gesicht hob, um daran zu riechen. Ganz plötzlich drehte Antonio sich um und schaute hinüber zu Marcos Fenster, und Marco zuckte fast zusammen, als er das Antlitz des Mannes sah: Sein Blick schien dem Himmel den Krieg zu erklären, und die Lippen waren so fest zusammengepresst, als hätte er nie in seinem Leben gelächelt.

Dann drehte der Mann sich weg, ging zurück ins Haus und zog die Tür hinter sich ins Schloss. Und Marco fragte sich noch einmal, woher er den Hof denn nun kannte.

»Ach, du bist ja verrückt, mein Mädchen! Ist dir klar, was du da angerichtet hast? Antonio hat seinen Sohn doch gleich nach der Geburt verstoßen … und du bringst ihn hierher, direkt zu ihm nach Hause?«

»Pst, Papa, sprich leise, sonst hört uns Marco noch«, unterbrach ihn Lara besorgt.

Giuseppe seufzte und sah seine Tochter kopfschüttelnd an.

»Aber warum denn? Warum hast du ihn ausgerechnet hierher gebracht?«

Lara dachte einen Moment darüber nach, bevor sie ihm eine Antwort gab.

»Weil ein Strandurlaub gut für Marco ist, denn durch das Laufen auf dem Sand kann er sein Gleichgewicht wiederfinden ... Außerdem habe ich entdeckt, dass er Angst vor dem Meer hat, und die geht er am besten an, indem er sich ihm aussetzt und ...«

»Ach Kind, das sind doch alles Ausreden«, unterbrach sie Giuseppe, »das Meer ist auch bei dir da oben nicht so weit weg. Ich freu mich ja, dass du hier bist, daran gibt's keinen Zweifel. Aber für dumm brauchst du mich deshalb nicht zu verkaufen ... Sag mir also die Wahrheit.«

Lara seufzte und beschloss, ehrlich zu sein.

»Ich habe ihn hergebracht, weil ich glaube, dass es für beide das Beste ist, wenn sie sich endlich kennenlernen ... für ihn und für seinen Vater.«

Giuseppe breitete bestürzt die Arme aus.

»Aha, das glaubst du also ... Und wenn die beiden sich gegenseitig totschlagen, sobald sie kapieren, wen sie vor sich haben?«

Lara senkte den Blick, denn die Last ihrer Entscheidung wog immer noch schwer auf ihr.

»Das ist ein Risiko, das ich eingehen muss«, flüsterte sie, als wollte sie eher sich selbst überzeugen als ihren Vater.

»Aber bist du denn überhaupt sicher, dass er wirklich Antonios Sohn ist? Was, wenn du dich irrst?«, fragte Giuseppe, als klammere er sich an diese Hoffnung.

»Er hat dieselben Augen, Papa ... und er hat ein Muttermal an der Schulter, das genau dem gleicht, welches das Baby hatte.«

»Na gut, Kindchen. Aber das könnte ja auch ein Zufall sein. Nur ein Zufall, nichts weiter. Wie kannst du denn sicher sein, dass du dich so genau erinnerst, wie dieses Muttermal ausgesehen hat? Muttermale sind doch alle gleich …«

»Weißt du nicht mehr, dass ich ihn selbst mit auf die Welt gebracht habe? Ich war die Erste, die dieses Muttermal gesehen hat, und ich habe es nie vergessen. Es hatte die Form eines Sterns, Papa. Ich habe so was sonst noch nie gesehen, weder vorher noch nachher«, erwiderte Lara. »Und dann passt ja auch das Alter: Marco ist achtzehn Jahre alt, er hat keine Eltern, er ist bei seiner Geburt verlassen worden … Er ist es, ich bin mir wirklich sicher.«

Giuseppe schlug erschüttert die Hände vors Gesicht, sodass Lara spontan zu ihm ging und ihn in die Arme schloss.

»Ich habe nur eine einzige Bitte, Papa: Bitte sag ihm nichts davon …«

Giuseppe drückte sie an sich und roch im Duft ihrer Haare das Glück längst vergangener Tage. Sie kam ihm zart und schutzlos vor, wie sie es als kleines Mädchen gewesen war, und während sie sich an seine Brust kuschelte, sah er über sie hinweg zu dem Fenster mit den geschlossenen Vorhängen hinüber. Er empfand jetzt schmerzlich das Gewicht der Jahre, die in einer endlosen Reihe immer gleicher Tage dahingeflogen waren, geprägt von der Sorge um die Gesundheit seiner Frau und vom Bedauern über die Abwesenheit seiner Tochter.

»Und du? Wie willst du es anstellen, das Problem zu lösen?«, fragte er Lara, ohne den Druck seiner Arme um ihre Schultern zu lockern.

Dann spürte er etwas Feuchtes auf seinem Baumwollhemd und merkte, dass es Laras Tränen waren.

»Ich weiß es nicht … Es muss etwas geschehen, aber ich weiß noch nicht, was …«, antwortete sie schniefend.

Giuseppe hob zärtlich ihr Kinn an und trocknete dann mit der Handfläche ihre Tränen.

»Er spukt dir immer noch im Kopf herum, stimmt's?«, fragte er sie dann und sah ihr tief in die Augen.

»Was weißt du denn davon?«, fragte Lara verblüfft.

»Ach, glaubst du etwa, ich habe nicht gemerkt, dass du in Antonio verliebt warst?«, fragte er mit einem wehmütigen Lächeln. »Du warst immer schweigsam, mein Liebes, vor allem deinem Vater hast du dich nicht anvertraut. Aber so manches Schweigen sagt mehr als tausend Worte … Und ein Vater lernt mit der Zeit, Dinge zu hören, die gar nicht gesagt wurden … und so gelingt es ihm nach und nach, das Schweigen zu durchdringen. Wer das nicht schafft, was ist das für ein Vater?«

Lara antwortete nicht, sondern beschränkte sich darauf, ihm in die tiefen schwarzen Augen zu sehen, die noch kaum verhangen waren von der Müdigkeit des Alters. Augen, die zu lauschen wussten. Dann nahm sie die Hände ihres Vaters in die ihren und musterte seine rauen, schwieligen Finger, in denen sich ihr jetzt eine Liebe eröffnete, die sie nie in ihrer Gänze erkannt hatte.

»Ich bin froh, dass ich hier bin … bei dir«, sagte sie einfach.

Dann hörten sie beide, dass die Haustür aufging.

Die alte Frau und das Mädchen gingen nebeneinander den Gang hinunter in Richtung Küche. Die Frau bemühte sich eifrig, jeden Schritt ihrer Begleiterin mit zwei kleinen, schnellen Schritten zu unterlegen. Es war, als würden die beiden einen seltsamen Walzerrhythmus zum Besten geben: Auf jedes Absatzklappern des Mädchens folgten zwei dumpfe Tritte mit den gummierten Sohlen der Frau.

Eins-zwei-drei, eins-zwei-drei.

Marco, der immer noch in seinem Rollstuhl am Fenster saß, hörte ihre Schritte und drehte sich um. Sie waren inzwischen an der Schwelle zur Küche angekommen, und das Mädchen richtete einen überraschten Blick auf den unbekannten Jungen am Fenster. Sie hatte kindlich runde Wangen und etwas Mäuschenhaftes an sich, und sie trug in der rechten Hand zwei Einkaufstüten, während sie mit der linken eine kleine ältere Dame mit einer schmalen, leicht adlerförmig gebogenen Nase untergehakt hielt.

Marco hob verlegen die Hand zum Gruß.

»Ja, gibt's denn das, dass heutzutage keine Pfirsich-Aprikosen mehr zu finden sind?«, sagte die alte Frau jetzt an Marco gewandt, als wäre seine Anwesenheit im Haus die natürlichste Sache der Welt. »Aber ich habe dir dafür Mispeln mitgebracht, die schmecken dir doch so gut … Freust du dich?«

Marco sah die Frau völlig verdattert an, während das Mädchen verschmitzt lächelte und ihm bedeutete, sie nicht zu beachten, bevor sie der alten Dame half, sich an den Tisch zu setzen. Einen Augenblick später kamen auch schon Lara und Giuseppe hinzu.

»Mama …«, wandte Lara sich gerührt an ihre Mutter.

Die Frau drehte sich zu ihr um, ohne ein Wort zu sagen, während Lara schnell zu ihr ging und sich zu ihr hinunterbeugte, um sie zu küssen und an sich zu drücken.

»Wie geht's dir denn, liebe Mama? Schau nur, ich bin hier, um dich zu besuchen.«

Die Frau rieb sich mit den Händen die Augen, antwortete aber nicht.

»Rosa … hast du gesehen, dass Lara da ist?«, schaltete sich Giuseppe ein.

Rosa sah jetzt ihren Mann an, dann wieder Lara.

»Ich habe die Wäsche auf der Leine vergessen … und wenn's jetzt regnet?«, fragte sie mit müder Stimme, die aus einer anderen Zeit zu kommen schien.

Giuseppe schüttelte mit einem bitteren Lächeln den Kopf.

»Heute hat sie wenigstens mehr Farbe im Gesicht«, raunte er Lara zu und wandte sich dann an Marco, als wollte er sich für den Zustand seiner Frau entschuldigen. »Meine Rosa hat Schmetterlinge im Kopf … es ist diese deutsche Krankheit …«

»Alzheimer«, sagte Marco verlegen.

»Genau, richtig. Auch wenn die Ärzte sagen, dass sie sich nicht sicher sind. Aber die wissen ja sowieso nie was … Ich glaube, sie wollen sich einfach nicht festlegen, damit sie sich nicht blamieren.«

Marco musste wider Willen lachen, während Lara ihrer Mutter einen traurigen Blick zuwarf und sich dann an das junge Mädchen wandte.

»Du bist Agnese, nicht wahr?«

Das Mädchen nickte.

»Und du bist Lara«, gab sie zurück und schüttelte ihr die Hand. »Endlich lerne ich dich mal kennen … In diesem Haus wird über nichts anderes geredet als über dich. Auch deine Mutter spricht oft von dir … Sie sagt immer, dass sie deine Aussteuer vorbereiten muss.«

Auch Lara musste jetzt lachen, während Agnese und Marco sich einander vorstellten und Giuseppe die Weinflaschen vom Tisch zu räumen begann. Rosa indessen war, unbemerkt von allen, in den Anblick ihrer Tochter versunken: Sie sah ihr hingerissen zu, wie sie im weißen Kleid die Kirche betrat, während das Orchester auf der Empore die ersten Noten von Mendelssohns Hochzeitsmarsch anstimmte.

12

Im Licht des Mondes schienen die Zitronen im Hof tausend gelbe Laternen zu sein, die zwischen dem Grün der Blätter und den knotig gewundenen Ästen der Bäume leuchteten. Marco, der in seinem Rollstuhl draußen im Hof saß, betrachtete sie stumm und genoss die leichte Euphorie, in die ihn der Wein versetzt hatte. Beim Abendessen hatte Giuseppe ihm unaufhörlich das Glas gefüllt und ihn immer wieder zum Trinken ermutigt, und zwischen dem einen und dem anderen Schluck hatte er ihm in blumigen Worten erklärt, was es mit dem Geschmack und dem Duft des Weins auf sich habe: Er erzählte von den Sonnenstrahlen, die die Trauben reifen ließen, von der Erde, die die Wurzeln der Weinstöcke zusammen mit dem Grundwasser nährte, von den Händen des Bauern, der die Beeren mit sanfter Vorsicht pflückte, vom Wind, der die Trauben die Kunst des Widerstands und des Anhaftens lehrte, vom Mond, der den richtigen Zeitpunkt für die Ernte bestimmte, vom geübten Auge, das die besondere Eigenart einer jeden Traube erkannte, vom ungestümen Krieg der Pressung und vom Frieden, mit dem der Most dann später im Bauch der Fässer ruhte, und nicht zuletzt vom stillen Brodeln der zweiten Gärung in den alten Fässern, die im kühlen Dunkel der Keller lagerten. Während Giuseppe erzählte, war Marco in einen wohligen, herzerwärmenden Zustand des Friedens und Willkommenseins versunken. Er war fasziniert von Giuseppes Händen, von der Art und Weise, wie er das Brot hielt, während er es in Scheiben schnitt, als vollzöge er ein heiliges Ritual, oder wie er sein Glas vor jedem Schluck zum Himmel hob, um die Farbe des Weins zu bewundern.

Jetzt aber war Marcos Aufmerksamkeit völlig auf den Zitronenhimmel über seinem Kopf konzentriert sowie auf das Grün und Rot der Rosenmalven, die den Hof mit ihren farbigen Blüten sprenkelten. Das Bild hatte eine seltsam anziehende Wirkung auf ihn und vermittelte ihm ein Gefühl der Vertrautheit, aber auch eine Ahnung von Gefahr. Er konnte den Blick nicht abwenden von dem Hof, und er fragte sich immer wieder, wo er all das schon gesehen hatte. Doch sosehr er sich auch mühte, es gelang ihm nicht, eine Antwort auf seine drängenden Fragen zu finden.

Als Lara und Giuseppe mit dem Aufräumen der Küche fertig waren, kamen sie zusammen mit Rosa zu Marco in den Hof hinaus, wo sie sich auf eine Steinbank neben einer durchdringend duftenden Basilikumpflanze setzten.

»Morgen fangen wir an zu arbeiten«, sagte Lara, indem sie eine Hand auf Marcos Schulter legte.

Der Junge nickte kaum merklich und wandte sich ihr zu. »Ich bin schon einmal in diesem Hof gewesen«, sagte er dann im Brustton der Überzeugung.

Lara und Giuseppe wechselten erstaunte und zugleich besorgte Blicke.

»Wie kommst du denn darauf?«, fragte Lara.

»Ich habe nicht die geringste Ahnung … aber ich hatte dieses Gefühl von Anfang an …«

»Na ja, das passiert mir auch manchmal«, schaltete sich Giuseppe ein. »Oft mache ich etwas und habe plötzlich das

Gefühl, dass ich es schon mal gemacht habe, ohne zu begreifen, wie das sein kann … Oder jemand sagt etwas zu mir, und ich weiß schon vorher, was er mir sagen will.«

»Das sind nur Déjà-vus«, sagte Lara und nickte.

»Wer soll das denn sein, mein Kind?«, wandte sich ihr Giuseppe fragend zu.

Als Marco und Lara in Lachen ausbrachen, sah Giuseppe sie verdattert an.

»Was habe ich denn Schlimmes gesagt?«, fragte er dann.

»Du hast nichts Schlimmes gesagt, Papa. Mach dir keine Sorgen. Es ist nur … Wenn jemand das Gefühl hat, etwas schon einmal gesehen oder gehört zu haben, dann sagt man, er hat ein Déjà-vu …«

»Aha, ach so … na, dann habe ich sicher schon einen ganzen Haufen von diesen Dingern gehabt, von denen du da sprichst«, gab Giuseppe grinsend zurück.

»Ach Papa, wie du immer redest«, kommentierte Lara belustigt.

Giuseppe wurde ernst und sah seine Tochter mit einem Anflug von plötzlicher Rührung an.

»Weißt du noch? Wir haben so oft zusammen Scherze gemacht, früher …«, sagte er wehmütig.

Lara wandte sich ihm zu und streichelte zärtlich sein Gesicht. Es machte sie traurig, die Nostalgie in seinen Augen zu sehen.

»Ich erinnere mich an alles, Papa … an jeden Moment zusammen mit dir und Mama … Es gibt keinen Tag, den ich vergessen hätte.«

»Hattest du denn nie den Wunsch zurückzukommen?«

Marco sah, wie Lara betroffen die Augen niederschlug.

»Tausendmal hatte ich diesen Wunsch. Du hast keine Ahnung, wie oft. Aber ich konnte nicht … ich konnte wirklich nicht …«, sagte sie dann. »Ach, lassen wir das Thema … Marco langweilt sich sicher schon.«

Marco machte eine Geste, die ihr das Gegenteil bedeuten sollte, doch Giuseppe nickte zustimmend.

»Du hast recht … und dann ist er vielleicht auch müde, der arme Junge. Wir machen ihm jetzt das Bett und …«

»Was empfindet man, wenn eine Tochter weggeht?«, unterbrach ihn Marco plötzlich.

Lara und Giuseppe wechselten einen irritierten Blick.

»Ich frage das, weil meine Eltern mich nicht gewollt haben … Ich möchte einfach wissen, was man empfindet«, erklärte Marco.

Giuseppe zögerte und sah erst Lara und dann Rosa an, die jedoch nur geistesabwesend in den dunklen Hof starrte.

»Was soll ich dir sagen, mein Junge … Man empfindet viele Dinge, wie du dir vorstellen kannst: Traurigkeit, Schmerz … Man stellt sich Fragen über Fragen, versucht zu verstehen, ob man etwas falsch gemacht hat … Aber dann irgendwann macht man seinen Frieden damit, und weißt du, warum? Weil das Einzige, was wirklich zählt, ist, dass es deiner Tochter gut geht, dass sie das tut, was sie wirklich tun will … oder es wenigstens versucht. Und man hofft dann eben, dass es auch so ist, dass sie ihren Weg gefunden hat. In der Zwischenzeit hält man sich an der Vergangenheit fest, geht sie wieder und wieder in Gedanken durch … Und man stellt sich vor, was sie wohl so alles macht, ob sie sich vielleicht doch eines Tages entschließt, wieder nach Hause zu kommen … Man macht sich seine Gedanken und gibt die Hoffnung nicht auf, weil einem das guttut. Und dann hat man ja auch noch die Erinnerungen, die vielleicht auch dafür sorgen, dass man die Hoffnung nicht aufgibt … Wenn es unschöne Erinnerungen sind, dann ist es eine bittere Hoffnung, aber wenn es schöne Erinnerungen sind, dann hegt man die herrlichsten Wunschträume … und wartet. Man wartet auf morgen … auf übermorgen, die nächste Woche und immer so weiter … und so findet man eben immer wieder die Kraft zum Aufstehen und Weitermachen, jeden Tag aufs Neue.«

Lara hatte die Augen geschlossen, während sie ihrem Vater aufmerksam lauschte. Sie hob sogar die Hand und bedeckte damit ihre Lider, als würde die Dunkelheit ihr helfen, die Worte besser aufzunehmen.

»Und dann gibt es Leute, die verliert man, weil sie weggehen … oder auch Leute, die man verliert, obwohl sie noch da sind«, fuhr Giuseppe fort. »Meine Frau sitzt hier mit uns zusammen, aber ich habe sie trotzdem verloren. Sieh sie doch an! Sie erkennt mich nicht mal mehr, und sie weiß auch nicht, worüber wir sprechen … Sie ist da, aber es ist, als wäre sie schon längst fortgegangen. Und das ist das Traurigste überhaupt, denn wie du siehst … Meine Tochter ist fortgegangen, aber jetzt ist sie zurückgekehrt. Wer weiß, vielleicht kommt sie jetzt öfter und lässt mich nicht mehr so lange allein … Meine Rosa dagegen, die kommt nicht mehr zurück …«

Lara schlug die Augen auf und blickte ihren Vater traurig an, während Marco erschüttert nickte. Und alle zusammen sahen sie jetzt Rosa an, die schweigend dasaß und in die Betrachtung ihrer eigenen Hände versunken war.

»Stimmt doch, Rosa, oder? Was sagst du denn dazu?«, fragte Giuseppe, an seine Frau gewandt.

Rosa drehte sich zu ihm um und sah ihn an.

»Ich habe dir einen Brief geschrieben, und du hast mir nicht mal geantwortet«, erwiderte sie völlig unbeeindruckt.

»Na ja, gut, entschuldige … Morgen setze ich mich gleich hin und schreibe dir«, sagte Giuseppe friedfertig.

Rosa antwortete nur mit einem stummen Nicken.

»Es ist ein fixer Gedanke von ihr, das mit diesem Brief«, sagte er dann zu den anderen beiden gewandt. »Ab und zu sagt sie, dass sie ihn geschrieben hat, aber niemand weiß, was sie eigentlich damit meint. Vielleicht einfach gar nichts … Wer weiß, welche Fantasien in ihrem Kopf herumspuken«, erklärte Giuseppe kopfschüttelnd.

Lara nickte betrübt und wandte sich dann, als wäre ihr etwas eingefallen, an Marco.

»Ich glaube jedenfalls, dass es für Eltern sehr schmerzhaft ist, ein Kind wegzugeben … oder dass vielleicht sogar ein großer Schmerz der Auslöser sein könnte, dass es so weit kommt«, fügte sie hinzu, als wollte sie Marco einen Wink mit dem Zaunpfahl geben, auch wenn er es gar nicht verstehen konnte. »Es ist jedenfalls ganz sicher nicht deine Schuld.«

In diesem Moment ging im Haus gegenüber das Licht an, und Antonios Gestalt erschien im Fenster. Er warf einen kurzen Blick nach draußen und wanderte dann mit langsamen Schritten durch das Zimmer.

Als Lara ihn sah, konnte sie nicht verbergen, dass sie von einem Schauer durchlaufen wurde. Sie schlug die Arme um ihre Schultern, als fröre sie plötzlich. Auch Marco und Giuseppe folgten Antonio mit dem Blick, der auf einmal stehen blieb und zu ihnen herübersah.

Giuseppe hob eine Hand zum Gruß, die Antonio mit einer brüsken, hastigen Geste erwiderte, um dann schnell aus ihrer Sicht zu verschwinden.

»Was hast du mir noch mal von diesem Mann erzählt? Dass er eine Frau aus dem Norden geheiratet hat, und dann?«, fragte Marco instinktiv.

Lara sah ihren Vater an, wie um ihn anzuflehen, ihr Geheimnis nicht zu verraten, und Giuseppe atmete tief durch, bevor er antwortete.

»Nichts von Bedeutung. Sie ist gestorben, und er ist allein zurückgeblieben und hat sich sein Leben lang in seinem Schmerz vergraben. Das ist alles. In der Früh geht er zur Arbeit, kommt dann nach Hause, spricht mit niemandem ein Wort. Nicht mal grüßen tut er. Auch mich nicht, der ich ihm doch das Leben gerettet habe …«

Lara fuhr ruckartig herum und starrte bestürzt ihren Vater an. »Wie … Was soll das heißen?«, fragte sie leise.

Giuseppe merkte, dass er zu viel geredet hatte, und blickte auf der Suche nach einer Antwort zu dem Zitronenhimmel hinauf. Dann erzählte er den beiden widerstrebend, wie er Antonio vor langer Zeit gefunden hatte, in einer riesigen Blutlache am Boden liegend, mit aufgeschnittenen Pulsadern.

»Ich habe die Tür eingetreten und ihn in die Notaufnahme gebracht. Gerade noch rechtzeitig, um ein Haar wäre er gestorben. Und deswegen ist er immer noch böse auf mich … als hätte ich ihm nicht das Leben gerettet, sondern einen Streich gespielt«, schloss Giuseppe kopfschüttelnd.

Lara sah wieder zu Antonios Fenster hinüber, in dem immer noch Licht brannte.

»Warum hast du mir das nicht schon früher erzählt?«, fragte sie ihren Vater schmerzlich berührt.

»Weshalb hätte ich dir das denn sagen sollen, Kind? Ich habe es einfach vergessen …«, log Giuseppe.

Lara begriff, dass er nur versucht hatte, ihr einen weiteren Schmerz zu ersparen. Ihr Vater sah sie an, als hätte er ihren Gedanken gelesen, und nickte kaum merklich. Dann wandte er sich an Marco und wechselte das Thema.

»Wie auch immer … Du sorge dafür, dass du gesund wirst, Junge, denn du bist jung und hast das ganze Leben noch vor dir … Und, in aller Bescheidenheit, du bist in guten Händen: Meine Tochter versteht ihr Handwerk ausgezeichnet. Hast du verstanden?«

Marco antwortete nicht. In diesem Moment verlosch das Licht in Antonios Haus, und Marco nahm jetzt plötzlich das Rauschen des Meeres wahr, das sich an der Felsküste brach. Ein Schauer lief ihm über den Rücken.

13

Marco gefiel die Atmosphäre in Laras Elternhaus. Die weißen Wände mit den blauen Fensterrahmen vermittelten ihm das Gefühl, sich in einer Ruhezone zu befinden, in der er sich völlig sicher fühlen konnte. Nur der Hof draußen vor der Tür war ihm unangenehm, auch wenn der ihn gleichzeitig magisch anzog. Eines Nachts, als er nicht hatte schlafen können, hatte er sich im Bett aufgerichtet und durch die Vorhänge gespäht. Er hatte beobachtet, wie Antonio im Morgengrauen das Haus gegenüber verließ, in eine alte Kapuzenjacke gekleidet und einen undurchdringlichen Ausdruck in den Augen. Auch Antonio hatte zu Laras Haus herübergesehen und zuerst einen Blick auf ihren geparkten Clio geworfen, bevor er ein Fenster ins Visier genommen hatte. So war er ein paar Augenblicke in Gedanken versunken stehen geblieben und hatte sich ganz unvermittelt weggedreht, als wollte er damit auch seinen Erinnerungen den Rücken kehren. Schließlich war er eiligen Schrittes aus dem Hof gegangen. Marco war es so vorgekommen, als wäre an dem Platz, an dem der Mann gestanden hatte, ein dunkler Schattenriss zurückgeblieben, ein geheimnisvoller schwarzer Fleck, der sich dann aber in den ersten Strahlen der aus dem Osten über die Hügel steigenden Sonne aufgelöst hatte.

Auch Lara hatte in jenem Moment am Fenster gestanden. Und ihr Blick hatte den von Antonio gekreuzt, als die

Morgendämmerung mit ihrem stummen Ruf und ihrem überraschenden Licht in die Welt getreten war. Sie war instinktiv vom Fenster zurückgewichen, obwohl sie im Schutz der geschlossenen Vorhänge gestanden hatte, und hatte sich mit der Schulter an die kühle Wand gestützt. Dann hatte sie die Augen geschlossen, weil die Liebe ihr mit voller Wucht die Brust durchstochen und ein Schmerz sie durchzuckt hatte, als hätte ihr jemand eine Nadel ins Fleisch getrieben, mit sanftem und doch ungestümem Druck, damit sie die Pein möglichst lange spürte.

Sie war zehn Jahre alt gewesen, als sie ihn zum ersten Mal gesehen hatte. Giuseppe und Rosa waren gerade in das Haus eingezogen, in dem sie immer noch lebten. Es hatte Giuseppes Großeltern väterlicherseits gehört und war frei geworden, weil die vorhergehenden Mieter in den Norden gezogen waren. Sie hatten beschlossen, das kleine Haus auf dem grünen Hügel zu verlassen, in dem sie die letzten Jahre gewohnt hatten, vor allem, weil es inzwischen zu klein für die Familie geworden war, denn Lara wurde größer und brauchte ein Zimmer für sich allein. Schon bald war sie dann im Hof auf Antonio getroffen. Er war damals zwanzig Jahre alt gewesen und war ihr vorgekommen wie ein etwas finsterer Engel, mit seiner stolzen Haltung, den salbeifarbenen Augen, der dunklen Haut und den gespannten Muskeln. Auch wenn sie noch ein Kind gewesen war, hatte Lara ihn vom ersten Moment an geliebt, und fortan hatte sie von nichts anderem mehr geträumt, als schnell erwachsen zu werden, um ihn zu heiraten und bis zum letzten Atemzug an seiner Seite leben zu können. Aber im Lauf der folgenden Jahre hatte Antonio kaum Notiz von ihr genommen und sie nur flüchtig bemerkt. In seinen Augen war sie immer noch ein kleines Mädchen gewesen, mit Zöpfen und

Blumenkleid. Sie jedoch hatte sich an seine Fersen geheftet und war ihm auf Schritt und Tritt gefolgt, hatte ihm hinterherspioniert, ihn begehrt, von ihm mit offenen Augen geträumt, stets in der Hoffnung, dass er ihre Liebe eines Tages bemerken würde.

Ich weiß, warum ich keine Luft bekomme, wenn du in meiner Nähe bist …, hatte Lara gedacht, im Morgengrauen vor vielen Jahren, inzwischen erwachsen, während sie ihn von Weitem beobachtet hatte, auf dem Rostro über dem Meer. »Ich weiß, warum ich erst wieder zu atmen beginne, wenn du dich entfernst … Es ist, weil ich weiß, wie wichtig es für mich ist, dass du atmest und am Leben bist. Darum will ich sie mir nicht nehmen, die Luft, aus Angst, dass dann keine mehr für dich übrig ist.

Viele Abende hatte sie dort oben gestanden und hätte sich am liebsten ins Meer gestürzt, um schwimmend sein rotblaues Boot zu erreichen. Oder um sich im Schaum seines Kielwassers aufzulösen, um für immer zu verschwinden im mondbeschienenen Meer, weil er sie nicht bemerkte und kaum eines Blickes würdigte. Doch dann, irgendwann, hatte sie bemerkt, wie Antonios Augen erstrahlten bei *ihrem* Anblick, beim Anblick einer anderen Frau, wie sie so hell und leuchtend wurden, wie sie es noch nie zuvor gesehen hatte. In jenem Moment hatte sich zu der Liebe, die sie immer empfunden hatte, der bittere Geschmack von Eifersucht und Hass gesellt.

Bitter war das Meer, für Marco, und immer mehr, je näher es kam, am nächsten Morgen. Er hatte einen salzigen Geschmack im Mund, und es schien ihm, als hätte er Sand gegessen, so rau fühlten sich sein Gaumen und seine Kehle an. Auf dem Weg zum Strand schob Lara den Rollstuhl einen gewundenen Fußweg entlang und bremste kaum, wenn es abschüssig wurde und die Räder über das Lavagestein holperten.

Als ein Stück weiter unten die Umrisse einer kleinen Felsbucht mit dunklem Sand zu erkennen waren, griff Marco mit der rechten Hand nach dem Bremshebel und brachte den Rollstuhl mit Gewalt zum Stehen. Lara stolperte und stürzte fast, als er mit einem Ruck stockte.

»Was machst du denn da?«, stammelte sie, bemüht, sich auf den Beinen zu halten.

Marco, der offensichtlich in höchster Panik war, stieß ein Zischen aus, das tief aus seiner Kehle kam.

»Hör mal, muss das wirklich sein?«, keuchte er dann. »Mir wird schon schlecht, wenn ich nur hinunterschaue … Ich … ich krieg keine Luft mehr.«

Lara baute sich vor ihm auf, die Hände in die Hüften gestemmt.

»Gut. Und was wollen wir dann machen? Sollen wir etwa umkehren? Willst du wirklich noch ein paar Monate in diesem Ding sitzen, oder entscheidest du dich, wieder selbst zu gehen? Sag du es mir, ich bin es jetzt wirklich leid. Wenn du so weitermachen willst, beenden wir das Ganze, und ich bring dich wieder nach Hause zu meinen Eltern und lass dich dort sitzen. Wir machen ein bisschen Urlaub, ich ruhe mich aus, und deine Genesung ist erst mal auf unbestimmte Zeit verschoben.«

»Du kannst mich mal«, stieß Marco hervor, das Gesicht verzerrt, der Mund weit geöffnet, um nach Luft zu schnappen.

»Jaja, beschimpf mich nur, wenn es dir dann besser geht. Immer heraus damit, dann bist du es los. Aber ich sag dir eins: Ich will dich nicht mehr in diesem Rollstuhl sitzen sehen. Du bist nicht gelähmt, du musst nur wieder ins Gleichgewicht kommen und deine Beine kräftigen. Das ist nicht so schwer, glaub mir, ein Schleudertrauma ist schnell überwunden. Du hast Angst vor dem Meer? Kapierst du nicht, dass das nur eine Panikattacke ist? Weißt du überhaupt, was das ist, eine Panikattacke? Eine Täuschung des Gehirns, nichts weiter … Du hast vor etwas Angst, das du eigentlich ohne Probleme lösen kannst. Das musst du dir immer wieder sagen … dass es nur eine Täuschung ist, nur ein Gefühl. Wie ein hässlicher Traum oder so …«

»Du hast leicht reden. Ich bin es ja, der keine Luft kriegt, nicht du. Ich möchte dich mal an meiner Stelle sehen«, gab Marco aufgebracht zurück.

»Jetzt in diesem Moment kriegst du keine Luft?«, wollte Lara wissen.

Marco zögerte. Er merkte plötzlich, dass er ganz regelmäßig atmete, und schwieg verunsichert.

»Siehst du? Du warst einen Moment abgelenkt, und schon ist die Panik verschwunden. Es ist eine Illusion, Marco … Du musst stärker sein als die Angst, wenn du wieder der werden willst, der du vorher warst. Verstehst du, was ich dir damit sagen will?«

Nimm dir ein Beispiel an mir. Auch ich bemühe mich, meine Ängste zu überwinden, hätte Lara am liebsten zu ihm gesagt. Stattdessen beschränkte sie sich darauf, ihm ermutigend die Wange zu tätscheln, dann machte sie die Bremse los und rollte ihn weiter den Abhang hinunter. Auch ihr Herz schlug plötzlich schneller, und ihr Atem stockte, als sie einen Blick hinauf zum Rostro warf, der von hier aus aussah, als wüchse die scharf gezackte Felsspitze direkt in dem Himmel. Ganz oben war jetzt Antonios

Gestalt zu sehen, die sich dunkel gegen das strahlende Blau des Himmels abzeichnete. Er stand da wie eine Salzsäule und sah schweigend hinaus aufs Meer, und Lara schien es, als behielte er sie beide dabei misstrauisch im Blick.

Nach ein paar unsicheren Schritten nahm der dunkle Sand Marcos Füße auf wie in einer warmen, anheimelnden Liebkosung. Lara hatte ihn mit Gewalt aus dem Rollstuhl gehievt, den sie zuerst mit dem Rücken zum Meer platziert hatte.

»So siehst du es nicht und tust so, als wäre es gar nicht da«, hatte sie ihm zugeraunt, während sie sich sein Gewicht auf die Schulter lud, die sie unter die Achsel des Jungen geklemmt hatte.

»Na klar, nichts leichter als das«, gab Marco spöttisch zurück, der schon wieder die Panik in sich aufsteigen fühlte.

»Versuch's mal damit: Das Meer liegt hinter dir, und mit jedem Schritt entfernst du dich ein wenig mehr davon. Ist das besser?«, fragte Lara hartnäckig.

Marco stöhnte nur und schüttelte den Kopf, doch dann gab er sich einen Ruck, weil er genau wusste, dass es besser war, Laras Anweisungen zu befolgen, und sei es nur, weil die Qual dann bald ein Ende hätte.

»Du gibst wohl nie auf, was?«

Lara nickte schweigend, dachte aber heimlich an all die Male in ihrem Leben, als sie eben doch aufgegeben hatte. All die verpassten Gelegenheiten, weil sie irgendwann das Gefühl beschlichen hatte, nicht gut genug zu sein, ein Gefühl, das sie immer begleitete, auch in diesem Moment. Es war eine unüberwindbare Mauer, ein schwarzer Schild, der ihre Träume und Hoffnungen verdunkelte und ihre Pläne in unrealistische Illusionen verwandelte, und es kam ihr vor wie ein Fluch, mit dem sie von einem ominösen Schicksal ohne ihr eigenes Zutun belegt worden war.

»Ist dir noch schwindelig?«

»Ein bisschen …«

»Stütz dich auf mich … und jetzt schau nach vorn und geh.«

Marco klammerte sich an Laras Arm und an die Illusion, vor dem Meer zu flüchten, auch wenn er immer wieder spürte, wie ihm die Beine wegsackten und sein Magen sich vor Übelkeit zusammenzog.

Und dann geschah es. Plötzlich kam ein Moment, in dem der Schmerz verebbte und ihn überrascht und frei zurückließ: Die Felswände und die Boote in der Bucht hörten auf, um ihn zu kreisen, sein Atem wurde ruhig und regelmäßig, er fand sein Gleichgewicht wieder, unterstützt vom weichen Sand und von Laras Armen, die ihn immer noch fest umfangen hielten.

»Achtzehn, Marco! Du hast soeben achtzehn Schritte gemacht!«, rief Lara begeistert, die das Erstaunen in Marcos Augen gelesen hatte.

Tatsächlich fand sich Marco jetzt auf seinen eigenen Füßen wieder, der Rollstuhl in seinem Rücken, genau wie das Meer. Er blickte um sich, als wache er aus einem Traum auf.

»Achtzehn?«, fragte er ungläubig.

Lara nickte zufrieden.

»Wenn du so weitermachst, wirst du den Rollstuhl schon bald nicht mehr brauchen. Vielleicht noch ein paar Tage, nicht mehr … Ich habe es dir doch gesagt, weißt du noch? Und ich wusste, dass dir der Sand guttun würde. Er hilft, das Gleichgewicht zu halten, die Füße sinken ein und geben dir Sicherheit … Und sobald mit deinen Beinen alles in

Ordnung ist, kümmern wir uns um deinen Arm und deine Hand …«

»Aber heißt das denn, dass alles wieder so wird wie vorher?«, fragte Marco immer noch ungläubig.

Lara sah ihm in die Augen und zögerte. Sie hätte ihm am liebsten gesagt, dass nichts wieder würde wie vorher, niemals, weil die Zeit die Dinge und die Menschen veränderte, weil keine Narbe völlig verheilte, weil der Schmerz eine unauslöschliche Färbung hinterließ, die man zwar mit anderen Farben übertünchen konnte, aber die, wenn man den Putz wegkratzte, wieder hervorkam wie der Tuff unter einer Hauswand.

»Es wird sogar besser werden als vorher …«, sagte sie stattdessen. Dann drehte sie sich um und blickte aufs Meer, das jetzt glatt und still dalag, bis auf ein paar kleine Schaumkrönchen, die die Strandlinie benetzten.

»So, und jetzt gehen wir zurück zum Rollstuhl.«

»Aber …«

»Nichts aber … Du machst jetzt einfach weitere achtzehn Schritte, und zwar diesmal Richtung Meer. Schau nur, wie ruhig es ist … Du brauchst keine Angst zu haben.«

Marco seufzte und drehte sich langsam um, immer noch auf Lara gestützt. Das Erste, was er sah, war ein unbestimmter Horizont, Himmel und Meer, die in Abstufungen von Grün und Blau ohne klare Trennlinie miteinander verschmolzen. Er schloss die Augen und konzentrierte sich, doch als er ein paar Schritte zu machen versuchte, hatte er das Gefühl, dass seine Beine sich in Sand verwandelten. Er spürte förmlich, wie sie in unzählige Körner zerfielen, und sackte ruckartig nach vorn auf die Knie, sich wundernd, dass diese sein Gewicht noch hielten.

»Was machst du denn, Marco?«, rief Lara, die sich erschrocken und besorgt über ihn beugte.

Er antwortete nicht, sondern riss den Mund auf und rang nach Luft. Um sich herum sah er nichts anderes als das Meer, das jetzt in seinen Körper und seine Lunge zu dringen schien und ihm die Luft zum Atmen raubte. Er wusste nicht mehr, dass er doch eigentlich in Sicherheit war, weit genug entfernt von diesem endlosen Blau, das unbeirrt vor sich hin wogte und die Sonnenstrahlen reflektierte.

»Beruhige dich bitte, Marco, ganz ruhig jetzt! Und sieh mich an, nicht das Meer, sondern mich! ... Nein, nicht den Kopf wegdrehen, du musst *mich* anschauen, verstanden?«

Laras Stimme wurde zu einem schmerzhaften Dröhnen, und ihre Worte hallten nach und zerfielen in ein unbestimmtes, schrilles Klanggemisch.

»Marco, bitte beruhige dich doch! Marco!«

Der Brechreiz kam ganz abrupt. Er stieg ihm aus dem Magen in die Kehle und sorgte für einen bitteren Geschmack im Mund, und schon einen Augenblick später übergab er sich würgend, während die Welt um ihn herum in Dunkelheit fiel.

Später öffnete Marco die Augen und holte tief Luft, während Lara ihm immer noch die Stirn hielt und ihn sanft aufforderte, ruhig zu atmen. Er war am Ende seiner Kräfte, als er nach einer Weile den Kopf hob.

»Versuch mal aufzustehen«, flüsterte Lara.

Sie umfing seinen Oberkörper und half ihm, auf die Füße zu kommen.

»Früher oder später wird diese Angst vor dem Meer vorübergehen, du musst nur Geduld haben«, sagte sie und sah ihm dabei fest in die Augen.

Marco zögerte einen Moment und stieß dann wütend hervor: »Ich bin doch geduldig, was willst du überhaupt? Ich hab mir brav eingeredet, dass ich mir alles nur einbilde, wie du gesagt hast … dass es nur mein Kopf ist, der mir einen Streich spielt … Ich hab mir immer wieder gesagt, dass ich stark sein muss … Aber dann passiert etwas, das ich nicht kontrollieren kann, einfach so … Ich sehe das Meer und bin nicht mehr ich selbst, mein ganzer Körper wehrt sich dagegen … Ich bin dann ganz schwach und kriege keine Luft mehr, und alles ist aus …«

»Ich hab dir ja schon gesagt, dass das nichts weiter als eine ganz normale Panikattacke ist«, erwiderte Lara. »Wir müssen es einfach versuchen, immer und immer wieder, so lange, bis es nicht mehr passiert.«

»Ja, aber für heute sind wir fertig. Ich bin müde«, wehrte sich Marco entschlossen.

Lara lächelte. »Na gut. Gehen wir nach Hause.«

Dann sah sie ein letztes Mal zum Rostro hinauf. Antonio war verschwunden.

Die letzte Kiste, die er auslud, war zwar eigentlich die kleinste und leichteste des ganzen Tages, doch durch die Hitze und die Erschöpfung erschien sie ihm ungewöhnlich schwer. Antonio hievte sie auf die Ladefläche des Lieferwagens, der mit seiner Ladung ins Zentrum von Sarcola fahren würde, zog dann seine durchgeschwitzte Kapuzenjacke aus und setzte sich auf einen Poller am Hafen, den Rücken zum Meer gewandt und die Füße auf ein aufgewickeltes Tau gestemmt, das nach Salz und Algen roch. Er zündete sich eine Zigarette an und sah beim Entladen der Handelsschiffe zu, aus deren Bäuchen Kräne die letzten Warenballen hoben, während die Hafenarbeiter sich auf die erste Pause des Tages vorbereiteten. Die Sonne brannte auf seiner gebräunten Haut, und er hatte Durst, was ihn veranlasste, aufzustehen und zu dem Trinkbrunnen am Rand des

Hafengeländes zu gehen. Dort steckte er den Kopf unter den Wasserstrahl und trank so lange, bis sein Durst gestillt war, um sich dann auf den Weg zu den Büros zu machen, wo er seinen Tageslohn abholen wollte.

Als er kurz darauf mit ein paar wenigen Banknoten in der Tasche und der Kapuzenjacke über der Schulter wieder herauskam, beschloss er, sich auch heute auf den Weg zum Rostro zu machen, um von dort auf das Meer hinunterzublicken. Er wusste nicht, was ihn immer wieder dorthin trieb, und glaubte nicht, dass es Nostalgie war, denn mit seiner Zeit als Fischer hatte er schon lange abgeschlossen und seit vielen Jahren keinen Fuß mehr auf ein Boot gesetzt. Trotzdem überkam ihn dort oben, zwanzig Meter über dem Meer, regelmäßig ein tröstliches Gefühl des Friedens. Wenn er auf die gekräuselten Wellen blickte und ihrem Rauschen und dem Klatschen des Wassers gegen die Felsen lauschte, wurden seine sonst so schweren Gedanken plötzlich ganz leicht, fast als flögen sie mit den über dem Golf kreisenden Möwen davon und nähmen die traurigen Erinnerungen mit, von denen er sich auch nach all den Jahren nicht befreien konnte.

Am Vormittag hatte er vom Rostro aus Lara zusammen mit dem Jungen gesehen. Sie hatte ihn in seinem Rollstuhl die Holzplanke entlanggeschoben, die den Strand durchschnitt, und hatte dann auf dem letzten Abschnitt angehalten, offensichtlich bemüht, dem Jungen beim Aufstehen zu helfen.

Ihr Anblick hatte ein unbehagliches Gefühl in Antonio hervorgerufen: Durch die Ankunft des Jungen war ihm sein eigener Sohn wieder in den Sinn gekommen, den er als Neugeborenen in den Armen gehalten hatte. Doch als er kurz darauf erfahren hatte, dass seine Geburt Milena das

Leben gekostet hatte, hatte er das kleine Wesen aus seinem Leben verbannt und es niemals wiedergesehen. Wo mochte der Junge jetzt wohl sein? Wie war es ihm in seinem Leben ergangen? Bis zu diesem Moment hatte er es immer vermieden, sich diese Fragen zu stellen, fast als hätte er sein eigenes Kind dem Vergessen anheimgegeben. Nun jedoch tauchte wie aus dem Nichts und mit unerträglicher Klarheit das sternförmige Muttermal auf der Schulter des Babys aus den Tiefen seiner Erinnerung empor. Sein Sohn wäre jetzt etwa im gleichen Alter gewesen wie dieser Junge, der da unten am Strand seine unsicheren Schritte tat … Noch während er dem Gedanken nachhing, wurde Antonio bewusst, dass er ihn formuliert hatte, als wäre das Kind längst tot. Doch in Wirklichkeit lebte es ja aller Wahrscheinlichkeit nach irgendwo auf der Welt, auch wenn er nicht die geringste Ahnung hatte, wo das sein könnte.

Bei diesem Gedanken durchzuckte ihn ein schmerzhafter Stich, den er kaum ertragen konnte. Er verfluchte Lara und ihre Idee, zusammen mit diesem Jungen zurückzukommen. Er konnte es sich nicht erlauben, sich zu erinnern, denn mit den Erinnerungen würden Gewissensbisse kommen und vielleicht sogar Reue.

Antonio wurde klar, dass er an diesem Morgen auch auf dem Rostro keinen Frieden finden würde. Daher kehrte er dem Meer den Rücken und machte sich auf den Nachhauseweg.

14

Marco und Lara hatten alle Mühe, ins Dorf zurückzukommen. Den ganzen Weg über schob Lara den Rollstuhl den Berg hinauf, während Marco unbeholfene Versuche machte, sie zu unterstützen. Er hatte im linken Arm immer noch keine Kraft und schob daher nur das Rad auf der rechten Seite, was dazu führte, dass der Rollstuhl ständig kippte und neu ausgerichtet werden musste. Am Ende gab Marco auf und überließ Lara die ganze Arbeit, die immer wieder eine Pause einlegen musste, um zu verschnaufen oder einen Schluck Wasser zu trinken.

Auf dem Weg ins Dorf gelangten sie auch zum Hafen, wo die vertäuten Schiffe im Wasser schaukelten. Als sie an einem Bootshaus vorbeikamen, verlangsamte Lara ihre Schritte und hielt schließlich an. Sie stand reglos da und starrte einen alten rotblauen Fischkutter mit abblätternder Farbe an, der mit einer Plane bedeckt war. Es war nicht zu übersehen, dass das Boot starke Gefühle in ihr auslöste.

»Was ist denn mit dem Boot?«, fragte Marco gespannt.

»Nichts … es erinnert mich nur an meine Jugend«, gab Lara zurück.

»Hat es deinem Vater gehört?«

»Mein Vater ist immer Bauer gewesen.«

Marco sah sie fragend an, aber Lara zuckte nur mit den Schultern, als wollte sie nicht weiter darüber sprechen.

»Lass uns einen Kaffee trinken gehen, hast du Lust?«,

fragte sie dann zerstreut und ging weiter, nachdem sie die runden Flanken des Fischkutters ein letztes Mal mit dem Blick gestreift hatte.

Schließlich kamen sie auf der Piazza an und gingen in eine Bar, wo sie sich einen Tisch im Schatten suchten. Lara schob einen Stuhl zur Seite, damit Marco in seinem Rollstuhl Platz fand, und ließ sich dann erschöpft auf den Stuhl gegenüber sinken. Sie bestellten zwei Kaffee, als der Kellner kam.

Die leichte Meeresbrise führte auch hier den allgegenwärtigen Duft der Rosenmalven mit sich, und Marco sog ihn gerade genießerisch ein, als er plötzlich merkte, dass ihn jemand ansah. Er drehte sich um und erblickte Agnese, die an einem Tisch ganz in der Nähe saß, zusammen mit einem dicklichen Jungen mit unreiner Haut, dessen große dunkle Augen von einem glatten braunen Pony verhangen waren. Sie hatten ihre beiden Zitronengranitas fast ausgetrunken und schienen sich nicht sehr viel zu sagen zu haben, doch ihr Gefährte blickte ziemlich finster drein, als Agnese jetzt recht unverblümt zu Marco starrte. Während er sich wahrscheinlich noch fragte, wer dieser Typ im Rollstuhl wohl sein mochte, war Agnese schon aufgestanden und trat jetzt mit einem strahlenden Lächeln an Marcos Tisch.

Der Junge sah hilflos zu, als sie sich zu Marco herunterbeugte und ihn mit fast ostentativem Überschwang auf die Wange küsste, um sich dann zu Lara und Marco an den Tisch zu setzen. Es war offensichtlich, dass er schrecklich eifersüchtig war, doch er zögerte noch eine ganze Weile, bevor er endlich seine Granita austrank und seine Schüchternheit überwand, um Agnese zu folgen.

»… Na, wie auch immer, auf jeden Fall müssen wir es aufs Neue versuchen, bis seine Beine endlich wieder das machen, was sie sollen«, sagte Lara gerade, als der Junge den Tisch erreicht hatte und hinter Agnese stehen blieb.

»Und wie läuft es mit der Angst vor dem Meer?«, fragte Agnese und ignorierte ihren Freund, der dastand wie eine Salzsäule und nicht wusste, ob er auf eine Einladung warten oder sich einfach zu den anderen setzen sollte.

»Ich glaube, die wird mir bleiben«, antwortete Marco mit einem Seitenblick auf Agneses Freund, der seinem Blick jedoch verlegen auswich.

»Ach was …«, erwiderte Agnese und machte eine wegwerfende Geste. »Meiner Meinung nach musst du dich nur wieder ans Meer gewöhnen, und bevor du es so richtig merkst, gehst du sogar schon wieder baden. Vielleicht sollten wir bald mal zusammen schwimmen gehen …«

»Danke, das ist eine super Idee. Dann kannst du gleich den Totengräber mitnehmen, da ich kaum glaube, dass ich das überleben werde«, witzelte Marco. Während Agnese und Lara vor Lachen losprusteten, merkte er, dass Agneses Freund ihm einen entrüsteten Blick zuwarf.

Marco sah ihn fragend an. »Setz dich doch, wenn du willst. Ich bin übrigens Marco«, stellte er sich dann vor.

»Ach ja, genau, das ist übrigens Galiano«, schaltete sich jetzt Agnese ein, als wäre es die natürlichste Sache der Welt, dass sie ihren Begleiter bisher ignoriert hatte.

Galiano hob kurz und hastig die Hand zum Gruß und machte endlich Anstalten, sich auf den Stuhl neben Marcos Rollstuhl niederzulassen. Es erinnerte an ein Gebet, als er jetzt die Augen schloss und ein schwaches »Danke« hauchte.

»Marco ist Profispringer und hat sich bei einem Sprung ins Meer verletzt. Er ist auf einen Felsen aufgeschlagen und ziemlich lädiert«, erklärte Agnese an Galiano gewandt, offenkundig stolz auf ihre illustre neue Bekanntschaft.

Galiano nickte kaum merklich und sah Marco mit einer schlecht verhüllten Mischung aus ehrfürchtiger Bewunderung und grenzenlosem Neid an. Marco bemerkte seinen Blick und beschloss, Agnese nicht zu widersprechen. Vielleicht hatte sie gelogen, um mit ihrem neuen Freund anzugeben, vielleicht hatte sie aber auch nur etwas falsch verstanden, als Lara ihr am Tag zuvor im Haus ihrer Eltern seine Geschichte erzählt hatte. Außerdem schmeichelte ihm die Idee, dass er für einen Profispringer gehalten wurde, auch wenn sein Traumberuf inzwischen in weite Ferne gerückt war. Er setzte ein joviales Lächeln auf, wie es ihm für einen Sprungchampion angemessen schien, und wies mit dem Kinn nach hinten auf seine Schulterwunde, die immer noch von einem leichten Verband bedeckt war.

»Und … was sagen die Ärzte, wirst du wieder gesund?«, fragte Galiano und schloss erneut die Augen, als er die Worte aussprach.

Marco merkte, dass dies offensichtlich die typische Sprechweise des Jungen war: mit geschlossenen Augen, als wollte er sich vor der Welt verbergen, und mit leiser, heiserer Stimme, die nach einer Mischung aus Scheu und Sanftmut klang.

»Ach, was die Ärzte sagen, ist doch nicht so wichtig. Hauptsache, Marco erholt sich gut hier bei uns«, antwortete Agnese, Marcos Antwort vorwegnehmend. »Und erholen muss er sich, wenn er an den Olympischen Spielen teilnehmen und eine Medaille gewinnen will, nicht wahr?«, sagte sie scherzhaft an Marco gewandt.

»Er hat keine wirklich schweren Verletzungen, so viel ist sicher«, schaltete sich Lara ein. »Wenn er fleißig seine Übungen macht, kann er alles erreichen, was er sich vornimmt, und zwar besser als vorher.«

Marco setzte ein schmerzliches Grinsen auf und beschloss, Tacheles zu reden. »Das Springen kann ich vergessen, so viel ist sicher … Da müsste schon ein Wunder geschehen«, sagte er betont ruhig und nahm einen Schluck von seinem Kaffee.

»Aber es gibt doch immer wieder Wunder«, rief Agnese aus und streichelte ihm kurz über die Wange. Das mitfühlende Lächeln, das sie ihm dabei schenkte, ließ einmal mehr einen Schatten auf Galianos Gesicht fallen.

Marco erschauerte bei ihrer Berührung. Die frische, weiche Hand auf seinem Gesicht rief ihm ins Gedächtnis, wie Virginias Lippen sich bei dem flüchtigen Kuss in der Klinik auf die seinen gelegt hatten. In ihren Augen hatte dabei ein Ausdruck bittersüßer Zärtlichkeit gelegen, der ihn zutiefst verwundert hatte. Ganz unerwartet sah er jetzt plötzlich auch den Sprungturm im Schwimmbad vor seinem inneren Auge, roch den Duft nach Duschgel und Chlor in der feuchten Luft, sah die künstlich blaue Wasseroberfläche, und ganz unvermittelt überkam ihn eine überwältigende Sehnsucht, einen Purzelbaum durch die Luft zu schlagen und sich im Flug von allen Hemmnissen zu befreien. Es schien, als wäre dieser Wunsch, diese drängende Sehnsucht, unauflöslich mit Virginia verbunden, ein süßer Traum, an dessen Ende unausweichlich eine große Enttäuschung stehen musste.

Als er die Augen schloss, um die Bilder zu vertreiben, fragte er sich unwillkürlich, ob Galiano wohl aus demselben Grund immer mit geschlossenen Lidern redete.

Nach dem Mittagessen machte Marco ein Nickerchen. Es war sonst gar nicht seine Gewohnheit, sich tagsüber hinzulegen, außer im Krankenhaus, wo die Beruhigungsmittel und die Sehnsucht, sich aus der Welt zu stehlen, ihn immer wieder in den Schlaf getrieben hatten. Hier im Wohnzimmer von Laras Eltern jedoch gab er der Müdigkeit gerne nach und ließ sich bereitwillig in die gemütliche Atmosphäre dieses Hauses sinken, das ihm schon jetzt nicht mehr fremd vorkam. Er hatte sich auf das Sofa gesetzt und eine Weile den Geräuschen aus der Küche gelauscht, wo Lara und Giuseppe damit beschäftigt waren, nach dem Essen den Tisch abzuräumen und das Geschirr zu spülen. Giuseppe gab Lara gegenüber schon seine detaillierten Planungen für das Abendessen kund, und Marco merkte, dass seine tiefe Stimme eine ungemein beruhigende Wirkung auf ihn hatte. Er fühlte sich fast in eine Art Idealzustand versetzt, wie er ihn vielleicht noch nie erlebt hatte. Dann sprang auch noch Cirmolo auf das Sofa, rollte sich neben ihm zusammen und schnurrte wohlig. Und ohne dass er es so recht merkte, fielen Marco schließlich die Augen zu, und er schlief fest ein.

Als Lara Marco später auf dem Sofa fand, wo er neben dem Kater lag und tief und fest schlief, betrachtete sie ihn eine Weile nachdenklich.

»Er sieht ihm ähnlich, was?«, flüsterte Giuseppe, der hinter sie getreten war.

Lara drehte sich zu ihrem Vater um und bedeutete ihm, still zu sein, damit der Junge nicht aufwachte. Sie nickte leicht zur Bestätigung, denn was ihr Vater gesagt hatte, war nicht zu verleugnen: Die Ähnlichkeit zwischen Marco und Antonio stach zwar erst auf den zweiten Blick ins Auge, war dann aber nicht mehr zu leugnen. Sie zitterte bei dem Gedanken, dass Antonio sie bemerkte, bevor er die Wahrheit über den Jungen erfuhr. Wie sollte sie es nur anstellen, ihm zu sagen, dass er in Marco seinen eigenen Sohn vor sich hatte? Und wie sollte sie es Marco selbst sagen? War es besser, wenn sie es gleichzeitig erfuhren oder nacheinander? Und falls nacheinander, wer sollte dann den Anfang machen?

»Ich weiß nur …«, sagte sie zu Giuseppe, nachdem sie ihn mit sich in die Küche gezogen hatte, »dass ich ihm jetzt noch nicht die Wahrheit sagen kann. Ich brauche Zeit … Sie sollten einander vorher wenigstens ein wenig kennenlernen.«

»Ja, aber sei vorsichtig …«, warnte Giuseppe. »Je mehr Zeit du verstreichen lässt, desto wahrscheinlicher wird es, dass sie böse auf dich sind, weil du zu lange gewartet hast. Sie könnten dir beide vorwerfen, dass du ein unfaires Spiel mit ihnen getrieben hast … Es ist immer besser, wenn man Dinge von dieser Tragweite gleich zur Sprache bringt.«

Lara antwortete nicht. Sie wusste, dass ihr Vater recht hatte. Wieder einmal verbarg sie ihre Angst und Unsicherheit, indem sie sich an die Hoffnung klammerte, dass zwischen Marco und Antonio ganz von selbst ein Band entstehen würde, wenn sie sich erst einmal kennenlernten. Vielleicht würden sie die Wahrheit über ihre Beziehung dann später als Geschenk empfinden. Oder wenigstens als Möglichkeit, um ihre kummervolle Vergangenheit zu überwinden.

Sie nutzte die Gelegenheit, dass Marco schlief, um allein einen Spaziergang durch das Dorf zu machen. Durch die Straßen ihrer Kindheit zu streifen würde sie aufheitern und ihr helfen, sich stärker zu fühlen. In der Stille des sommerlichen Nachmittags überkam sie ganz unerwartet die Freude über ihre Rückkehr, verbunden mit einer seltsamen Mischung aus Nostalgie, Erstaunen und einer unbestimmten

Hoffnung. Ein bisschen hatte sie auch das Gefühl, als wären auf diesen Wegen, die sie früher so selbstverständlich gegangen war, unsichtbare Scheinwerfer auf sie gerichtet, sodass die Menschen, die ihr begegneten, sie nicht übersehen konnten. Sie wich den neugierigen Blicken unwillkürlich aus, voller Sorge, erkannt zu werden und peinliche Fragen nach ihrer Rückkehr oder auch ihrer Flucht viele Jahre zuvor beantworten zu müssen.

So ging sie schweigend und gesenkten Kopfes dahin, bis sie irgendwann das Ende des Dorfes erreicht hatte. Alles kam ihr viel kleiner vor als in ihrer Erinnerung: die bescheidenen Häuser, die die Straße zum Meer säumten, die Geschäfte und Handwerksbetriebe, das weiträumige Belvedere, ihre alte Schule, der zentrale Dorfplatz, an dem sich alles traf, das Rathaus, in dem sie die Abschlussprüfung zur Hebamme gemacht hatte … Das Dorf hatte sich sehr verändert: Viele Läden, die sie von früher kannte, konnte sie nicht mehr entdecken, und als Symbol einer neuen Zeit wurden die Dächer von einem Gewirr aus Parabolantennen überwuchert. Die Gesichter der Menschen, denen sie begegnete, blieben ihr fremd, und auch von den Stimmen, die aus den Häusern drangen, erkannte sie keine wieder. Sicher hatten viele ihrer Altersgenossen ebenso wie sie das Dorf verlassen, um anderswo Arbeit und Glück zu suchen, und die Alten, die sie noch gekannt hätte, waren inzwischen gestorben. Selbst von den Jungen und Mädchen, denen sie damals als Hebamme auf die Welt verholfen hatte, waren sicher schon viele aus Sarcola weggezogen. Und wer weiß, wie viel Zeit ihr noch blieb, bevor auch die Tage ihrer Eltern gezählt waren und sie für immer Abschied von ihnen nehmen musste …

Als sie sich mit einem Seufzer auf den Rückweg machte,

klingelte plötzlich ihr Handy. Sie warf einen Blick auf das Display und nahm gespannt das Gespräch an.

»Virginia … was gibt's denn?«

»Entschuldige, ich konnte mich einfach nicht beherrschen und musste dich anrufen. Bist du allein? Kannst du sprechen?«

»Ja, ich bin allein …«

»Gut … Und? Wie geht's euch da unten?«

»Wir sind dabei, uns einzugewöhnen«, sagte Lara vage.

»Aber hast du es ihm denn schon gesagt? Hat er seinen Vater kennengelernt?«

Lara warf einen Blick um sich, als könnte jemand Virginias Stimme hören.

»Sie haben sich kurz gesehen, aber noch nicht miteinander gesprochen … und ich habe ihm auch noch nichts gesagt.«

»Verstehe … Ich kann mir vorstellen, wie schwer es sein muss … Aber hast du denn schon einen Plan, wie du es anstellen willst?«

»Ich weiß es nicht … ich muss mir das alles noch durch den Kopf gehen lassen. Das Wichtigste ist jetzt vor allem, dass Marco wieder gesund wird …«

»Du versuchst, Zeit zu schinden, stimmt's?«

Lara stöhnte verärgert auf.

»Hör mal, Virginia. Mir fällt das alles ziemlich schwer, und ich suche verzweifelt nach einer Gelegenheit, um das Ganze hier gut über die Bühne zu bringen. Aber du darfst mir keinen zusätzlichen Druck machen, den mache ich mir sowieso schon selbst. Ich werde es ihnen sagen, so viel ist sicher, aber wie ich das tue, das überlass bitte mir, klar? Ansonsten bist du herzlich eingeladen, selbst herzukommen und mit mir gemeinsam nach einer Lösung zu suchen.«

Virginia schwieg, doch Lara begriff, dass ihre Worte sie getroffen hatten.

»Sag mir eins, Virginia … Ist dir Marco wirklich so wichtig?«, fragte sie das Mädchen dann in versöhnlicherem Ton.

»Natürlich ist er mir wichtig. Ich … ich fühle mich verantwortlich für das, was ihm passiert ist, das habe ich ja schon gesagt.«

»Ist es nur das … oder gibt's da noch mehr?«

»Lara … Ich bin mit Luca zusammen, das weißt du sehr gut. Warum stellst du mir solche Fragen? Ich möchte nicht, dass du immer solche Anspielungen machst …«

»Ich stelle dir diese Frage aus einem guten Grund. Ich glaube nämlich, es würde ihm guttun, wenn da noch was anderes wäre. Es würde ihm helfen, wieder gesund zu werden. Und auch bei der Sache mit seinem Vater wäre es eine Unterstützung für ihn.«

Lara hörte, wie Virginia leise lachte.

»Warum lachst du? Habe ich was Komisches gesagt?«

»Nein, aber du redest, als wärst du seine Mutter«, antwortete das Mädchen.

Laura wurde rot und dankte dem Himmel, dass Virginia es durch das Telefon nicht sehen konnte.

»Ein bisschen fühle ich mich auch so«, gab sie dann aber zu.

»Ich verstehe dich schon … Du kennst seine Geschichte, und du warst sogar dabei, als er geboren wurde …«

»Ja, vielleicht ist das der Grund«, sagte Lara ausweichend.

»Wie auch immer … Halte mich auf dem Laufenden, okay?«

Sie verabschiedeten sich rasch. Lara steckte das Handy zurück in die Tasche und fuhr sich mit einer Hand durch das Haar. Sie spürte, wie ihre Anspannung wuchs, als würde die Zeit zu schnell vergehen und ihr die Möglichkeit nehmen, die Dinge unter Kontrolle zu halten.

Antonio sah zu, wie der Kater leichtfüßig auf das Fenstersims sprang, um dann auf dem Boden zu landen und sich auf leisen Sohlen zum Küchentisch zu schleichen. Mit einem Satz hüpfte er hinauf, offensichtlich magisch angezogen von dem Teller mit marinierten Sardellen, der daraufstand. Antonio folgte dem Tier, packte es am Nacken und hob es in die Luft, worauf der Kater seine scharfen Krallen an den ausgestreckten Tatzen ausfuhr und mit verärgertem Maunzen und Fauchen reagierte.

»Beruhige dich … ruhig …«, raunte Antonio ihm zu und sah ihm dabei fest in die Augen. Dann nahm er ihn in die Arme und streichelte ihn sanft. Cirmolo beruhigte sich sofort und antwortete mit einem vorsichtigen Schnurren. Und Antonio stellte erstaunt fest, dass dies seine erste zärtliche Geste in all den Jahren des öden Einsiedlerlebens war. Sie bereitete ihm ein seltsames Unwohlsein, wie ein Gefühl plötzlicher Schwäche, an das er nicht mehr gewöhnt war. Er zögerte noch, doch dann beschloss er, dass diese Katze eine gute Ausrede war, um die quälende Neugier zu befriedigen, die ihn seit Laras Ankunft mit dem Jungen im Rollstuhl gepackt hatte. Kurz entschlossen ging er daher mit dem Kater im Arm hinaus in den Hof und klingelte an der Haustür seines Nachbarn, sodass er sich schon einen Augenblick später Giuseppe gegenüberfand.

»Das ist eure Katze, stimmt's?«

»Sie gehört meiner Tochter«, antwortete Giuseppe, indem er Cirmolo entgegennahm.

»Sie ist bei mir durchs Fenster gestiegen.«

»Oh, das tut mir leid.«

»Kein Problem …«

Cirmolo sprang zu Boden und wischte blitzschnell ins Hausinnere. In diesem Moment bemerkte Antonio, wie Marco in seinem Rollstuhl auf der Schwelle zum Wohnzimmer erschien. Die beiden sahen sich einen Augenblick schweigend an, und Marco machte eine grüßende Geste mit der Hand, die Antonio mit einem leichten Kopfnicken beantwortete. Giuseppe stand derweil schweigend daneben und beobachtete die beiden gespannt.

Dann zögerte Antonio kurz, bevor er Giuseppe bedeutete, ihm nach draußen zu folgen. Giuseppe tat wie ihm geheißen und ging ihm hinterher in den Hof, während er die Tür zum Haus anlehnte.

»Wer ist dieser Junge?«, fragte Antonio brüsk.

»Er ist ein Patient von Lara«, antwortete Giuseppe, nachdem er seine erste Verblüffung überwunden hatte. »Sie sagt, sie hat ihn mitgebracht, um ihn besser pflegen zu können.«

»Und was ist mit ihm passiert? Warum sitzt er im Rollstuhl?«

»Ein hässlicher Sturz bei einem Sprung ins Meer, wie es scheint … Er ist auf einen Felsen gefallen und hat sich so schwer verletzt, dass er wieder laufen lernen muss.«

»Hm …«, kommentierte Antonio, schon etwas beruhigt. »Und wo kommt er her?«

»Keine Ahnung«, erwiderte Giuseppe, der sich nun doch etwas bedrängt fühlte. »Aber wenn du willst, frage ich ihn. Es hat mich bisher nicht interessiert, ich bin einfach nur froh, dass Lara wieder bei uns ist, und habe es akzeptiert, dass sie den Jungen im Schlepptau hat. Aber wie gesagt, wenn du willst, kann ich es herausfinden …«

»Nein, lass, ist nicht nötig«, sagte Antonio schnell, der schon bereute, hergekommen zu sein.

»Also alles in Ordnung?«, fragte Giuseppe, wie um ihm eine Erklärung zu entlocken.

»Alles in Ordnung, ja«, gab Antonio zurück und drehte sich abrupt um zu seinem eigenen Haus.

Giuseppe sah ihm nach, wie er sich wieder stumm in seiner Höhle verkroch. Er hatte das unangenehme Gefühl, dass ihnen allen harte Zeiten bevorstanden.

15

Die nächsten Tage wurden vom immer gleichen Rhythmus bestimmt. Morgens nach dem Frühstück setzte sich Marco in den Rollstuhl und ließ sich von Lara zu dem einsamen kleinen Strand fahren. Der Junge kannte den Weg inzwischen wie seine Westentasche, die verwinkelten Gassen, die sie zurücklegen mussten, die Geschäfte mit ihren bunt dekorierten Schaufenstern, an denen sie vorbeikamen, viele der Gesichter von Einheimischen und Touristen, die ihnen begegneten. Er hatte das Dorf mit seinen vielerlei Düften und Eindrücken inzwischen lieb gewonnen, vielleicht auch, gerade weil es so anders war als die Stadt, die er kannte. Alles strahlte eine ruhige und doch lebhafte Heiterkeit aus, die ihm ein Gefühl von Vertrautheit und Sicherheit vermittelte.

Da das Meer ihm immer noch Angst einflößte, war er nach ihrer Ankunft am Strand nach wie vor bemüht, seine Übungen so weit wie möglich vom Wasser entfernt und von diesem abgewandt zu absolvieren, auch wenn das bedeutete, über heißen Sand zu laufen oder den Blick stur auf den die Bucht umgrenzenden Fels zu richten. Lara ließ ihm seinen Willen, zumal sie gemerkt hatte, dass die Suche nach machbaren Alternativen ihn davon abhielt, sich über seine Beine Gedanken zu machen, die mit jedem Schritt kräftiger und robuster wurden. Inzwischen konnte er eigenständig lange Strandabschnitte zurücklegen, oftmals sogar mehrmals hintereinander, ohne dass er sich noch auf ihren Arm stützen musste. Dennoch blieb sie immer an seiner Seite und ließ ihre Hand an seinem Ellbogen ruhen, um ihn im Notfall auffangen zu können.

»Eigentlich kannst du jetzt schon gut allein gehen …«, sagte sie zuversichtlich. »Du brauchst den Rollstuhl im Grunde gar nicht mehr.«

Marco nickte zaghaft, hielt sich aber trotzdem immer wieder an ihr fest und stützte sich auf sie, als hätte er das bewusste oder unbewusste Bedürfnis, sich sicher und beschützt zu fühlen.

Die Tage vergingen wie im Flug. Den frühen Nachmittag reservierte Lara meist für die Behandlung von Marcos Arm und Hand, die nach und nach immer besser reagierten. Marco gelang es inzwischen, den Arm wenige Zentimeter zu heben und ein paar Sekunden lang gestreckt zu halten, bevor er erschöpft wieder herabfiel. Und auch die Finger seiner linken Hand waren inzwischen beweglich genug, dass er sie zusammenkrümmen konnte, obgleich er noch nicht die Kraft hatte, eine richtige Faust zu ballen. Es waren kleine, manchmal kaum wahrnehmbare Fortschritte, die Lara mit großer Genugtuung erfüllten, auch wenn sie sich immer wieder ärgerte, dass Marco an der sturen Überzeugung festhielt, sein Zustand sei unheilbar.

Das gute Essen, das er im Haus von Laras Eltern vorgesetzt bekam, schien Marco jedoch über seine missliche Situation hinwegzutrösten. Giuseppe nutzte die Tatsache, dass seine Tochter nach all der Zeit zurückgekehrt war und auch noch einen unerwarteten Gast mitgebracht hatte, um sich nach Herzenslust in der Küche auszutoben. Endlich wieder einmal konnte er Gerichte auf den Tisch bringen, die er von seinen Großeltern gelernt hatte, und so war jeder

Tag wie eine gastronomische Zeitreise, die ständig neue Überraschungen zu bieten hatte.

»Jetzt mache ich dir heute mal einen *migliaccio*, unseren typischen Kastanienkuchen, und eine *cianfotta*, die kennt ihr im Norden, glaube ich, als Ratatouille. Und morgen backen wir ein Kranzbrot, einen *tortano*, auch wenn Ostern schon lange vorbei ist. Ah, und meine Fischsuppe musst du natürlich probieren …«, plapperte er fröhlich vor sich hin, während er sich am Herd zu schaffen machte und zwei Gläser mit dem Rotwein füllte, den er kurz zuvor aus dem Glasballon in Flaschen umgefüllt hatte.

Marco spielte sein Spiel gerne mit und suchte seine Zuflucht im Wein und Essen, bis er einen Zustand satter und angesäuselter Zufriedenheit erreichte, der seinen Grübeleien wenigstens für den Moment ein Ende bereitete. Lara versuchte immer wieder, ihn zu bremsen und die Portionen auf seinem Teller zu begrenzen in der Angst, dass Marco zu sehr an Gewicht zulegte, denn jedes Kilo mehr würde er teuer bezahlen müssen, weil es ihm bei seinen Gehversuchen im Sand Spannkraft und Beweglichkeit raubte. Giuseppe nickte dann jedes Mal beipflichtend und gab seiner Tochter eifrig recht, doch sobald Lara den Raum verließ, um etwa ihre Mutter ins Bett zu bringen, reichte ein kurzer Blick der Komplizenschaft zwischen ihm und Marco, um den Teller von Neuem mit einem Häppchen und das Glas mit einem allerletzten Schlückchen Wein zu füllen. Diesem folgten weitere und immer weitere, verstohlen und eilig hinuntergestürzt, sodass sie sich vorkamen wie zwei Kinder, die nur darauf warteten, dass der Pfarrer in der Kirche abgelenkt war, um mit unterdrücktem Kichern und ängstlichem Blick zur Tür die Spenden in der Sakristei zu klauen.

Die Nächte jedoch waren lang und voller Gespenster.

Marco wachte immer wieder aus beunruhigenden und häufig wiederkehrenden Träumen auf, in denen Gegenwart und Vergangenheit sich abwechselten und vermischten. Er träumte, dass er wieder laufen konnte, aber trotzdem in Sarcola war, und dass seine Schritte so leicht waren, dass er das Gefühl hatte, sich während des Gehens in die Luft zu erheben. Dann wurde er plötzlich durch den Druck seiner Füße vorwärtskatapultiert in eine Reihe von Sprüngen, die ungewöhnlich lange zu dauern schienen, und mit einem Mal merkte er, dass er tatsächlich flog, von einem Ort zum anderen und über ein weites blaues Meer hinweg, das ihm keine Angst mehr machte. Auch spürte er eine ungewohnte Kraft in den Armen und Händen und schwenkte sie wie Ruder durch die Luft. Oder er meinte plötzlich, bei vollem Bewusstsein zu sein und nicht in einem Traum, und war sich hundertprozentig sicher, dass alles, was er erlebte, Wirklichkeit war. Er spürte sogar, wie ihm durch den Schwung, mit dem er vorwärtsstrebte, frische Luft in die Lunge drang, die über seinen Gaumen und die Zunge strich und ihm ein Gefühl absoluter Freiheit und unbändiger Freude vermittelte.

An diesem Punkt wachte er meistens auf und fand sich in seinem stillen Zimmer wieder, und wenn er dann feststellte, dass die Schwäche in seinen Gliedmaßen immer noch vorhanden war, empfand er das als verdiente Strafe, weil er sich Illusionen gemacht hatte. Oft setzte er sich auf der weichen Matratze auf und spähte zwischen den Ritzen der heruntergelassenen Jalousie hindurch ins Freie. Da war der Hof mit den Zitronenbäumen, deren gelb leuchtende Früchte das Mondlicht reflektierten. Und gegenüber die Fenster von Antonios Haus, die oft selbst tief in der Nacht noch offen standen, nur von flackerndem Kerzenlicht erhellt. Ab und zu wurde er Antonios Gestalt gewahr, die am Fenster vorbeiging. Er schien sich stumm von einem Zimmer zum anderen zu bewegen und ab und zu stehen zu bleiben, steif wie eine Statue, den Blick fest auf die Wand gerichtet. Marco fragte sich dann, ob er dort vielleicht die Bilder seiner quälenden Erinnerungen ablaufen sah, und wurde sich einmal mehr bewusst, wie sehr ihn dieser Mann mit dem feindseligen Ausdruck, in dem sich Zorn und Schmerz vermischten, von Anfang an fasziniert hatte. Er hätte gern gewusst, was ihn antrieb, warum er so einsam lebte und nachts nicht schlief und warum er oft ganz plötzlich auftauchte wie aus dem Nichts, überraschend wie eine unerwartete Ohrfeige, bedrohlich nicht nur für andere, sondern vielleicht auch für sich selbst.

Die Nachmittage waren da heiterer. Nach seiner Physiotherapie kamen meist Agnese und Galiano vorbei, um Marco auf einen Spaziergang ins Dorf mitzunehmen. Agnese wirbelte ins Haus wie ein leichter Windstoß, mit einem strahlenden Lächeln, das ebenso ehrlich wie draufgängerisch war. Galiano folgte ihr wie ein Schatten, und Marco war inzwischen klar, dass der Junge jede Gelegenheit nutzte, um an ihrer Seite zu sein und sie in stiller, schüchterner Liebe anzuhimmeln. Er fragte sich, ob Agnese die Liebe überhaupt bemerkte, die so sehnsüchtig in Galianos schwarzen Pupillen brannte und die er nur verbergen konnte, indem er die Lider schloss, jedes Mal, wenn er seine spärlichen Worte sprach, mit einer Stimme, die immer leiser wurde.

Agnese hatte Galiano dazu auserkoren, Marcos Rollstuhl zu schieben, wenn sie dann später durch die Straßen Sarcolas spazierten. Sie selbst nutzte die Gelegenheit, um, eine Hand auf seine Schulter gelegt, neben Marco herzugehen und ihm alles über die Straßen und Läden zu erzählen, an denen sie vorbeikamen, oder ihn über den neuesten Dorfklatsch auf dem Laufenden zu halten. Ein zufälliger Beobachter hätte zweifellos gedacht, dass das Mädchen dem Neuankömmling auf fast schon dreiste Art und Weise den Hof machte, denn sie überschüttete ihn mit Aufmerksamkeiten und bedachte ihn bei jeder Gelegenheit mit zärtlichen, vielsagenden Blicken. Marco war darüber alles andere als erfreut, denn er spürte, wie sehr Galiano litt. Der Junge verkapselte sich in der Tat immer mehr in sein Schweigen, und die meiste Zeit war von ihm nichts weiter zu hören als ein angestrengtes Keuchen, wenn er den Rollstuhl den Berg hinaufschob.

Lara begleitete sie nicht auf ihren Ausflügen, sondern blieb nachmittags gern zu Hause, um ihren Eltern Gesellschaft zu leisten. Sie hoffte, damit ein wenig die Jahre ihrer Abwesenheit wettzumachen, und gegen jede Vernunft wartete sie heimlich doch immer darauf, ganz plötzlich einen Funken Licht in Rosas Augen zu erhaschen.

Am letzten Nachmittag der Woche jedoch geschah etwas, das die Dinge grundlegend veränderte.

Die drei jungen Leute saßen in ihrer Bar an der Piazza, und der Kellner hatte ihnen gerade ihre Zitronengranitas serviert, in denen die Minzblätter auf dem Boden leuchteten. Der Himmel war bewölkt und die Luft erfüllt vom Kreischen der Möwen, die unaufhörlich ihre Kreise zogen. Genau in diesem Moment entdeckte Marco Antonio, der eilig und gesenkten Kopfes die Piazza überquerte, als könnte er es kaum erwarten, dem Menschengewimmel zu entgehen. Kurz darauf tauchte er in eine Gasse ein und war schon wieder verschwunden.

»Komischer Typ, nicht?«, sagte Marco, der ihm nachdenklich mit dem Blick gefolgt war, zu seinen Freunden. »Er wohnt im Haus gegenüber von Laras Eltern ... und er ist sehr verschlossen und immer schlecht gelaunt. Weißt du etwas über ihn, Agnese?«

Agnese sah ihn überrascht an und zuckte dann gleichgültig mit den Schultern.

»Nicht wirklich«, erwiderte sie. »Ich weiß nur, dass er Antonio heißt und allein lebt ... Schmeckt dir die Granita?«

Marco nickte kaum und wandte sich dann an Galiano, der wie immer in Agneses Anblick versunken war.

»Und du? Kennst du ihn vielleicht?«

Galiano zuckte zusammen, überrascht. Er schien fast geschmeichelt von der Tatsache, dass Marco sich an ihn wandte.

»Ich?«, fragte er, wie auf der Suche nach einer Bestätigung, dass er ihn nicht falsch verstanden hatte.

Agnese streifte ihn mit einem skeptischen Blick.

»Ja, natürlich du. Kennst du den Typen?«, insistierte Marco.

»Ich habe ihn ein paarmal gesehen, aber kennen ist übertrieben«, erwiderte Galiano, indem er die Augen schloss. »Ich bin ja nicht von hier, das heißt, ich lebe erst seit wenigen Jahren in Sarcola, aber geboren bin ich in Craspino. Ich kenne nicht alle im Dorf.«

Dann öffnete er die Augen wieder und sah Agnese an, als wartete er auf ein Prüfungsergebnis.

Marco wollte gerade etwas erwidern, als sein Handy klingelte. Er zog es aus der Tasche, und ein Leuchten trat in seine Augen, als er den Namen auf dem Display las. In einer instinktiven Geste rollte er mit seinem Rollstuhl ein Stück vom Tisch weg, bevor er ranging.

»Marco …«

»Virginia …«

»Wie geht's dir denn?«

»Na ja … ich laufe schon wieder ein bisschen …«

»Wirklich?«

»Ein bisschen.«

»Aber das ist ja wunderbar! Ich freue mich sehr für dich … Und … gibt's sonst noch Neuigkeiten?«

»Welche Neuigkeiten meinst du? Mir geht es gut hier … Ich habe ein paar Leute kennengelernt, also im Grunde alles im grünen Bereich. Und du?«

»…«

»Virginia?«

»Ja, ich bin da …«

»Wie geht es dir denn?«

»So lala …«

»Was ist denn los?«

»Wie wär's, wenn ich dich besuchen komme?«

»…«

»Marco?«

»Ja, ich bin da.«

»Hast du mich gehört? Also, darf ich dich besuchen?«

»Aber … natürlich darfst du. Ist was passiert?«

»Das sage ich dir lieber persönlich … darum will ich dich ja sehen. Ich komme nur für einen Tag und fahre gleich wieder, es ist ja nicht so weit.«

»Dann warte ich auf dich. Wann kommst du?«

»Ich sehe mal, wie ich alles organisiere, und lasse es dich dann wissen. Bald.«

»Aber geht es dir denn gut?«

»Ja, ja, mach dir keine Sorgen. Ciao, Kuss.«

»Ciao.«

Marco blickte sich verwirrt um und nahm erst jetzt wieder die Welt um sich herum zur Kenntnis. Dann bemerkte er, dass Galiano inzwischen allein am Tisch saß.

»Wo ist denn Agnese?«, fragte er verdutzt.

»Sie ist gegangen«, erwiderte Galiano verlegen. »Sie hat gesagt, ihr ist etwas eingefallen, das sie dringend erledigen muss. Sie bat mich hierzubleiben, damit ich dich nach Hause bringen kann.«

Galiano öffnete die Augen, um sie jedoch gleich wieder zu schließen.

»War das deine Freundin am Telefon?«

»Jaaa, schön wär's«, erwiderte Marco unumwunden.

»Aber eine, die dir gefällt?«

Marco nickte, ohne es zu wollen.

»Das hat man daran gemerkt, wie du geschaut hast«, fügte Galiano hinzu. Und diesmal schloss er die Augen nicht. Marco sah ihn überrascht an.

»Wirklich?«

»Meiner Meinung nach ist Agnese deswegen gegangen. Es war einfach zu deutlich.«

»Was meinst du denn damit? Ich verstehe nicht …«

Galiano zögerte, dann nahm er sich ein Herz.

»Ach, komm schon, es ist doch klar, dass sie auf dich steht. Sie klebt ja pausenlos an dir dran«, seufzte er, die Lider jetzt nur halb gesenkt.

Marco war überrascht von Galianos Ehrlichkeit. Es schien so, als hätte er in Agneses Abwesenheit an Selbstbewusstsein gewonnen. Er griff nach dem Glas mit seiner Granita, schlürfte ein wenig von der Flüssigkeit und sah Galiano dann auffordernd an.

»Hör mal, warum sagst du ihr eigentlich nicht, dass du in sie verliebt bist? Was hast du schon zu verlieren? Vielleicht lässt sie dich abblitzen, und das war's, aber dann hast du es wenigstens hinter dich gebracht.«

Diesmal schloss Galiano die Augen schon vorher, als müsste er sich darauf konzentrieren, die richtigen Worte zu finden.

»Nein, das geht nicht«, flüsterte er dann.

»Ach was ... Willst du etwa warten, bis ein anderer kommt und sie dir vor der Nase wegschnappt? Aber keine Sorge, ich werde das jedenfalls nicht sein, denn bei mir ist nicht viel zu holen. Schau doch nur, in welchem Zustand ich bin ... Selbst wenn sie mir gefallen würde, hätte ich ihr nicht viel zu bieten.«

»Mir geht's schlimmer als dir«, wandte Galiano ein.

»Warum denn? Was hast du, das nicht funktioniert? Ich versteh dich nicht. Na gut, du bist halt schüchtern ...«

Galiano zögerte, dann stand er entschlossen auf.

»Komm ... ich zeig dir was«, sagte er.

Er legte das Geld für die Getränke auf den Tisch, dann packte er die Griffe des Rollstuhls und schob Marco auf eine Seitengasse zu.

Das Schaufenster war trübe und an der Innenseite von einem gelblichen Vorhang verdunkelt. Ein Schild über der Tür trug die Aufschrift: BEERDIGUNGSINSTITUT SAGGESE.

Galiano öffnete die leicht quietschende Ladentür und trat in den Raum dahinter, der im Halbdunkel lag. Dann kam er noch mal zurück, um Marco zu holen, und schob den Rollstuhl über die Schwelle. Marco lief ein Schauer über den Rücken, als er sich verdutzt umsah.

»Wo hast du mich denn da hingebracht?«, fragte er, mit dem Blick zur Wand, an der mehrere leere Särge aufgereiht waren, während die Mitte des Zimmers von einem großen

Schreibtisch dominiert wurde, an dem sich zwei leere Stühle gegenüberstanden. Ein Regal, das sich an der anderen Wand befand, war mit zahlreichen Urnen in verschiedenen Formen und Farben gefüllt.

»Das ist ein Beerdigungsinstitut«, murmelte Galiano, während er die Tür wieder schloss.

»Das war mir schon klar, es steht ja draußen angeschrieben … Aber was willst du mir damit sagen?«, fragte Marco irritiert.

»Mein Name ist Galiano Saggese …«, erwiderte der Junge leise und drückte dabei die Lider zu, während Marco die seinen vor Verblüffung weit aufriss.

»Das heißt … Willst du damit sagen, dass …«

»Das ist der Beruf meines Vaters. Und meiner auch«, gab Galiano zu und sank auf einen der Schreibtischstühle. »Ich bin Totengräber. Weißt du noch, dass du vor Kurzem einen holen wolltest?«

»Entschuldige … Ich konnte ja nicht wissen, dass du …«

»Kein Problem, eigentlich … ›Totengräber‹ ist ja im Grunde ganz okay. Aber manchmal nennen sie uns hier in der Gegend auch ›Aasgeier‹ oder geben uns ähnlich schöne Bezeichnungen …«

Marco wäre fast mit einem Lachen herausgeplatzt, hielt sich jedoch zurück, indem er sich die gesunde Hand vor den Mund schlug. Galiano öffnete wieder die Augen und starrte ihn verbittert an.

»Verzeih«, murmelte Marco. »Aber das ist echt krass … Aasgeier?«

»Genau«, gab Galiano zurück. »Hübsch, was? Sehr appetitlich …«

Sie grinsten beide.

»Na ja …«, versuchte Marco, ihn zu trösten. »Einer muss

diese Arbeit ja machen, nicht wahr? Stell dir doch nur mal vor, wenn es keinen gäbe, der …«

Er brach verlegen ab.

»Der die Toten einbuddelt«, fuhr Galiano fort.

»Genau.«

Galiano seufzte, stand auf, ging auf die Särge zu und sah sie gedankenversunken an.

»Als ich klein war, habe ich mich überhaupt nicht geschämt für den Beruf meines Vaters. Ich habe sogar mal geschlafen in einem von den Dingern.«

»Nicht dein Ernst …«

Galiano nickte, während er mit einer Hand über das geschliffene Holz strich.

»Wenn sie offen herumstanden, bin ich einfach hineingeklettert und hab darin gespielt. Dracula zum Beispiel … du weißt schon, der Vampir. Wenn dann jemand kam, sprang ich ganz plötzlich aus der Kiste und erschreckte ihn. Aber einmal, während ich noch wartete, dass jemand kommen würde … bin ich eingeschlafen. Dann hat mich mein Vater aufgeweckt, und ich habe einen Anschiss bekommen. Aber nicht etwa, weil er erschrocken war … Nein, er hat sich aufgeregt, weil ich mir die Schuhe nicht ausgezogen und den weißen Satin im Inneren verschmutzt hatte.«

Diesmal lachte Marco laut und schallend.

»Das glaubt man ja nicht«, kommentierte er kopfschüttelnd.

Galiano nickte jetzt ebenfalls mit einem amüsierten Grinsen, doch er wurde gleich wieder ernst, als er sich an Marco wandte.

»Ist dir jetzt klar, warum ich schlimmer dran bin als du?«

Marco starrte ihn verdutzt an.

»Nein, das ist mir nicht klar.«

Galiano seufzte und schloss die Augen, offensichtlich als Vorbereitung für das, was er sagen wollte.

»Du kennst doch Agnese, nicht wahr? Hast du gesehen, wie schön sie ist? Die Frau ist der personifizierte Frühling! Sie versprüht aus allen Poren Lebensfreude ... Sie ist ... sie ist ... das Leben selbst!«

Marco musterte ihn beeindruckt.

»Wow ... Ist dir klar, was du da gerade gesagt hast? Also ehrlich, wenn du ihr das so sagst, wie du es gerade zu mir gesagt hast ...«, meinte er im Brustton der Überzeugung.

»Aber was soll ich denn zu ihr sagen?«, jammerte Galiano. »Agnese, du bist das Leben selbst ... Willst du mit mir gehen, der ich vom Tod lebe? Denn das ist es, was ich tue ... Ich lebe vom Tod der anderen Leute. Mein Vater hat uns zwei Häuser gekauft, mit dem Geld von den Beerdigungen. Weißt du, was er sagt, wenn jemand stirbt? ›Galiano, morgen gibt's Arbeit ...‹ Das sagt er zu mir ... ›Es gibt Arbeit ...‹ Der Tod ist unsere Arbeit, hast du kapiert? Und wie soll ich denn da daherkommen, nicht nur bei Agnese übrigens, sondern auch bei jedem anderen Mädchen? Wer will denn schon mit einem Aasgeier zusammen sein?«

»Deine Mutter hat deinen Vater doch auch geheiratet, oder?«, gab Marco zu bedenken. »Es gibt bestimmt viele ... viele ... Bestatter, die Familie haben.«

Galiano sah ihn an und nickte. Er schien über die Sache nachzudenken, dann schloss er erneut halb die Lider.

»Agnese verdient etwas Besseres, etwas viel Besseres ... Ich glaube, ich sollte sie mir aus dem Kopf schlagen.«

»Willst du, dass ich mit ihr rede?«, schlug Marco bereitwillig vor.

Galiano lächelte bitter.

»Die ist ganz verrückt nach dir, und du gehst zu ihr hin

und redest von mir? Vergiss es, echt … Es ist eine verlorene Schlacht.«

Sie sahen sich schweigend an, dann lächelten sie beide.

»An diesem Punkt könnte man jetzt einen schönen Joint vertragen …«, murmelte Marco sehnsüchtig.

Galiano sah ihn überrascht an.

»Du kiffst?«

»Ab und zu mal … nicht wirklich oft«, gab Marco etwas verlegen zu.

»Da gibt's einen, der gutes Gras verkauft, hier ganz in der Nähe«, sagte Galiano mit geschlossenen Augen, nach einem Moment des Zögerns.

Marco strahlte.

»Und worauf warten wir dann noch? Gehen wir, oder?«

Galiano nickte.

Und genau in diesem Moment geschah das, was keiner von beiden erwartet hätte: Marco erhob sich aus dem Rollstuhl und ging auf die Tür zu. Dann blieb er plötzlich stehen, verwirrt und überrascht, und blickte auf seine Beine hinunter, die ihn mühelos trugen. Galiano musterte ihn vergnügt.

»Endlich bist du so weit! Lara hat gesagt, dass du eigentlich schon längst wieder gehen kannst …«

»Ich glaube tatsächlich, das könnte stimmen …«, lachte Marco, bevor er hinter Galiano das Haus verließ.

Zweiter Teil

I

Als er an diesem Abend nach Hause kam, erzählte Marco nicht sofort, was geschehen war, weil er das neue Glücksgefühl noch ein wenig für sich behalten wollte. Es war ihm klar, dass seine ersten unsicheren, aber endlich freien Schritte eine Zäsur bildeten, die die jüngste Vergangenheit von einer Zukunft schieden, die ihm nun weniger düster erschien. Als er auf dem Nachhauseweg einen Sonnenstrahl erblickt hatte, der sich durch den Spalt zwischen zwei Häusern gestohlen hatte, mit dem Meer im Hintergrund, war ihm das wie ein Zeichen vorgekommen, dass nun auch für ihn lichtere Zeiten heraufzogen.

»Jetzt bin ich aber wirklich erschöpft … und die Beine tun mir auch ganz schön weh«, sagte er später zu Lara, nachdem er ihr doch noch erzählt hatte, wie er sich plötzlich aus dem Rollstuhl erhoben hatte.

Während Lara ihm schweigend die Beine massierte, dachte sie schon heimlich darüber nach, wie sie nun den wichtigsten Teil ihres Plans umsetzen sollte, der das wahre Motiv für ihre Reise mit Marco nach Sarcola gewesen war. Von jetzt an würde alles schwieriger und gefährlicher werden als unmittelbar nach ihrer Ankunft. Als Virginia ihr erzählt hatte, dass sie Marco besuchen wollte, hatte sie Lara zwar versichert, dass sie nicht vorhabe, ihm die Wahrheit über seine Beziehung zu Antonio zu enthüllen. Vielmehr seien es ganz persönliche Dinge, die sie mit ihm besprechen wollte. Doch obwohl sich Lara ehrlich freute, dass Virginia offensichtlich ein Wiedersehen mit Marco kaum erwarten konnte, quälte sie bei dem Gedanken an ihren Besuch doch auch eine unbestimmte Angst.

Giuseppe, der gerade dabei war, in der Küche den Tisch zu decken, bemerkte die Sorge in Laras Augen, als er sie durch die offen stehende Tür verstohlen beobachtete. Es war derselbe Blick, den sie als Kind immer gehabt hatte, wenn die Schlafenszeit nahte und sie ständig neue Entschuldigungen erfand, um nicht zu Bett gehen zu müssen. Sie war noch keine vier Jahre alt, als sie schon unter verschiedensten Ängsten litt. So quälte sie zum Beispiel die Furcht, im Schlaf einfach zu verschwinden, und sie hielt es ohne Weiteres für möglich, dass sie sich in der Nacht einfach zwischen ihren Laken auflöste und irgendwo wiederauftauchte, wo sie keinen kannte und wo grauenhaft verzerrte Gesichter und eine jeder Logik beraubte Welt auf sie warteten.

»Gehen wir eigentlich an einen anderen Ort, wenn wir schlafen?«, hatte sie ihn einmal gefragt, als er sich zur Beruhigung neben sie ins Bett gelegt hatte. Dann hatte sie ihm ihre Angst gestanden, nicht mehr zurückzukehren aus einer dieser unberechenbaren Welten, in die sie fast jede Nacht geriet und in denen sie oft von Monstern oder fremden Menschen gequält wurde, die sich beim Aufwachen in nichts auflösten.

»Nie bist du da, wenn ich träume. Und Mama auch nicht. Immer bin ich allein, und mir geschehen seltsame Dinge, die ich nicht verstehen kann«, hatte sie geklagt, während sie sich in seine Arme gekuschelt hatte.

»Was sind das denn für ›seltsame Dinge‹, die dir passieren?«

»Manchmal träume ich, dass ich fliege … und das gefällt mir eigentlich. Aber dann fliege ich plötzlich zu hoch und habe Angst zu fallen … oder nicht mehr zurückzukommen.«

»Also gut, dann sage ich dir jetzt was, aber das muss ein Geheimnis zwischen uns bleiben …«, hatte Giuseppe sie ernst getröstet. »In Wirklichkeit bin ich immer da, wenn du träumst. Du siehst mich nur nicht, weil es besser ist, wenn ich mich verstecke, verstehst du? Aber wenn du mich brauchst, dann komme ich ganz schnell und helfe dir.«

»Aber warum ist es denn besser, wenn du dich versteckst, Papa?«, hatte Lara, jetzt schon ein wenig ruhiger, gefragt.

»Weil es eigentlich nicht geht, dass man in die Träume von anderen Leuten kommt, meine Kleine. Es ist verboten«, war Giuseppes Antwort gewesen, indem er verschwörerisch die Stimme gesenkt hatte. »Die schicken mich weg, wenn sie mich entdecken. Aber ich will doch da sein, denn wie soll ich dir sonst helfen, wenn du in Gefahr gerätst?«

Sie hatte ihn mit weit aufgerissenen Augen angesehen und dann plötzlich übers ganze Gesicht gegrinst.

»Okay, verstanden … Wir sagen es keiner Menschenseele«, hatte sie leise flüsternd in den Pakt eingewilligt, um anschließend nochmals zu grübeln und dann besorgt zu fragen: »Aber bist du denn nicht selbst mit Träumen beschäftigt und hast deshalb gar keine Zeit, mich in meinen Träumen zu beschützen?«

Er hatte ihr tief in die Augen geblickt und ihr ein strahlendes Lächeln geschenkt.

»Deine Träume sind auch meine Träume, Liebes. Ich bin immer für dich da, ganz egal, was dir passiert …«

Lara hatte gerade die Massage von Marcos Beinen beendet, als sie Giuseppe aus der Küche rufen hörte. Sie sagte Marco, er solle sich etwas ausruhen, und ließ ihn zusammen mit Rosa im Wohnzimmer zurück, um zu ihrem Vater zu gehen. Giuseppe musterte sie gespannt, während er ihr eine Scheibe Brot mit aufgeschnittenen Tomatenscheiben reichte.

»Was ist los mit dir, mein Kind? Da fängt der Junge an, wieder allein zu laufen, und du machst dir mehr Sorgen als vorher?«, fragte er sie und verfolgte mit Befriedigung, wie sie genussvoll in das Tomatenbrot biss.

»Doch nur, weil jetzt die eigentlich schwierige Phase beginnt, Papa«, erwiderte Lara. »Es gibt keine Ausflüchte mehr.«

»Wie meinst du das?«

»Ich brauche Unterstützung ... und zwar von *ihm*«, murmelte Lara und zeigte zu Antonios Haus hinüber.

Giuseppe sah sie besorgt an.

»Wie meinst du das?«

»Warum habe ich Marco hierhergebracht, Papa? Erst hatte ich keine klare Vorstellung, aber jetzt schon. Hast du gesehen, wie er vorhin aufgestanden ist? Und wie gut er inzwischen läuft? Natürlich wäre Marco auch im Krankenhaus gesund geworden ... oder bei sich zu Hause, mit der geeigneten Krankengymnastik. Vielleicht hätte es ein wenig länger gedauert, bis er wieder gelaufen wäre, vielleicht hat ihm der Sand wirklich gutgetan, wie ich gehofft hatte ... ich weiß es nicht. Aber ich glaube auch, dass es sich vor allem um eine Kopfsache handelt. Er hat an einen Joint gedacht, und plötzlich steht er auf und geht los. Verstehst du, was das bedeutet? Er war in dem Moment abgelenkt und gut gelaunt, und das hat ihm geholfen ... Offensichtlich braucht er einfach etwas Ruhe und Freude, damit er Fortschritte macht.«

»Und du willst ihm eine Freude machen, indem du ihn ausgerechnet mit dem Mann zusammenbringst, der ihn weggegeben hat, als er noch ein unschuldiges Baby war?«, fragte Giuseppe kopfschüttelnd.

Lara senkte verlegen den Blick und seufzte.

»Das ist neben allem anderen doch der eigentliche Grund, warum ich ihn hergebracht habe. Damit er die Wahrheit erfährt. Damit er seinen Vater kennenlernt und begreift, wie die Dinge damals gelaufen sind. Und ... und ich glaube wirklich, wenn sie sich vorher kennenlernen, Marco und Antonio, wenn sie die Möglichkeit haben, ein wenig Zeit miteinander zu verbringen ... dass dann alles einfacher sein könnte. Für beide. Und auch für mich ... denn früher oder später werde ich mich entschließen müssen zu reden.«

Sie ging zum Fenster und blickte hinüber zu Antonios Haus, in dem noch Licht brannte.

»Ja ... Ruhe und Freude ...«, fuhr sie fort, »vielleicht kann er die nur bekommen, wenn er die ganze Wahrheit kennt. Da ist zum Beispiel diese Angst vor dem Meer ... Sicher, sie kommt von dem Unfalltrauma. Aber Marcos eigentliches Problem ist, dass er so allein ist ... Er ist ohne Eltern aufgewachsen, ohne irgendwelche festen Bezugspersonen ... Er muss einfach wissen, was passiert ist, und er hat ein Recht darauf, um entscheiden zu können, was er in Zukunft mit seinem Leben anstellen soll ... Er muss seinem Vater ins Gesicht sehen und verstehen, wie die Dinge damals wirklich gelaufen sind. Erst dann, vielleicht ... kann er wirklich gesund werden.«

»Und Antonio? Wie wird er es aufnehmen, deiner Meinung nach?«

Lara drehte sich zu ihrem Vater und schlug die Arme um ihren Leib, als müsste sie sich selbst beschützen.

»Ich weiß es nicht. Vielleicht mache ich mir Illusionen ... vielleicht ist es Unsinn, was ich tue. Aber ich kann einfach nicht anders ... Ansonsten könnte es passieren, dass Marco es von dem Mädchen erfährt, von Virginia ... und das wäre noch schlimmer. Er würde sich auch von mir verraten fühlen ... ausgerechnet jetzt, wo er anfängt, mir zu vertrauen ...«

Giuseppe sah wieder den Blick des verängstigten kleinen Mädchens in ihren Augen und streichelte ihr übers Gesicht.

»Wie es aussieht, hast du wieder mal Angst zu verschwinden ... Erinnerst du dich noch? Als du damals dachtest, dass die Träume dich forttragen in der Nacht?«

»Weißt du was? Ich finde es irgendwie schade, dass ich diese Angst nicht mehr habe«, gab Lara zurück. »Wenn man so lange allein ist, hat man manchmal beim Einschlafen Angst vor dem Aufwachen am nächsten Tag. Ich weiß nicht, ob du das kennst ... Heute habe ich keine Angst mehr vor dem Verschwinden, sondern, ehrlich gesagt, hoffe ich manchmal sogar darauf.«

Giuseppe sah sie traurig an und schwieg, und während im Hof langsam die Dunkelheit niedersank, tauchte in Laras Gedächtnis plötzlich eine ferne Erinnerung auf, an einen Sommer vor fast dreißig Jahren. Sie spielte Fangen mit einem etwa gleichaltrigen Mädchen, das in Sarcola in den Ferien war und das sie kurz zuvor am Strand kennengelernt hatte. Das Mädchen, von dem sie nicht einmal mehr den Namen wusste, hatte sie aufgefordert, einen Wettlauf zum Meer zu machen, und sie erinnerte sich noch, wie sie rannte, lachend und jauchzend, barfuß auf dem glühend heißen Pflaster. Sie war schneller als das andere Mädchen, und plötzlich, als sie sich nach ihm umdrehte und nicht mehr auf den Weg achtete, stieß sie versehentlich gegen Antonio, der gerade vom Fischfang zurückkehrte und nun dabei war, die Kisten mit dem Fangfisch aus seinem Boot zu laden. Eine der Kisten fiel bei dem Aufprall zu Boden, und Dutzende kleiner Fische ergossen sich auf die Erde und zappelten in der glühenden Sonne vor sich hin. So fand Lara sich unversehens in Antonios Armen wieder, und er hielt sie fest gepackt, um sie am Fallen zu hindern. Sie erinnerte sich noch, dass sie erschrocken die Augen zukniff, als sie ihn erkannte, zum einen, um ihre Aufregung zu verbergen, zum anderen aber auch, um diesen Moment für die Ewigkeit zu bewahren, um ihn im Dunkel ihrer geschlossenen Lider ein für alle Mal festzuschreiben. Denn auf diesen Moment hatte sie schon immer gewartet.

Als sie die Augen wieder aufschlug, an jenem Sommertag, in seinen Armen, trafen sich für einen Moment ihre Blicke. Und er lächelte ihr zu und sagte leise, sie solle in Zukunft besser aufpassen, und dann half sie ihm, die Fische vom Pflaster aufzusammeln und wieder in die Holzkiste zu legen, die nach Algen duftete und nach einem Glück, das Lara, deren Herz heftig schlug, fast unerträglich schien.

Seit dieser Begegnung hatte Antonio jedes Mal ein Lächeln für sie übrig, wenn sie sich zufällig trafen, und oft blieb er stehen und wechselte ein paar Worte mit ihr, im schattigen Hof zwischen ihren Häusern. Und Lara begann bald darauf an der Mole auf ihn zu warten, wenn er vom Fischfang zurückkam, und ihm beim Ausladen der Fischkisten behilflich zu sein.

So machte sich in ihrem Herzen nach und nach die Gewissheit breit, dass Antonio sie endlich bemerkt hatte. Die Tatsache, dass er ihr oft vor den Augen der Welt zulächelte, war ihr wie eine Bestätigung, dass sie existierte. Sie fühlte sich so lebendig wie nie zuvor. Sie war glücklich. Bis zu dem Moment, als die Frau aus dem Norden kam …

Der nächste Vormittag verging wie im Flug mit Spazierengehen und Plaudern. Beim Mittagessen jedoch ertappte Lara sich dabei, wie sie ständig verstohlen zum Fenster spähte, denn sie hatte beschlossen, dass der Moment gekommen sei, mit Antonio zu sprechen. Marco bemerkte ihre seltsame Erregung, die sich mit einer ungewohnten Schweigsamkeit mischte und ihn zugleich neugierig machte und verunsicherte.

»Was ist denn nur mit dir los?«, fragte er sie unvermittelt. »Du kommst mir schon die ganze Zeit so seltsam vor … so nervös irgendwie.«

Lara seufzte leise und nickte nur.

»Und? Darf man erfahren, was passiert ist?«, drängte Marco.

Als Lara antworten wollte, bemerkten sie durchs Fenster, wie Antonio aus seinem Haus in den Hof hinaustrat und unvermittelt stehen blieb. Auch er hatte sie offensichtlich gesehen und blickte jetzt zu ihnen herüber.

»Komm mal mit … und wundere dich nicht, wenn ich was sage, was dir komisch vorkommt. Vor allem widersprich mir nicht«, murmelte Lara hastig.

»Wie bitte? Warum das denn?«, fragte Marco verdutzt.

Sie antwortete ihm nicht, sondern machte nur eine brüske Geste, die ihn aufforderte, ihr stumm zu folgen.

Er hatte sich noch nicht an Laras Gegenwart gewöhnt, wenngleich er sie inzwischen oft gesehen hatte, entweder mit dem Jungen zusammen im Dorf oder auch nur durchs Fenster, wenn sie den Tisch abräumte oder mit Giuseppe plauderte. Auch am Strand hatte er sie ein paarmal bemerkt, als er nach der Arbeit zum Rostro gegangen war, und es war ihm nicht entgangen, dass der Junge bei seinen Übungen von Tag zu Tag sicherer auf den Beinen wurde. Er musste zugeben, dass Laras Gegenwart ein Gefühl von Gefahr in ihm weckte, da die Tatsache, dass sie wieder da war, ganz unerwartet Bilder in ihm zum Vorschein brachte, die er seit langer Zeit verdrängt hatte. Vorsichtshalber hatte er daher nach dem kurzen Gespräch mit Giuseppe jede Begegnung mit ihr zu vermeiden versucht.

Doch alle Vorsätze schienen ihm jetzt nicht mehr zu helfen, denn Lara war gerade dabei, mit entschlossenen Schritten auf ihn zuzusteuern, gefolgt von dem Jungen, dessen Gang immer noch etwas unsicher war.

»Ciao, Antonio …«, sagte Lara leise, als sie bei ihm ankam.

In ihrer Stimme schwang so viel Aufregung mit, dass er den Impuls verspürte, sich kurzerhand umzudrehen und die Flucht zu ergreifen. Stattdessen blieb er unbeweglich stehen und versuchte angestrengt, wenigstens ihrem Blick auszuweichen. Vergeblich irrte er mit den Augen auf der Suche nach einem sicheren Ort in den dunkelsten Winkeln des Hofs herum, und als er jetzt mit einer kurzen, stummen Handbewegung ihren Gruß erwiderte, war er in höchster Verlegenheit.

»Ich würde dir gerne Marco vorstellen«, fuhr Lara fort, indem sie auf den Jungen zeigte, der inzwischen an ihre Seite getreten war. Sein Körper schwankte kaum wahrnehmbar auf der Suche nach einem wohl immer noch prekären Gleichgewicht. Dann streckte er lächelnd die rechte Hand aus, und Antonio ergriff sie nach einem Moment des Zögerns und sah ihm dabei einen Wimpernschlag lang in die Augen.

Lara erschauerte, als sie es bemerkte.

Sieh ihn nicht an, ich bitte dich. Noch nicht. Noch sollen sich deine Salbeiaugen nicht mit seinen treffen. Du könntest ihn erkennen, und dann wäre keine Zeit mehr, um deinen Schmerz in Hoffnung zu verwandeln, dein Schweigen in Worte, deine Distanz in Zugehörigkeit. Sieh ihn noch nicht an, warte. Warte noch ein paar Tage, warte, dass ihr euch an den Klang eurer Stimmen gewöhnt, dass ihr lernt, gemeinsam den Wind und das Meer zu genießen, im hellen Licht der Sonne zu schwitzen, euren Durst mit Wasser zu stillen. Sieh ihm noch nicht in die Augen, warte, dass er erst die deinen entdecken kann … Warte, mein Liebster. Gib mir die Zeit, die ich brauche …

All das hätte Lara gerne gesagt, doch natürlich tat sie es nicht. Stattdessen meinte sie leise: »Ich wollte dich um einen Gefallen bitten, Antonio.«

»Was denn?«, erwiderte er, misstrauisch und verdutzt.

Lara schloss für einen Moment erschüttert die Augen, als sie nach achtzehn langen Jahren jetzt zum ersten Mal wieder seine Stimme hörte.

»Es wäre schön, wenn Marco eine Bootsfahrt machen könnte. Er hat einen Unfall gehabt, und sein Arm und die linke Hand müssen kräftiger und beweglicher werden …«

»Und was hat das mit mir zu tun?«

»Du könntest ihm das Rudern beibringen … einfach um die Muskeln in seinem Arm zu stimulieren … Es sind natürliche Bewegungen, vielleicht gefällt es ihm, und er hat Spaß daran … Ich bin mir sicher, dass es ihm guttäte.«

»Mein Boot hat keine Ruder. Es hat einen Motor. Und ich habe es schon seit Jahren nicht mehr aus dem Schuppen geholt«, antwortete Antonio und wandte sich zum Gehen, als wäre das Thema für ihn erledigt.

»Dann miete ich eins. Ein Ruderboot.«

Antonio blieb stehen und wandte sich langsam um. Diesmal sah er Lara direkt in die Augen, als wollte er sie für immer zum Schweigen bringen.

»Ich fahre nicht mehr aufs Meer hinaus. Ich arbeite am Hafen.«

Lara hielt seinem Blick stand, obwohl sie das Gefühl hatte, dass jeder einzelne Knochen in ihrem Körper nachgab und schmolz. Es hätte sie nicht gewundert, wenn sie vor Antonios Augen auf den Asphalt niedergesunken wäre.

»Na gut, dann lassen wir es eben«, schaltete sich Marco ein.

Lara bedeutete ihm zu schweigen mit einer Geste, die keinen Widerspruch duldete.

»Antonio, ich weiß, dass du am Hafen arbeitest. Ich verspreche, ich werde dir die Arbeitszeit zahlen, die du vielleicht verlierst. Ich bitte dich nur um ein paar Tage.«

Antonio seufzte und ließ den Blick über den Hof schweifen, während die Zeit sich ins Unendliche zu dehnen schien.

»Warum?«, fragte er endlich, die Augen zu zwei Schlitzen verengt.

»Weil Marco mir am Herzen liegt. Ich will, dass er gesund wird. Und weil ich dir vertraue. Ich weiß genau, dass niemand ihm so helfen kann wie du. Erinnerst du dich, wie vielen Leuten du das Rudern beigebracht hast?«

Antonio schüttelte missmutig den Kopf.

»Das waren andere Zeiten.«

Lara tat einen Schritt auf ihn zu.

»Marco ist ganz allein. Seine Eltern sind bei dem Unfall gestorben, der ihn so zugerichtet hat. Sie sind mit dem Auto ins Meer gestürzt. Nur er wurde gerettet …«

Marco sah sie verwundert an, hielt sich aber an ihre Bitte und widersprach ihr nicht.

Antonio fixierte zuerst sie, dann den Jungen. Dann, ohne ein weiteres Wort, drehte er ihnen beiden den Rücken zu und machte sich auf den Weg zu seinem Haus.

»Er hat Angst vor dem Meer!«, rief Lara ihm hinterher in einem letzten Versuch, ihn umzustimmen.

Aber Antonio ignorierte sie und zog schon die Tür hinter sich zu.

»Warum hast du ihm den Quatsch mit dem Unfall erzählt?«

Lara suchte hastig nach einer Antwort, während sie wieder ins Haus gingen. Sie konnte Marco ja wohl nicht sagen, dass sie die Geschichte mit den toten Eltern nur erfunden hatte, damit Antonio nicht auf den Gedanken kam, dass Marco sein Sohn sein könnte.

»Ich wollte sein Mitgefühl wecken, um ihn umzustimmen …«, log sie.

»Es hätte doch gereicht, ihm die Wahrheit zu sagen, oder nicht? Du hättest ihm nur erzählen müssen, dass ich seit Geburt Waise bin. Mein Lebenslauf ist doch mitleiderregend genug«, erwiderte Marco ironisch.

»Es musste etwas Dramatischeres sein. Ich kenne den Mann gut«, antwortete Lara, die über Marcos Bemerkung grinsen musste.

»Na, vielen Dank auch. Es freut mich sehr zu wissen, dass meine Situation noch nicht dramatisch genug ist.«

Statt einer Antwort blieb Lara abrupt stehen und umarmte ihn schwungvoll.

»Danke.«

»Aber was machst du denn, du dankst mir? Bei all dem, was du für mich getan hast?«

»Danke, weil du mir immer wieder ein Lächeln ins Gesicht zauberst«, antwortete Lara ehrlich.

Marco sah sie verdutzt an.

»Hör mal … Machst du das eigentlich immer mit deinen Patienten? Also, nimmst du dir alles so zu Herzen?«

Lara senkte den Blick und sah sich gezwungen, nochmals zu lügen.

»Ja, das ist mein großer Fehler«, gab sie schnell zu.

»Schöner Fehler …«, kommentierte Marco und beschleunigte seine Schritte.

Als Antonio die Haustür hinter sich schloss, spürte er ganz plötzlich, wie ihn die Erschöpfung überfiel. Er fuhr sich mit einer Hand in den Nacken, als könnte er sie damit vertreiben. Dann ging er langsam und schleppend den Flur hinunter, der ihm länger und schmaler als gewöhnlich vorkam. Irgendwie hatte er das sonderbare Gefühl, dass er dabei war, in einen Hinterhalt zu geraten, und als er mit der Schulter die weiße Tür streifte, die seit Jahren verschlossen war, zuckte er unwillkürlich zusammen. Sie war nicht abgesperrt, und er hätte nur die Klinke hinunterdrücken brauchen, um sie zu öffnen. Doch er hatte vor langer Zeit den festen Vorsatz gefasst, dieses Zimmer für immer als verschlossen zu betrachten, und allein schon der Kontakt mit seiner Schulter ließ ihn zurückweichen, als hätte er etwas Widerliches berührt. Er ging weiter zum Bad, um sich den Arbeitstag vom Leib zu waschen, und als er wenig später unter dem kalten Strahl in der Dusche stand, überkam ihn vorübergehend ein Gefühl der Erleichterung. Doch schon als er schließlich seinen Frotteebademantel überzog, befiel ihn wieder das merkwürdige Unwohlsein, das er mit Lara und dem Jungen empfunden hatte.

Der Junge war etwa im selben Alter, in dem sein Sohn jetzt gewesen wäre, der Sohn, von dem er nichts wusste und nichts wissen wollte, der Sohn, der aus der Versenkung aufgetaucht war wie ein Geist, seit Lara ihm diesen Jungen mit dem traurigen Gesicht vor die Nase gesetzt hatte. Auch Laras Bitte, dem Jungen zu helfen, hatte ihn gezwungen, wieder an die Vergangenheit zu denken, an Milenas Tod und an seine Abwehr gegenüber dem Kind, das gerade erst geboren war und sich doch schon schuldig an ihrem Tod gemacht hatte.

Während er am Waschbecken stand und vor sich hin grübelte, fiel sein Blick plötzlich in den Spiegel, aus dem ihm sein eigenes Gesicht entgegensah: Er hatte sich dabei ertappt, wie er sich ohne Vorsatz mit beiden Händen über den Kopf strich, immer wieder, in kreisenden Bewegungen. Es kam ihm so vor, als läge darin eine Art unbewusster Wahnsinn, der ihm Angst machte, und daher löste er sich vom Waschbecken und flüchtete vor dem Spiegel und seinen Grübeleien in der Hoffnung, damit auch seinen inneren Gespenstern zu entkommen. Es tröstete ihn, dass es Zeit fürs Abendessen war, denn schon oft hatte ihn das Kochen aus der Verzweiflung gerettet. Und so streifte er eine bequeme Leinenhose und ein abgetragenes T-Shirt über und stellte sich in die Küche, barfuß, weil er den Kontakt mit dem Steinboden mochte, der ihm ein Gefühl von Sicherheit verlieh. Dann nahm er ein Stück Fleisch aus dem Kühlschrank, um es mit Öl zu beträufeln und mit Rosmarin zu bestreuen, bevor er es in den Ofen stellte.

Ein Satz, den Lara gesagt hatte, hallte immer noch in seinem Kopf nach: »Er hat Angst vor dem Meer …«

Angst vor dem Meer.

Er kannte sie gut, diese Angst, immer schon, obwohl er

den größten Teil seines Lebens auf Fischerbooten verbracht hatte. Er fürchtete das Meer, doch gleichzeitig war es seine Zuflucht und seine Heimat, auch wenn er es nun schon seit achtzehn Jahren mied.

Marco verfolgte gespannt, wie auf dem Küchentisch ein Kartenhaus entstand, an dem Rosas Hände emsig und mit schier unglaublicher Kunstfertigkeit arbeiteten. Ruhig und entschieden ordnete sie eine Karte auf der anderen an, fügte sie ein in ein architektonisches Spiel voller Magie und alten Gewohnheiten. Auf dem quadratischen Unterbau erhoben sich bereits vier Türme, auf die die alte Frau vier Zinnen platzierte, indem sie die Karten an der Schmalseite schräg gegeneinanderlegte und so ein überraschendes Gleichgewicht schuf.

»Das ist eins der wenigen Dinge, die sie noch kann«, sagte Giuseppe, der gerade das Mehl im Regal suchte. »Und Aniskekse backen. Oder gefüllte Paprikaschoten zubereiten. Du hast keine Ahnung, wie köstlich die sein können. Wenn sie mal in Stimmung ist, versuchen wir, sie dazu zu überreden.«

Lara kam aus ihrem Zimmer und setzte sich neben Marco, den Blick auf die Zinnen des zweiten Kartenturms gerichtet, den Rosa gerade mit ihren knotigen Fingern baute.

Sie erschraken alle, als plötzlich ein Schatten im Fensterrahmen erschien. Es war Antonios Gesicht mit seinem harten, undurchdringlichen Ausdruck, das alles zum Stocken brachte, die Zeit, den Sonnenuntergang, den heißen Wind und das Rascheln der Blätter an den Zitronenbäumen. Alles außer Rosas Händen, die sich jetzt unbeirrt an den dritten Turm machten, als hätte alles, was um sie herum geschah, nicht das Mindeste mit ihr zu tun.

»Morgen um sechs fangen wir an«, sagte Antonio, indem er Lara fixierte. »Das Boot besorge ich schon.«

Lara nickte kaum merklich und sah ihm nach, wie er sich umwandte und wieder nach Hause ging.

2

»Ti proteggerò dalle paure delle ipocondrie,
dai turbamenti che da oggi incontrerai per la tua via,
dalle ingiustizie e dagli inganni del tuo tempo,
dai fallimenti che per tua natura normalmente attirerai.
Ti solleverò dai dolori e dai tuoi sbalzi d'umore
dalle ossessioni delle tue manie …«

»Ich werde dich behüten vor deinen Ängsten, den echten und den falschen, vor dem Unglück, das dir auf deinem Lebensweg begegnen wird, vor den Ungerechtigkeiten und Täuschungen deiner Zeit, vor den Niederlagen, die du erleiden wirst, weil du bist, wie du bist. Ich werde deine Schmerzen lindern und deine Stimmungsschwankungen ausgleichen, dich schützen vor deinen Ängsten und Obsessionen …«

Es war halb sechs Uhr morgens, und im Radio war Franco Battiatos sanfte Stimme mit dem Lied »La cura« zu hören, während Lara damit beschäftigt war, Marcos Schulter und Arm mit Kinesio-Tape zu bekleben. Als sie das Muttermal auf seiner rechten Schulter mit einem blauen Pflaster bedeckte, sah er sie fragend an.

»Warum machst du mir denn da auch ein Tape hin? Meine rechte Seite ist doch gesund.«

Lara winkte ab und vergewisserte sich, dass das Tape gut auf Marcos Haut haftete. Dann verklebte sie auch den Rest der Schulter, um sicherzugehen, dass das Muttermal wirklich verborgen blieb, falls Marco auf dem Boot auf die Idee käme, sein T-Shirt auszuziehen.

»Und? Willst du mir jetzt sagen, warum?«, forderte Marco sie misstrauisch auf.

Lara ließ einen tiefen Seufzer fahren.

»Vertrau mir einfach!«, sagte sie leise, um ihre Eltern nicht zu wecken.

»Ich vertraue dir ja, aber ich möchte wissen, was du da tust, verstehst du das nicht?«, gab Marco zurück.

Lara brachte widerwillig die Ausrede vor, die sie sich am Vorabend ausgedacht hatte.

»Antonio wird dich sicher auch allein rudern lassen, wenn du einverstanden bist. Da dein linker Arm keine Kraft hat, wirst du bestimmt den rechten benutzen. Das Tape sorgt dafür, dass du dir nicht auch noch in der gesunden Schulter eine Muskelzerrung oder Sehnenentzündung holst.«

Marco schien diese Erklärung vernünftig genug zu sein, dass er sich damit zufriedengab, stellte Lara in einer Mischung aus Erleichterung und schlechtem Gewissen fest. Das wackelige Konstrukt der Ausreden, Lügen und Pseudotherapien, das sie geschaffen hatte, um ihren Plan umsetzen zu können, würde irgendwann in sich zusammenkrachen, so viel war klar. Schon im Krankenhaus hatte die Erklärung, die sie erfunden hatte, um ihren spontanen Urlaub zu rechtfertigen und trotzdem ihren Arbeitsplatz nicht zu gefährden, eher Heiterkeit als Verständnis hervorgerufen.

»Aha! Von einer so kreativen Therapie habe ich ja noch nie gehört«, hatte ihr Chef mit einem spöttischen Grinsen gesagt. »Im Sand soll er also wieder laufen lernen … ans Meer soll er fahren, um wieder ins Lot zu kommen … Das grenzt ja schon fast an Voodoo.«

Lara hatte nur betreten genickt, denn ihr war vollkommen bewusst gewesen, wie abgehoben das alles geklungen hatte. Sie hatte ihm versichert, dass es ihr in erster Linie um die notwendige Krankengymnastik für den Jungen gehe und die Strandspaziergänge nur eine Art Extra seien, um seine völlige Wiederherstellung zu fördern. Am Ende jedoch hatte sie klein beigegeben und ihren Chef in ihre wahren Beweggründe eingeweiht und auch die Hintergründe geschildert, die sie veranlassten, mit Marco nach Sarcola zu fahren. Ihr Chef war darüber so gerührt gewesen, dass er ihr keine Hindernisse mehr in den Weg gestellt, sondern den Urlaub umstandslos genehmigt hatte.

Jetzt, während der kleine Zeiger der Uhr sich auf die Sechs zubewegte, hatte sie vor Aufregung Herzklopfen. Nachdem sie in aller Eile einen Kaffee getrunken und ein leichtes Frühstück eingenommen hatten, trat sie mit Marco auch schon in den Hof hinaus.

Antonio wartete bereits im Morgengrauen auf sie. Er hatte den Blick abweisend zu Boden gerichtet, als würde er immer noch überlegen, ob er nicht doch bei seiner anfänglichen Weigerung bleiben solle, eine Aufgabe zu übernehmen, die er im Grunde als Zumutung empfand.

Keiner von ihnen sagte ein Wort, und so war nur das Geräusch ihrer Schritte zu hören, als sie durch die noch menschenleeren Gassen Sarcolas hinunter zum Strand gingen. Antonio schien ganz in seine düsteren Gedanken versunken, während Marco immer mehr die alte Angst vor dem Meer beschlich und Laura zwischen Furcht und Hoffnung schwankte. Ein ums andere Mal warf sie verstohlene Blicke auf die beiden Männer und musste feststellen, dass ihre Gesichter im Profil fast identisch waren, als wären sie zwei Skulpturen von ein und derselben Person, die zu unterschiedlichen Lebenszeiten geformt worden waren. Kurz kam ihr der Gedanke, dass sie auf einen fremden Beobachter wirken mussten wie eine Touristenfamilie auf dem Weg zum Strand, aber sie vertrieb ihn sofort, als wäre er ein lästiges Insekt.

Am Ende des Dorfes angekommen, schlug Antonio entschlossen den Weg hinunter zum Hafen ein, und Lara und Marco folgten ihm langsam. Der Junge stützte sich unwillkürlich auf Laras Arm, als er unten in der Mulde des Hafenbeckens das Meer vor sich liegen sah. Es war in nächtliches Kobaltblau getaucht, als würde es sich noch gegen die ersten Sonnenstrahlen wehren, die gerade dabei waren, die Berge auf der gegenüberliegenden Seite zu erklettern.

Als sie endlich den Kai erreichten, führte Antonio sie zu einem kleinen blauen Boot, das zwischen zwei größeren Fischkuttern im Wasser lag. Ohne ein Wort ergriff er das Tau, mit dem es am Poller vertäut war, und zog das Boot zur Anlegestelle, um dann mit einem Sprung an Bord zu gehen. Das Boot schwankte unter seinem Gewicht, während er die Wellenbrecher an Bord zog und sie unter dem Kielraum im Bug verstaute. Dann drehte er sich um und sah Marco auffordernd an.

»Spring rüber!«, sagte er in einem Ton, der keine Widerrede zuließ.

Marco zögerte und warf einen flehentlichen Blick auf Lara wie auf der Suche nach einem Fluchtweg. Er hatte das Gefühl, dass seine Beine gleich nachgeben würden und die gewohnte Übelkeit in ihm aufstieg, und war kurz davor, in Panik zu geraten.

»Nur Mut«, flüsterte Lara, »ein kleiner Sprung, und du bist an Bord.«

Marco stieß einen Seufzer aus. Dann fasste er sich ein

Herz, stützte sich mit einer Hand auf den Poller und setzte ganz zaghaft, als müsste er ein Stahlseil erklettern, das über einen tiefen Abgrund gespannt war, einen Fuß in das Boot. Anschließend ergriff er die Hand, die Antonio ihm hinstreckte, und sprang etwas tollpatschig hinein, um sich dann sofort auf dem nächsten Querbalken niederzulassen.

Auch Lara zögerte, bevor sie an Bord sprang. Für einen Augenblick hatte sie den Impuls, an Land zu bleiben und Vater und Sohn allein zu lassen und sie damit dem Schicksal zu übergeben, das sie von jeher miteinander verband, auch wenn sie nichts davon wussten. Doch als sie Marcos erschrockenes Gesicht sah, folgte sie ihm spontan und nahm an seiner Seite Platz.

Antonio hatte schon ein Ruder gepackt und stemmte es gegen den Kai, um sich kraftvoll damit abzudrücken. Während das Boot sich langsam von der Mole entfernte, steckte er die beiden Paddel in die Rudergabeln und ruderte los.

Die Sonne stand schon hell über den Bergen, und das Meer leuchtete im intensivsten Blau, als sie den Hafen verließen. Antonio ruderte stumm, mit langsamen, rhythmischen Schlägen, und das Schwappen des Wassers an die Bootsflanken war eine Zeit lang das einzige Geräusch, das zu hören war. Lara betrachtete Antonio verstohlen, die gebräunten Arme und die Haare, in deren tiefes Schwarz sich schon weiße Strähnen mischten. Als sie dann ein paar Möwen nachblickte, die über den Himmel segelten, wurde sie ganz plötzlich von einem unerwarteten und ungewohnten Glücksgefühl durchströmt, das ihren ganzen Körper erfüllte. Erst jetzt, in diesem Moment, kam sie wirklich zu Hause an. Sie fand in Marcos verängstigtem Blick dasselbe Grün wie das ihrer Kindheit, als Antonio noch jung gewesen war, dem Vater beim Fischen geholfen und sich am Abend oft im Hof aufgehalten und den Mond betrachtet hatte. Sie hatte damals oft am Fenster ihres Zimmers gesessen und ihn heimlich beobachtet: Es waren die ersten aufregenden Momente einer herben, bitteren Liebe gewesen, und sie hatte noch nicht gewusst, dass diese erst viel später mit scharfer Klinge ihr zukünftiges Leben durchtrennen würde.

»Du zitterst ja.«

Antonios Stimme riss Lara aus ihren Gedanken, und als sie sich zu Marco umdrehte, sah sie, dass er von Kälteschauern überlaufen wurde. Seine Hand war eiskalt, als sie sie ergriff, und sein Blick starr auf das Meer gerichtet, als gäbe es für ihn im Moment nichts anderes auf der Welt. Er wirkte wie ein Tier, das in der Falle saß, den sicheren Tod vor Augen.

»Meinst du, du kannst es aushalten?«, fragte Antonio ihn und hörte auf zu rudern. Er, der diese Angst kannte wie kein Zweiter, wusste, dass damit nicht zu scherzen war.

»Nein … ich glaube nicht«, murmelte Marco und krümmte sich zusammen.

»Dann kehren wir um«, sagte Antonio und begann den Bug in Richtung Hafen zu wenden.

»Warte noch … Er muss sich vielleicht erst daran gewöhnen. Wenn er begreift, dass es nur eine Panikattacke ist, dann …«, fuhr Lara dazwischen.

Aber Antonio ließ ihren Einwand nicht gelten.

»Ich habe gesagt, wir kehren um«, sagte er bestimmt und ruderte, ohne eine Antwort abzuwarten, in Richtung Ufer.

Die Rückkehr dauerte nur wenige Minuten. Antonios entschlossene Ruderschläge sorgten dafür, dass sie übers Wasser zu fliegen schienen, was Marco ein Gefühl der Sicherheit gab, fast als wären sie schon wieder an Land, während seine Ängste im Meer zurückblieben. Der Bug kam ihm vor wie eine Kompassnadel, die den Ort seiner Rettung anzeigte, und er empfand in diesem Moment große Dankbarkeit für den mürrischen, schweigsamen Mann, den er gleichzeitig um die Kraft seiner starken, sehnigen Arme beneidete.

Als sie den Landungssteg erreichten, sprang Antonio auf die Mole und wickelte das Tau wieder um den Poller. Dann beugte er sich hinunter zum Boot und streckte Marco die Hand hin, und nachdem dieser sie ergriffen hatte, zog er ihn so schwungvoll auf sich zu, dass der Junge ihm förmlich in die Arme fiel. Er musste ihn festhalten, um nicht selbst zu fallen, und so blieben sie einen Atemzug lang stehen, eng umschlungen, bevor sie sich mit verlegenen Gesichtern wieder trennten. Der Moment kam Lara vor wie eine Ewigkeit, und sie versuchte, ihn sich für immer ins Gedächtnis einzuprägen: Vater und Sohn, eng umschlungen, ein Bild, das für alles stand, was hätte sein können und doch nicht gewesen war, weil ein unbarmherziges Schicksal es verhindert hatte. Als Marco sich mit einer Entschuldigung aus der Umarmung löste und sein Gleichgewicht fand, blieb in Antonios Augen ein Ausdruck der Verstörung zurück, ein Schmerz, den er nicht verbergen oder mit seinem üblichen Missmut maskieren konnte.

Dann drehte er sich zu Lara um und sah sie mit einem flackernden Vorwurf im Blick an, sodass sie schon fürchtete, der Mann habe alles begriffen. Es war, als wollte er zu ihr sagen: Es ist alles deine Schuld, was hier geschieht … Du hast mir das Recht genommen, in meiner Leere und Dunkelheit zu verharren. Du bist zurückgekommen, um mir alles wieder ins Gedächtnis zu rufen, was ich endlich vergessen zu haben glaubte. Du, ausgerechnet du, die du die

Wahrheit kennst, die du dabei warst, als meine Verzweiflung entstand – du hast mir jetzt, nach all den Jahren, das Abbild meines Sohnes ins Haus geschleppt. Bist du vielleicht deswegen zurückgekehrt? Bist du wirklich zurückgekehrt, um mir neues Leid zu bereiten?

»Morgen treffen wir uns um vier«, sagte Antonio wider Erwarten. Lara und Marco sahen ihn überrascht an.

»Nachmittags?«, fragte Marco, der immer noch etwas unsicher auf den Beinen war.

»Morgens«, präzisierte Antonio, während er ein zweites Tau um den Poller band.

Als sie sich auf den Rückweg machten, waren die Gassen Sarcolas schon von Sonne und Sommerhitze durchflutet, und in der Luft lag ein intensiver Basilikumduft.

»Wollen wir etwas trinken gehen?«

Lara flüsterte es fast, nachdem sie lange darüber nachgedacht hatte, ob sie die Frage stellen sollte, die ganze Zeit schon, bevor sie zur zentralen Piazza kamen. Noch nie hatte sie Antonio gefragt, ob er mit ihr etwas trinken gehen würde, und wenn sie gut darüber nachdachte, hatte sie ihn auch nie um etwas gebeten, als sie noch in Sarcola gelebt hatte. Und doch war ihr ganzes Sein ein unaufhörliches Flehen um seine Aufmerksamkeit gewesen, ein stummer Schrei, der nach seiner Liebe verlangte, wenngleich sie sich bereitwillig mit einem kurzen Blick oder einem angedeuteten Gruß zufriedengegeben hatte. Jedenfalls bis zu dem Moment der ersten unfreiwilligen Umarmung, die ganz ähnlich gewesen war wie jene, die kurz zuvor zwischen Vater und Sohn stattgefunden hatte. Diese Umarmung war es gewesen, die eine kurze, aber intensive Zeit der Hoffnung eingeläutet hatte.

Als Antonio den Vorschlag mit einem Nicken annahm und sich gleich darauf zusammen mit Marco an einem Bartisch niederließ, hatte Lara das Gefühl, dass ihr das Herz aufging wie eine Rose, die zu voller Blüte gelangte. Es kam ihr so vor, als würde alles um sie herum in einem neuen Licht erstrahlen und als wäre die Luft, die sie umfing, nun nicht mehr schwül, sondern frisch, leicht und spritzig wie der Schaum einer Meereswoge. Noch einmal ergriff ein ungestümes Glücksgefühl von ihr Besitz, und sie befürchtete schon, dass ihre Augen die Liebe verraten würden, die sie so viele Jahre verleugnet und unterdrückt hatte. Sie setzte daher schnell die Sonnenbrille auf, als sie in die Bar trat, um die Getränke zu bestellen: Wasser und einen *caffè freddo,* von dem sie von jeher wusste, dass er Antonio schmeckte. Sie hatte oft gesehen, wie er ihn trank, wenn er vom Fischfang zurückkam, zusammen mit den anderen Seeleuten, damals im Sommer, als die Hoffnung sie noch nährte, ihn irgendwann ganz für sich zu haben. Wie sehr hatte sie sich gewünscht, dass er eines Tages *ti tengo* zu ihr sagen würde, das hier im Süden geläufig war und so viel bedeutete wie: »Du gehörst zu mir.« Tausendmal hatte sie gehört, wie ihr Vater es zu seiner Rosa gesagt hatte, während er ihr das Gesicht streichelte und sie dann auf den Mund küsste: *ti tengo*.

Draußen vor der Bar saßen Antonio und Marco nebeneinander und schwiegen verlegen, während sie mit scheinbarem Interesse die Passanten beobachteten, nur um sich ja nicht miteinander beschäftigen zu müssen.

Sie waren erleichtert, als Lara mit einem vollen Tablett auf ihren Tisch zusteuerte und Antonio seinen eisgekühlten Kaffee reichte, nicht ohne einen Anflug von Stolz, dass sie seine Vorliebe nicht vergessen hatte.

»Woher hast du gewusst, dass ich genau das trinken will?«, fragte er überrascht, als er das Glas entgegennahm.

Die Frage klang eher wie ein Vorwurf denn wie ein Ausdruck der Freude, und Lara fühlte sich für einen Moment entlarvt, so als wüsste er genau, was hier gespielt wurde.

»Ich habe mich erinnert, dass *caffè freddo* dir früher geschmeckt hat«, antwortete sie mit einem verlegenen Lächeln und wurde tiefrot dabei.

Antonio verzog keine Miene und betrachtete durch das Glas hindurch seinen Kaffee, bevor er ihn in langsamen Schlucken trank.

»Warum treffen wir uns morgen schon so früh?«, fragte Lara, um das Thema zu wechseln.

»Genau, es ist praktisch mitten in der Nacht«, fügte Marco mit einem ironischen Grinsen hinzu.

Antonio ging nicht darauf ein, sondern trank seinen Kaffee aus, stellte das Glas auf den Tisch und wandte sich dann an Marco: »Ich habe bemerkt, wie du das Meer angesehen hast. Das war nicht einfach nur Angst«, sagte er endlich mit fester Stimme.

»Und was war es dann?«, fragte Marco verdutzt.

»Hass«, erwiderte Antonio.

Marco lief ein Schauer über den Rücken. Er hatte das Gefühl, dass er bei etwas ertappt worden war, das er instinktiv abzustreiten versuchte, auch wenn er gar nicht wusste, warum.

»Hass?«, fragte Lara überrascht.

»Kannst du … mir mal erklären, was du damit meinst? Warum sollte ich das Meer hassen?«, flüsterte Marco verwirrt.

»Morgen früh um vier«, gab Antonio anstelle einer Antwort zurück.

Dann stand er auf, dankte Lara für den Kaffee und ging schweigend davon.

Lara folgte ihm mit dem Blick und wäre ihm am liebsten hinterhergerannt, weil sie mit jeder Faser ihres Körpers nach ihm verlangte. Sie wunderte sich, dass Antonio von Hass gesprochen hatte, wo doch eigentlich nicht Marco, sondern er selbst es war, der voller Hass auf sein Schicksal war. Und sie fragte sich, ob er jemals bereut hatte, seinen Sohn weggegeben zu haben, diesen Sohn, der jetzt fatalerweise neben ihr saß und sie mit besorgter Miene ansah.

»Der Mann ist verrückt, oder? Erst lässt er einen Hammer los, und dann haut er einfach ab …«, meldete Marco sich ziemlich ratlos zu Wort.

Lara riss sich aus ihren Gedanken und drehte sich zu ihm um. Sie brauchte ein paar Sekunden, bevor sie begriff, was er gesagt hatte.

»Er ist einfach so. Kümmere dich nicht weiter darum.«

»Aber was meinst du denn … Stimmt das mit dem Hass?«

Lara senkte nachdenklich den Kopf.

»Wenn du mich fragst, könnte etwas Wahres dran sein«, sagte sie vorsichtig.

Marco seufzte stumm und schüttelte den Kopf.

»Wie auch immer … Warst du schon mal verliebt?«, fragte Lara plötzlich.

»Nein, aber was hat das denn damit zu tun?«

»Wenn du noch keine Liebe empfunden hast, dann kannst du auch keinen Hass empfinden. Es sind zwei Seiten einer Medaille … glaube ich jedenfalls.«

Marco grübelte über ihre Worte nach.

»Und du, warst du schon mal verliebt?«, fragte er dann zurück.

Lara schüttelte den Kopf, auch wenn es eine Lüge war.

»Komm, wir gehen heim und machen ein paar Übungen«, sagte sie dann. »So holen wir den verlorenen Vormittag wieder herein.«

Auf dem Heimweg dachte Lara daran, wie sie selbst vor vielen Jahren einen tiefen, brennenden Hass empfunden hatte, der ausgerechnet aus ihrer Liebe zu Antonio entstanden war. Hass gegen die Frau, die ihn ihr für immer genommen hatte: Milena. Sie war aus der Ferne gekommen und eigentlich nur für die Ferien hier. Zwei Wochen, dann hätte sie wieder in den Norden zurückkehren sollen. Aber auf einmal hatte sie Antonio getroffen, an einem Tag, als Sarcola von einem ungewöhnlich stürmischen Sommerregen überrascht worden war. Milena hatte sich im Hafen unter ein schützendes Vordach geflüchtet, und ausgerechnet dort hatte schon Antonio gestanden und auf das Ende des Regens gewartet. Ihre Blicke hatten sich getroffen und hatten sich ineinander verschränkt, um sich nie mehr loszulassen. Alles, was Lara damals geblieben war, war, dem großen Schauspiel ihrer Liebe zuzusehen, verborgen hinter den Kulissen einer Bühne, die ihr nicht mehr gehörte. Bis zu dem Abend, der Milena für immer mit sich genommen hatte.

3

Es war kurz vor Mittag, als Marco einen Anruf von Virginia erhielt. Er hörte das Motorengeräusch ihres Autos im Hintergrund, und wie sie ihm verriet, war sie gerade dabei, aus der Stadt zu fahren.

»Wie gesagt, ich muss dich wirklich sprechen«, beendete sie das Telefonat. »Spätestens um vier müsste ich da sein.«

Marco musste unwillkürlich lächeln, als sie das sagte. Anscheinend spielte diese Uhrzeit heute eine besondere Rolle in seinem Leben.

Als er sich nach Virginias Anruf zu Tisch setzte, ertappte er sich dabei, dass er immer wieder zu Antonios Haus hinübersah und sich fragte, was er gerade machte und welche Überraschungen er morgen für ihn in petto hätte.

Lara, die sich wegen Virginias Besuch immer sorgte, konnte es sich nicht verkneifen, Marco zu fragen, ob er sie bei dem Treffen dabeihaben wollte. Sie hoffte, so dafür sorgen zu können, dass die Situation unter Kontrolle blieb, um notfalls gleich einzuschreiten, falls das Mädchen irgendwelche verräterischen Bemerkungen machte. Marco verneinte jedoch kategorisch. Er freute sich offensichtlich sehr auf das Wiedersehen mit Virginia und war auch stolz, dass sie eine derart lange Autofahrt auf sich nahm, um sich mit ihm zu treffen. Es war nur zu verständlich, dass er Lara nicht dabeihaben wollte.

Um Punkt vier Uhr nachmittags postierte sich Marco voller Ungeduld und Vorfreude an der Ortseinfahrt von Sarcola, um Virginia unverzüglich im Empfang zu nehmen, den Blick gespannt auf die gewundene Straße gerichtet, über die er selbst bei seiner Ankunft in den Ort gelangt war. Er musste nicht lange warten, bis Virginias Auto in Sicht kam.

Erst nachdem sie geparkt und sich etwas verloren umgeblickt hatte, entdeckte sie Marco, der ihr mit einem etwas verlegenen Lächeln entgegensah. Bei seinem Anblick riss sie erstaunt die Augen auf, rannte auf ihn zu und umarmte ihn schwungvoll.

»Aber … du sitzt ja gar nicht mehr im Rollstuhl!«, rief sie überrascht.

Marco nickte mit einem schüchternen Grinsen, ehrlich verdutzt, dass sie sich so sehr freute.

»Und … wie ist das passiert?«, fragte sie dann und musterte ihn von Kopf bis Fuß, als traute sie ihren Augen nicht.

»Na ja … Ich habe ziemlich viel Therapie am Strand gemacht – und irgendwann konnte ich dann plötzlich wieder gehen. Wenn ich nicht darüber nachdenke, klappt es besonders gut.«

»Das freut mich sehr für dich … wirklich, du weißt gar nicht, wie glücklich ich bin!«, jubilierte sie, nur schwer ihre Rührung zurückhaltend. »Und was ist mit deinem Arm und der Hand?«

Während sie sich auf den Weg durch die verlassen in der Mittagshitze liegenden Straßen in Richtung Dorfzentrum machten, erzählte Marco ihr alles, was ihm widerfahren war. Auch von Laras Idee, seine Gesundung mit Bootsausflügen zu beschleunigen, berichtete er, und er verschwieg ihr nicht, wie sehr ihn der schweigsame, geheimnisvolle Eigenbrötler, der ihn dabei unterstützen sollte, faszinierte.

Virginia hörte ihm aufmerksam zu, sah ihn aber auch

immer wieder besorgt von der Seite an. Sie hatte Lara versprochen, ihr Geheimnis nicht zu verraten, sondern ihr die Zeit zu geben, die sie brauchte, um Marco die Wahrheit zu sagen. Daher beschränkte sie sich darauf, ihm insbesondere über Antonio nur ein paar allgemeine Fragen zu stellen.

»Normale Leute gibt's hier nicht, weißt du«, fuhr Marco gut gelaunt fort. »Aber je länger ich hier bin, desto besser gefällt es mir in Sarcola. Irgendwie hilft mir die Ruhe beim Nachdenken, und ich habe hier trotz allem ein bisschen Frieden gefunden. Ich wusste ja nicht, wie es ist, in so einem Dorf zu wohnen, war höchstens mal im Urlaub auf dem Land. Es ist jedenfalls wirklich ganz anders als in der Stadt, weißt du ... Wie soll ich das ausdrücken? Man hat nicht dauernd das Gefühl, keine Zeit zu haben, und macht alles einfach so, wie es sich ergibt. Allerdings muss ich morgen früh tatsächlich um vier Uhr raus, aber nur, weil der Typ so seltsame Anwandlungen hat ...«

Virginia war überrascht, wie redselig Marco war, und hörte ihm eine ganze Weile schweigend zu. Sie freute sich, dass er ihr alles erzählen wollte, was er seit seiner Abreise erlebt hatte, aber heimlich machte sie sich Gedanken darüber, wie sie ihm beibringen sollte, warum sie eigentlich nach Sarcola gekommen war. Als Marco endlich merkte, dass sie nicht ganz bei der Sache war, schlug er vor, sich gemeinsam mit ihm auf die Stufen einer kleinen Kirche in den Schatten zu setzen.

»Ach so was, ich rede und rede ... Aber eigentlich bist du es ja, die mir etwas sagen will, oder?«

Sie nickte und schluckte, auf der Suche nach den richtigen Worten.

»Also, ich bin praktisch schon mit Luca verheiratet«, sagte sie endlich fast in einem Atemzug.

Marco spürte einen heftigen Stich der Eifersucht, versuchte aber, sich nichts anmerken zu lassen.

»Du machst Witze.«

»Nein, ich mache keine Witze. Ich bin praktisch mit Luca verheiratet und habe es erst jetzt gemerkt«, erwiderte Virginia, indem sie verlegen mit ihren Schuhsohlen auf dem Steinboden herumscharrte.

»Also jetzt erklär mal, was du meinst. Ich verstehe überhaupt nicht, was du da redest«, forderte Marco sie auf.

Virginia seufzte und kramte in ihrer Tasche herum, ohne zu wissen, was sie eigentlich suchte.

»Wir kennen uns seit unserer Kindheit, Luca und ich … Sein und mein Vater sind Kollegen. Das heißt, eigentlich sind sie eher Konkurrenten als Kollegen. Sie sind beide Apotheker, und sie besitzen die zwei größten Apotheken in dem Viertel, in dem wir leben. Aber unsere Familien waren eigentlich immer miteinander befreundet, und …«

Virginia brach ab und sah sich um, als könnte sie irgendwo in der Umgebung die richtigen Worte finden.

»Was war ich nur für eine Idiotin«, murmelte sie dann.

»Aber was willst du denn damit sagen? Dass sie euch miteinander verkuppelt haben?«

Virginia lächelte bitter.

»Das hört sich an, als lebten wir in den Fünfzigerjahren, stimmt's? Und doch ist es so. Ich war mir dessen nicht mal bewusst. Und Luca vielleicht auch nicht … Das heißt, wir sind zusammen aufgewachsen, er ist ja drei Jahre älter als ich, in den Ferien sind wir immer gemeinsam verreist, sogar in denselben Schwimmkurs haben sie uns eingeschrieben. Sie haben alles getan, um …«

Marco schnaubte ungläubig.

»Ach komm … Jetzt übertreibst du aber. Du glaubst

doch nicht wirklich, dass deine Eltern dich gezwungen haben, dich mit Luca zusammenzutun? Du bist es doch, die seine Freundin geworden ist. Sie haben dir bestimmt nicht die Pistole auf die Brust gesetzt …«

»Ich sage ja nicht, dass sie mich gezwungen haben. Und ich bin mit Luca zusammengekommen, weil … weil ich wirklich etwas für ihn empfinde …«

»Na wunderbar …«, gab Marco mit schlecht verborgener Eifersucht zurück.

»Ja, ich weiß, es stimmt schon, was du meinst. Aber das ist nicht der Punkt«, sagte Virginia.

»Dann erklär mir halt, was der Punkt ist«, forderte Marco sie auf.

Virginia stieß einen tiefen Seufzer aus und verschränkte die Arme vor der Brust.

»Letzte Woche waren wir beim Abendessen, alle zusammen: Luca, ich und unsere Eltern. Das machen wir ziemlich oft, wie schon gesagt, sind unsere Eltern befreundet. Jedenfalls kommt irgendwann die Rede auf eine Apotheke, die zum Verkauf steht … und da erfahren wir, dass mein Vater und Lucas Vater sie gemeinsam kaufen wollen. Und plötzlich sagt meine Mutter, dass sie doch perfekt wäre für uns, für mich und Luca. Luca studiert Pharmazie, er macht bald seinen Abschluss, das hast du vielleicht noch nicht gewusst. Und meine Mutter hat wortwörtlich gesagt: ›Sie wäre doch perfekt für euch beide‹, und uns dabei angesehen mit diesem Lächeln, das sie immer hat, wenn sie dabei ist, etwas zu bekommen, das sie wirklich haben will.«

Marco nickte schweigend.

»Ich war überzeugt, mein eigenes Leben zu leben …«, fuhr Virginia fort, »... und stattdessen habe ich alles getan, was meine Eltern für mich arrangiert hatten. Und weißt du, was am schlimmsten ist und warum ich mir vorkomme wie eine Idiotin? Weil sie mir nie etwas vorgeschrieben haben … Ich habe alles selbst gemacht. Oder besser gesagt, ich hatte immer das Gefühl, alles selbst zu machen, meine eigenen Entscheidungen zu treffen … Und stattdessen war ich ferngesteuert … wie eine Marionette.«

Marco seufzte, da er nicht die richtigen Worte fand. Alles, was ihm einfiel, kam ihm durchschaubar vor, denn im Grunde seines Herzens wünschte er sich natürlich nichts sehnlicher, als dass Virginia Luca den Laufpass gab. Und zwar weniger ihretwegen, sondern aus ganz egoistischen Gründen.

»Ich sehe mich schon vor mir … Am Ende werde ich genauso sein wie meine Mutter, eine Frau, die zufrieden ist, im Schatten ihres Mannes zu stehen, nur um keine Sorgen und keine Verantwortung zu haben … ein Luxusweibchen mit einer Kreditkarte ohne Limit, das sich mangels anderer Aufgaben damit beschäftigt hält, das Leben der Tochter durchzuorganisieren«, klagte Virginia jetzt weiter.

Dann drehte sie sich zu Marco um und sah ihn an.

»Weißt du, dass er mit dem Springen aufhören will?«

»Wer … Luca?«

»Er sagt, dass er sich für die Abschlussprüfung an der Uni vorbereiten muss – dass jetzt der Moment ist, an die ernsten Dinge im Leben zu denken.«

»Springen ist ja auch keine ernste Sache …«, sagte Marco sehr leise.

Er brach ab und schwieg, denn er wusste, dass er gelogen hatte. Er hätte alles gegeben, um noch einmal springen zu können und von Neuem zu spüren, wie er einen Purzelbaum in der Luft schlug, um sich dann zu strecken und mit Wucht ins Wasser zu stoßen. Stattdessen hing er in seiner

Angst vor dem Wasser fest – und hasste es vielleicht sogar, wenn es stimmte, was Antonio behauptete.

Virginia drehte sich zu ihm um und sah ihn zärtlich an, bevor sie ihm übers Haar streichelte und ihre Stirn an die seine legte. Marco atmete tief ihren Duft ein, löste sich aber von ihr und wich ein Stück zurück.

»Was hast du jetzt vor?«, fragte er sie dann.

Virginia dachte nach und strich sich mit der Hand übers Gesicht.

»Ich weiß es nicht. Ich habe Angst, dass ich nicht den Mut habe, Luca zu verlassen, auch weil ich im Grunde an ihm hänge ...« Dann sah sie ihm direkt in die Augen. »In Wirklichkeit bin ich ein Feigling. Und weißt du, was das Schlimme ist? Dass ich es im Grunde nicht anders verdient habe. Ich bin wie meine Mutter.«

Marco antwortete nicht. Er spürte, wie ihn die Distanz zu Virginia und ihrem zukünftigen Leben zu durchdringen begann, eine Distanz, die ihn schmerzte und die ein Gefühl der Enttäuschung und Leere in seinem Inneren hinterließ. Er konnte sich nicht aufraffen, sie zu überreden, ihre Meinung zu ändern und sich Gedanken über ihre wahren Wünsche zu machen, vielleicht sogar einen neuen Weg einzuschlagen, auch wenn er schmerzhaft war. Stattdessen lächelte er ihr nur zu und sagte hilflos: »Überleg's dir gut.«

»Ich musste einfach mit dir darüber reden«, sagte sie und stand dann von der Treppe auf.

»Warum mit mir?«, fragte Marco gespannt.

»Weil ich dir vertraue. Frag mich nicht nach dem Grund«, erwiderte Virginia.

Sie verbrachten die noch verbleibende Zeit damit, durch die Gassen von Sarcola zu schlendern, und trafen dabei auch auf Galiano und Agnese, die in ihrer Stammbar saßen.

Marco stellte Virginia seine neuen Freunde vor, war aber nicht wirklich mit den Gedanken bei der Sache, als sie sich zu ihnen setzten und die anderen miteinander zu plaudern begannen. Es kam ihm vor, als wäre er in Watte gehüllt, und so merkte er kaum, wie Agnese Virginia misstrauisch musterte, fast als studiere sie sie, um später ihre natürliche Anmut und Eleganz kopieren zu können. Er merkte auch nicht, wie Galiano schüchtern Virginias Fragen beantwortete und dabei wie üblich beim Reden immer wieder die Augen schloss. Marcos eigene Gedanken kreisten unablässig um das Geständnis, das Virginia ihm gemacht hatte. Aber auch der nächste Morgen beschäftigte ihn, wenn er noch einmal mit Antonio hinausfahren würde, um vielleicht eine Antwort zu finden auf die Frage, ob er nur Angst vor dem Meer empfand oder auch Hass.

Wenig später trat Virginia schon die Heimreise an, denn sie wollte nicht zu spät zu Hause ankommen, in ihrem eigenen Leben, im Kreis ihrer Familie. Marco begleitete sie zusammen mit Galiano und Agnese zu ihrem Auto und kehrte dann zurück ins Dorf. Als sie wieder auf der Piazza anlangten, beschlich ihn plötzlich das bittere Gefühl, dass er selbst nie einen Platz in der Welt, ein wirkliches Zuhause gehabt hatte, zu dem er hätte zurückkehren können.

Lara wartete voller Spannung auf ihn, als er später nach Hause kam und ihr bereitwillig von der Begegnung mit Virginia erzählte, auch von dem bitteren Gefühl, sie für immer verloren zu haben.

»Ich glaube, sie mag dich wirklich, aber sie hat nicht den Mut, es zuzugeben«, sagte Lara, während sie seinen Unterarm massierte. »Warum sagst du ihr nicht einfach, dass sie dir gefällt? Vielleicht würdest du ihr damit helfen, eine andere Entscheidung zu treffen.«

Marco erwiderte nichts. Er dachte an Galiano und seine Angst, Agnese nicht gerecht zu werden, und erkannte darin seine eigenen Ängste wieder.

»Ich glaube, wir sollten besser schlafen gehen«, sagte er stattdessen, »wir müssen morgen sehr früh raus.«

Lara nickte und sah zu Antonios Haus hinüber, dessen Fenster schon dunkel waren. Der Hof lag in völliger Stille, einer tiefen Stille, die sie trennte, tief wie der Schmerz, der sie verband.

Es war noch dunkel, als sie um vier Uhr morgens ins Freie traten. Marco kam es so vor, als hätte Antonio schon immer dort im Hof gestanden und auf sie gewartet, und als wären währenddessen erst die Zitronenbäume um ihn herum gewachsen. Bei ihrem Erscheinen löste er sich von dem Stamm, an dem er gelehnt hatte, und machte sich ohne ein Wort auf den Weg die Straße hinunter. Lara und Marco blieb nichts anderes übrig, als ihm durch die klare, frische Nachtluft schweigend ins Dorf zu folgen. Doch als sie die Piazza erreichten, machte Antonio plötzlich einen Schwenker, statt den Weg hinunter zum Hafen einzuschlagen. Lara und Marco blieben überrascht stehen und tauschten einen fragenden Blick, während Antonio weiter in eine enge Gasse ging, die in einen kleinen, abwärtsführenden Pfad mündete. Erst jetzt wurde Lara klar, dass er sie zum Rostro brachte. Ihr Herz schlug unwillkürlich schneller, denn es war, als würden sie auf den Spuren des verliebten jungen Mädchens wandeln, das sie einmal gewesen war. Sie hatte damals weder Dunkelheit noch Kälte gescheut und war immer wieder zu dem Felsvorsprung über dem Meer gegangen, um nach dem rotblauen Kutter Ausschau zu halten, stets in der Hoffnung, dass Antonio heil und gesund zurückkehrte – zu ihr. Oft hatte sie seine Rückkehr mitverfolgt, hatte mit angehaltenem Atem zugesehen, wie er aufrecht am Bug stand und die Wellen ritt wie einen Drachen, der geschärfte Blick aus den Augen, die sie mehr liebte als alles andere in der Welt, wie Scheinwerfer auf die Küste gerichtet.

Der Mond hatte sich schon hinter den Wolken versteckt, als sie jetzt den Rostro erreichten. Lara und Marco folgten Antonio immer noch stumm, als er auf den Rand der Felsplatte zuging, während das Meer unter ihnen in der Tiefe lag, schwarz, fast unsichtbar. Nur das leise Rauschen der Brandung zeigte ihnen an, dass es überhaupt da war, und Marco kam es vor wie ein schlafendes Tier, das jederzeit aufwachen konnte. Den ganzen Weg über hatte er sich an Laras Seite gehalten, wie um bei ihr Schutz zu suchen.

»Komm her.«

Antonios Stimme übertönte kaum das Meeresrauschen, doch Marco erschrak, als er sie hörte, und mehr noch, als er das Leuchten in den Augen des Mannes sah, der sich ihm in der Dunkelheit zuwandte. Lara hatte eine Hand auf seine Schulter gelegt und schob ihn leicht nach vorn, und Marco kam sich vor wie ein braves, wenn auch verängstigtes Hündchen, als er jetzt wie befohlen an den Rand des Felsens trat.

»Schau nach unten. Siehst du das Meer?«, fragte ihn Antonio.

Marco senkte den Blick, schüttelte aber den Kopf.

»Ich habe dich nicht verstanden. Siehst du es oder nicht? Ich muss deine Stimme hören«, fuhr Antonio ihn an.

»Nein, ich sehe es nicht …«

»Aber du hörst es.«

»Ja, ich höre es«, erwiderte Marco folgsam und erschauerte bei der nächsten Welle, die sich an den Felsen brach.

»Auch ich habe Angst vor dem Meer. Immer habe ich Angst vor ihm gehabt«, sagte Antonio, indem er näher zu dem Jungen trat. »Tatsächlich kann ich nicht mal schwimmen.«

Lara fuhr zusammen, als Marco den Mann überrascht ansah und ein kleines Lachen nicht zurückhalten konnte.

»Wie – du warst Fischer und kannst nicht schwimmen?«, fragte er verdutzt.

Antonio war irritiert, doch er winkte ab, als Lara sich beeilte, ihn zu besänftigen.

»Du findest das amüsant?«, fragte er Marco und musterte ihn von oben bis unten.

»Ja, schon ein bisschen, entschuldige bitte«, erwiderte der Junge.

»Ich kann schon verstehen, dass dir das amüsant vorkommt«, sagte Antonio. »Egal, wie man es dreht und wendet … es war genau das, was mir beim Fischen geholfen hat. Bei meinem Vater war es genauso. Auch er hatte Angst vor dem Meer. Aber er hat mir beigebracht, dass man sich den Dingen stellen muss, vor denen man Angst hat, und dass man oft dafür belohnt wird.«

Marco nickte respektvoll und etwas betreten, während Lara in seinem Rücken einen leisen Seufzer ausstieß.

»Um diese Angst zu behalten, habe ich nie schwimmen gelernt«, fuhr Antonio fort. »Denn man darf die Angst nie verlieren, wenn man aufs Meer hinausfährt. Und weißt du, warum?«

Marco schüttelte den Kopf.

»Ich habe dich nicht verstanden. Weißt du, warum?«, wiederholte Antonio.

»Nein, das weiß ich nicht«, sagte Marco jetzt laut.

»Weil du größeren Respekt hast, wenn du dich vor ihm fürchtest und nicht mal schwimmen kannst. Du versuchst dann eher, keinen Quatsch zu machen, du versuchst, dir das Meer zum Freund zu machen. Und um es dir zum Freund zu machen, musst du es kennen wie deine Westentasche, du musst lernen zu verstehen, wie und wann es dich an der Nase herumführt, wie und wann es dich verrät. Denn das Meer kann ganz plötzlich verrückt werden, ohne eine Erklärung. Aber bevor es verrückt wird und ausrastet, gibt es dir ein paar Hinweise …«

Antonio zeigte auf einen Punkt weiter unten, in Richtung Felsen.

»Hast du die laute Welle gerade gehört?«

»Ja«, beeilte sich Marco zu antworten.

»Das war ein Hinweis. Der krumme Wind steigt gerade auf.«

»Der krumme Wind?«, fragte Marco, nicht sicher, ob er richtig verstanden hatte.

»Ja, so nennen wir ihn. Er kommt krumm daher, gemessen an der Linie, die den Osten mit dem Westen verbindet. Und das Meer wird böse, wenn das passiert. Heute wird kein einfacher Tag für den Fischfang sein. Wenn es dir gelingt, diese Hinweise zu erkennen, hat das Meer weniger Möglichkeiten, dich fertigzumachen. Ist das klar?«

»Ja.«

»Gut«, gab Antonio zurück. »Und jetzt warten wir auf das Morgengrauen, damit du siehst, wie es geboren wird, das Meer. Und vielleicht kannst du es dann gar nicht mehr hassen.«

»Aber warum sagst du immer, dass ich das Meer hasse? Ich … habe doch nur Angst vor ihm«, murmelte Marco.

»Bist du sicher?«

Marco antwortete nicht, denn irgendwo in seinem Inneren spürte er, dass Antonio recht hatte: Das Grauen, das er angesichts des Meeres empfunden hatte, das ihm in den Magen ging und ihm Übelkeit bereitete, das ihn fürchten ließ, das Bewusstsein zu verlieren oder gar zu sterben, dieses Grauen hatte vielleicht noch einen anderen Grund als Angst.

»Was hat das Meer dir genommen?«, fragte Antonio.

Marco zuckte überrascht zusammen.

»Angst empfindet man vor etwas, das einem wehtun kann«, sagte Antonio zur Erklärung. »Hass jedoch empfindet man für etwas, das einem schon wehgetan hat, das einen Schaden in der eigenen Seele hinterlassen hat. Ist es nicht so? Was hat es dir angetan, das Meer, dass du es so ansiehst, wie du es ansiehst? Ist es, weil es dir deine Eltern genommen hat? Ist es, weil sie im Meer umgekommen sind?«

Marco fuhr herum zu Lara und sah sie hilfesuchend an, doch sie schüttelte den Kopf und sah ihn mit einem flehenden Blick an, als wollte sie sagen: Du kannst ihm nicht verraten, dass die Geschichte von dem Unfall eine Lüge war. Nicht jetzt.

Marco seufzte und hüllte sich in Schweigen. Dann kam ihm eine Idee, wie er die Wahrheit enthüllen konnte, ohne Laras Lüge zu verraten.

»Ich … habe mit dem Springen angefangen, um ein Mädchen zu beeindrucken. Aber dann habe ich gemerkt, dass die Sache mir gefiel … dass ich wirklich ein Springer werden wollte«, sagte er in einem Atemzug. »Es ist … oder vielmehr, es *war* mein Traum geworden. Und das Meer hat mir diesen Traum genommen, denn jetzt würde ich es gar nicht mehr über mich bringen zu springen … nicht mal im Schwimmbad. Ich weiß einfach, dass es nicht mehr geht.«

»Ein Springer …«, murmelte Antonio, als prüfe er, ob Marco die Wahrheit sprach.

»Ja, ich bin so furchtbar gerne gesprungen, es hat mir wahnsinnig gutgetan. Ich habe es erst spät entdeckt … aber … aber es ist ein Gefühl, das ich nicht erklären kann«, sagte Marco.

»Versuch's«, forderte Antonio ihn auf.

»Wie soll das gehen? Es ist … es ist, als ob, kurz vor dem Sprung, alles gut wird. Du stehst da oben, allein … und unter dir ist das Wasser. Und plötzlich hast du das Gefühl, dass du ganz genau weißt, was du tun musst …«

Er brach ab, fasste sich dann aber ein Herz und wandte sich neuerlich an Antonio.

»Denn ich habe in Wirklichkeit nie gewusst, was ich eigentlich tun soll«, gestand er. »Ich habe immer gedacht, dass alles, was ich tue, falsch ist. Aber auf dem Sprungbrett … da … da halte ich mein ganzes Leben in der Hand. Ich muss nur springen … und plötzlich hat es einen Sinn, das Leben. Springen … ist fast wie Fliegen, ich tue genau das, was ich will, da oben in der Luft … Ich gebe meinem Körper Befehle, und er gehorcht. Alles wird auf einmal ganz klar … Ich sehe mein Leben … und es hat endlich einen Sinn. Wenn ich dann untertauche … und später wieder hochkomme, ist das wie eine Wiedergeburt. Anders kann ich es dir nicht erklären.«

Laras Tränen glitzerten in der Dunkelheit wie scheue, verborgene Sterne.

»Wenn du den Hass überwindest, wirst du dich der Angst stellen können. Vielleicht wirst du dann auch wieder springen, wenn du gesund bist«, sagte Antonio, ohne ein Gefühl der Rührung zu zeigen.

Marco wandte sich ihm zu und betrachtete sein Profil, das sich im Dunkel abzeichnete.

»Und du … Woher weißt du all diese Dinge? Hast du etwa auch so was erlebt?«, fragte er ihn dann.

»Das hat dich nicht zu interessieren«, erwiderte Antonio hart. »Du hast mich gebeten, dir zu helfen, und das versuche ich. Aber du tust das, was ich dir sage, und damit basta. Die Fragen stelle ich. Ist das klar?«

Marco nickte nur, aber da fiel ihm wieder ein, dass Antonio ihn hören wollte.

»Klar«, schob er schnell hinterher.

Dann waren da nur noch die Dunkelheit, ihr Atem und ihre Augen, die sich auf das tiefe Schwarz richteten.

Hinter ihnen erhob sich die Morgenröte, langsam wie das Crescendo eines Musikstücks. Bald darauf glitt ein intensives Violett, das sich mit Orange mischte, die steile Bergflanke hinunter und ließ sich auf dem weiten Spiegel der Wasseroberfläche nieder, um ihn in ein verblüffend tiefes Kobaltblau zu tauchen.

»Schau es an. Schau es jetzt an, das Meer«, sagte Antonio.

Marco tat wie ihm geheißen. Er hatte wirklich das Gefühl, als wäre es soeben erst geboren worden.

»Schau es weiter an, wende den Blick nicht ab. Es ist tief unter dir, und du stehst auf einem Felsen. Es ist unter dir, und es ist weit weg. Es kann dir nicht wehtun, von hier aus. Schau es an, als wolltest du es auswendig lernen. Fixiere es, als wolltest du es dir auf die Netzhaut prägen.«

»Ich habe Angst hinunterzufallen«, stammelte Marco, indem er sich vom Felsrand zurückzog.

Antonio legte ihm beide Hände auf die Schultern.

»Du fällst nicht hinunter. Ich halte dich. Vertraust du mir?«

Als Marco nickte, wandte Lara unwillkürlich den Blick ab und sah zu den Bergen hinüber, um ihre Rührung zu verbergen beim Anblick des Vaters, der den Sohn hielt, und des Sohnes, der sich vertrauensvoll halten ließ. Sie fragte sich unwillkürlich, ob der Kontakt von Antonios Händen mit den Schultern des Jungen nicht das Blutband zwischen den beiden verraten würde und auch den Schmerz, der es zerrissen hatte; oder ob er vielleicht sogar in der Lage wäre, den Abgrund zwischen den beiden und die lange Zeit der Trennung auszumerzen. Womöglich gab es für Antonio und Marco wider Erwarten eine Zukunft mit einem Leben im Licht, so hell wie der Himmel in diesem Augenblick. Eine Zukunft, die es beiden ermöglichte, einander zu verzeihen und Leid und Groll zu überwinden. Eine Zukunft, in der ihr eigener Kummer, ihre Schuldgefühle und ihre Pein unter einem Schleier des Vergessens begraben würden.

Ihre Tränen spiegelten sich in der aufgehenden Sonne und leuchteten ein letztes Mal auf, bevor sie auf der Haut trockneten.

»Was würdest du dafür geben, um den Mut zum Springen zu finden?«

Antonios Stimme riss Lara aus ihren Gedanken. Sie wandte sich erwartungsvoll Marco zu, der ein sanftes Lächeln auf den Lippen hatte.

»Ich würde alles dafür geben. Aber ich weiß ja doch, dass ich es nicht kann«, gestand er.

Antonio drehte ihn zu sich herum, um ihm ins Gesicht sehen zu können. Dann hob er blitzartig die Hand und versetzte ihm eine Ohrfeige. Gleichzeitig bedeutete er Lara mit einer Handbewegung, sich nicht einzumischen.

»Bist du verrückt geworden? Was habe ich dir denn getan?«, rief Marco bestürzt und betastete mit der rechten Hand seine Wange.

»Du hast noch nicht mal angefangen zu leben, und schon gibst du auf? Dazu hast du kein Recht, verstanden? Lass dir das gesagt sein von einem, der aufgegeben hat und weiß, was es bedeutet. Du bist zu jung, du magst gelitten haben, aber du weißt noch nicht, was das Leben ist. Glaubst du, dass deine Eltern glücklich wären, dich so reden zu hören?«

»Ach, meinen Eltern war ich doch scheißegal!«, stieß Marco hervor. »Allen bin ich immer scheißegal gewesen!«

Dann begegnete er Laras erschrockenem Blick und verstummte.

Antonio konnte seine Erschütterung nicht verbergen, als er Marco jetzt ansah.

»Immerhin ist hier jemand, der eine Reise auf sich genommen hat für dich und der mich dafür bezahlt, dass ich dir helfe«, gab er dem Jungen zu bedenken, indem er auf Lara zeigte. »Du könntest dich wenigstens dafür revanchieren, indem du keinen Unsinn redest. Schau jetzt lieber wieder aufs Meer.«

»Ach, leck mich«, rief Marco, drehte sich abrupt weg und lief davon.

»Marco, warte!«, rief Lara ihm schockiert hinterher.

Aber noch einmal hielt Antonio sie zurück, diesmal, indem er ihr eine Hand auf die Schulter legte.

»Warte. Lass uns sehen, ob er Lust hat, gesund zu werden oder nicht«, sagte er dann, indem er ihr tief in die Augen blickte.

Ja, ich warte, dachte Lara, ich bewege mich nicht vom Fleck. Bleib so. Bleiben wir so, mein Liebster, deine Augen in den meinen und deine Hand auf meiner Schulter, die mir direkt ins Herz greift. Du weißt nicht, wie sehr ich deine rauen Hände ersehnt habe und wie oft du in all diesen Jahren mit deinen Salbeiaugen meinen Schlaf unterbrochen hast. Lass deine Hand auf meiner Schulter, lass sie dort, bis mir Flügel wachsen. Reiß mir die Haut ab, wie du all meine Träume zerrissen hast, damals vor vielen Jahren, als du die andere gewählt hast und nicht mich. Ich werde mich allem stellen, auch jetzt noch, mit einer Freude, die mich erschreckt. Diese Freude zwingt mich zu hoffen, dass Marco nicht umkehrt, sondern uns hier allein zurücklässt, in diesem ewigen Morgengrauen. Halt mich fest. Halt mich fest mit den Augen.

Antonio schien erst in diesem Moment zu bemerken, dass er seine Hand auf Laras Schulter gelegt hatte. Er zog sie irritiert zurück und senkte den Blick; auf seinem Gesicht zeichnete sich dabei plötzlich eine tiefe Müdigkeit ab.

Lara, die den Atem angehalten hatte, holte tief Luft und wurde von dem bitteren Gefühl durchströmt, wieder allein auf der Welt zu sein, wie die einzige Überlebende eines Schiffsunglücks.

Kurz danach hörten sie beide Marcos Schritte auf dem Pfad. Er war zurückgekommen.

Sie drehten sich um und sahen ihm schweigend entgegen.

»Entschuldige …«, flüsterte der Junge, an Antonio gewandt.

Dann wagte er sich vor an den Rand des Rostro und begann von Neuem, auf das Meer zu starren, auf dem sich inzwischen die pralle Sonne spiegelte. Es war dabei, bedrohlich anzuschwellen, aufgewühlt vom Druck des krummen Windes, und es schlug jetzt heftig gegen die Felsen und brüllte wie ein wildes Tier, das keinen Frieden findet.

Marco sah weiter hinunter und hörte ihm zu, eine gefühlte Ewigkeit, unter der sengenden Sonne, bis seine Angstschauer verschwanden und seine Beine nicht mehr zitterten und ihn ein seltsames Gefühl des Friedens überkam. Bis es ihm endlich schien, als käme das Meer unter seinem Blick zur Ruhe. Als warte es nur darauf, dass er ihm verzieh.

4

Das Meer war auch in den nächsten Tagen unruhig, und Marco verlegte seinen Beobachtungsposten an den Strand, wo er mit ihm auf gleicher Höhe war. Inzwischen schaffte er es, direkt am Ufer entlangzuspazieren, nur wenige Meter vom Grund seiner Ängste entfernt, zwischen sich sonnenden Urlaubern und ihre Ware feilbietenden Kokosnussverkäufern, immer begleitet von Antonio und Lara, die manchmal rätselhafte Blicke wechselten und in ein verlegenes Schweigen verfielen, dessen Motiv ihm verborgen blieb. Er traute sich jedoch nach wie vor nicht, dem Meer zu nahe zu kommen oder gar die Füße ins Wasser zu tauchen. Es war, als hätte er einen Pakt mit ihm geschlossen: Er beschränkte sich darauf, es einfach nur anzusehen, und das Meer kümmerte sich dafür nicht um ihn, sondern richtete seinen Ruf ausschließlich an die anderen Strandbesucher.

Die Nachmittage waren Laras krankengymnastischen Übungen vorbehalten, und dies war immer eine gute Gelegenheit, ihr alle Fragen zu stellen, die ihm den ganzen Tag über durch den Kopf gingen, vor allem in Bezug auf Antonio, dem seine brennende Neugier galt. Aus irgendeinem Grund wollte er alles über sein vergangenes Leben wissen, seine Familie, seine Freunde, den Tod seiner Frau. Nicht nur Antonio selbst, sondern auch diese Frau beschäftigte ihn sehr und übte eine sonderbare Faszination auf ihn aus, und er fragte sich immer wieder, wie sie wohl gewesen war, was sie nach Sarcola verschlagen hatte und vor allem, wie sie gestorben war.

Am Spätnachmittag ging Marco meist ins Dorf hinunter und traf sich mit Agnese und Galiano. Nachdem Virginia gekommen und wieder gegangen war, hatte Agnese sich Marco wieder zugewandt, als wäre nichts geschehen. Er hatte den Eindruck, als wollte sie ihn unbedingt für sich gewinnen, und sie machte keinen Hehl daraus, dass sie völlig verschossen in ihn war. Marco fühlte sich ziemlich unwohl dabei, denn er mochte das Mädchen und musste zugeben, dass er sich der anziehenden Wirkung ihres Frauenkörpers und ihrer sonnenvergoldeten Haut nicht ganz entziehen konnte. Doch wollte er auf keinen Fall Galiano verletzen, der ihm auf seine schüchterne und reservierte Art zu einem echten Freund geworden war und der die Tatsache, dass Agnese ihre ganze Aufmerksamkeit auf Marco konzentrierte, offenbar widerstandslos hinnahm. Agnese selbst beachtete Galiano kaum, ließ ihn links liegen, und wenn überhaupt, schien sie ihn höchstens als eine Art älteren Bruder zu betrachten.

Dank Galiano und Agnese hatte sich auch Marcos sonstiger Bekanntenkreis vergrößert, und er hatte weitere Jungen und Mädchen aus dem Dorf kennengelernt. Oft blieb er auf der Piazza stehen und plauderte mit ihnen, oder er traf sie am Morgen am Strand, wenn er seine langen Spaziergänge machte. Er sah ihnen zu, wie sie lachten und scherzten, sich gegenseitig mit Wasser bespritzten und in die Wellen tauchten, so wie er früher die Springer im Schwimmbad beobachtet hatte. Es schien ihm, als wäre er von jeher dazu verurteilt, am Rand zu stehen und andere zu bewundern, wie sie Dinge unternahmen, die ihm auf schicksalhafte Weise verwehrt waren.

Lara und Antonio hingegen hatten sich offenbar daran gewöhnt, gemeinsam in Marcos Schatten zu stehen, ohne je direkt miteinander in Kontakt zu kommen. Wenn ihre Blicke sich doch einmal kreuzten, tauchte jedes Mal plötzlich die Vergangenheit in ihrer Erinnerung auf und unterband jede weitere Kommunikation, als wäre da ein stummer Alarm, den nur sie beide wahrnehmen konnten. Sie waren wie zwei Boxer im Ring, die sich gegenseitig taxierten, wohl wissend, dass die erste Bewegung des Gegners keine friedliche Begegnung auslösen würde, sondern einen Kampf auf Leben und Tod. Selbst nach all diesen Jahren hatte die Erinnerung an das Ereignis, das alles verändert und in Schmerz getaucht hatte, weder für Antonio noch für Lara seinen Schrecken verloren. Milenas Tod und Antonios Entscheidung, das Kind wegzugeben, standen zwischen ihnen wie eine unsichtbare Nebelwand. Seit damals hatten sie sich nicht mehr gesehen, und nun war Lara zurückgekehrt und rührte an den alten Schmerz, der achtzehn Jahre später neu zu entflammen und sie mit sich ins Verderben zu reißen drohte. Und doch war ausgerechnet der Kontakt mit Marco für sie beide eine Möglichkeit, sich nach und nach wieder aneinander zu gewöhnen, ohne über das, was geschehen war, sprechen zu müssen. Dennoch hatten sie im Grunde ihres Herzens beide das Gefühl, dass die gegenwärtige Ruhe trügerisch war, wie ein kurzes Atemholen vor dem Sturm, der früher oder später unweigerlich hereinbrechen würde.

Am Ende der Woche, die sie vor allem mit Spaziergängen am Strand verbracht hatten, war der Moment gekommen, um neuerlich ins Boot zu steigen. Auch diesmal beklebte Lara das sternförmige Muttermal vorsichtshalber mit bunten Kinesio-Tapes, bevor sie dem vor Angst völlig aufgewühlten

Marco und dem schon wartenden Antonio morgens um sechs zum Hafen hinunter folgte. Die Physiotherapie hatte bisher nur spärliche Resultate erzielt: Marcos Arm war etwas beweglicher geworden, doch noch lange nicht so, dass er damit zufrieden gewesen wäre. Er schaffte es zwar inzwischen, die Finger zur Faust zu ballen, hatte aber noch nicht die notwendige Kraft in der Hand, um auch nur leichte Gegenstände zu halten.

Wie schon das letzte Mal sprang Antonio als Erster ins Boot und näherte das Heck dann der Anlegestelle, sodass Marco nach kurzem Zögern bequem zusteigen konnte. Auch diesmal wieder spürte er eine leichte Übelkeit, als das kleine Boot beim Einsteigen zu schwanken begann; andererseits hatte er das beruhigende Gefühl, dass er sich inzwischen an die Nähe des Meeres gewöhnt hatte. Nachdem Lara ebenfalls ins Boot geklettert war und sich neben ihm auf dem vorderen Querbalken niedergelassen hatte, begann Antonio sofort hinauszurudern.

Das Wasser war so glasklar und ungewöhnlich ruhig, dass es an einen durchsichtigen Schleier erinnerte. Nachdem sie eine Weile gerudert waren, zeigte Lara auf einen Schwarm kleiner Fische, von denen einige silbrig glitzernd in die Luft sprangen, um sich dann sofort wieder zurück ins Meer zu stürzen. Sonderbarerweise hatte sie den Eindruck, als würde der Anblick der springenden Fische die Männer traurig stimmen. Vielleicht, so ging es ihr durch den Kopf, erinnerten sie den einen ja an die traurige Tatsache, dass er selbst nicht mehr springen konnte, während der andere mit Wehmut an seinen ursprünglichen Beruf dachte, den er schon so lange nicht mehr ausübte.

Kurze Zeit später forderte Antonio Marco mit einem stummen Blick auf, sich neben ihn zu setzen.

»Bist du schon mal gerudert?«, fragte er ihn, als Marco Platz genommen hatte.

»Ja, ein paarmal schon, in den Ferien, allerdings nur auf einem Tretboot«, erwiderte der Junge.

»Na gut, besser als nichts. Dann rudern wir jetzt zusammen, jeder bekommt ein Ruder in die Hand«, gab Antonio zurück.

Als Marco mit beiden Händen das Ruder ergriff, kam es ihm vor, als hätte der Kontakt seiner Haut mit dem rauen Holz eine beruhigende Wirkung auf ihn.

»Du musst dich jetzt wirklich konzentrieren«, mahnte ihn Lara. »Der gesunde rechte Arm wird automatisch den Großteil der Arbeit übernehmen, aber du musst versuchen, auch den linken arbeiten zu lassen. Und auch mit der linken Hand musst du so fest wie möglich zupacken, verstanden?«

»Verstanden«, antwortete Marco.

»Gut, dann rudere du zuerst, ich passe mein Tempo an das deine an, sonst laufen wir Gefahr, uns im Kreis zu drehen«, sagte Antonio.

Marco tauchte ganz langsam das Ruder ins Wasser und machte den ersten Zug, und da Antonio seinen eigenen Rhythmus sogleich mit dem des Jungen synchronisierte, dauerte es nicht lange, bis das Boot still und gemächlich die Meeresoberfläche durchteilte und sie gut vorankamen.

Das Wasser leuchtete im tiefsten Blau, nachdem sie das Hafenbecken verlassen hatten. Die weiche Küstenlinie, die den Golf begrenzte, schien sie vor hohem Seegang zu beschützen, sodass die Bucht in ihrem Rücken in völliger Ruhe dalag. Über ihren Köpfen tauchten nun die ersten Möwen auf und zogen am Himmel ihre Kreise. Es schien, als bilde ihr schrilles Gekreisch einen Chorgesang, bei dem die verschiedenen Stimmen immer wieder neu aufeinander reagierten.

Lara saß im Heck des Bootes und beobachtete heimlich die beiden Männer, die langsam und gleichmäßig miteinander ruderten. Vielleicht, so dachte sie, würden sie ja durch das Rudern eine Möglichkeit finden, sich besser kennenzulernen und eine Freundschaft zu entwickeln. Dies war ihre heimliche Hoffnung und auch einer der Gründe, warum sie ihnen bisher nicht die Wahrheit gesagt hatte. Wenn sie am Ende selbst herausfanden, dass sie Vater und Sohn waren, würden sie sie, Lara, von ihrer Aufgabe entbinden und ihr damit eine schwere Last von den Schultern nehmen.

»Pass auf, dass du das Paddel nicht zu tief ins Wasser tauchst, sonst musst du dich doppelt anstrengen«, riet Antonio dem Jungen jetzt. »Das Ruderblatt, siehst du? Es darf die Wasseroberfläche nur antippen, als würde es sie streicheln … Versuch's noch mal.«

Marco versuchte folgsam, sein Ruder zu heben und es so zu benutzen, wie Antonio ihm vorgeschlagen hatte, aber es gelang ihm trotz aller Bemühungen nicht, das rechte Maß zu finden: Das Blatt tauchte einfach immer wieder in die Tiefe hinunter.

Er schnaubte entmutigt und sagte mit einem flehentlichen Blick zu Antonio: »Aber es geht einfach von selbst runter, ich schaffe es nicht, es oben zu halten …«

Während Antonio mit einer Hand weiterruderte, griff er mit der anderen nach Marcos Ruder und hielt es gepackt, sodass dieser seinen Griff etwas lockern konnte.

»Nein, du musst schon auch selbst rudern. Ich helfe dir nur dabei«, sagte er dann, als der Junge zu sehr nachließ.

Marco griff wieder mit beiden Händen nach dem Ruder

und ließ es geschehen, dass Antonios Hand sich zwischen seine beiden Hände legte und ihn unterstützte. Als sie jetzt aufs Neue zu rudern begannen, waren sie sich so nah wie nie zuvor, die Gesichter dicht beieinander und die Körper wie miteinander verflochten, in einem Spiel aus symmetrischen Armbewegungen und ruhigen, langsamen Atemzügen. Inzwischen war ein leichter Wind aufgekommen, der leise über ihre Köpfe pfiff und zusammen mit dem Klatschen des Wassers, dem Rhythmus ihrer Ruderschläge und dem Kreischen der Möwen eine geheimnisvolle Melodie zu bilden schien.

Lara saß da und genoss die Ruhe, das Gesicht der Sonne zugewandt, und nach und nach löste sich ihre innere Anspannung und machte einem Gefühl tiefen Friedens Platz. Ganz unvermittelt waren ihr die Tränen in die Augen getreten, und sie hob schnell die Hand, um sie mit einer flüchtigen Geste wegzuwischen. Doch Antonio hatte sie schon bemerkt, und seine Reaktion war so überraschend sanft, dass Laras Verlegenheit sich mit Erstaunen mischte.

»Weißt du, das Meer ist schon fertig«, sagte er mit leiser Stimme. »Es sind gar keine weiteren Tränen mehr nötig …«

Marco musterte ihn verdutzt, während Lara hastig nach einer Erklärung suchte.

»Es ist nur die Sonne in den Augen«, sagte sie in der unsinnigen Hoffnung, dass ihr jemand das glauben würde.

»Was soll das heißen, das Meer ist schon fertig?«, fragte Marco stattdessen, indem er unbeirrt weiterruderte.

Antonio zögerte einen Moment und wiegelte dann ab: »Das ist nur eine alte Sage aus dieser Gegend … Nichts Weltbewegendes.«

Doch als er Marcos flehentlichen Blick bemerkte, konnte er nicht anders, als ihm zu erzählen, was es mit seiner Bemerkung auf sich hatte.

»Als es die Welt noch nicht gab, war da nur der Gevatter …«, begann er.

»Der Gevatter?«, fragte Marco überrascht.

»Ja, der Gevatter … So nannten unsere Großeltern den lieben Gott und alles Übernatürliche. Wie auch immer, der Gevatter war also allein, aber er hatte ein magisches Pulver in der Tasche … ein spezielles Pulver, mit dem er Dinge formen konnte. Und mit diesem Pulver schuf er die Erde … die Wälder, die Pflanzen, die Berge, die Bäche …«

Lara und Marco hörten schweigend zu, und auch das Meer und der Wind schienen plötzlich zu schweigen und Antonios Stimme zu lauschen.

»Dann schuf er die Menschen … auch das mit dem magischen Pulver. Aber als es daranging, das Meer zu machen, merkte er, dass das Pulver aufgebraucht war …«

»Was ist denn mit den Bächen, reichten die nicht, um das Meer zu machen?«, fragte Marco, der dasaß wie ein verzaubertes Kind, das einem Märchenerzähler lauschte.

»Die Bäche mussten ja schon dazu herhalten, die Seen und Flüsse zu bilden … aber das Wasser reichte einfach nicht, um auch noch das Meer zu erschaffen, jedenfalls nicht ganz …«, fuhr Antonio fort, ohne mit dem Rudern innezuhalten. »Daher rief der Gevatter alle Menschen zusammen, Frauen wie Männer, und sagte ihnen, sie sollten an all die traurigen Dinge denken, die es in der Welt gab … an den Schmerz, an den Tod … an Enttäuschungen, die sie erlitten hatten. Die Menschen gehorchten und begannen bald zu weinen, und all ihre Tränen fingen nun an, das Meer zu bilden … Nicht aufhören zu rudern, Marco, pass auf!«

Marco schreckte für einen Moment aus seiner Verzauberung auf und passte seinen Ruderschlag an.

»Dann, irgendwann, hörten die Menschen auf zu weinen, und alle Tränen waren versiegt. Aber da war immer noch kein Meer, es war einfach noch zu wenig. Der Gevatter rief ein weiteres Mal alle zusammen und fragte, warum sie aufgehört hätten zu weinen. Und da sagten die Menschen, dass die schlimmen Dinge, an die sie hatten denken sollen, nun zu Ende seien und es daher keinen Grund mehr zum Weinen gebe …«

Ein Schauer überlief Lara, als Antonio nun eine Pause machte, um Marcos Ruder auf der Dolle zurechtzulegen. Sie hoffte inständig, dass die »schlimmen Dinge«, um die auch sie schon so lange weinten, eines Tages wirklich zu Ende seien, und dass Antonio diese Geschichte gerade erzählte, weil er das Bedürfnis hatte, Frieden mit seinem Schicksal zu schließen. Vielleicht würden er und auch sie selbst noch mal von vorn beginnen können, wie bei einer Wiedergeburt, ähnlich dem Gefühl, das Marco empfand, wenn er nach dem Sprung ins Wasser wieder emportauchte an die Luft.

»Das heißt … es gab also immer noch kein Meer?«, fragte Marco, der ganz vertieft in die Geschichte war.

Antonio legte das Ruder zurecht und nahm die Erzählung wieder auf.

»Nein, die Geschichte ist aber noch nicht zu Ende …«, sagte er. »Der Gevatter ordnete jetzt nämlich an, an alle schönen Dinge zu denken … an die Sonnenauf- und die Sonnenuntergänge, an Vogelgesang, an Küsse und Liebkosungen … an Blumenduft, an die Liebe zu einem Menschen … an den Moment, in dem der Schmerz aufhört. Die Menschen gehorchten ihm auch diesmal und begannen wieder zu weinen, aber diesmal waren es Tränen der Freude. Und diesen Tränen gelang es endlich, das Meer zu Ende zu erschaffen …«

Antonio seufzte tief und sah Marco an, mit einem gutmütigen, fast väterlichen Blick.

»Hast du schon mal deine eigenen Tränen gekostet?«, fragte er dann.

Marco dachte einen Moment verdutzt nach.

»Ja, als ich klein war. Sie sind mir beim Weinen manchmal in den Mund geflossen …«

»Und wie war ihr Geschmack?«, fragte Antonio.

»Sie waren salzig«, erwiderte Marco, überrascht, dass er sich dessen erst in diesem Moment bewusst wurde.

»Richtig«, sagte Antonio. »Und genau deshalb ist auch das Meer salzig …«

Marco und Antonio mussten beide lachen, und in diesem Moment kamen sie Lara wirklich vor wie ein Vater und sein Sohn, die sich endlich wiedergefunden hatten. Sie schwieg, von Rührung überwältigt, denn sie hatte zum ersten Mal seit Langem das Gefühl, dass sich alles zum Besten wenden würde. Plötzlich kam ihr ein Gedanke, was der nächste Schritt sein könnte in diesem riskanten, verrückten Spiel. Doch sie verjagte ihn sofort, um den schönen Moment nicht zu zerstören und an dem tröstlichen Gefühl, das sie empfand, festhalten zu können.

»Das ist aber eine schöne Geschichte«, sagte Marco nach einer Weile. »Wer hat sie dir erzählt?«

Antonios Gesicht verfinsterte sich schlagartig. Ein Gefühl des Unwohlseins zeichnete sich darauf ab und sorgte dafür, dass sein Lächeln erlosch. Lara war klar, dass die Frage Antonio an Milena erinnert hatte.

»Es ist einfach eine Geschichte, die man sich erzählt«, log Antonio hastig. »Ich weiß nicht mehr, wo ich sie gehört habe.«

Sie ruderten schweigend weiter, doch schon nach einer

kurzen Weile war Marcos Stirn mit Schweißperlen besetzt. Der Rhythmus seiner Schläge wurde immer langsamer, bis er schließlich ganz verebbte.

»Meine Arme tun weh«, klagte er endlich.

»Alle beide?«, fragte ihn Lara.

»Ja, alle beide«, meinte Marco.

Lara lächelte zufrieden.

»Das hast du toll gemacht!«, sagte sie. »Es bedeutet, dass du auch mit dem linken Arm gearbeitet hast. Und jetzt drück meine Hand …«

Lara streckte ihm eine Hand hin, und Marco ergriff sie mit seiner Linken und drückte sie. Der Druck war merklich stärker als vorher, als hätten seine Muskeln und Nerven endlich angefangen, sich aus ihrer Lethargie zu befreien.

Antonio nickte kaum merklich, wie um seine Freude und Befriedigung zu äußern, eine Geste, die Lara mit ehrlicher Überraschung zur Kenntnis nahm. Dann setzte er jedoch wieder sein undurchdringliches Gesicht auf und griff nach beiden Rudern, während Marco sich neben Lara setzte.

Es dauerte nicht lange, bis sie im Hafen ankamen, und nachdem sie ausgestiegen waren, bekräftigte Antonio die Verabredung für den nächsten Tag, bevor er sich eilig verabschiedete. Lara und Marco sahen ihm nach, wie er zu einem Trinkbrunnen ganz in der Nähe lief, den Pullover auszog und sich unter den kalten Wasserstrahl beugte, um sich Gesicht und Hals zu waschen. Nachdem er sich wieder erhoben und notdürftig abgetrocknet hatte, ging er davon, ohne sich noch einmal nach ihnen umzusehen.

Auch Marco und Lara traten jetzt zu dem Brunnen, um sich zu erfrischen und ihren Durst zu stillen. Als Marco sich gerade wieder aufrichten wollte, bemerkte er plötzlich auf dem Boden eine Rolle Geldscheine, die von einer silbernen Haarspange zusammengehalten wurden. Er hob sie schnell auf und zeigte sie Lara.

Lara erkannte die Spange sofort: Sie war ein Geschenk Milenas an Antonio gewesen, kurz vor ihrer Hochzeit viele Jahre zuvor.

»Das Geld gehört Antonio«, sagte sie. »Es wird ihm aus der Tasche gefallen sein, als er sich gewaschen hat.«

Als sie wenig später zu Hause ankamen, fanden sie Antonios Haustür nur angelehnt vor. Sie öffnete sich sofort, als Marco leicht dagegen drückte, und so trat er schnell ins Haus, gefolgt von Lara, die zunächst stehen blieb und sich furchtsam umblickte. Sie hatte das Haus seit über achtzehn Jahren nicht betreten, aber sie erkannte alles wieder: die geräumige Küche mit dem Tisch in der Mitte und dem Herd auf der rechten Seite, dem Kühlschrank, dem steinernen Spülbecken, der großen Anrichte und dem Fenster, das auf den Hof hinausging. Offenbar war alles hier noch genau wie früher, als wäre der Lauf der Zeit an diesem Zuhause vorbeigegangen. Nur eines war damals nicht da gewesen: die Einsamkeit, die überall zu spüren war und sich wie eine unsichtbare Patina auf die Wände, den Boden und die wenigen Möbel gelegt hatte.

»Antonio … Antonio, bist du da?«, rief Marco, der unentschlossen in der Küche stand.

Es kam keine Antwort.

Lara wollte gerade vorschlagen, später wiederzukommen, aber da war Marco schon den engen Flur entlanggegangen, der zu den anderen Zimmern führte. Sie zögerte einen Moment, doch da die Vorstellung, dass dieser Junge das Haus seiner Eltern betrat, das Haus, in dem er geboren war, ihr richtig und unvermeidbar schien, beschloss sie, ihm zu folgen. Marco rief noch mehrmals nach Antonio, wenn auch mit immer leiserer Stimme, und Lara hatte das deutliche Gefühl, dass er insgeheim hoffte, keine Antwort zu bekommen und sich unbeobachtet ein Bild von Antonios Leben machen zu können.

Das nächste Zimmer, das sie erreichten, war offensichtlich Antonios Schlafzimmer. Es lag in einem diffusen Halbdunkel, doch es war nicht schwer zu erkennen, dass eine ziemliche Unordnung darin herrschte: Auf einem Stuhl stapelten sich Hemden, Hosen und Pullover, und der Spiegelschrank reflektierte ein ungemachtes, zerwühltes Bett mit abgenutzten Laken und einem unbezogenen Kopfkissen, das nach schlaflosen Nächten aussah. Das angrenzende Bad war in keinem besseren Zustand: Neben diversen Haufen mit Unterwäsche und benutzten Handtüchern lagen überall ausgequetschte Shampoo- und Duschcremetuben herum.

Marco sah sich schweigend um, bevor er dann weiter den Flur hinunterging und eine zweiflügelige Tür öffnete, hinter der sich ein Wohnzimmer verbarg: Es machte den Eindruck, als würde es nie benutzt werden, denn das Sofa und die zwei Sessel darin waren mit Laken bedeckt, die Vorhänge vor den Fenstern waren zugezogen, und in der Luft hing ein bedrückender Geruch nach Moder und allgemeiner Verwahrlosung.

Beim Anblick all dieser Trostlosigkeit fragte Lara sich unwillkürlich, was von Antonios Leben, wie sie es gekannt hatte, von all dem, was er einmal gewesen war, noch existierte. Was war übrig von den Träumen, die er einst gehabt hatte, und wie oft hatte er sich wohl nachts in seinem Bett gewälzt und versucht, alles zu vergessen, was ihm widerfahren war? Und waren ihre eigenen Nächte nicht genauso gewesen, in den vergangenen achtzehn Jahren? Waren nicht auch bei ihr jeden Morgen nach dem Aufwachen die Erinnerungen wieder da gewesen, wie böse Geister, die beschlossen hatten, sie ihr ganzes Leben lang zu verfolgen? Hatte Antonio versucht, den Schmerz zu überwinden, und wie hatte er überhaupt die Kraft gefunden, sein Leben zu ertragen, einen sinnlosen Tag nach dem anderen, Sonnenauf- und Sonnenuntergang, immer und immer wieder? Und sie selbst, wie hatte sie es geschafft weiterzuleben? Eigentlich doch nur, indem sie die Flucht ergriffen hatte. Doch auch mit dieser Flucht hatte sie das Gefühl der Scham nicht hinter sich lassen können, der Scham, noch am Leben zu sein, der Scham, dass sie Antonio nicht hatte helfen können.

Sie wischte die Gedanken beiseite und stockte mit angehaltenem Atem, denn Marco war inzwischen vor einer weißen Tür stehen geblieben, die ihr nur allzu bekannt war. Sie stellte sich vor, dass hinter dieser Tür immer noch die Wiege darauf wartete, ein Kind aufzunehmen, dass dort immer noch die geblümten Vorhänge an den Fenstern hingen, dass sie gleich den Schrank, das Spielzeug und vor allem die Sterne an der Decke vor sich sehen würde, die immer noch leuchteten in Erwartung eines Glücks, das niemals gekommen war. Aber als Marco endlich den Griff niederdrückte und vorsichtig die Tür aufschob, war das Zimmer dahinter vollkommen leer, die Wände grau vom Schimmel, und die phosphoreszierenden Sterne an der Decke waren verschwunden oder nur noch als geschwärzte Umrisse erkennbar. Alles Schöne war aus dem Zimmer entfernt worden, und übrig war nichts als schale Leere.

Marco, der sich ebenfalls im Zimmer umsah, war mit dem Blick unwillkürlich an den geschwärzten Umrissen an der Decke hängen geblieben. Doch bevor er sich noch fragen konnte, was sie zu bedeuten hatten, spürte er plötzlich, dass jemand hinter ihm stand. Es war Antonio, der unbemerkt nach Hause gekommen war und sich jetzt mit wütendem und bedrohlichem Gesicht näherte.

»Was habt ihr hier zu suchen?«

Auch Lara fuhr beim Klang seiner Stimme erschrocken herum.

»Wer hat euch die Erlaubnis gegeben, mein Haus zu betreten?«

Lara stand wie versteinert. Marco jedoch zeigte eine erstaunliche Geistesgegenwart, indem er schnell die mit der Spange umklammerten Geldscheine aus der Tasche zog und sie Antonio hinhielt.

»Wir wollten dir nur das hier geben«, murmelte er. »Du hast sie beim Brunnen verloren ... und ich ... ich dachte, dass du zu Hause bist, die Tür war offen und ...«

Antonio streckte brüsk die Hand aus und griff nach den Geldscheinen.

»Entschuldige«, fuhr Marco mit einem schüchternen Lächeln fort, »es ist meine Schuld, wenn wir einfach eingetreten sind. Ich bin furchtbar neugierig und ... na ja, ich wollte dein Haus sehen. Eigentlich wollte ich dich bitten, mich mal einzuladen, aber dann ... war die Tür offen.«

»Ich verschließe sie nie, die Tür«, sagte Antonio. »Hier ist das so gebräuchlich, weil keiner es ausnutzt ...«

Lara senkte betreten den Kopf, als er sie mit einem strafenden Blick bedachte.

»Ach, so ist das, verstehe ... Dann ist es noch peinlicher als sowieso schon, ich bitte nochmals um Entschuldigung«, stammelte Marco zutiefst beschämt. »Wir gehen jetzt auch gleich und lassen dich in Ruhe. Sehen wir uns trotzdem morgen, selbe Zeit wie heute?«

Antonio nickte kaum merklich, ohne ein weiteres Wort zu sagen, und wartete, bis Marco und Lara das Haus fluchtartig verlassen hatten. Allein zurückgeblieben, schloss er für einen Moment die Augen, bevor er einen Blick durch die offen stehende Tür wagte: Dahinter lag das Sternenzimmer, vollkommen nackt und kahl. Seit achtzehn Jahren hatte er die Tür nicht mehr angerührt, denn sie gab Zugang zu dem Ort, der nicht nur für das höchste Glück, sondern auch für den tiefsten Schmerz stand, den er je in seinem Leben empfunden hatte. Wie ein reißender Sturzbach rissen ihn nun die widerstreitenden Gefühle mit sich fort und drängten ihn förmlich ins Zimmer hinein. Seit damals hatte er es nicht mehr betreten, seit damals, als er es jeder Erinnerung entkleidet hatte, als er, einen nach dem anderen, die Sterne von der Decke gerissen hatte, um sie dann draußen im Freien zu verbrennen, in einem riesigen Lagerfeuer, zusammen mit der Wiege, dem Schrank, dem Spielzeug und allem, was von ihm selbst noch übrig war.

Jetzt, da er zum ersten Mal wieder in diesem Zimmer stand, sank er auf den Boden und kauerte sich dort zusammen wie ein Häuflein Elend, das zu nichts mehr imstande war. Er begann zu schluchzen, endlich, bitterlich, auch wenn er nicht wusste, wofür es sich noch zu weinen lohnte. Dann, ganz langsam, auf diesem staubigen Fußboden, überkam ihn der Schlaf und nahm ihn mit sich fort …

5

Die Erinnerung an die Zimmerdecke mit den abgerissenen Stoffsternen quälte Lara den ganzen Nachmittag. Sie dachte an die Spur der Verzweiflung, die sie in Antonios Haus vorgefunden hatten, aber auch an den friedlichen Ausdruck, der vormittags auf dem Boot auf seinem Gesicht gelegen hatte, und gelangte immer mehr zu der Überzeugung, dass Marco die einzige Rettung war, um Antonio zurück ins Leben zu führen. Vater und Sohn brauchten einander, wie sie die Luft zum Leben brauchten, und vielleicht war es tatsächlich ihre Aufgabe, mit ihnen zu sprechen und ihnen die Wahrheit zu sagen, denn sie war es ja auch gewesen, die die ganze Geschichte inszeniert hatte.

Nach dem Mittagessen ging Marco zu seinen Freunden auf die Piazza, und Rosa hielt wie üblich ihren Mittagsschlaf. Lara nutzte die Gelegenheit, dass sie ein Weilchen mit Giuseppe allein war, um ihm alles zu berichten, was am Morgen auf dem Meer und dann in Antonios Haus geschehen war.

»Du hast recht. So wie bisher kannst du nicht weitermachen«, bestätigte ihr Vater ihre Überlegungen. »Du spielst mit dem Feuer, das ist dir doch klar, oder?«

Sie sah ihn besorgt an.

»Ich weiß, Papa«, antwortete sie dann. »Auch wenn ein bisschen Feuer bei so viel Eiseskälte gar nicht schaden würde … In diesem Haus, da ist keine Wärme, da ist nur Eis und Staub … und Chaos.«

»Du magst doch eigentlich das Chaos. Du hast immer gesagt, dass Ordnung dich traurig macht.«

Lara lächelte bitter.

»Aber das ist ein anderes Chaos, Papa … Es ist das Chaos eines Menschen, der sich selbst völlig abgeschrieben hat und dem das Leben gleichgültig geworden ist. Ich kann das gar nicht anders erklären … Aber das Erstaunliche ist, dass es ihm viel besser zu gehen scheint, wenn er mit Marco zusammen ist … Sie haben dann einen ganz anderen Gesichtsausdruck, und zwar alle beide. Man sieht einfach, dass sie gern zusammen sind. Aber ich weiß nicht, ob es besser ist, noch zu warten oder ihnen alles zu erzählen.«

Giuseppe nickte verständnisvoll.

»Was hast du denn für ein Gefühl?«, fragte er dann.

Lara nahm eine Mispel und schälte sie, während sie über die Frage nachdachte.

Dann überkam sie plötzlich das dringende Bedürfnis, mit Virginia zu sprechen.

»Hallo, Virginia …«

»Lara, wie geht's dir denn?«

»So lala. Es ist an der Zeit für mich, eine Entscheidung zu fällen.«

»Wie meinst du das?«

»Ich sehe, dass Marco und Antonio dabei sind, eine Beziehung zueinander aufzubauen.«

»Und, ist das nicht gut?«

»Ja … aber es macht die Dinge auch schwieriger. Wenn ich weiter schweige, habe ich Angst, dass sie sich am Ende verraten fühlen … Das könnte alles noch schlimmer machen.«

»Gut, dann sag's ihnen am besten so schnell wie möglich.«

»Ja, du hast recht …«

»Aber? Ich höre da ein deutliches Aber in deiner Stimme, du klingst für mich nicht wirklich überzeugt …«

»Ich habe Angst, das Falsche zu tun, ganz egal, was ich mache.«

»Nein, du hast Angst und basta, und ich verstehe dich gut.«

»Das stimmt … Ich bin ein Feigling. Bin es immer gewesen.«

Virginia antwortete nicht, doch Lara hörte, dass sie einen tiefen Seufzer ausstieß.

»Was ist los mit dir? Virginia? …«

»Nichts … Es ist nur, dass auch ich mir wie ein Feigling vorkomme.«

»Aber warum denn, was hast du mit dieser ganzen Geschichte zu tun?«

»Das meine ich nicht … sondern ich rede von Luca und mir. Ich weiß nicht, ob Marco es dir erzählt hat.«

»Glaub bloß nicht, dass Marco mir weitererzählt, was ihr miteinander zu reden habt«, antwortete Lara mit einem schelmischen Grinsen.

»Also, du kennst ja die Situation mit Luca und mir ganz gut. Und es ist so … ich weiß nicht, je mehr Zeit vergeht, desto mehr fühle ich mich in dieser Beziehung nur noch gefangen. Aber je mehr ich mich gefangen fühle, desto mehr fehlt mir der Mut zu handeln.«

»Willst du ihn verlassen?«

»Ich weiß es nicht. Manchmal glaube ich, ja … Dann wieder habe ich Angst. Und das Ergebnis ist, dass ich schlicht gar nichts tue … Ich weiß einfach nicht, was meine wahren Gefühle sind. Ich bin wie gelähmt und lasse das Leben geschehen, unabhängig davon, was ich wirklich will oder zu wollen glaube.«

»Du hast dein ganzes Leben noch vor dir, du kannst immer noch völlig neu anfangen.«

»Das sagst ausgerechnet du. Du bist aus Sarcola weggegangen, als du noch sehr jung warst. Und, hast du damit ganz neu angefangen?«

Lara dachte darüber nach und kam zu einem erschütternden Ergebnis.

»Nein«, gestand sie. »Im Grunde habe ich damit mein Leben zerstört.«

»Na also, siehst du?«

»Ja, aber bei mir ist es anders … Bei mir war es ein schlechtes Gewissen, das mich fortgetrieben hat. Bei dir wäre es eher die Angst, dein eigentliches Leben zu verpassen.«

»Das Resultat ist dasselbe, Lara … Irgendwo habe ich gelesen, dass man immer allein zurückbleibt, wenn man eine Entscheidung trifft, weil man in jedem Fall auf etwas verzichten muss. Und man tut immer jemandem weh und kann nicht damit rechnen, dass er einem verzeiht …«

»Ja, so ist es.«

»Was machst du also? Wirst du es ihnen sagen?«

»Die Verantwortung ist zu groß für mich … Aber ich muss es trotzdem tun.«

»Weißt du was?«

»Was?«

»An deiner Stelle hätte ich auch nicht den Mut, es zu tun.«

»…«

»Ich weiß, ich habe dir gedroht, es Marco zu sagen, falls du es nicht schaffen würdest. Aber jetzt kann ich besser verstehen, was dich daran hindert … Es ist, als würdest du mit aller Gewalt in die Leben von zwei Menschen einbrechen, mit dem Risiko, sie zu zerstören.«

»Ja, das ist genau der Punkt. Aber trotzdem müssen die beiden die Wahrheit erfahren. Vor allem jetzt, nachdem die Sache schon so fortgeschritten ist. Wenn ich Marco nicht hergebracht hätte, wäre es eine andere Geschichte. Aber jetzt ist es zu spät, um umzukehren.«

»Sicher«, sagte Virginia, und nach einem Moment der Stille fügte sie hinzu: »Wer weiß, was passieren würde, wenn sie es einfach von selbst herausfänden ...«

Lara antwortete nicht. Sie drehte sich um und sah ihren Vater an, der dabei war, Rosa die Haare zu kämmen, schweigend. Dann verabschiedete sie sich von Virginia und ging allein hinaus in den Hof. Sie setzte sich auf ein Mäuerchen im Schatten der Zitronenbäume und dachte über den letzten Satz nach, den Virginia gesagt hatte: »Wer weiß, was passieren würde, wenn sie es einfach von selbst herausfänden ...«

Sie genoss es, den warmen Wind zu spüren, der ihr leise durch die Haare strich, doch als sie den Blick hob, erschrak sie, da sie Antonio bemerkte, der gerade am Fenster vorbeiging. Sie folgte ihm mit den Augen, bis er nicht mehr zu sehen war.

Eine Weile noch blieb sie in dem friedlichen Hof sitzen, bis sie das Gefühl hatte, dass ihre Ängste sich in den Malvenblüten und den knotigen Wurzeln der Zitronenbäume aufgelöst hatten.

Dann fällte sie eine Entscheidung.

»Ich komme jetzt mal ein Weilchen nicht mit euch mit ...«

Sie waren wie immer schon im Morgengrauen aufgestanden, und Marco fuhr jetzt verdutzt zu Lara herum, die damit beschäftigt war, seine Schulter mit den bunten Pflastern zu verkleben.

»Ich habe einfach mit meiner Mutter zu tun. Wir müssen dringend ein paar Arztbesuche machen und so weiter«, fuhr Lara fort, ohne Marco in die Augen zu sehen, weil sie Angst hatte, er könne merken, dass sie log.

»Heißt das … du lässt mich allein?«, fragte Marco, als das letzte Pflaster angebracht war. Diesmal hatte Lara das sternförmige Muttermal nicht verdeckt. Sie hatte beschlossen, dem Schicksal seinen Lauf zu lassen, weil sie ihre Aufgabe als beendet betrachtete. Von diesem Moment an war alles, was weiter passieren würde, ausschließlich eine Sache zwischen Vater und Sohn. Es war ihr klar, dass sie wütend sein würden, wenn sie die Wahrheit entdeckten, und dass sie sie beschuldigen würden, hinter ihrem Rücken ein Komplott geschmiedet und mit ihrem Leben gespielt zu haben. Und vielleicht würde sie daraufhin beide verlieren, für immer. Aber vielleicht war genau das auch der angemessene Preis, den sie zu zahlen hatte, für die große Schuld, die sie seit über achtzehn Jahren auf sich lasten spürte.

Sie reichte Marco ein T-Shirt zum Anziehen.

»Du bist nicht allein … Antonio ist ja da«, antwortete sie in heiterem Ton. »Und du bist sowieso mit Rudern beschäftigt, wie gestern auch schon. Es ist doch gar nicht nötig, dass ich dabei bin …«

Marco stieß einen zweifelnden Seufzer aus, als er das T-Shirt überzog, und Lara spürte, wie sich ihr Herz verkrampfte, als sie das Unbehagen auf dem Gesicht des Jungen sah. Er kam ihr vor wie ein Kind an seinem ersten Schultag, und sie hatte das Gefühl, sein Vertrauen zu missbrauchen, indem sie ihn allein einer ungewissen Zukunft entgegenschickte. Sie fragte sich, ob in den Köpfen der beiden Männer nicht doch vielleicht schon ein leiser Verdacht herumgeisterte, ob sie nicht, bewusst oder unbewusst, die

Möglichkeit einer Blutsverwandtschaft in Betracht zogen, oder ob sie wirklich immer noch nicht bemerkt hatten, wie ähnlich sie einander sahen. Lara hatte die Lüge von Marcos tödlich verunglückten Eltern erfunden, um Antonios eventuellen Verdacht zu zerstreuen, und sie hatte mehrfach mit den Pflastern das sternförmige Muttermal überklebt. Von diesem Moment an jedoch, da sie sich zurückzog und die beiden ihrem Schicksal überließ, würde jeder Blick, den die beiden wechselten, jedes Wort und jede Geste die Gefahr mit sich bringen, dass der Schleier der Vergangenheit zerriss und die Wahrheit endlich ans Tageslicht kam.

Draußen im Hof wartete Antonio schon auf sie, genau wie die letzten Tage. Er schien eher erleichtert als überrascht, als er erfuhr, dass er den Vormittag mit Marco allein verbringen würde, als hätte er damit eine Verantwortung weniger zu tragen. Lara versetzte das zwar einen schmerzhaften Stich, doch so fiel es ihr auch leichter, sich von Marco zu verabschieden und ihn mit seinem Vater davongehen zu sehen.

Seite an Seite liefen sie zum Hafen hinunter, ohne ein Wort miteinander zu wechseln. Einen Schritt nach dem anderen setzend, schienen sie sich gegenseitig heimlich zu taxieren, als müssten sie sich erst aneinander gewöhnen, nachdem zuvor Lara ein unsichtbares Bindeglied zwischen ihnen gewesen war. Am Kai angekommen, half Marco mit seiner gesunden Hand, das Tau vom Poller zu lösen. Dann folgte er Antonio ins Boot und setzte sich auf seinen Platz, um ihm ruhig zuzusehen, wie er hinausruderte ins Weite. Er hielt die Augen fest auf die Arme des Älteren geheftet und verfolgte aufmerksam, wie seine Atemzüge schneller wurden, je mehr das Boot Fahrt aufnahm. In der Ferne waren schon ein paar Fischkutter zu sehen, die ihre Netze ins Wasser gelassen hatten, und am Himmel kreisten die Möwen und warteten gespannt auf die Fischabfälle, die schon bald als leichte Beute an der Wasseroberfläche schwimmen würden.

Marco beobachtete, wie die Fischer auf den Kuttern kraftvoll mit Stöcken auf den Bootsbauch schlugen und damit ein dumpfes Geräusch erzeugten, das über dem Meer widerhallte.

»Aber was machen sie denn da? Warum schlagen sie so mit den Stöcken an die Boote?«, fragte er Antonio neugierig.

»Sie wollen damit die Fische erschrecken«, erwiderte Antonio. »Die Netze, die sie ins Wasser gelassen haben, heißen bei uns Schlagnetze. Sie werden hinter dem Boot hergezogen, und wenn die Fische von den Schlägen erschrecken, schwimmen sie weg vom Boot und landen automatisch im Netz.«

Ein Funken Wehmut schien sich beim Erzählen in Antonios Augen geschlichen zu haben.

»Fehlt dir der Fischfang eigentlich nicht?«, fragte Marco, dem seine Reaktion nicht verborgen geblieben war.

Antonio musterte ihn scheinbar unbewegt, blieb ihm aber eine Antwort schuldig.

»Ja, ja, ich weiß schon, du bist es hier, der die Fragen stellt … Aber was ist denn so schlimm daran, wenn du mir ein bisschen von dir erzählst?«, fragte Marco mit einem sanften Drängen in der Stimme.

»Ich habe den Fischfang aus freien Stücken aufgegeben, und das heißt dann auch, dass er mir nicht fehlt. Und jetzt komm her und fang an zu rudern«, erwiderte Antonio barsch.

»Alles klar, hab schon verstanden«, gab Marco etwas

beleidigt zurück, stand dann aber widerstrebend auf und setzte sich neben Antonio.

»Vielleicht kannst du mir wenigstens sagen, was dir am Fischfang gefallen hat, damals, als du noch rausgefahren bist?«, fuhr er fort in der Hoffnung, dass die neue Strategie ihn weiterbringen würde.

»Die Überraschung«, antwortete Antonio schon etwas freundlicher.

»Das heißt?«

»Das heißt … wenn man rausfährt aufs hohe Meer, dann weiß man nie, was einem begegnet. Man versucht, das Meer zu verstehen, den Wind, die Strömungen … aber man weiß nie, was man vorfindet, wenn man das Netz einholt. Es ist jedes Mal eine Überraschung … ein Geschenk des Meeres. Das hat mir gefallen«, sagte Antonio schlicht.

»Und was hat dir nicht gefallen?«, wollte Marco weiter wissen.

»Wenn das Netz leer war und ich nicht mal das Geld hatte, um einkaufen zu gehen«, gab Antonio zurück. »Und jetzt rudere und halt den Mund.«

Sie ruderten lange, und oft war Antonio gezwungen, seinen Ruderschlag zu verlangsamen, um Marcos noch schwachen Druck auszugleichen. Als sie beide erschöpft und verschwitzt waren, beschlossen sie, eine Weile zu pausieren und sich einfach treiben zu lassen.

»Es macht dir gar nicht mehr viel aus, stimmt's?«, fragte Antonio, indem er Marco eine Wasserflasche reichte.

Marco nahm die Flasche entgegen und sah ihn fragend an.

»Das Meer …«, präzisierte Antonio. »Du hast es keines Blickes gewürdigt. Offensichtlich hast du dich daran gewöhnt.«

»Das stimmt«, erwiderte Marco überrascht. »Ich habe mich mehr darauf konzentriert, dir beim Rudern zuzusehen, und … das hat mich abgelenkt.«

»Gutes Zeichen«, schloss Antonio, während Marco einen kräftigen Zug aus der Flasche nahm.

Sie blieben ein paar Minuten unbeweglich sitzen, während das Boot nur leicht von den Wellen bewegt wurde und kaum schaukelte. Gedankenverloren blickten sie dabei auf den Horizont, an dem die Farben von Himmel und Meer so ineinander übergingen, dass sie fast zu verschmelzen schienen.

»Du magst die Stille, stimmt's?«, fragte Marco unvermittelt.

Antonio zwickte für einen Moment die Augen zusammen. Dann legte er mit langsamen, erfahrenen Bewegungen die Ruder in den Dollen zurecht. Marco erwartete nicht, eine Antwort auf seine Frage zu bekommen, und bereute schon fast, sie gestellt zu haben und Antonio damit einmal mehr auf die Nerven gegangen zu sein.

»Die Stille existiert nicht«, sagte Antonio jedoch nach einer Weile, als hätte er nur lange über Marcos Frage nachgedacht, bevor er sich an einer Antwort versuchte.

Marco sah ihn überrascht an.

»Wie … wie meinst du das?«, fragte er verdutzt. »Natürlich bin ich still, wenn ich allein bin. Wir alle doch …«

Antonio massierte sich die Hände, die von der Sonne trocken und rissig waren.

»Hast du schon mal vom schalltoten Raum gehört?«, fragte er dann.

Marco schüttelte verwundert den Kopf.

»Ich habe dich nicht verstanden. Stimme!«, forderte Antonio ihn auf.

»Nein, davon habe ich noch nie gehört«, sagte Marco folgsam. »Wie heißt das, das du gesagt hast?«

»Schalltoter Raum. Die Wissenschaftler benutzen ihn für ihre Forschungen«, erwiderte Antonio. »Es handelt sich dabei um ein leeres Zimmer, an dessen Wänden Paneele angebracht sind, die alle Geräusche absorbieren.«

»Wie ein Aufnahmestudio?«, fragte Marco interessiert, überrascht von Antonios Wissen und dieser bisher unbekannten Seite an ihm, die er soeben entdeckt hatte.

»Ja, nur dass die Paneele dicker sind. So dick, dass in diesem Raum die vollkommene Stille herrscht. Die absolute, totale Stille.«

»Na also … dann gibt es die Stille ja doch!«, rief Marco mit einem selbstzufriedenen Grinsen.

»Aber es ist eine künstliche Stille«, antwortete Antonio. »Und im Grunde existiert sie auch nicht wirklich.«

»Aber warum denn? Wenn sie doch vollkommen ist, wie du selbst gesagt hast. Sie mag künstlich sein, aber sie existiert«, beharrte Marco.

»Weißt du, was geschieht, wenn du in einen schalltoten Raum trittst?«, fragte Antonio, und ohne auf eine Antwort zu warten, fuhr er fort: »Du hörst deine Herzschläge maximal verstärkt. Du hörst deinen Atem … Es heißt, dass du sogar das Blut hören kannst, das in deinen Adern zirkuliert, eben weil die Stille so total ist. Es gibt keine Hintergrundgeräusche, wie wir sie sonst immer hören, ohne uns dessen bewusst zu sein. Der Wind … das Meer, wie jetzt … der Autoverkehr in der Ferne … nichts von alledem. Daher hören wir einfach unseren eigenen Körper arbeiten.«

»Verrückt …«, staunte Marco.

Antonio nickte.

»Also ist diese Stille, die in diesem Zimmer nur existiert,

weil sie künstlich geschaffen wurde, mit deinem Eintreten gar nicht mehr da. Du hast sie durchbrochen, allein mit deiner Anwesenheit. Die Stille existiert also nur, wenn du nicht da bist«, schloss Antonio.

Marco riss überrascht die Augen auf.

»Aber sag mal, woher weißt du solche Dinge überhaupt?«, fragte er dann.

»Jetzt wird weitergerudert«, erwiderte Antonio kurz angebunden und setzte wieder seine unbewegliche Maske auf.

»Schau!«, rief er dann aber nach einer kurzen Weile aus.

Marco drehte sich um und sah mehrere Fische zuckend aus dem Wasser springen, silberne Blitze, die für wenige Momente die Sonnenstrahlen reflektierten, um dann wieder zurückzufallen in den Meeresbauch.

»Das sind Wolfsbarsche«, erklärte Antonio. »Heute ist ein guter Tag zum Fischen.«

Marco staunte, wie blitzschnell sie waren, und fragte Antonio gespannt, warum sie das überhaupt taten.

»Manchmal springen sie, weil sie vor etwas erschrocken sind … das Geräusch eines Motorboots zum Beispiel … oder irgendein größerer Fisch, den sie für ein Raubtier halten«, erklärte Antonio. »Es sind eben ganz typische Fische, die nicht in der Tiefe leben.«

»Was soll das heißen – nicht in der Tiefe? Das Wasser hier ist ziemlich tief«, entgegnete Marco überrascht.

»Der Ozean ist tief, aber dieses Meer doch nicht!«, widersprach Antonio.

Dann hielt er inne, und auch Marco verharrte.

»Weißt du, dass es Fische gibt, die in den Fischgründen des Ozeans leben – also dort, wo es sehr, sehr tief ist –, und die platzen, wenn sie nach oben kommen?«, fragte er den Jungen dann.

Marco starrte ihn mit offenem Mund an. »Platzen?«

»Hmhm … ja, genau. Das sind Tiefseefische, die sich an die Gegebenheiten dort angepasst haben. Sie haben einen erhöhten Innendruck, weil sie den Druck des Wassers kompensieren müssen. Verstehst du, was ich damit sagen will? Das Wasser drückt so sehr auf ihren Körper, dass es sie zerdrücken würde, wenn sie nicht diesen Innendruck hätten, um zu widerstehen. Und daher zerplatzen die Fische, wenn sie an die Oberfläche steigen, weil ihr Innendruck nicht mehr vom äußeren des Meeres kompensiert wird. Sie zerplatzen einfach wie Luftballons«, erklärte Antonio.

»Unglaublich …«

Antonio wiegte grinsend den Kopf.

»Eigentlich passiert das auch bei manchen Leuten, wenn sie in Rente gehen … Sie haben nicht mehr den Druck der Arbeit, der sie beherrscht, und am Ende platzen sie«, fuhr er dann fort.

»Du bist aber nicht geplatzt, als du aufgehört hast mit dem Fischen, oder?«, fragte Marco spontan.

»Ich habe angefangen, am Hafen zu arbeiten.«

»Und warum hast du mit dem Fischen aufgehört?«

Antonios Blick verdüsterte sich, und er schüttelte den Kopf, als wäre er unschlüssig, ob er antworten oder schweigen sollte.

»Ich hatte keine Lust mehr«, antwortete er endlich.

»Warum?«

»Ich hatte die Lust an allem verloren, egal was«, meinte Antonio ungewohnt ehrlich.

Marco zögerte einen Moment und fasste sich dann ein Herz.

»Weil deine Frau gestorben ist, nicht wahr? Deshalb hattest du keine Lust mehr auf gar nichts?«

Antonio wurde stocksteif und hatte einen eiskalten Ausdruck im Gesicht, als er sich nun zu ihm umdrehte.

»Was weißt du davon?«, fragte er Marco und hielt ihn mit seinem Blick gefangen.

»Ich … ich habe nur gehört, wie Giuseppe darüber geredet hat … irgendwann mal zwischendurch«, stotterte Marco, der Angst hatte, zu weit gegangen zu sein.

»Und was genau hat er gesagt?«

»Ach nichts, nur dass … dass du, nachdem du deine Frau verloren hattest, dich ins Haus eingesperrt hast und …«

»Und was noch?«, unterbrach ihn Antonio scharf.

Marco senkte den Blick.

»Dass … dass er dir das Leben gerettet hat, weil du … du …«

Er brach ab und bereute, den Satz begonnen zu haben.

Antonio schloss die Augen, als wollte er den Zorn zurückscheuchen, der ihm im Gesicht stand.

»Es stimmt«, gab er nach einer Weile zu, als er wieder etwas ruhiger geworden war. »Giuseppe war es, der mich gerettet hat.«

»Dann heißt das, du wolltest wirklich … Hast du den Schmerz nicht mehr ausgehalten?«

Antonio sah zu den Bergen hinüber, die sich hinter der Küste erhoben.

»Ich habe einfach nicht mehr leben wollen«, sagte er dann. »Alles war so unerträglich für mich geworden, dass ich mir vorkam wie einer von diesen Tiefseefischen, der an die Oberfläche kommt. Ich war drauf und dran zu platzen … oder besser, ich *wollte* platzen, ein für alle Mal.«

Antonio verstummte erschöpft. Er war es nicht gewohnt, über das zu sprechen, was passiert war, und vor allem darüber, wie er sich nach Milenas Tod gefühlt hatte. Doch jetzt hatte er den Eindruck, als wäre ihm ein Felsblock von der Seele gerollt, den er schon viel zu lange mit sich herumgeschleppt hatte, auch wenn sich zu der Erleichterung darüber eine unbestimmte Verstörung gesellte. Als hätte sich irgendwo in seinem geschundenen Herzen ein Leck aufgetan, das ihn vielleicht auch in den endgültigen Untergang führen konnte.

»Hast du sie vermisst, deine Frau?«

»Du kannst dir nicht vorstellen, wie sehr«, gab Antonio nach einem Zögern zu.

»Wie war sie?«

Antonio atmete tief durch. Für einen Moment war er in Versuchung, sich völlig zu öffnen und einfach alles zu erzählen, was geschehen war, als ob dieser Junge jegliche Widerstände, die er in all den Jahren aufgebaut hatte, zum Einsturz brächte. Doch aus Angst, zu verwundbar zu werden, beschloss er, diesem Impuls einen Riegel vorzuschieben.

»Ich möchte nicht darüber reden, klar?«, sagte er ruhig und bestimmt.

Marco nickte, um ihm zu bedeuten, dass er verstanden hatte.

»Entschuldige …«

Antonio antwortete nicht, sondern packte wieder mit beiden Händen das Ruder.

»Komm, wir müssen zurück.«

Marco gehorchte und ruderte ebenfalls langsam weiter. Er wunderte sich, dass er nicht müde war, auch wenn sie sich weiter als sonst hinausgewagt hatten. Die Kutter der anderen Fischer waren jetzt ganz in ihrer Nähe, und das Wasser hier musste sehr tief sein, denn es leuchtete unter dem bleiernen Himmel in einem dunklen, intensiven Blau.

Antonios Aufmerksamkeit schien plötzlich ganz von einem Fischkutter mit grünem Rumpf in Beschlag genommen, der trotz seiner Größe und Schwere unruhig auf dem Wasser schwankte. Die Fischer darin begannen gerade, die Netze ins Meer zu werfen, und Antonio beobachtete sie gespannt, um dann missbilligend den Kopf zu schütteln.

»Was ist denn los?«, fragte Marco, als er Antonios Unbehagen bemerkte.

»Sie machen alles falsch«, antwortete Antonio. »Sie haben nicht mitbekommen, dass die Strömung sich verändert hat.«

»Und was passiert dann?«

»Wenn sie nicht schnell genug reagieren, riskieren sie, dass die Strömung die Netze unter das Boot drückt und sie sich in der Schiffsschraube verheddern«, erwiderte er.

Dann, instinktiv, als folge er einem inneren Ruf, richtete er sich im Boot zu voller Größe auf und rief zu dem grünen Fischkutter hinüber.

»Pasquale, Motor an! Da musst du hinsteuern, da! – Siehst du das nicht?«, rief er laut, indem er mit einer Hand in die richtige Richtung wies.

Der Fischer drehte sich überrascht zu ihm um. Dann blickte er hinunter aufs Meer und schien zu erkennen, was Antonio meinte, da der unverzüglich den Motor anwarf und die Richtung änderte. Anschließend wandte er sich von Neuem an Antonio und hob eine Hand, um ihm zu danken.

Antonio antwortete nur mit einem zufriedenen Kopfnicken und setzte sich wieder neben Marco auf den Querbalken, um schweigend weiterzurudern. Der Junge staunte ihn voller Bewunderung an.

»Mannomann! Du hast sie aber wirklich im Blut, die Fischerei!«, rief er begeistert. »Von wegen Rente«, schob er grinsend hinterher.

Antonio wehrte mit einer brüsken Geste ab.

»Übrigens, weißt du, dass es besser geht mit meinem Arm? Heute bin ich fast gar nicht müde geworden«, fuhr Marco im Brustton der Überzeugung fort.

»Umso besser«, erwiderte Antonio. »Dann ruder mal ein bisschen kräftiger, damit ich mich nicht so anstrengen muss.«

Als sie am Hafen ankamen, standen die Wolken schon dicht am Himmel.

Nachdem sie aus dem Boot gestiegen und es wieder an der Anlegestelle vertäut hatten, machten Antonio und Marco sich auf den Nachhauseweg. Sie unterhielten sich zwar nicht, wichen einander aber nicht von der Seite, und jeder versuchte, sich an den Schritt des anderen anzupassen. Als sie zum Hafen kamen, blieb Antonio vor einem Bootshaus stehen, in dem ein mit einer Plane bedeckter rotblauer Kahn untergestellt war, dessen Anblick ihn auf mysteriöse Weise zu berühren schien.

»Lara bleibt hier auch immer stehen und sieht das Boot an …«, entfuhr es Marco, der bemerkt hatte, dass der Kutter eine besondere Bedeutung für Antonio haben musste.

»Wirklich?«, fragte Antonio überrascht.

»Jedes Mal, wenn wir daran vorbeigehen«, bestätigte er.

Antonio schwieg. Er näherte sich dem großen Boot und hob die Plane, sodass das abgeblätterte Holz des Schiffsbauchs zutage kam.

»Es hat meinem Vater gehört«, sagte er. »Und davor meinem Großvater.«

Marco starrte das Fischerboot fasziniert an.

»Das heißt … das ist das Boot, mit dem du zum Fischen rausgefahren bist?«, fragte er, indem er vorsichtig über die Schiffsflanke strich.

Antonio nickte stumm.

»Weißt du, dass ich große Lust hätte, mal zum Fischen rauszufahren? Können wir nicht einen Ausflug damit machen?«, fragte er mit einem vorsichtigen Grinsen.

Statt einer Antwort ließ Antonio die Plane wieder über das Boot fallen.

»Was ist los – hast du keine Angst mehr vor dem Meer?«, fragte er Marco spöttisch.

»Klar habe ich Angst … aber auf einem so großen Boot würde ich mich sicherer fühlen«, erwiderte der Junge in der Hoffnung, Antonio mit diesem Argument für seine Idee zu gewinnen.

»Schlag dir das aus dem Kopf!«, sagte Antonio brüsk und wandte sich zum Gehen.

Marco zögerte einen Moment und warf einen letzten Blick auf das Boot, bevor er Antonio schweren Herzens folgte.

Ein warmer Wind, der vom Meer her wehte, umspielte sie auf ihrem Weg durchs Dorf. Als sie auf der Piazza angekommen waren, streckte Antonio in einer spontanen Anwandlung die Hand aus und raufte Marco die Haare. Es war eine fast zärtliche Geste, die sowohl ihn als auch den Jungen überraschte.

Marco schenkte ihm dafür ein strahlendes Lächeln.

6

Am nächsten Tag schlug das Wetter um. Der Himmel war wolkenverhangen, und es regnete wie aus Kübeln. Das Leben in Sarcola schien stillzustehen, denn das Wetter hielt auch am Tag darauf noch an. Die Touristen spazierten in Baumwollpullovern und mit Regenschirmen bewaffnet umher und trugen die ungläubigen und betrübten Mienen von Menschen zur Schau, die sich plötzlich um ihren Urlaub betrogen sahen. Die Luft war erfüllt vom Duft des Basilikums, der durch den Regen noch intensiver war, und das Meer hatte ein metallisches Leuchten angenommen und türmte sich zu bedrohlichen Wellen auf.

Auch Marcos und Antonios Ausflüge mussten ausgesetzt werden, und nach der hektischen Aktivität der vorhergehenden Tage kehrte im Hof eine gespenstische Ruhe ein.

Marco verbrachte den Vormittag wieder mit seinen gymnastischen Übungen, doch nutzte er die Zeit auch damit, Lara in allen Einzelheiten von seinen Erlebnissen mit Antonio zu erzählen. Lara, die ihm hingebungsvoll lauschte, freute sich heimlich darüber, wie begeistert er von seinem Vater war und wie sehr er sich danach sehnte, bald wieder mit ihm aufs Meer zu fahren.

»Wusstest du, dass es an der Pazifikküste Indianerstämme gab, die *Potlach* gemacht haben?«, fragte er sie beispielsweise, während er darauf konzentriert war, verschiedene Beugungen und Drehungen mit dem Arm zu üben.

»Und was soll das sein, so ein *Potlach?*«, fragte Lara interessiert.

»Also … Sie mussten ja irgendwie ein Stammesoberhaupt wählen, nicht wahr? Und daher haben all diejenigen, die Häuptling werden wollten, einen *Potlach* abgehalten. Das war praktisch ein Fest, wo einer die wertvollsten Dinge in seinem Besitz den anderen zum Geschenk machen musste. Oder sie sogar vor allen anderen zerstören musste. Und wer nun mehr Dinge hergeschenkt oder zerstört hatte als die anderen Bewerber, wurde Stammesoberhaupt. Antonio sagt, dass das eine gute Sache war, weil praktisch immer der Großzügigste gewonnen hat … oder auch der, der am wenigsten an seinem Besitz hing. Er mag die Idee, dass einer alles hergeben muss, um Chef zu werden. Cool, nicht? Ich finde das nämlich auch …«

Als Lara die Begeisterung in Marcos Augen sah, hoffte sie inständig, dass die Zuneigung der beiden zueinander nicht zerbrechen würde, wenn sie die Wahrheit erführen. Aber sie genoss es auch, dass sie durch die Erzählungen des Jungen ein wenig an Antonios innerer Welt teilnehmen durfte. Damals, als sie noch in Sarcola gelebt hatte, hatte sie dazu keinen Zugang gehabt, wie sehr sie sich auch danach gesehnt hatte.

Marcos Arm und Hand machten langsam, aber beständig Fortschritte, was sicher vor allem den Übungen zu verdanken war. Doch Lara glaubte auch, dass die Bootsausflüge und das Rudern einen unerwartet positiven Effekt gehabt hatten. Marco konnte jetzt schon ein leeres Glas in der Hand halten und es leicht anheben, auch wenn seine Kraft dann meist schlagartig nachließ.

Nachts ging Lara manchmal in Marcos Zimmer, um zu kontrollieren, ob er schlafen konnte. Zu ihrer Genugtuung stellte sie fest, dass sein Schlaf viel regelmäßiger geworden war, ohne die häufigen Unterbrechungen, über die er die ersten Tage nach ihrer Ankunft im Dorf noch geklagt hatte.

Eine andere Sache, die sie zutiefst rührte, war zu sehen, wie sehr sich ihr Vater über ihre Rückkehr freute. Es war, als hätte sein Leben durch die Tatsache, dass seine Tochter wieder zu Hause war, aufs Neue einen Sinn bekommen. Er hatte angefangen, mehr auf sein Äußeres zu achten, er rasierte sich täglich und zog seine guten Hemden an, die lange Zeit im Schlafzimmer ganz hinten im Schrank begraben gewesen waren.

Nur Rosa lebte weiter in ihrer ganz eigenen Welt. Sie schien die Rückkehr ihrer Tochter gar nicht bemerkt zu haben, und auch Marcos ungewohnte Anwesenheit im Haus ließ sie völlig unberührt. Es war, als würde sie niemanden wirklich wahrnehmen, mit Giuseppe als Ausnahme. In ihrem sonderbaren Zustand schien ihr Ehemann der einzige Mensch zu sein, der auf der ganzen Welt existierte, was etwas von einer unbewussten, nie enden wollenden Liebeserklärung an sich hatte.

Am Freitagnachmittag erhörte Rosa unerwartet Giuseppes scherzhaft geäußerte Bitte, ihnen ihre berühmten gefüllten Paprika zuzubereiten. Rosa stellte sich an den Herd und begann zu kochen, so wie sie es früher immer getan hatte. Erst röstete sie die Paprikaschoten auf dem Feuer, dann schnitt sie Auberginen in Würfel und briet sie in der Pfanne an, um sie mit gewürfeltem Provola-Käse, Speck und frischem Basilikum sowie ein paar aufgeschlagenen Eiern und geriebenem Parmesan zu vermengen. Ein vertrauter, intensiver Duft verbreitete sich in der Küche, während Giuseppe, Lara und Marco ihr gerührt zusahen. Giuseppe machte sich in der Zwischenzeit daran, die gerösteten

Paprikaschoten zu schälen, die Rosa dann später, eine nach der anderen, mit der Auberginenmasse füllte. Unter der wachsenden Begeisterung aller Anwesenden setzte die alte Frau die gefüllten Paprika schließlich in die Pfanne, bestreute sie mit Semmelbröseln und weiteren Basilikumblättern und dünstete sie.

Das Ergebnis war für alle ein Fest. Marco stieß einen Jauchzer aus, als er von der Paprikaschote kostete, und schlang dann mit Genuss die ganze Schote hinunter.

»Was meinst du, sollen wir Antonio ein paar davon rüberbringen?«, fragte er Lara, nachdem ihm die Idee gekommen war.

Lara willigte gerne ein, und wenig später durchquerten sie mit einem Schirm bewaffnet den Hof, einen Teller mit den noch warmen Paprika in den Händen.

Sie klopften an Antonios Haustür, bekamen jedoch keine Antwort. Marco war tief enttäuscht, denn er hatte fest damit gerechnet, ihn bei diesem Wetter zu Hause vorzufinden. Wie schon bei ihrem letzten Besuch drückte er kurz entschlossen gegen die Tür, die sich auch diesmal widerstandslos öffnete.

»Aber was machst du denn da schon wieder?«, fragte Lara besorgt.

»Ich glaube nicht, dass er sauer ist, wenn wir ihm die köstlichen Paprika dalassen, oder?«, erwiderte Marco.

Sie traten in die Küche und stellten den Teller, den sie mit einem zweiten Teller zugedeckt hatten, auf den Tisch. Lara sah sich gespannt in Antonios Küche um, als wollte sie an den vergilbten Wänden ablesen, ob sich seit dem letzten Mal in seinem Leben etwas verändert hatte. Und tatsächlich schien es ihr, als wäre etwas anders geworden, als wäre auch hier eine neue Wärme und Lebensfreude zu spüren, die, so hoffte sie, nun jeden Tag weiter wachsen würde. In diesem Moment glaubte sie zum ersten Mal wirklich, dass alles sich am Ende zum Guten wenden würde.

Es gewitterte immer noch, als Antonio im Hafen ankam, barhäuptig und ohne sich um den Regen zu kümmern. Die Fischer hatten sich alle aufs Festland geflüchtet und ihre Boote am Kai vertäut. Viele nutzten den arbeitsfreien Tag, um die Boote und die Netze in Ordnung zu bringen, die Motoren zu kontrollieren, zu ölen und die Laderäume zu putzen.

Antonio ging langsam auf seinen alten Fischkutter zu und musste sich eingestehen, dass bei dem vertrauten Anblick eine gewisse Rührung von ihm Besitz ergriff. Dort angekommen, hob er die Plane und stieg hinein. Aufmerksam inspizierte er das Innere des Bootes, den alten Dieselmotor, der seit langer Zeit stillstand, das Steuerruder, das mit Spinnweben überzogen war. Immer wieder gingen ihm dabei Marcos Worte durch den Kopf, er habe große Lust, zusammen zum Fischen hinauszufahren. Die ganze Nacht hatte er gegen diesen Gedanken gekämpft, und er war nach wie vor entschlossen, dem Jungen auf keinen Fall nachzugeben. Dennoch konnte er nicht abstreiten, dass er den Ruf des Meeres gehört hatte und Gefahr lief, ihm wieder zu folgen nach all den Jahren des Rückzugs, die von Einsamkeit und einer Arbeit, die ihm eigentlich nicht gefiel, geprägt waren. Hafenarbeiter zu werden war die Strafe, die er sich freiwillig auferlegt hatte dafür, dass er Milena überlebt hatte, dass er sie nicht hatte schützen können, dass er nicht bei ihr gewesen war im Zimmer mit den Sternen, als sie von der ewigen Dunkelheit verschluckt worden war. Und doch hatte Marcos Bitte etwas in ihm aufgewühlt und dem undurchdringlichen Panzer, den er zwischen sich und dem Leben errichtet hatte, einen Stich versetzt.

Er war tief in Gedanken, als er wieder aus dem Boot stieg, und erst jetzt bemerkte er, dass die anderen Fischer ihn heimlich beobachteten.

Pasquale – der Mann, den er wenige Tage zuvor vor der Gefahr gewarnt hatte, dass sein Netz sich in der Schiffsschraube zu verfangen drohe – kam ihm jetzt mit einem breiten Lächeln entgegen.

»Was machst du denn hier, Antonio? Du hast doch nicht etwa Lust bekommen, wieder fischen zu gehen?«, fragte er ihn halb ernst, halb scherzend.

Antonio schüttelte den Kopf und zuckte gleichzeitig die Schultern, wie um seine Stippvisite bei seinem alten Boot herunterzuspielen.

»Ich war nur gerade in der Nähe ... und bin eigentlich schon wieder auf dem Heimweg«, gab er hastig zurück.

Während er sich schon zum Gehen wandte, zögerte er plötzlich, um sich dann doch noch einmal zu Pasquale umzudrehen und ihn zu fragen: »Du hast nicht zufällig ein Wurfnetz, das du mir leihen könntest?«

»Ein Wurfnetz?«, erwiderte der andere Fischer verdutzt. »Was willst du denn damit? Bei diesem Regen?«

Antonio grinste.

»Keine Sorge, heute Nachmittag kommt die Sonne raus«, erwiderte er kryptisch. »Hast du nun eins oder nicht? Ich gebe es dir in ein paar Tagen zurück.«

Pasquale nickte, immer noch verdutzt.

»Wenn du eins brauchst, es ist in meinem Bootshaus«, meinte er. »Geh ruhig und hol's dir.«

Antonio murmelte ein paar Worte des Dankes und ging eilig davon, gefolgt von den fragenden Blicken der Fischer.

Als er nach Hause kam und den Teller auf seinem Küchentisch entdeckte, stieg ihm schon der Duft der gefüllten Paprika in die Nase. Er erkannte sofort, dass es sich um Rosas Spezialität handelte, und als er davon kostete, trat ein fast seliges Lächeln auf sein Gesicht. Der vertraute Geschmack hatte eine geradezu berauschende Wirkung auf ihn, und er schloss die Augen, um sich dem Genuss ganz hinzugeben. Es kam ihm vor, als hätten sich plötzlich alle verschworen, ihn zu einer Rückkehr in die Zeit zu bewegen, als er noch glücklich gewesen war, die Zeit, die er schon lange aus seinem Gedächtnis gestrichen hatte.

Als er die Augen wieder aufschlug, entdeckte er im Haus gegenüber Rosa, die am Fenster saß und mit abwesendem Blick hinausschaute. Plötzlich wurde er von Rührung übermannt. Er setzte sich an den Tisch und aß langsam weiter, doch seine alte Nachbarin ging ihm nicht aus dem Kopf. Er empfand ihr gegenüber immer noch Dankbarkeit, da sie es gewesen war, die sich in der Anfangszeit, nachdem Milena gestorben und Lara weggegangen war, um ihn gekümmert hatte. Sie hatte ihn in seinem Schmerz getröstet, und sie hatte immer wieder vergeblich versucht, ihn zu überreden, sein Kind, das er dem Jugendamt anvertraut hatte, zurückzuholen. Er hatte die Bitte an sie gerichtet, alles aus seinem Haus zu verbannen, das ihn an sein verlorenes Glück erinnerte, alles bis auf ein einziges Bild von Milena, ein kleines Foto, das er sorgsam hütete. Rosa war der Bitte nachgekommen wie eine liebende Tante oder ältere Schwester und hatte traurig Milenas Kleider aus dem Schrank geholt und alles aus dem Haus geschafft, was ihn an sie erinnern konnte. Vieles hatte sie an die Pfarrei eines weit entfernten Dorfes verschenkt, um zu vermeiden, dass andere Frauen vor Antonios Augen Milenas Kleider trugen.

Heute lebte Rosa im Vergessen, und die Krankheit hatte die einst so energische, großzügige Frau durch ein stilles, geistesabwesendes Gespenst ersetzt. Antonio hatte sich oft dabei ertappt, dass er sie um ihren todesähnlichen Zustand beneidete, vor allem weil er in ihrem Blick lesen konnte, dass ihre Erinnerungen ausgelöscht waren. Er fragte sich immer wieder, wie es wäre, an ihrer Stelle zu sein und den Schmerz, den er nach wie vor empfand, einfach zu vergessen. Seit vielen Jahren war Rosa der einzige Mensch, dem er in die Augen blicken konnte, ohne Angst zu haben, von ihr beurteilt oder bemitleidet zu werden. Und so flüchtete er sich oft in ihren Blick, wenn er sie im Hof antraf, und wünschte sich an den Ort, den er in ihren Augen sah.

Langsam aß er die Paprika auf und schenkte sich ein Glas frischen Weißwein dazu ein. Dann schloss er die Augen und wartete auf den nächsten Tag.

Am Nachmittag riss der Himmel auf, und die Sonne über Sarcola strahlte wie neu. Marco freute sich sehr darüber, denn er hegte die berechtigte Hoffnung, dass er schon am nächsten Tag wieder mit Antonio aufs Meer hinausfahren würde.

Nach seiner Physiotherapie machte er einen Spaziergang und gelangte zur Piazza, auf der eine seltsam schwebende Stimmung herrschte. Obwohl das Wetter wieder schön war, waren die Straßen noch immer fast verlassen. Nur in ihrer Stammbar saßen ein paar Gäste, darunter Agnese, allerdings ohne Begleitung. Als sie ihn kommen sah, begrüßte sie ihn mit einem strahlenden Lächeln und rückte einen Stuhl zurecht, damit er sich setzen konnte.

»Wieso bist du denn heute ganz allein?«, fragte Marco, während er Platz nahm.

»Warum? Hast du etwas dagegen, wenn wir nur zu zweit sind?«, erwiderte sie mit einem koketten Lächeln.

Marco lächelte zurück, aber eher aus Verlegenheit.

»Willst du einen Kaffee?«, fragte er dann.

»Ich habe schon einen getrunken, aber vielleicht nehme ich noch einen koffeinfreien, um dir Gesellschaft zu leisten«, erwiderte sie.

Marco gab dem Kellner ein Zeichen und bestellte zwei koffeinfreie Kaffee.

»Und Galiano?«, fragte er und sah sich um, als hätte sein Freund sich in irgendeinem Winkel der Piazza versteckt.

»Du wirst ihn gleich zu Gesicht bekommen«, antwortete Agnese in einem geheimnisvollen Ton, ohne weitere Erklärungen abzugeben.

Kurze Zeit später füllte sich der Platz plötzlich mit immer mehr Menschen, die alle ernste, gemessene Gesichter zur Schau trugen. Sie kamen aus der Gasse, die zur Kirche hinaufführte, und tatsächlich hatte die Kirchenglocke jetzt langsam und feierlich zu schlagen begonnen. Nachdem die Leute am Rand der Piazza Position bezogen hatten, war wenig später eine Beerdigungsprozession zu sehen, die von einem schwarzen blumengeschmückten Leichenwagen angeführt wurde, dem zunächst die Angehörigen des Verstorbenen und dann unter gemurmelten Gebeten weitere Trauernde folgten.

Jetzt begriff Marco, was Agnese gemeint hatte, denn er erkannte Galiano am Steuer des Wagens und winkte ihm flüchtig zu, was dieser mit einem verlegenen Lächeln kommentierte. Dann entfernte sich die Prozession bereits wieder, um Richtung Friedhof weiterzuziehen. Als hätte das ganze Dorf nur darauf gewartet, bevölkerte sich die Piazza wie aus dem Nichts mit Menschen, sodass die anderen Tische in der Bar im Handumdrehen besetzt waren.

»Hast du ihn gesehen?«

Agneses Stimme klang traurig, als sie sich Marco zuwandte.

»Ich meine … Galiano, du hast ihn gesehen, nicht? Dann dürftest du ja jetzt zufrieden sein.«

»Ich verstehe nicht … Wieso sollte ich zufrieden sein?«, erwiderte Marco misstrauisch. »Was meinst du damit?«

»Na, ihr seid ja unzertrennlich, ihr zwei. Es wäre kein Wunder, wenn ich eifersüchtig wäre …«

Marco entschloss sich, einen Frontalangriff zu wagen. »Hör mal, Agnese, ich möchte ehrlich zu dir sein«, sagte er schnell. »Zwischen dir und mir wird nie etwas laufen.«

Agnese riss erstaunt die Augen auf.

»Also«, fuhr Marco unbeirrt fort, »du bist wirklich nett und hübsch und alles, daher versteh mich nicht falsch … aber …«

»Aber?«, drängte sie nun ihrerseits, als er plötzlich zögerte.

»Ach, vergiss es …«, sagte Marco hastig, der schon wieder bereute, das Thema angeschnitten zu haben.

»Dann hast du also gemerkt, dass ich dir den Hof mache?«, fragte ihn Agnese mit einem amüsierten Lächeln.

»Klar habe ich das gemerkt«, erwiderte Marco halb erleichtert. »Ich bin ja nicht blind.«

»Und was meinst du … Hat Galiano es auch gemerkt?«, gab sie gespannt zurück.

Marco sah sie verdutzt an.

»Also, ich würde sagen, definitiv ja«, erwiderte er trocken.

»Gott sei Dank … Ich dachte schon, es ist ihm gar nicht aufgefallen«, sagte Agnese, und ein bitterer Ausdruck trat auf ihr Gesicht.

Marco rutschte etwas betreten auf seinem Stuhl herum und sah sie misstrauisch an.

»Sag mal, was soll das denn jetzt heißen?«, fragte er sie dann.

Statt einer Antwort gab Agnese einen Stoßseufzer von sich.

»Ach … Du machst es doch nicht etwa absichtlich?«, fragte Marco, dem plötzlich ein Gedanke gekommen war. »Benutzt du mich vielleicht nur, um Galiano eifersüchtig zu machen?«

Agnese zögerte immer noch und sah ihn schweigend an, mit einem Blick, der Bände sprach.

»Ja, du hast recht. Aber wie es aussieht, funktioniert es nicht«, gab sie endlich leise zu.

»Soll das etwa heißen, dass du ihn magst?«, fragte Marco, gleichzeitig überrascht und erleichtert.

Agnese kullerte eine Träne über die Wange, und sie beeilte sich, sie mit einer Hand wegzuwischen.

»Kommt dir das so komisch vor?«, fragte sie dann.

»Nein, gar nicht, nur …«

»Ich weiß … Schön ist er nicht, mein Galiano. Eigentlich … ist er sogar ziemlich hässlich. Er ist ein bisschen dick, hat Pickel und schwitzt. Er hat einen Beruf, den niemand mag, und schämt sich dafür, als wäre er ein Dieb oder so … Außerdem ist er furchtbar schüchtern, und um das nicht zu zeigen, schließt er beim Reden immer die Augen, als wollte er verschwinden. Und du fragst mich, ob ich ihn mag?«

Marco sah Agnese nur verdutzt an.

»Na gut, dann frage ich dich: Wie soll ich es anstellen, ihn nicht ins Herz zu schließen, einen, der so ist, wie er nun mal ist?«, fuhr sie fort, und jetzt liefen ihr wirklich die Tränen übers Gesicht.

Marco reichte ihr ein Papiertaschentuch.

»Aber er mag dich doch auch …«, setzte er dann an.

»Ich weiß«, unterbrach ihn Agnese, bevor sie sich die Nase schnäuzte.

»Du weißt es? Aber warum sagst du ihm dann nicht, dass es auf Gegenseitigkeit beruht? Der Kerl ist vollkommen verzweifelt vor Liebe zu dir«, rief Marco aus.

»Weil er es ist, der die Initiative ergreifen muss«, gab Agnese zurück. »Das ist Männersache! Wenn er mich wirklich will, muss er den Mut haben, es mir zu sagen.«

»Scheiße, ich rede mit ihm!«, meinte Marco entschlossen.

»Nein, das darfst du nicht. Er muss von selbst draufkommen, ohne dass du ihm etwas sagst. Wenn er es nicht von allein kapiert, heißt das, dass er auch mich nicht kapiert … und dann ist alles umsonst«, schloss Agnese. »Schwör mir, dass du es ihm nicht sagen wirst.«

»Ich schwöre es dir«, willigte Marco nach kurzem Nachdenken ein.

»Wie auch immer … Wenn ich nicht schon in Galiano verliebt wäre, hätte ich mir das mit dir vielleicht vorstellen können«, sagte Agnese lächelnd, teils weil es die Wahrheit war, teils weil sie ihn dafür entschädigen wollte, dass sie ihn benutzt hatte.

Marco grinste zurück und schwieg. Er sagte ihr nicht, dass er sich das mit ihr auch hätte vorstellen können, wenn da nicht Galiano gewesen wäre und natürlich Virginia.

»Ich weiß«, sagte sie, als hätte sie seine Gedanken gelesen.

Dann mussten sie beide schallend lachen, und sie übertönten damit den traurigen Klang der Kirchenglocken.

7

Die Unruhe hatte sie schon seit dem frühen Morgen im Griff, seit Antonio und Marco sich auf den Weg zum Meer gemacht hatten. Ihre Hände zitterten, als sie sich zu Hause in der Küche einen zweiten Kaffee aufsetzte. Sie verbrannte sich die Hand, als sie wenige Minuten später nach dem brodelnden Kaffeekocher griff und in der Aufregung den Topflappen vergaß. Die Tatsache, dass ihre Eltern in ihrem Schlafzimmer ruhig zu schlafen schienen, bot ihr keine wirkliche Beruhigung. Es war, als hätte sie eine dunkle Vorahnung, dass an diesem Morgen etwas Außergewöhnliches geschehen würde.

Am Abend zuvor hatte Antonio aus dem Fenster seines Hauses geschaut und Rosa für die gefüllten Paprikaschoten gedankt, die ihm, so sagte er, ganz vorzüglich gemundet hätten. Dann hatte er Marco Bescheid gegeben, dass sie am nächsten Morgen etwas früher aufbrechen würden. Lara hatte ein seltsames Funkeln in den Augen des Mannes wahrgenommen, als hätte er eine Überraschung für den Jungen parat, etwas, mit dem keiner von ihnen gerechnet hatte.

Während sie nun mit kleinen Schlucken ihren Kaffee trank, ging sie im Geiste noch mal alles durch, was am Morgen geschehen war, als sie Marco bei den Vorbereitungen für den Ausflug geholfen hatte. Der Junge war heiter und gut gelaunt gewesen, und er schien es kaum erwarten zu können, nach zwei Tagen Zwangspause wieder mit Antonio aufs Meer hinauszufahren.

Wie hätte sie wissen können, dass dies nicht einer der üblichen Vormittage werden würde, die sie mehr als eine Woche in Folge erlebt hatte? Dass die beiden nicht wie sonst kurz vor dem Mittagessen zurückkehren würden, müde und verschwitzt, und dass sie ihnen nicht wie sonst frisches Wasser und Limonade zur Erfrischung reichen würde? Und doch: Ihre Unruhe nahm zu, je höher die Sonne am Himmel stand, und es kam ihr vor, als wäre das gesamte Haus in einer sonderbaren Erwartung begriffen.

Eine seltsame Aufgekratztheit hatte sich Antonios bemächtigt, die nach und nach seinen ganzen Körper erfasste. In der Nacht hatte er wach gelegen und ein Kribbeln gespürt, das es ihm unmöglich machte zu schlafen. Schließlich hatte es ihn aus dem Bett getrieben und gezwungen, ruhelos durch das nur vom Mondlicht beleuchtete Haus zu streifen auf der vergeblichen Suche nach Frieden. Dann hatte ihn ganz überraschend eine große Vorfreude überkommen, und es schien ihm, als würde sein Kaffee süß schmecken, obwohl er ihn nicht gezuckert hatte.

Sie war immer noch da, die Aufgekratztheit, als er unter dem Strahl der Dusche stand und sich einseifte, als er später seine Hose und sein schäbiges T-Shirt überstreifte, als er, auf dem Rand seines zerwühlten Bettes sitzend, in seine Schuhe fuhr. Und auch jetzt spürte er sie noch, da er zusammen mit Marco zum Hafen hinunterging. Er sah den Jungen immer wieder verstohlen an, unschlüssig, was er von der ganzen Sache halten sollte. Doch dann beschloss er, ehrlich zu sein und nicht mehr die Augen davor zu verschließen, was der Junge in ihm ausgelöst hatte. Denn im

Grunde war ihm vollkommen klar, wann die Aufgekratztheit begonnen hatte: genau in dem Moment, als der Junge den Wunsch geäußert hatte, zum Fischen hinauszufahren.

Die Ruhe, die Marco in sich spürte, machte, dass ihn ein Gefühl der Leichtigkeit überkam, wie er es lange nicht empfunden hatte. Ein Lächeln trat auf seine Lippen, als er einen Blick auf seine Füße warf, die entschlossen in Richtung Meer zu zeigen schienen. Die Ruhe war wie ein feines Band, das ihn an der Seite des schweigsamen Mannes hielt, der nun schon seit Tagen sein ständiger Begleiter war. Auch in der Morgenluft war sie zu spüren, die Ruhe, in dem Duft nach Basilikum und Oregano, der zu dieser Tageszeit besonders intensiv war. Sogar in seinen Händen meinte er sie wahrzunehmen, die zwar noch nicht die frühere Kraft zurückgewonnen hatten, sich jedoch immer besser bewegen ließen. Nur der Gedanke an Virginia passte nicht in seine Stimmung, denn wenn er in einer seltsamen Mischung aus Sehnsucht und Begehren an sie dachte, dann war von der Ruhe plötzlich nicht mehr viel übrig. Und wenn er sich dann auch noch ins Gedächtnis rief, dass sie unerreichbar für ihn bleiben würde, überfiel ihn eine tiefe Resignation.

Er wurde aus seinen Gedanken gerissen, als Antonio am Rand des Hafenbeckens plötzlich stehen blieb und in ein Bootshaus trat. Wenig später kam er mit einem kleinen Fischernetz in den Händen wieder heraus.

»Was ist das denn für ein Netz?«, fragte ihn Marco, der eine leise Vorahnung hatte.

»Ein Wurfnetz. Du wolltest doch fischen gehen? Gut, dann gehen wir heute fischen.«

»Aber … was ist mit dem Kutter?«

»Wir brauchen den Kutter nicht. Unser Ruderboot genügt vorerst für das, was wir vorhaben. Na komm, steig ein …«

Marco sprang hinter Antonio ins Boot, während dieser noch damit beschäftigt war, das Netz unter dem Querbalken im Heck zu verstauen. Als Antonio sich zu dem Jungen umdrehte, sah er die Begeisterung in seinem Gesicht und lächelte in sich hinein. Doch schon einen Moment später unterdrückte er seine gute Laune wieder, wie einen Luxus, den er sich noch nicht erlauben wollte. Nachdem sie stumm nebeneinander Platz genommen hatten, griffen sie jeweils nach einem Ruder und begannen, zusammen ins Weite hinauszurudern. Einem zufälligen Beobachter wäre beim Anblick ihrer Gesichter im Profil sicher nicht entgangen, dass sie beinahe identisch waren.

Marco sah überrascht zum Himmel, als über ihren Köpfen ganz plötzlich Möwen zu kreisen begannen und ihre flüchtigen Schatten auf das Boot warfen. An den vorhergehenden Tagen hatte er zwar gesehen, wie sie über die großen Kutter der anderen Fischer hinweggeflogen waren, aber das kleine Ruderboot hatten sie immer in Ruhe gelassen.

»Sie kommen wegen des Geruchs«, sagte Antonio, die Frage des Jungen vorwegnehmend.

»Welcher Geruch?«

»Der Geruch des Netzes«, erwiderte Antonio, indem er die Vögel am Himmel taxierte. »Sie werden uns jetzt nicht mehr aus den Augen lassen, bis zum Schluss.«

Sie ruderten weiter, immer gegen einen leichten Wind an, der ihre Fahrt unmerklich verlangsamte. Marco spürte, wie seine Ungeduld wuchs, und er wartete sehnlichst auf den Moment, in dem Antonio beschließen würde, das Boot anzuhalten und das Fischernetz auszuwerfen. Er war gespannt zu sehen, wie das vor sich ging, und stellte schon Überlegungen an, wie viele Fische sie wohl fangen würden. Außerdem freute er sich auf den Moment der Heimkehr, wenn sie später Lara und Giuseppe die Früchte ihres neuen Abenteuers präsentieren würden. Er meinte sogar schon den Duft des gebratenen Fischs zu riechen, den sie später zum Abendessen verspeisen würden. Vielleicht, so dachte er, würde Antonio zur Feier des Tages sogar einmal auf seine demonstrative Einsamkeit verzichten und sich mit ihnen an den Tisch setzen.

Er wandte sich zu seinem Gefährten um und beobachtete ihn verstohlen, wie er hoch konzentriert nach vorn starrte und bei jedem Ruderschlag die Luft einsog, um sie dann mit einem leisen Geräusch wieder ausströmen zu lassen. Es schien, als nähme er seinen Atem zu Hilfe, um das Boot auf dem Wasser voranzuschieben und den Gegenwind auszugleichen. Das Meer, dessen Oberfläche nur noch ganz leicht geriffelt war, kam Marco jetzt vor wie ein riesiger Platz, der zum Mittelpunkt einer erwartungsvoll gespannten Welt geworden war. Die Möwen am Himmel hatten inzwischen sanft zu gleiten begonnen, wie auf Teppichen, die der Wind für sie ausgerollt hatte.

»Hier bleiben wir«, sagte Antonio unvermittelt.

Sie zogen die Ruder an Bord, und das Boot schwankte leicht unter seinem Gewicht, als Antonio sich vom Querbalken erhob und dann hinunterbeugte, um das Wurfnetz darunter hervorzuziehen. Anschließend befestigte er es am Heck und zog nochmals kräftig an den Haken, um sicherzugehen, dass es nicht abreißen würde.

»Wir treffen jetzt folgende Abmachung«, sagte er zu Marco. »Ich werfe das Netz aus, und wir rudern gemeinsam bis dahinten. Siehst du die Boje? Anschließend musst du das Netz wieder hochziehen, und zwar allein. Dann sehen wir gleich, ob du das schon schaffen kannst.«

Marco sah ihn völlig perplex an.

»Es ist nur ein kleines Netz … so ein Wurfnetz ist wirklich nicht der Rede wert«, versicherte ihm Antonio. »Es ist für Fische gedacht, die ziemlich weit an der Oberfläche schwimmen. Und dann sind wir ja nur mit einem Ruderboot unterwegs und legen nicht mal hundert Meter zurück … Ich glaube kaum, dass wir etwas fangen werden, maximal ein paar Meeräschen oder Sardinen, wenn wir Glück haben … Glaub mir, es ist wirklich ein Kinderspiel.«

»Okay«, willigte Marco ein.

Antonio sammelte den Teil des Netzes auf, der im Boot geblieben war, und warf ihn mit einer weiten Armbewegung ins Meer hinaus. Das Geflecht aus roten Fäden breitete sich in der Luft aus wie ein offener Fächer, blieb noch einen Moment dort stehen, wogend im Nichts, um sich dann direkt auf die Wasseroberfläche zu legen und langsam zu versinken, so als würde es nach und nach vom Meer eingesogen.

»Los jetzt!«, brüllte Antonio, der sich wieder neben Marco gesetzt hatte und ihm das Ruder reichte.

Sie machten sich ans Rudern, diesmal mit deutlich mehr Schwung, das Boot kaum beschwert durch das nachgezogene Netz, das im Wasser schon angeschwollen war. Die Welt schien aus ihrer Verzauberung zu erwachen: Die Möwen begannen wieder mit den Flügeln zu schlagen und ihre Krächzer in die Luft zu schleudern wie einen Alarm. Und auch der Wind löste sich aus seiner Benommenheit und blies warm und heftig, fegte ihnen den Schweiß von Stirn und Hals, strich über ihre der Sonne ausgesetzte Haut. Marco spürte, wie ein schmerzhafter Stich ihm scharf in Arm und Finger der linken Seite fuhr, aber er biss die Zähne zusammen und versuchte, ihm nicht nachzugeben.

Einen Moment später waren sie schon bei der von Antonio angewiesenen Boje angelangt, die unter dem Druck der Wellen leicht schwankte.

Sie zogen die Ruder an Bord.

»Steh auf!«, befahl Antonio dann.

Marco stand auf, leicht taumelnd, da das Boot sofort zu schaukeln begann. Auch Antonio erhob sich und packte seinen Arm, um ihn sanft auf das Bootsheck zuzusteuern.

»So, jetzt nimmst du das Netz – hier und dann hier mit der anderen Hand …«

Als Marco die zwei Zipfel ergriff, merkte er plötzlich, wie schwach seine linke Hand immer noch war.

»Du musst langsam ziehen, ohne zu reißen. Konzentriere dich darauf, dass du einen Rhythmus bekommst, und nimm beide Hände, genau wie du es mit dem Ruder gemacht hast. Lass es einfach nach vorn laufen, erst die eine, dann die andere Seite …«

Marco begann zu ziehen, fest auf den Beinen stehend, den Körper nach vorn gebeugt. Die Tatsache, dass er Antonios Atem in seinem Rücken spürte, verlieh ihm ein Gefühl der Sicherheit. Nach und nach stieg das Netz in die Höhe. Von der Kraft seiner Arme gezogen, kam es aus dem Wasser hervor, wie eine bunte Pflanze, die vom Meer ausgespien wurde. Die Holzringe an seinem Rand halfen ihm, es zu halten, doch dann, ganz plötzlich und ohne Vorwarnung, klatschte ihnen die Gischt ins Gesicht wie eine Ohrfeige. Marco zuckte überrascht zusammen und spürte, wie Antonio ihn fest um die Hüften packte.

»Setz dich, ich mach weiter …!«

Marco drehte sich fragend zu ihm um.

»Aber … ich schaff das schon …«, stammelte er.

»Es ist keine Zeit«, erwiderte Antonio besorgt und

begann das Netz mit hastigen Bewegungen hochzuziehen, das Gesicht angespannt.

»Was ist denn los?«, verlangte Marco zu wissen.

»Wir müssen uns beeilen. Der Wind hat sich gedreht, und ich habe es nicht gemerkt. Das Meer kräuselt sich schon, siehst du das nicht?«

Marco folgte seinem Blick und sah hinunter aufs Wasser: Es machte den Eindruck, als würde die Meeresoberfläche gerade anfangen zu köcheln. Kleine, bedrohlich wirkende Strudel hatten sich auf dem Wasser gebildet, während das Boot immer stärker schwankte. Antonio war noch damit beschäftigt, das Netz den Fluten zu entreißen, doch im nächsten Moment begann das Boot sich langsam um sich selbst zu drehen.

»Das Netz verheddert sich, ich muss es gehen lassen … Runter mit dir!«, schrie Antonio, während er versuchte, die Ränder des Knäuels vom Haken zu lösen. Marco lugte nach dem Querbalken, der wenige Zentimeter von ihm entfernt war. Er hätte nur einen einzigen Schritt machen müssen, um ihn zu erreichen und sich darauf niederzulassen. Doch er blieb völlig unbeweglich stehen, gelähmt vor Angst. Wieder empfand er jetzt die Nähe des Meeres als Bedrohung, und die vertraute Panik pulsierte zwischen seinen Schläfen. In diesem Moment wurde das Boot auch schon von einer Welle hochgehoben und kippte zur Seite. Marco verlor das Gleichgewicht, rutschte und fiel, und als er dabei mit der Schulter gegen ein Ruder stieß, vernebelte ihm ein stechender Schmerz die Sicht.

»Marco!«

Er hörte Antonios Schrei, während er mit einer Hand den Bootsrand packte, um sich wieder aufzurichten, und er hörte auch das dumpfe Geräusch von Antonios Schritten, als dieser auf ihn zulief. Dann schien die Welt für einen Moment kopfzustehen, denn plötzlich war das Ruderblatt über ihm und zeichnete sich scharf gegen den Himmel ab, bevor das Boot zurückfiel und unter heftigem Schwanken auf dem Meer aufkam.

Als es ihm endlich gelang, sich aufzurichten, hob er den Kopf und blickte sich suchend um: Da war kein Antonio mehr, er war allein.

Antonio hatte es nicht geschafft, sich festzuhalten, als das Boot gekippt war, und war über Bord geschleudert worden. In die Luft katapultiert, als hätte er kein Gewicht, als hätten Himmel und Meer plötzlich die Plätze getauscht, sodass die Naturkräfte ihn in Richtung Wolken zogen. Dann jedoch war der Himmel an seinen Platz zurückgekehrt, und nun war es das Meer, das ihn für sich haben wollte. Der Aufprall war hart und schmerzhaft, als er hineinstürzte, und noch bevor er wirklich begriff, wie ihm geschah, fand er sich tief in seinem Bauch wieder. Das Meer, dem er sich immer und immer wieder gestellt hatte, das er immer und immer wieder herausgefordert hatte, indem er es mit seinem Boot durchpflügte; das Meer, vor dem er trotzdem stets eine geradezu panische Angst gehabt hatte, eine Angst, die so groß war, dass er es vorzog, niemals schwimmen zu lernen. Genau dieses Meer verschluckte ihn jetzt, zum ersten Mal in seinem Leben.

Er hörte die Stille, während er sank. Die Stille, die absolut war, genau wie in dem schalltoten Raum, den er sich tausendmal vorgestellt hatte, damals nach Milenas Erzählung in einer sternenbeschienenen Nacht. In der unnatürlichen Stille hörte er sein Herz schlagen und das Blut in den Venen pulsieren, er spürte den Blutdruck zwischen den

Schläfen und das eisige Wasser auf seiner Haut, das ihm den Garaus machen wollte. Doch dann, ganz unerwartet, war da der Gegenimpuls zum Sprung und schickte ihn wieder nach oben.

Er hatte immer wieder Antonios Namen gerufen, hatte ihn seiner plötzlichen Einsamkeit entgegengeschleudert wie einen Stein, der sie vielleicht zertrümmern konnte. Er hatte den Blick schweifen lassen, vergeblich, sich an den Bootsrand geklammert, um der Angst vor dem Meer nicht nachzugeben und hineinzustürzen, diesem Meer, das brüllte und drohte in seiner brachialen Sprache aus wirbelnden Strudeln und hochspritzender Gischt.

Noch einmal rief er jetzt seinen Namen: *»Antonioooo!«*

Dann sagte er ihn nur noch vor sich hin, mit leiser Stimme, wie eine resignierte Beschwörung, wie eine Erinnerung, die sich schon bald davonstehlen würde, ebenso wie seine Kraft und seine Hoffnung sich schon davongestohlen hatten.

Doch in diesem Moment sah er ihn plötzlich aus dem Wasser tauchen. Er war weit entfernt, davongetragen von der Strömung, und er schlug wild mit den Armen um sich, bevor er dann von Neuem vom Meer verschluckt wurde, um wieder aufzutauchen und aufs Neue zu verschwinden in seinem unbarmherzigen Sog. Marco fiel ein, dass Antonio nicht schwimmen konnte, und ihm wurde klar, dass er ihn der Meeresfurie für immer überlassen würde, wenn er nicht ins Wasser sprang, um ihn zu retten. Er beugte sich vor, bereit hineinzuspringen, und für einen Moment sah er sein Gesicht, gespiegelt im tiefen Blau des Wassers, er sah die Angst in seinem Blick, sah die Panik vor dem Sprung in seinen Augen, sah die scharfe Felsklinge und sein eigenes rotes Blut, welches das Blau des Meeresgrunds durchtränkte. Und vor allem sah er das schwarze Nichts, das den Tod in sich barg.

Er rührte sich nicht vom Fleck. Er wusste jetzt, dass er niemals den Mut finden würde hineinzuspringen, um Antonio und damit auch sich selbst zu retten.

Er hatte gekämpft. Er hatte die Arme und Beine benutzt, als wären es Ruder, wilde Schläge austeilend gegen das Monster, das ihn um jeden Preis verschlingen wollte. Es war ihm nicht klar, ob es die Erschöpfung war, die nun seine Schläge verlangsamte, oder die Sehnsucht nach Frieden. In seiner Erinnerung tauchte der verregnete Nachmittag auf, als das Blut aus seinen Adern quoll und er sich schon vorbereitet hatte auf die letzte Reise, die ihn zu ihr führen sollte, ein für alle Mal. Und er fragte sich, aus welchem Grund er jetzt nicht zu ihr ging, da die Meeresfurie ihm Komplizin war, jetzt, wo er nichts anderes tun musste, als sich dem Ansturm des Salzwassers nicht zu widersetzen, das ihm in die Lunge dringen wollte, jetzt, da er nur den Mund öffnen und sich den Fluten überlassen musste, um auf ewig hinunterzusinken in die Tiefe.

»Ich komme zu dir… Ich komme zu dir…«, raunte es wieder und wieder in seinem Kopf, ein Traum, der leicht zu erfüllen war. *Ich komme zu dir…* und all der Schmerz würde ein Ende haben, die endlosen Tage, die sinnlos vorbeigehen, dein leerer Platz in unserem Bett, dein Gesang am Morgen, der nicht mehr zu hören ist, meine Fragen, die du nicht mehr beantwortest, meine immer leeren Hände, die deine Haut nicht spüren, die Liebkosungen, die nirgendwo ankommen, die Sterne, die von der Decke gerissen wurden…

Ich komme zu dir … Ich komme zu dir …

Marco löste den Blick von seinem Spiegelbild im Meer und spürte, wie die Wut in ihm hochstieg und der Resignation einen tödlichen Schlag versetzte. Urplötzlich erinnerte er sich, dass er zwar Angst vor dem Springen hatte, nicht jedoch vor dem Rudern. Seine Beine hatten genau in dem Moment wieder funktioniert, als er sich keine Sorgen mehr darüber gemacht hatte. Was würden sein Arm und seine Hand dann erst leisten können unter dem Druck der Notwendigkeit?

Er ließ sich auf den Querbalken nieder und packte beide Ruder.

Es gab keinen Himmel mehr, es gab keine Sonne mehr und keine Luft. Da war nur noch das Meer und seine endlose Tiefe, die immer näher kam, da war seine Lunge, die sich langsam leerte, um den ersten Schwall Salzwasser aufzunehmen, da war sein Mund, der sich gleich öffnen würde, um ihn hereinzulassen. Doch dann sah er zwei Augen, die ihn in der Stille fixierten und die Farbe von Honig hatten, Augen, die er auswendig kannte wie ein Lied und die sich nun in die seinen tauchten. Dann jedoch schwenkten sie ab und schauten nach oben wie im Gebet, nach oben zu jenem Himmel, zu jener Sonne und jener Luft, die es doch nicht mehr zu geben schien. Sie taten es, um ihn daran zu erinnern, dass sie doch existierten, dass sie doch noch dort waren, oben über dem Wasser.

»Noch nicht …«, wollten ihm diese Augen sagen. Noch nicht.

Antonio presste die Lippen zusammen. Er konnte sich diesen Augen nicht widersetzen. Er klammerte sich an die

Macht des Wassers und drückte sich mit aller Kraft nach oben.

Marco sah ihn auftauchen, noch einmal, aus dem Bauch des Meeres. Er drückte das Boot mit den Rudern voran, während er gegen die Erschöpfung und den Schmerz in seinen Muskeln anschrie. Mit aller Kraft stieß er immer wieder die hölzernen Arme ins Wasser, so lange, bis er Antonio endlich erreichte, und dann packte er eines der Ruder mit beiden Händen, löste es aus der Dolle und machte es zu einer Verlängerung seines Arms, indem er sich weit hinausbeugte und es dem Ertrinkenden hinstreckte.

»Nimm das Ruder! Nimm's doch!«

Marcos Stimme erreichte Antonio zusammen mit dem Wind und dem ersten Mund voll Sauerstoff, nach dem er gierig schnappte. Er drehte sich um und sah die Ruderspitze, die sich nach ihm streckte, als wäre sie eine Brücke, die zwischen einem Ende und einem neuen Anfang gespannt war. Er packte sie mit einer Hand, klammerte sich mit aller Kraft an ihr fest und ließ sich ein zweites Mal ins Leben zurückholen.

Dann fand das Meer plötzlich Ruhe, wie nach einem Wutanfall, der durch ein Lächeln besänftigt wurde.

8

Lara ging am frühen Nachmittag zu Antonio hinüber. Die Tür war wie immer nur angelehnt, aber sie zog es vor, zu klopfen und zu warten. Marco war kurz vorher völlig entkräftet eingeschlafen, nachdem er ein bisschen Obst gegessen und ihr alles erzählt hatte, was am Morgen passiert war. Sie hörte Antonios Schritte, die näher kamen, und als wenig später die Tür aufging, standen sich die beiden gegenüber und betrachteten sich stumm.

»Darf ich?«, fragte Lara endlich.

Antonio zögerte kurz, ließ sie dann aber eintreten. Lara roch den Duft des Salzes, als sie an ihm vorbeiging, und sie sah die weißen Flecken auf seinem zerknitterten T-Shirt, die auf dem leuchtend blauen Stoff wie Wolkenränder wirkten. Sein wirres Haar ließ darauf schließen, dass Antonio sich weder gewaschen noch umgezogen hatte: Er hatte einfach das Meer auf seinem Körper trocknen lassen, hatte seine Spuren auf der Haut und den Kleidern behalten. Unwillkürlich fragte sie sich, was der Grund dafür war.

»Wie geht es Marco?«, wollte er jetzt mit müdem Gesicht wissen.

»Er schläft«, antwortete Lara. »Er ist völlig am Ende.«

»Es ist alles meine Schuld«, gestand Antonio zerknirscht. »Ich war abgelenkt mit dem Netz. Ich habe nicht gemerkt, dass der Wind krumm wurde … Ich habe damit auch sein Leben aufs Spiel gesetzt. Es tut mir leid.«

Es tut mir leid …

Lara schnappte nach den vier Worten und verinnerlichte sie, hielt sie gefangen zwischen ihren Wimpern, die sich jetzt schlossen, wurde überkommen von der Lust, sie mit lauter Stimme zu wiederholen, tausendmal zu schreien: »Es tut mir leid.« Es tut mir leid für alles, was passiert ist, für diese vermaledeite Nacht, für den Schmerz, der alles, was *danach* kam, durchtränkt hat, der ihrer beider Leben in Besitz genommen und sie gleichzeitig an die Vergangenheit gekettet hat, an jenen Moment, an jenes letzte Mal, als die Sterne an der Decke geleuchtet hatten.

»Wie auch immer … Er war großartig«, sagte Antonio jetzt leise.

Lara sah die Rührung in seinen Augen schimmern, als er den Jungen lobte: eine Mischung aus verschämtem Stolz und Dankbarkeit.

»Er kann sich nicht verzeihen, dass er nicht den Mut hatte zu springen«, sagte sie zu ihm. »Er sagt, er kommt sich vor wie ein Feigling.«

»Immerhin hat er mich rausgezogen. Er hat mich gerettet«, erwiderte Antonio in sich gekehrt.

»Es geht nicht nur darum … Er meint wohl, wenn es ihm diesmal nicht gelungen ist, ins Wasser zu springen, dann wird er es nie mehr schaffen. Er gibt es zwar nicht zu, aber er möchte immer noch gerne ein Springer werden, vielleicht sogar mehr als vorher … Ich weiß nicht … Vielleicht sieht er darin so eine Art Erlösung … eine Möglichkeit, bemerkt zu werden, sich wichtig zu fühlen.«

Antonio nickte nachdenklich.

»Jedenfalls sieht es so aus, als wären der Arm und die Hand auf dem Weg der Genesung. Er hat wirklich große Fortschritte gemacht, wenn er es hingekriegt hat, allein zu rudern und dich auch noch mit dem Ruder ins Boot zu ziehen … Und … und ich wollte dir auf jeden Fall noch danken für das, was du getan hast«, stammelte Lara.

Dann wühlte sie ein wenig verlegen in den Taschen ihrer Jeans herum.

»Wo wir gerade dabei sind«, sagte sie dann, indem sie ein paar Geldscheine hervorzog. »Ich schulde dir noch die Entschädigung für die Tage, die du nicht am Hafen arbeiten konntest.«

»Ich will dein Geld nicht«, unterbrach Antonio sie brüsk.

Sie sah ihn an, überrascht und verletzt.

»Aber wir hatten doch ausgemacht, dass …«, begann sie.

Antonio bedeutete ihr mit erhobener Hand zu schweigen.

»Wir hatten eine Verabredung«, hielt ihm Lara dennoch entgegen.

»Ich tue das, weil ich es will. Nicht wegen des Geldes. Im Gegenteil, sag ihm, dass ich ihn morgen früh um sechs erwarte«, fügte er hinzu. »Er soll sich keine Illusionen machen, dass wir fertig wären, nur weil er sich besser bewegen kann.«

Lara sah ihn an, völlig überrumpelt. Dann fiel sie ihm in einer stürmischen Umarmung um den Hals, ohne es gewollt zu haben, getrieben von einer Kraft, die sie nicht kontrollieren konnte. In ihr schwangen die Angst und die Dankbarkeit, die sie empfunden hatte, als sie gehört hatte, dass er beinahe ertrunken sei, die Erleichterung, ihn lebend zu wissen, und nicht zuletzt auch all die Jahre, die sie damit verbracht hatte, ihn stumm zu lieben. Sie fiel ihm um den Hals, und er blieb steif wie ein Stock in dieser plötzlichen Enge, Eis, das vom Feuer beleckt wird, und zwar nicht schmilzt, aber immerhin das Risiko erkennt, zu Wasser zu werden und dann zu Dampf.

»Entschuldige«, flüsterte Lara schnell, während sie sich von ihm löste. Dann drehte sie sich um zur Tür und hastete davon, mit dem Salz, das sie ihm gestohlen hatte und das nun auf ihrer Haut klebte.

Marco erwachte erst am späten Nachmittag. Ein Gefühl von Bitterkeit lastete auf ihm, als er die Augen aufschlug und sich in seinem Zimmer wiederfand. Es genügte ihm nicht, dass er Antonio gerettet hatte, und die Kraft, die er in den verletzten Gliedmaßen wiedererlangt hatte, machte ihn nicht glücklich. Er marterte sich mit der Erinnerung an den Moment, als er hätte springen müssen und die Angst ihn blockiert hatte, als ihr Klammergriff ihm den Magen zermalmt, eine unwiderstehliche Lähmung nicht nur seinen Körper, sondern vor allem seinen Willen ausgeschaltet hatte. Dann kehrte er in Gedanken zurück auf das Sprungbrett im Schwimmbad und empfand wieder das unbändige Glücksgefühl, das er beim Springen gehabt hatte. Doch all das schien ihm zu einem früheren Leben zu gehören, auf das er nun für immer verzichten musste.

Auch an Virginia musste er jetzt wieder denken, die sich seit ihrem Besuch in Sarcola nicht mehr gemeldet hatte. Es kam ihm so vor, als wäre zusammen mit seinem Mut, die Füße vom Boden zu lösen und sich durch einen Sprung ins Leere zu befreien, auch sie für immer aus seinem Leben verschwunden.

Außerdem ging seine Zeit in Sarcola jetzt ihrem Ende zu. Nach ihrem unschönen gemeinsamen Abenteuer und der akuten Gefahr, der Antonio ausgesetzt gewesen war, würde er sicher nichts mehr mit ihm zu tun haben wollen. Er, Marco, würde bald in die Stadt zurückkehren müssen, mit äußerst gemischten Gefühlen, weil er sich zwar körperlich weitgehend geheilt, ansonsten aber völlig demoralisiert fühlte. Er würde sich schnellstmöglich eine andere Arbeit suchen, denn er hatte keine Lust, im Schwimmbad täglich Virginia zu begegnen und sich heimlich nach ihr zu verzehren, immer in dem Wissen, dass sie bald einen anderen heiraten würde. Wohl oder übel würde er sich dann mit der Zeit in ein Leben fügen müssen, das er sich nicht ausgesucht hatte, würde älter und immer älter werden, ohne nennenswerte Spuren in der Welt zu hinterlassen.

Er bemerkte, dass Cirmolo zusammengerollt neben ihm lag und schlief, und begann ihn traurig zu streicheln, doch als er wenig später die Stimmen von Lara und ihrem Vater aus der Küche hörte, stand er auf und ging zu ihnen hinüber.

»Wie fühlst du dich, mein Junge?«, fragte Giuseppe ihn besorgt und schloss ihn liebevoll in die Arme.

»Na ja, ziemlich beschissen eigentlich«, erwiderte Marco. »Nach allem, was passiert ist, ist es sicher besser, wenn ich bei nächster Gelegenheit verschwinde. Ich fahre wieder nach Hause … Mit dem Arm geht's ja besser, und die Angst vor dem Springen kriege ich sowieso nicht los …«

»Dem Arm geht's besser, stimmt, und der Hand auch«, schaltete sich Lara ein. »Aber trotzdem solltest du mit dem Rudern noch ein Weilchen weitermachen …«

»Aha, und wie stellen wir das an? Wollen wir zwei uns zusammen ein Boot nehmen?«, erwiderte Marco spöttisch.

»Also mir hat Antonio gesagt, dass es morgen schon weitergeht«, verkündete Lara mit einem breiten Lächeln.

Marco spürte bei ihren Worten, wie eine sanfte Wärme ihn durchflutete. Und eine spontane Hoffnung sich in ihm regte, wie er sie schon seit langer Zeit nicht mehr empfunden hatte.

Am nächsten Tag machten Marco und Antonio sich um Punkt sechs Uhr morgens auf den Weg hinunter ins Dorf. Sie schwiegen beide, wenn auch nicht mehr aus Verlegenheit wie zu Beginn ihrer Bekanntschaft. Der Grund war eher eine besondere Vorsicht: als warte jeder von ihnen auf den richtigen Moment, eine stillschweigende Übereinkunft zu brechen … diese Atempause, nachdem sie gemeinsam mit der Angst vor dem Ertrinken konfrontiert gewesen waren. Die Straße war rutschig, und die Feuchtigkeit hatte einen leichten Dunst aus dem Boden steigen lassen, in dem ihre Schritte zu versinken schienen. Wie zum Kontrast leuchtete der Himmel in einem metallischen Blau und hing wie eine kompakte Tafel über ihren Köpfen.

Als der Weg abschüssiger wurde und Marco das Bedürfnis hatte, sich abzustützen, legte er unwillkürlich eine Hand auf Antonios Schulter, eine instinktive Geste, ausgeführt mit einer Natürlichkeit, die beide überraschte. Es war, als ob ihr gemeinsames Abenteuer ein geheimnisvolles Band zwischen ihnen geschaffen hatte, das die Mauern des Misstrauens zum Einstürzen gebracht hatte.

Als Antonio die leichte Berührung der Hand auf seiner Schulter spürte, drehte er sich zu Marco um und sah ihn nachdenklich an.

»Ich habe dir noch gar nicht gedankt«, sagte er dann.

Marco hielt seinem Blick stand und schüttelte mit einem leisen Seufzer den Kopf.

»Ich weiß, was du denkst. Lara hat es mir gesagt«, fügte Antonio hinzu. »Du bist böse auf dich selbst, weil du nicht den Mut gehabt hast zu springen.«

Marco nickte stumm.

»Aber das Wichtigste ist doch, dass du nicht aufgegeben hast. Du hast eine andere Lösung gefunden. Vielleicht ist dir das nicht klar, aber auch das ist Mut«, fuhr Antonio fort.

»Aha … Dann heißt das also, dass ich eigentlich ein Springer werden wollte, mich stattdessen jedoch dem Kanufahren widmen muss«, murmelte Marco bitter.

»Es ist nicht gesagt, dass das keine Lösung ist. Manchmal wünscht man sich sehnlichst eine Sache und merkt erst später, dass man etwas anderes wollte«, erwiderte Antonio mit einem schalkhaften Lächeln, das Marco überraschte.

»Ist dir das schon mal passiert?«, fragte der Junge.

»Schon öfter«, erwiderte Antonio.

»Zum Beispiel?«

Antonio antwortete nicht, sondern zeigte auf die Straße, die zum Handelshafen führte.

»Hier lang«, sagte er.

Marco sah ihn verdutzt an.

»Gehen wir nicht zum Kai?«

»Wir haben anderes zu tun. Folge mir.«

Marco folgte ihm, ohne weitere Fragen zu stellen.

Der alte rotblaue Fischkutter ruhte auf mächtigen Eisenplanken auf seinem Liegeplatz. Der Lack der Schiffshaut war verblasst, und an manchen Stellen hatten sich unregelmäßige Blasen gebildet, die in der Sonne geplatzt waren. Antonio strich mit einer Hand über das trockene, raue Holz, das einst im Wasser gelegen hatte, und drehte sich dann zu Marco um.

»Hast du Lust, mir zu helfen, ihn wieder zum Laufen zu bringen?«

Der Junge starrte ihn offenen Mundes an.

»Meinst du das ernst?«

»Hast du Lust oder nicht?«, gab Antonio mit einem Nicken zurück.

»Sicher habe ich Lust … wenn du mir sagst, wie man das macht«, erwiderte Marco.

»Das wird aber harte Arbeit werden«, fügte Antonio warnend hinzu. »Wir werden viel Zeit brauchen und ganze Tage damit beschäftigt sein, von morgens bis abends.«

Marco ging auf den Kutter zu und musterte ihn aufmerksam. Er machte großen Eindruck auf ihn und kam ihm vor wie das Gerippe eines urzeitlichen Tieres. Vorsichtig streckte er eine Hand aus und zögerte einen Moment, bevor er über die breite, runde Flanke des Bootes strich.

»Und wieso hast du dich jetzt entschlossen, ihn wieder auf Vordermann zu bringen?«, fragte Marco, fasziniert von der Kiellinie, die von der Zeit und vom Salz zerfressen war.

Antonio zögerte mit seiner Antwort. Im Geiste rekapitulierte er nochmals all die Dinge, die in letzter Zeit geschehen waren und ihn bis zu diesem Moment geführt hatten: Laras Bitte, Marco zu helfen, und seine widerstrebende Einwilligung; seine Ausflüge zum Rostro, wo er oft gestanden und auf das Meer hinuntergestarrt hatte, verzweifelt bemüht, seinen Ruf zu ignorieren; die Tatsache, dass dieser Ruf ihm dennoch am Abend bis nach Hause gefolgt und mit in sein Bett gekrochen war, um ihn selbst dort noch zu quälen; der Tag, als er zum ersten Mal mit vor Aufregung klopfendem Herzen in das kleine Boot gestiegen war, und das intensive sinnliche Vergnügen, das er beim langsamen Durchpflügen des Wassers empfunden hatte; der süße Ermüdungsschmerz in den Armen nach jedem Ruderschlag; der Duft des Salzes und das vertraute Schwappen unter seinen nackten Füßen auf den Holzplanken; Marcos Gegenwart, die nach und nach zur Gewohnheit geworden war und zu einer tiefen Sympathie für den Jungen geführt hatte; aber vor allem die sonderbare Aufgekratztheit, die ihn jeden Morgen überkam, wenn ein neuer Tag begann und er im Hof darauf wartete, dass die Tür von Laras Haus aufging.

Lange hatte er in den letzten Tagen gegen diese Aufgekratztheit angekämpft, dieses intensive Glücksgefühl, für das er keine Erklärung wusste. Er hatte es von sich gewiesen, verflucht und an die Wand geschmettert, er hatte es verleugnet, gewaltsam zurückgedrängt und begraben unter dem Gewicht des Schmerzes, dem er sein restliches Leben anvertraut hatte und den er unter keinen Umständen verraten wollte. Doch dann, ohne es zu wollen und ohne sich dessen so recht bewusst zu sein, hatte er sich von diesem Glücksgefühl umschmeicheln lassen, hatte sich davon einwickeln lassen wie von den Maschen des kleinen Wurfnetzes, das er selbst aus dem Staub der alten Bootshütte geholt hatte. Und schließlich hatte er sich sogar ablenken lassen von diesem Glücksgefühl, für das er sich keine Erklärung wusste. Er war so damit beschäftigt gewesen, nach einem geeigneten Platz zu suchen, um das Netz auszuwerfen, dass er weder auf die Warnzeichen des Windes gelauscht noch die ersten Wirbel bemerkt hatte, die schon die Ankunft der Wellen verkündeten. Er hatte sich überrumpeln lassen vom Meer, das er doch besser als alles andere zu kennen glaubte – mit der Folge, dass er hineingestürzt und tief in seine Eingeweide eingetaucht war, um dort Milenas Augen wiederzufinden.

Und ihre Augen, die ihn fixiert und aufgefordert hatten, wieder an die Oberfläche zu steigen, hatten ihm auch klargemacht, dass es sehr wohl eine Erklärung gab für das Glücksgefühl: Es war die Lust am Leben, die er endlich wiedergefunden hatte.

Antonio schloss die Augen und schlug sie kurz darauf wieder auf. Dann wandte er sich an Marco und lächelte ihn an.

»Ich müsste dich eigentlich ohrfeigen«, sagte er.

Marco sah ihn verdattert an.

»Warum denn?«, fragte er.

»Weil du mir mit deinem Drängeln Lust gemacht hast, wieder fischen zu gehen«, antwortete Antonio schlicht.

Die ersten beiden Tage waren sie nur damit beschäftigt, den Fischkutter abzubeizen. Bewaffnet mit Schabmesser und Schmirgelpapier, kratzten sie die trockene Lackschicht ab, die unregelmäßigen Blasen und den rauen Salzbelag, der sich mit dunkelgrünem Moos mischte. Es war, als würden sie, Seite an Seite und verbunden durch Anstrengung und Schweiß, mit dem Lack auch mehrere Schichten von Vergangenheit und Verwahrlosung von dem Boot schälen, von starren, sinnlos verbrachten Tagen, und ihm so eine neue Zukunft geben, die die Aussicht auf Wellen und das Versprechen auf das Meer in sich trug.

In den darauffolgenden Tagen kontrollierten sie die Nagelung, einen Punkt nach dem anderen; dann widmeten sie sich der Dichtung, indem sie die Zwischenräume zwischen den Holzplanken, die sich wegen der Sonne und der Trockenheit verzogen hatten, mit Baumwolle verstopften; sie gaben dem Boot die Feuchtigkeit zurück, indem sie seine Flanken und seinen Bauch wieder und wieder mit zuvor in Meereswasser eingeweichten alten Decken abrieben, so lange, bis das Holz seine alte Kraft bekam und sich mit neuem Leben blähte, sodass auch die Zwischenräume zwischen den Planken sich wieder schlossen. Endlich, erschöpft und zufrieden, bewaffneten sie sich mit Pinsel und Farbe, um dem Kutter sein originales Rot und Blau zurückzugeben.

Dann stellten sie sich hin und bewunderten ihn, als läge er schon auf dem Wasser.

Es war der Morgen dieses letzten Tages, als Lara sich in Antonios Haus begab. Sie sah sich prüfend um, stellte Eimer und Lappen sowie die Kiste mit den Putzmitteln auf den Boden, krempelte die Ärmel hoch und zog Arbeitshandschuhe über.

»Bist du dir sicher, dass es richtig ist, was du tust?«, fragte Giuseppe, der etwas besorgt und unentschlossen auf der Türschwelle stehen geblieben war.

»Er will keine Bezahlung … dann bezahle ich ihn eben auf meine Weise«, antwortete Lara resolut. »Sie sind ja heute schon wieder den ganzen Tag draußen, also habe ich alle Zeit der Welt.«

»Und wenn er nicht will, dass du bei ihm putzt? Wenn er sich darüber aufregt?«, wandte Giuseppe ein.

Lara drehte sich zu ihm um. Sein Anblick rührte sie: Er stand da wie ein starker, guter Riese, der es nicht wagte, das Haus eines Menschenkinds zu betreten.

»Ich fange jetzt mal mit der Küche an, die ist in einem wirklich schlimmen Zustand … Danach sehen wir weiter«, erwiderte Lara, die auf der Suche nach weiteren Utensilien die Türen der Küchenschränke öffnete. »Es wird doch irgendwo in diesem Haus einen Besen geben?«

»Na ja, es wird schon einer da sein … Aber auch die Küche ist kein Niemandsland, sie gehört genauso zu seinem Haus … Ich habe wirklich kein gutes Gefühl dabei. Du weißt doch, was für ein Mensch Antonio ist«, gab Giuseppe immer noch skeptisch zu bedenken.

»Er ist dabei, den Kutter wieder auf Vordermann zu bringen«, erwiderte Lara selbstsicher. »Eben weil ich ihn kenne, sagt mir das, dass jetzt genau der richtige Moment ist ... Er hat wieder angefangen zu leben, merkst du das nicht?«

»Du meinst, weil er mich sogar grüßt, wenn er mich sieht? Na ja, ob das wirklich so viel über ihn aussagt«, gab Giuseppe mit leiser Ironie zurück.

Lara lächelte. Sie hatte tief in ihrem Herzen das Gefühl, die Tatsache nutzen zu müssen, dass Antonio in letzter Zeit so viel fröhlicher schien als vorher. Sie wollte ihm den Weg zu einem neuen Anfang erleichtern und ihn auf die notwendige Erkenntnis vorbereiten, dass Marco sein Sohn war. Sie war sich sicher, dass der Moment dieser Erkenntnis nahe war, einfach weil die beiden so viel Zeit zusammen verbrachten und notgedrungen irgendwann entdecken mussten, dass sie mehr verband als gegenseitige Sympathie. Sie freute sich auf diesen Moment genauso, wie sie ihn fürchtete, denn sie war es ja gewesen, die alles in die Wege geleitet hatte, um ihn möglich zu machen, in der Hoffnung, damit auch die Mauer einzureißen, die Antonio zwischen sich und dem Leben errichtet hatte.

Sie trat an das Fenster, das auf den Hof hinausging, und berührte mit der Hand die Vorhänge.

»Auch die Vorhänge müssen dringend gewaschen werden ... obwohl, eigentlich müsste man sie gleich auswechseln«, sagte sie dann.

»Na gut, an die Vorhänge denken wir später ... Jetzt suche ich erst mal einen Besen, und wenn ich hier keinen finde, hole ich unseren von zu Hause, dann sind wir schneller ...«, lenkte Giuseppe mit einem Seufzen ein.

Lara schloss für einen Moment gerührt die Augen.

»Was hast du da gerade gesagt?«, fragte sie lachend. »Habe ich dich richtig verstanden? Du hilfst mir sogar beim Putzen?«

»Na ja … ich habe sowieso nichts anderes zu tun«, antwortete Giuseppe und trat jetzt endlich in die Küche.

Sie waren erschöpft, aber zufrieden, als die Sonne über dem Hafen unterging. Der alte Kutter glänzte wie neu in den alten Farben, und er war nun bereit zum Auslaufen. Am nächsten Tag schon würden sie ihn aufs Wasser setzen, um damit aufs hohe Meer hinauszufahren und auf Fischfang zu gehen.

Als sie sich auf den Nachhauseweg machten, fanden sie sich umringt von Touristengrüppchen, die vom Meer zurückkamen und in die umliegenden Bars ausschwärmten, um einen Aperitif zu trinken. Sarcola leuchtete im roten Licht der letzten Sonnenstrahlen, mit seinen blumenbewachsenen Balkons, den bunten Obst- und Gemüsegeschäften, den hübschen Schaufenstern der Boutiquen, den farbenfrohen Tischdecken der wenigen Trattorien, die Tische draußen im Freien stehen hatten und auf ihre Abendkundschaft warteten.

»Bist du müde?«, fragte Antonio unvermittelt.

Marco seufzte leise und schüttelte den Kopf.

»Mir geht es gut«, erwiderte er. »Die Tage sind wie im Flug vergangen, und das hat mir geholfen, nicht zu viel nachzudenken.«

»Ich habe aber das Gefühl, dass du die ganze Zeit über etwas nachgrübelst«, erwiderte Antonio.

»Na, das sagt der Richtige«, gab Marco amüsiert zurück.

Antonio lächelte, berührt von seinen Worten.

»Wir sind uns ähnlicher, als ich dachte«, murmelte er dann wie zu sich selbst.

Marco sann einen Moment über seine Worte nach und betrachtete ihn aus den Augenwinkeln, während sie die Piazza überquerten.

»Vielleicht ist das der Grund, warum ich gerne mit dir zusammen bin«, sagte er endlich. »Mit dir habe ich nicht das Gefühl, die ganze Zeit reden zu müssen. Mit anderen Leuten ist es immer ein bisschen peinlich, wenn man nichts zu sagen hat.«

»Gewöhn dich lieber nicht daran, allzu still zu sein. Es tut einem nicht gut, ganz im Gegenteil«, wandte Antonio ein, und plötzlich wurde ihm bewusst, dass er eigentlich über sich selbst sprach.

»Morgen um sechs?«, fragte Marco, als sie zu Hause ankamen.

»Um sechs. Und nimm dir etwas zum Überziehen mit, denn es wird kalt werden … Der Fischkutter ist was anderes als das kleine Boot, er fährt viel schneller.«

»Klar, Chef!«, erwiderte Marco mit einem Grinsen, in dem seine ganze Zuneigung lag.

Sie verabschiedeten sich wie immer im Hof, beobachtet von Lara, die sich in ihrem Zimmer hinter dem Vorhang versteckt hatte. Sie bemerkte sowohl Marcos Grinsen als auch das neue Licht, das in Antonios Augen leuchtete. Und sie erwartete mit ängstlicher Spannung den Moment, wenn er seine Küche betreten würde.

Er bemerkte den sonderbaren Geruch, noch bevor er das Licht anschaltete. Es war eher ein intensiver Duft, der Duft von Sauberkeit. Er schloss die Augen, überwältigt von den Erinnerungen, die ihn überfielen. Es war derselbe Duft, der ihn viele Jahre zuvor empfangen hatte, wenn er nach dem Fischfang nach Hause kam, damals, als Milena noch für ihn gesorgt und das Leben einen klaren, präzisen Sinn gehabt hatte, als Arbeit und Erschöpfung ihm nichts ausgemacht und er keine Angst vor der Zukunft gehabt hatte.

Dann machte er Licht und stellte fest, dass jemand nicht nur den Boden geputzt, sondern auch noch frische Blumen auf den Tisch gestellt und neue weiß-lila Vorhänge aufgehängt hatte. Es konnte niemand anderes als Lara gewesen sein, die in seiner Abwesenheit sein Haus betreten und auf Vordermann gebracht hatte. Eine ungestüme Wut stieg in ihm auf, so heftig, dass sie zwischen seinen Schläfen zu explodieren schien. Diese Frau hatte Verrat an ihm geübt, hatte sein Leben profaniert und seinen Schmerz und damit die Erinnerung an Milena mit Füßen getreten, denn es war sein Entschluss gewesen, ihr Gedächtnis zu ehren, indem er die Dinge um sich herum und nicht zuletzt auch sich selbst verkommen ließ. Ein plötzlicher Drang überkam ihn, die Blumenvase vom Tisch zu fegen und in tausend Stücke zu schlagen, die Vorhänge aus ihrer Halterung zu reißen und auf dem Boden darauf herumzutrampeln, um dann auf schnellstem Wege zu Lara hinüberzugehen und ihr seine Entrüstung ins Gesicht zu schreien. Und bei dieser Gelegenheit auch noch den Jungen zum Teufel zu schicken und mit ihm die absurde Lust, wieder fischen zu gehen, die dieser völlig überflüssigerweise in ihm ausgelöst hatte.

Er legte die Hände auf die Stuhllehne und drückte fest zu, das ganze Gewicht seines Körpers abgebend, als wollte er den Stuhl im Boden verankern. Dann schloss er die Augen und atmete von Neuem den Duft, sog ihn ein in einem tiefen, langsamen Atemzug und fragte sich überrascht, wie er gleichzeitig inmitten seiner Erschöpfung und Wut so viel Zärtlichkeit empfinden konnte. Was war es nur, das in seiner Seele dabei war, sich zu verändern? Was geschah mit ihm, ohne dass er selbst etwas dafür getan hatte?

Er lockerte den Griff seiner Hände auf der Stuhllehne und ließ zu, dass sein Kopf langsam und unter leisem Knirschen zu kreisen begann. Dann spürte er, wie sich seine Rückenmuskeln entspannten und eine Wärme, die etwas von Ergebung hatte, seinen Körper durchflutete. Er ließ sich zu Boden gleiten und legte sich auf den Rücken. Dann breitete er die Arme aus und strich mit den Fingerknöcheln über den Fußboden, dessen Sauberkeit ihm ein heimeliges Gefühl vermittelte. Nach und nach wurde sein Atem regelmäßig, und eine allumfassende Ruhe überkam ihn, wie er sie seit viel zu langer Zeit nicht empfunden hatte. Er dachte an Milena, an ihre Stimme, an die Worte, die sie ihm im Lauf der Jahre geschenkt hatte, an ihre Hände und ihre regelmäßigen Gesichtszüge, an ihre Haut, die sich über die geschwungenen Hüften gespannt hatte, an den Geschmack ihrer Küsse, ihr spontanes Lachen und alle Blicke der Liebe, die ihn überrascht hatten, jedes Mal wieder, wenn er am Morgen aufgewacht war. Er dachte an die Kirschen, die sie zusammen gekostet hatten, im Sommer, von Mund zu Mund, an ihre langen Wimpern und an die Bücher, die sie gemeinsam gelesen hatten, im Winter, wenn es draußen stürmte und regnete. Und schließlich dachte er an ihre Augen, die er auf dem Grund des Meeres wiedergefunden hatte. Und fast ohne dass er es merkte, trat ein Lächeln auf seine Lippen.

Denn es gibt immer einen Moment, in jedem Leben, in dem auch der Knoten des tiefsten Schmerzes schmilzt und endlich zulässt, dass Nostalgie seinen Platz einnimmt.

9

Der rotblaue Fischkutter strahlte in der Morgensonne. Sie hatten ihn mithilfe von Rollen zu Wasser gelassen, assistiert von ein paar Hafenarbeitern, und jetzt lag er da, vor ihren Augen, wie ein Wirklichkeit gewordener Traum. In ihren Muskeln spürten sie immer noch die Erschöpfung von den Reparaturarbeiten der vorangegangenen Tage, aber die Aufregung ließ sie jeden Schmerz vergessen. Sie waren jetzt ganz erfüllt von dem sehnlichen Wunsch, endlich in See zu stechen und ihr Netz auszuwerfen. Antonio half Marco in den Kutter, löste dann das Tau vom Poller und sprang selbst an Bord.

»Bist du bereit zum Ablegen?«, fragte er, während er auf das Steuer zuging.

»Und wie!«, rief der Junge, der vor Euphorie ganz fiebrige Augen hatte.

Der alte Dieselmotor, der seit ein paar Minuten lief, schien nach all den Jahren der Untätigkeit ungläubig zu rucken und zu spucken. Die anderen Fischer waren mit ihren Schiffen schon seit Stunden auf See, und auf dem Kai waren sonst nur ein paar versprengte Touristen zu sehen.

Es schien wie eine Liebkosung, als Antonio das Steuerruder ergriff, und Marco konnte nicht umhin, die tiefe Ergriffenheit in seinen Augen zu bemerken. Er selbst spürte eine tiefe Dankbarkeit und Sympathie für Antonio, fast wie ein Sohn für den Vater, der seinen Traum in die Tat umsetzt. Da er selbst den Ausschlag für das Unternehmen gegeben hatte, fühlte er sich verantwortlich und war entschlossen, Antonio größtmögliche Unterstützung zu bieten. Es erfüllte ihn daher mit Genugtuung, als er den Arm und die Hand bewegte und das Gefühl hatte, kraftvoll und fast völlig wiederhergestellt zu sein.

Dann betätigte Antonio den Motorhebel, und der Kutter löste sich vom Kai, langsam und machtvoll, stabil auf dem Wasser ruhend. Marco spürte die Kraft seiner vierhundert Pferdestärken und genoss das Gefühl der Sicherheit, das sie ihm vermittelte. Die Kraft der Schiffsschraube hinterließ eine weiße schaumige Spur auf dem Blau des Meeres, und die kleinen Wellen, die an den Flanken aufgeworfen wurden, verloren sich sofort wieder, während der Bug dem Horizont entgegenstrebte. Die Luft duftete nach frisch gestrichenem Holz, Metall und Salz, während die Küste hinter ihnen nur noch als dünner Streifen intensiven Grüns zu erkennen war, der immer mehr in die Ferne geriet.

Marco, der neben Antonio saß, hatte die Augen geschlossen und genoss den warmen Wind, der über sein Gesicht strich und alle Gedanken aus seinem Kopf verbannte. Antonio dagegen stand in stummer Konzentration am Steuer, das Rad fest in den Händen und den Blick nach vorn gerichtet, scheinbar völlig ungerührt, wie eine Salzsäule. Alles um ihn herum, sein Kutter, das Meer, das Wurfnetz, das neben der Winde lag, die Möwen am Himmel, das Spucken des Motors, das Säuseln des Windes, diese ganze gerade erst wiedergefundene Welt schien ihn zurückzuführen in eine frühere Zeit des Glücks. Es war die Zeit vor dem Schmerz, vor Milenas Tod, vor der Einsamkeit. Einen Atemzug lang gab er sich der träumerischen Vorstellung hin, dass er nach dem Fischfang, nach dem Einholen des

Netzes, nach dem mühevollen Bergen des Fangs in Kisten, nach der Rückkehr in den Hafen, nach Hause gehen und dort Milena vorfinden würde, die auf ihn wartete …

Doch er hatte keine Zeit, den Gedanken weiterzuverfolgen, denn in diesem Moment sichtete er schon die ersten Fischkutter innerhalb der Fischfangzone, die bereits dabei waren, ihre Netze an Bord zu ziehen. Er verlangsamte die Fahrt und reduzierte sie dann auf ein Minimum, bis der Kutter zum Halten kam.

»Wir werfen jetzt das Netz aus«, sagte er zu Marco.

Marco schlug die Augen auf und sprang auf die Füße, wie ein gehorsamer Soldat beim Appell.

Es war ein Netz in der Form eines Halbmonds, rot und robust, und es duftete nach Algen und Anstrengung. Während das kleine Schiff langsam weiterfuhr, ließen sie es mithilfe der Winde ins Meer hinab. Das rubinfarbene Geflecht legte sich auf das Wasser, um sich dort auszubreiten wie ein Fächer und dann langsam zu sinken. Für einen Augenblick ragte es noch wie eine Wasserblase aus dem Meer hervor, dann wurde es eingesaugt und verschwand. Auch die Möwen schienen sich schon auf den Fischfang vorzubereiten, indem sie unter schrillem Kreischen ihre Kreise zogen und sich im Wind treiben ließen.

Marco war überrascht zu sehen, dass Antonios Hände zitterten. Er hatte einmal gehört, dass das Glück, wenn es nach einer langen Phase des Kummers kommt, wie eine Klinge aus Eis sei, die sich erst schmerzhaft ins Herz bohrt, bevor sie es befreit. Vielleicht war dies der Moment, in dem Antonio von der Klinge durchbohrt wurde.

»Es geht los«, murmelte Antonio, der jetzt wieder ganz Fischer war.

Er gab dem Motor seine Pferdestärken zurück, indem er den Hebel drückte. Der Kutter nahm wieder Fahrt auf und durchpflügte das Wasser auf Wegen, die auf der blauen Oberfläche schon gezogen schienen. Marco stellte sich vor, wie sich das Netz im Bauch des Meeres blähte und mit Fischen füllte, Knoten um Knoten. Aber er wagte nicht, die Stille der Erwartung zu durchbrechen, da sie ihm heilig schien. Doch er war glücklich, als Antonio sich einen Moment später zu ihm umdrehte und lächelte, als hätte die Eisklinge sich aus seinem Herzen zurückgezogen und das Glück befreit.

»Gefällt es dir?«, fragte er den Jungen.

»Es ist, wie du gesagt hast«, antwortete Marco aufgeregt. »Du weißt, dass du dieses Netz hinter dir herziehst, und wartest auf die Überraschung … Aber du weißt nicht, was du herausziehen wirst … und … und dabei gehen dir die verrücktesten Dinge durch den Kopf.«

Antonio nickte.

»Ja, und du bist in einem Zustand, der vor allem von Hoffnung geprägt ist. Das ist der Fischfang: Hoffnung. Und manchmal auch Enttäuschung«, fügte er hinzu.

Er schien in diesem Moment ein anderer Mann zu sein, aus seiner eigenen Asche neugeboren. Marco las die Freude in seinem Blick und dachte, dass das Fischen für Antonio wohl dieselbe Bedeutung hatte wie für ihn das Springen: der Moment, wenn alles am richtigen Ort zu sein scheint und die Welt um einen herum in absoluter Schönheit geborgen ist. Er sah Antonio zu, wie er sich auf seinem Boot bewegte, wie er den Raum einteilte, um den Fang aufzunehmen, wenn sie später das Netz an Bord ziehen würden. Er war Herr der Distanzen und Bewegungen, er war dabei, sich seiner Welt wieder zu bemächtigen, und Marco war glücklich für ihn und stolz, ihn überredet zu haben, wieder hinauszufahren. Inzwischen fühlte er sich mit Antonio wie durch einen unsichtbaren Faden verbunden, ein geheimnisvolles Band, das von Tag zu Tag fester zu werden schien. Sein Herz verkrampfte sich plötzlich, als ihm einfiel, dass er bald in sein gewohntes Leben würde zurückkehren müssen, in eine Stadt, die ihm bereits fern und fremd geworden war.

Dann, ganz unvermittelt, sah er, wie Antonios Gesichtsausdruck sich veränderte. Seine Augen leuchteten auf, und sein ganzer Körper spannte sich, während er mit zwingenden Bewegungen auf das Heck zulief, wo die mechanische Winde stand. Auch seine Schultern schienen breiter geworden zu sein, fast als wären es Flügel, die er jetzt ausspannte, bereit zum Abheben.

»Komm her! Wir müssen ziehen!«, schrie er Marco zu.

Der Junge tat wie ihm geheißen und lief zu ihm. Trotzdem war es von diesem Moment an so, als wäre Antonio ganz allein auf dem Kutter, in einem persönlichen Kampf gefangen, den er mit großer Leidenschaft focht, wie ein glücklich tanzender Krieger auf dem Schlachtfeld.

»Los!«, rief Antonio noch einmal.

Dann betätigte er die mechanische Winde, und die ersten Maschen des Netzes tauchten aus dem Wasser hervor, um sich tropfend und vibrierend auf das Boot zuzubewegen. Marco verfolgte mit angehaltenem Atem, wie das dicke rote Band sich vor seinen Augen immer mehr aufwickelte und das Netz den Gedärmen des Meeres entrissen wurde. Einen Moment später schon tauchten die ersten Fische auf, die sich zwischen den Maschen verfangen hatten und die nun zappelnd, sich windend und mit geweiteten Kiemen ihre stummen, verzweifelten Schreie in die Luft stießen.

Das Netz war voll. Es war ein einziges Blitzen, eine Explosion von unzähligen metallfarbenen Fischen, die in der Sonne glitzerten. Einen Moment lang schien die ganze Ladung in der Luft zu stehen, doch dann fiel das Gewimmel sturzbachartig in den Schiffsbauch hinein, heftig brodelnd und nach allen Seiten Salzwasser verspritzend, eine Unmenge von wild zuckenden Fischen, die an außer sich geratene Schmetterlinge erinnerten. Seebarsche, Zahnbrassen, Zackenbarsche und Seehechte tanzten hüpfend auf dem grünen, vom Meer durchtränkten Holz herum, während Antonio und Marco glückselige Blicke wechselten und sich in einer spontanen Umarmung um den Hals fielen. Sie schickten einen Jubelschrei in den Himmel und klammerten sich eng aneinander, sie hüpften und sprangen und tanzten vor Glück, wie zwei außer sich geratene Kinder. Und als Marco jetzt die wiedergekehrte Kraft in seinen Armen und Händen spürte, da jubelte er gleich noch einmal, innig an seinen Vater gedrückt, auch wenn er nicht wusste, dass dieser Mann sein Vater war.

Die Sonne stand schon hoch am Himmel, als Antonio den Bug auf das Ufer ausrichtete. Während der Kutter zurück in Richtung Hafen steuerte, begannen sie bereits die Fische zu sortieren und in die Plastikkisten zu verteilen, die sie später an Land abladen würden. Marco lernte schnell, einen Wolfsbarsch von einem Zackenbarsch, einen Seehecht von einer Zahnbrasse zu unterscheiden, sie zu packen und der entsprechenden Kiste zuzuführen.

»Ich habe ein paar Krabben gefunden«, sagte Antonio, indem er eine davon hochhielt und sie Marco zeigte. »Das ist ein Zeichen dafür, dass das Netz ganz schön tief hinuntergesunken ist …« Dann warf er die Krabben wieder ins

Meer und gab ihnen das Leben zurück. Marco indessen fuhr fort, den Fang zu sortieren, peinlich bemüht, keine Fehler zu machen und Antonio in nichts nachzustehen, um sich ihm gegenüber keine Blöße zu geben. Als er ganz unten im Netz ein paar Sardinen zu packen bekam, trafen seine Hände plötzlich auf etwas, das sich gleichzeitig fest, aber irgendwie auch weich und klebrig anfühlte.

Er zog das seltsame Ding heraus und hatte einen fünfarmigen Seestern in der Hand.

Marco nahm seinen Fund stolz in beide Hände und zeigte ihn Antonio. »Schau mal, was ich gefunden habe«, rief er begeistert.

Antonio schien tief erschüttert, als er ihn entgegennahm.

»Ein Seestern«, murmelte er nur.

Er sagte nicht, dass er ihm seine unselige Vergangenheit ins Gedächtnis rief, das Muttermal in Form eines Seesterns, das sich auf der Schulter des Kindes befunden hatte, *seines* Kindes.

Angelo.

Marco, der keine Ahnung hatte, was in Antonio vorging, wollte schon Luft holen, um ihm von dem Muttermal auf seiner Schulter zu erzählen, das diesem Stern so ähnlich war. Doch dann sah er, wie dieser seinen Fund mit einer verärgerten Geste packte und weit hinaus ins Meer schleuderte. Auf seinem Gesicht lag dabei ein so tiefer Unmut, dass Marco erschrak. Er wagte nicht, irgendwelche Einwände zu erheben, sondern folgte ihm nur schweigend mit dem Blick, als Antonio sich jetzt abwandte und zum Bug ging, wo er auf die Reling gestützt stehen blieb und hinaus aufs Meer starrte. Die Freude, die sie soeben noch beide empfunden hatten, schien sich von einem Moment auf den anderen in nichts aufgelöst zu haben, und ganz unversehens war Antonio wieder zu dem brummigen, schweigsamen Mann geworden, als den Marco ihn kennengelernt hatte.

Nachdem der Junge eine Weile unschlüssig dagesessen hatte, fasste er sich ein Herz und erhob sich, um zu Antonio zu gehen. Er erschrak, als er sah, dass eine tiefe Qual auf seinem Gesicht lag und seine Augen feucht glänzten.

»Was ist passiert?«, fragte er ihn und legte ihm sanft eine Hand auf die Schulter.

In Marcos Stimme schwang eine Zärtlichkeit, die Antonio zutiefst berührte. Er wandte sich dem Jungen zu und sah ihm in die Augen, und in diesem Moment spürte er, dass Marco sein Vertrauen wirklich verdiente, dass der Zeitpunkt gekommen war, über seinen eigenen Schatten zu springen und ihm endlich Antworten auf seine Fragen zu präsentieren. Er hatte das ehrliche Bedürfnis, sich dem Jungen zu öffnen, zum einen aus Dankbarkeit, aber auch aus einer tiefen Zuneigung heraus, die er inzwischen für ihn empfand. Und da war noch etwas anderes, das ihn dazu trieb, ein innerer Ruf, dem er nicht widerstehen konnte und der ihm zu sagen schien, dass er mit diesem Jungen, warum auch immer, unauflöslich verbunden war.

»Du hattest mich gebeten, dir von meiner Frau zu erzählen …«

Marco nickte etwas unbehaglich.

»Du … du hattest mir gesagt, dass du nicht über sie reden wolltest«, antwortete er vorsichtig.

»Jetzt, ja. Jetzt will ich über sie reden«, erwiderte Antonio, indem er sich wieder ans Steuer setzte.

Marco ging zu ihm und musterte ihn aufmerksam, während der Fischkutter weiter langsam auf die Küste zuhielt.

»Ihr Name war Milena. Sie stammte aus dem Aostatal …

Sie war Italienischlehrerin am Gymnasium, bevor sie mir begegnet ist. Ich habe sie hier kennengelernt, in Sarcola. Vor bald zwanzig Jahren ist das gewesen. Sie war mit zwei Freundinnen in den Ferien hier, und es war Ende Juli. Du wirst mir nicht glauben, aber ein Blick hat genügt, ein einziger. Gleich als ich sie sah, begriff ich, dass sie für immer zu mir gehörte und ich zu ihr. Ich kann dir nicht erklären, wie das zugegangen ist … und ich schwöre dir, dass ich so etwas vorher nicht geglaubt hätte. Man hört immer wieder von der ›Liebe auf den ersten Blick‹ und denkt, das ist eben der Quatsch, den sie im Film oder in den Büchern erfinden. Aber ich schwöre dir, es ist genau so gewesen.

Es hat geregnet, an dem Tag. Und ich habe mich unter einem Schutzdach untergestellt, unten im Hafen. Dann kam sie und hat sich ebenfalls untergestellt, unter demselben Dach. Als ich sie sah, haben wir einen Blick gewechselt … und dann habe ich mich instinktiv von ihr weg zum Meer gedreht … einfach, um sie nicht die ganze Zeit ansehen zu müssen. Ich hatte Angst, Angst, dass sie mir das Herz bricht für immer, um dann einfach wieder abzureisen, denn ich wusste ja, dass sie nur zu den Ferien hier war. Hier kennt jeder jeden, und ich hatte sie vorher noch nie gesehen. Ich blickte also aufs Meer hinaus und hoffte, dass sie verschwinden würde, zusammen mit ihren Freundinnen. Ich hoffte, dass sie fort wäre, wenn ich mich umdrehte … Die Sonne ging gerade unter, ich erinnere mich gut. Es war ein Sonnenuntergang, der gar nicht enden zu wollen schien, und gleichzeitig regnete es immer weiter. Die Sonne spitzte zwischen den Wolken hervor und stand genau über dem Horizont, als hätte sie jemand dort festgemacht. Vielleicht war auch nur die Zeit stehen geblieben, ich weiß es nicht … Jedenfalls hatte ich ihr immer noch den Rücken zugewandt und wartete, doch dann merkte ich plötzlich, dass sie näher kam. Ich schloss die Augen, und ich weiß noch, dass mir die Beine zitterten ... ausgerechnet mir, der sich immer rühmte, keine Angst zu haben, vor nichts und niemandem. Plötzlich hörte ich ihre Stimme, die zu mir sagte: ›Willst du jetzt endlich aufhören, mich anzustarren?‹ Verstehst du? ›Willst du aufhören, mich anzustarren?‹, sagte sie zu mir, dabei hatte ich ihr doch schon seit einer Ewigkeit den Rücken zugewandt. Aber sie konnte einfach in mir lesen, Marco. Sie hat immer meine Gedanken lesen können, sie kannte sie oft schon, bevor sie in meinem Kopf waren. So ist sie in mein Leben gekommen und hat es verwandelt. Alles hat sie mir beigebracht, alles ... Sie hat mich gelehrt, die Dinge aus verschiedenen Blickwinkeln zu betrachten, sie hat mir Worte geschenkt, die ich nicht kannte. Weißt du noch, der schalltote Raum? Oder der *Potlach*?«

»Natürlich weiß ich das noch ...«, erwiderte Marco.

»All das habe ich von ihr gelernt. Auch die Geschichte mit den Tiefseefischen, alles. Jeden Tag habe ich etwas Neues von ihr gelernt ... Und dann war da dieses erste Mal, als sie meinen Namen ausgesprochen hat ... das erste Mal, als sie ›Antonio‹ gesagt hat, das war für mich wie eine zweite Taufe. Erst beim Klang ihrer Stimme habe ich die Bedeutung meines Namens verstanden, erst durch sie habe ich begriffen, wer ich war. Erst durch sie konnte ich wachsen ...«

Sie hatten jetzt den Wind im Rücken und näherten sich immer schneller der Küste. Antonio jedoch hatte den inneren Blick auf die Vergangenheit gerichtet, während Marco ihm aufmerksam lauschte.

»Die zwei Wochen Ferien gingen schnell vorbei ... aber für uns sollten die wirklichen Ferien erst noch beginnen.

Milena beschloss, bei mir zu bleiben. Sie verließ ihr Zuhause und ihre Freundinnen ohne einen Moment des Zögerns. Sie tat das meinetwegen, verstehst du? Um mit mir zusammen zu sein, der ich doch gar nicht wusste, was ich getan hatte, um sie zu verdienen. Wir heirateten so schnell wie möglich, sie hatte keine Verwandten, nur eine Tante, denn sie war sehr früh Waise geworden. Zu der Tante hatte sie nicht mal ein gutes Verhältnis, sie kam auch nicht zur Hochzeit, schrieb ihr nur einen Brief, um ihr zu sagen, sie solle aufpassen, was sie da tue. Dann nichts mehr. Milena ließ ihre Sachen aus dem Norden kommen, Kleider, persönliche Gegenstände, Bücher … unzählige Bücher, denn sie waren ihre große Leidenschaft. Jeden Abend las sie mir aus ihren Lieblingsbüchern vor. Doch sie füllte das Haus nicht nur mit Büchern, sondern auch mit Musik, mit Blumen, mit Fröhlichkeit.

Sie gab alles auf für mich, auch ihre Arbeit. Weil sie das Gefühl hatte, für immer zu mir zu gehören. Wir hatten beide das Gefühl, dass wir unser Leben zusammen verbringen mussten, dass wir gar nicht ohneeinander leben konnten. Die Zeit, die ich ohne sie verbrachte, war eine tote Zeit. Ich ging morgens zum Fischen und konnte es kaum erwarten, wieder zu ihr nach Hause zu kommen. Abends schlief ich ein an ihrer Seite und wachte ständig auf, weil ich sie immer wieder ansehen musste, mich versichern musste, dass sie noch da war, noch an meiner Seite war …«

»Sie war bestimmt schön, oder?«, fragte Marco fasziniert.

Antonio schüttelte den Kopf und lächelte. Dann kramte er in seinen Taschen und zog eine Brieftasche heraus.

»Ich weiß nicht, ob sie schön war«, sagte er, während er die Brieftasche durchsuchte. »Manchmal habe ich das Gefühl, dass ich sie nie wirklich gesehen habe. Wie soll ich dir das erklären? Sie war … sie war die Luft, die ich zum Atmen brauchte. Und die Luft sieht man nicht, man atmet sie einfach. Du atmest sie, und sie lässt dich leben. Und sobald sie dir fehlt, hast du das Gefühl zu ersticken. Und es sind jetzt achtzehn Jahre, dass ich mich genau so fühle, Marco. Ich bin immer am Ersticken. Ich bin am Ersticken, denn die Luft, die ich atme, nutzt mir nichts, weil Milena nicht darin ist … Da ist sie, schau … Sag am besten du mir, ob sie schön war.«

Er reichte ihm ein Foto. Marco nahm es und betrachtete die Frau, die darauf in einer Porträtaufnahme abgebildet war. Sie hatte ein ebenmäßiges Gesicht, lange braune Haare, volle Lippen, die zu einem bezaubernden Lächeln geöffnet waren. Und honigfarbene Augen.

Er spürte ein plötzliches Beben in sich, während Antonio ihn ansah, in Erwartung seines Urteils.

»Und, was sagst du?«

Marco zögerte. Woran erinnerten ihn nur diese Augen?

»Sie ist … sie ist sehr schön«, sagte er mit brüchiger Stimme.

Und dann, als hätte der Wind ihm eine Ohrfeige versetzt, hatte er plötzlich das Bild vor sich, das er auf dem Grund des Meeres gesehen hatte, das Wasser, das sich rot färbte … der Hof mit den Zitronenbäumen … Ja, genau, das war es, wo er sie schon einmal gesehen hatte! Dort unten hatte er genau diese Augen gesehen, die ihn fixierten, als wollten sie ihn beschützen …

Der kalte Schweiß brach ihm aus, während Antonio mit seiner Erzählung fortfuhr.

»Nachdem wir ein Jahr verheiratet waren, entdeckten wir, dass wir ein Kind bekommen würden …«

Marco stockte der Atem in der Kehle. Er hob den Blick; seine Hand zitterte, als er ihm die Fotografie zurückgab.

»Ich kann dir nicht sagen, wie glücklich wir waren, Marco … Wir konnten unser Glück kaum fassen, es schien uns alles wie im Märchen zu sein … Wir richteten also ein Zimmer für unser Kind ein, obwohl Milena nicht wissen wollte, ob wir einen Jungen oder ein Mädchen haben würden. Sie wollte, dass es eine Überraschung sei, sagte sie mir damals. Aber wir beschlossen, dass er Angelo heißen würde, wenn es ein Junge, und Angela, wenn es ein Mädchen werden würde …«

Marco nickte, die Kehle eng, unfähig, auch nur einen Ton von sich zu geben.

»Doch das Problem war, dass sie immer müder wurde«, fuhr Antonio fort. »Sie nahm sichtbar ab, wurde immer schwächer. Ich war sehr besorgt, doch sie beruhigte mich immer wieder. Sie fuhr in einen Ort hier in der Nähe, als ich beim Fischen war, um sich von einem Arzt im dortigen Krankenhaus untersuchen zu lassen. Und als sie zurückkam, besänftigte sie mich, sagte mir, dass alles in Ordnung, dass sie nur ein wenig erschöpft sei. Doch dann kamen die Wehen, vor der Zeit. Sie hatte einen Blasensprung, und es war keine Zeit, um sie ins Krankenhaus zu bringen, jedenfalls sagte das … Lara.«

Marco zuckte zusammen.

»Lara?«, flüsterte er.

»Ja, Lara war damals die Hebamme im Dorf, bevor sie weggezogen ist … Erst später ist sie Physiotherapeutin geworden … und ich glaube, das hat sie auch gemacht, weil das damals passiert ist … Auch für sie ist es ein schrecklicher Schlag gewesen …«

Marco spürte einen Stich in der Brust, der ihm für einen Moment die Luft zum Atmen nahm.

»Was … was ist denn passiert?«, stammelte er.

Antonio schloss völlig abgekämpft die Augen.

»Ein Kind wurde geboren … Angelo. Aber Milena starb bei der Geburt.«

Das Kreischen einer Möwe zerriss die Stille, die plötzlich eingetreten war.

Marco brachte kein Wort hervor, er war wie gelähmt. Antonios Stimme schien aus einer anderen Welt zu kommen, aus einer imaginären Wirklichkeit, der er nur noch entfliehen wollte.

»Ich habe dieses Kind gehasst … Heute schäme ich mich dafür, aber ich habe es gehasst. Für mich war es nicht mehr mein Sohn, verstehst du? Der Preis für seine Geburt war Milenas Tod … Ich … konnte nicht einmal seinen Anblick ertragen … Ich habe es weggegeben. Am selben Abend noch, vor achtzehn Jahren … Ich habe es weggegeben. Ich habe es dem Jugendamt anvertraut … Der Junge dürfte jetzt in deinem Alter sein.«

Marco schüttelte sich: *in deinem Alter*. Die Worte dröhnten ihm in den Ohren wie ein Echo. Als er Antonio jetzt ansah, bemerkte er zum ersten Mal, dass seine Augen die Farbe von Salbei hatten, dasselbe Grün, das er selbst jeden Tag im Spiegel sah.

Sag mir, dass nicht ich es bin, ich flehe dich an …, dachte er, während er versuchte, das Zittern seiner Hände und die Enge in seinem Bauch zu beruhigen. Sag mir, dass du weißt, wo es ist, dieses Kind … Sag mir, dass du es wiedergesehen hast … Sag mir, dass ich mit dieser ganzen Geschichte nichts zu tun habe …

»Ich erinnere mich nur, dass er ein Muttermal auf einer Schulter hatte«, fuhr Antonio jetzt fort, »ein Muttermal in der Form eines Seesterns …«

In diesem Moment tutete eine Sirene und lenkte Antonio ab, sodass Marco eine kurze Atempause bekam. Der Fischkutter war inzwischen im Hafenbecken angelangt, es fehlten nur wenige Meter bis zum Landungssteg. Antonio war schon aufgestanden und packte jetzt das Steuer, um gerade noch rechtzeitig das Anlegemanöver zu vollführen.

Marco war unbeweglich sitzen geblieben, gebrochen von der unerwarteten Wahrheit. Nun drehte er sich langsam seinem Vater zu, der schon vom Kutter gesprungen und damit beschäftigt war, das Tau um den Poller zu wickeln.

Er hatte das Gefühl, keine Kraft mehr zum Sprechen zu haben, und auch, dass die Worte sowieso keinen Sinn ergeben würden.

»Wir müssen die Kisten ausladen«, hörte er Antonio sagen, wie durch einen dichten Nebel hindurch.

Marco stand langsam auf, ging zum Bug und stieg von dem Kutter. Dann stellte er sich vor Antonio hin und sah ihn schweigend an.

Bevor der Mann etwas sagen konnte, packte Marco den Saum seines T-Shirts und zog es mit langsamen Bewegungen über den Kopf.

Antonio schwankte einen Moment, als er das Muttermal erblickte.

Dann standen sie eine Weile wie angewurzelt da und starrten sich schweigend an. Noch ehe Antonio etwas sagen konnte, wandte Marco sich plötzlich um und lief davon, so schnell er konnte.

Antonio sackte weg und glitt zu Boden, auf den feuchten Asphalt des Kais, den Kopf zwischen den Händen bergend.

10

Lara blickte aus dem Küchenfenster und sah ihn schon von Weitem. Er war verschwitzt, die Haare waren zerrauft, die Augen finster, und in den Händen hielt er sein T-Shirt, das sternförmige Muttermal der Sonne und den neugierigen Blicken der Menschen ausgesetzt.

Sie begriff sofort.

Sie ließ den Teller, den sie in der Hand hatte, auf den Tisch fallen und lief ihm hastig entgegen, das Schlimmste befürchtend, die Nerven zum Zerreißen gespannt.

»Marco …«, flüsterte sie, sobald er das Haus betrat.

Der Junge aber wich ihr aus und ging in sein Zimmer, vorbei an der Küche, wo Giuseppe gerade den Tisch deckte und Rosa geistesabwesend dasaß. Lara folgte ihm mit pochendem Herzen.

»Marco … was ist passiert?«

Er antwortete nicht. Stattdessen suchte er völlig überhastet seine Sachen zusammen.

»Aber was machst du denn da?«, fragte Lara.

»Ich hau ab. Ich geh zurück nach Hause«, antwortete Marco und packte sein Zeug in den Rucksack.

»Aber … warum denn? Willst du mir nicht erklären, was passiert ist?«, drängte Lara.

Marco fuhr ruckartig zu ihr herum, den Blick voller Groll.

»Was soll ich dir denn erklären? Kannst du dir nicht

selbst denken, was passiert ist? Siehst du das hier?«, fragte er, indem er auf das Muttermal zeigte. »Antonio hat es auch gesehen! Ist es nicht das, was du wolltest?«

»Ich … ich … Lass mich dir erklären …«

»Was zum Teufel willst du mir erklären? Was?«, unterbrach er sie, die Augen funkelnd vor Wut. »Dass du mich betrogen hast? Dass du alles wusstest, alles, und zwar vom ersten Moment an? Das war also der Grund, warum du so schockiert warst, als du das Muttermal gesehen hast … Deswegen bist du weggelaufen wie eine Diebin, im Krankenhaus …«

Lara fuchtelte hilflos mit den Armen und versuchte, ihn zu unterbrechen, doch Marco hatte gerade erst Fahrt aufgenommen.

»Und dann bist du zurückgekommen mit einem strahlenden Lächeln«, fuhr er fort. »Als wäre nichts passiert … ›Ich bring dich nach Sarcola … da wirst du schneller gesund‹, hast du gesagt. Dabei hast du mich nur an der Nase herumgeführt! Und ich war so dumm und habe dir vertraut!«

In diesem Moment erschien Giuseppe auf der Schwelle, schweigend und mit verstörtem Blick.

»Und auch mit Antonio hast du dein Spiel getrieben, stimmt's?«, wütete Marco weiter. »Auch er wusste von nichts … das habe ich an seinem Gesicht gesehen, als er kapiert hat, wer ich bin. Was hattest du denn überhaupt vor, was waren deine Absichten?«

»Ich wollte nur … ich wollte, dass ihr euch kennenlernt«, murmelte Lara.

»Ah, Glückwunsch! Ein perfekter Plan! Wir lernen uns kennen, wir sind uns sympathisch, und alles wird gut, stimmt's? Aber ist dir denn überhaupt klar, was du da angerichtet hast? Du hättest Klartext reden müssen. Du hättest es mir sofort sagen müssen, verdammt! Dann hätte ich selbst entscheiden können, ob ich mitkomme, um meinen Vater kennenzulernen, oder eben nicht … Du hättest mir alles erzählen müssen! Stattdessen hast du mich zum Idioten gemacht.«

Marco packte ein T-Shirt und stopfte es in den Rucksack, während Lara sich wie vom Donner gerührt auf das Sofa setzte.

»Du hast recht …«, brachte sie schließlich hervor.

»Na wunderbar, und was soll ich jetzt damit anfangen, dass ich recht habe?«

»Ich hatte nicht den Mut, es zu tun, Marco … Ich hatte nicht den Mut. Ich habe einen Fehler gemacht, ich bitte dich um Entschuldigung«, versuchte Lara einzulenken.

»Du kannst mich mal! Du und deine Entschuldigungen …«, zischte der Junge und schloss den Rucksack.

»Aber warum willst du denn eigentlich weg?«

Es war Giuseppe, der hinzugetreten war und die Frage gestellt hatte, und Marco drehte sich zu ihm um.

»Was soll ich denn sonst machen? Hierbleiben etwa? Nach allem, was passiert ist?«

»Du könntest ja mit ihm reden … mit deinem Vater«, sagte Giuseppe in ruhigem Ton.

Marco stieß einen ungeduldigen Seufzer aus.

»Ich habe schon mit ihm gesprochen … mit meinem Vater. Oder besser, er hat gesprochen, und das hat mir gereicht. Alles, was ich tun kann, ist, mich vom Acker zu machen … und diese ganze Geschichte auszulöschen, so schnell wie möglich.«

»Willst du wirklich denselben Fehler machen, den er damals gemacht hat?«, fuhr Giuseppe dazwischen. »Auslöschen … auslöschen … Hast du nicht gesehen, was passiert, wenn man alles auslöscht? Er hat dich weggegeben, gleich nach der Geburt, um den Schmerz auszulöschen … Und jetzt gehst du wieder weg, um alles auszulöschen … Was genau willst du eigentlich auslöschen?«

Marco zögerte, sein Atem ging stoßweise.

»Dass meine Mutter gestorben ist, als sie mich geboren hat. Das muss ich auslöschen. Dass sie praktisch durch meine Schuld gestorben ist. Reicht dir das? Nein, aber wenn es dir nicht reicht, dann könnten wir hinzufügen, dass mein sogenannter Vater mich deswegen hasst … und er hat nicht mal völlig unrecht, wenn ich ehrlich bin. Sogar ich selbst hasse mich jetzt.«

Der letzte Satz ließ Marco in ein nervöses, verzweifeltes Weinen ausbrechen. Lara stand auf, um ihn in die Arme zu schließen, aber er schob sie entschlossen weg.

»Fass mich nicht an!«

Lara zuckte verletzt zusammen und trat einen Schritt zurück. Sie schaute zu Giuseppe hinüber, auf der Suche nach Unterstützung. Ihr Vater nickte ihr zu, wie um zu sagen: Rede weiter, lass dich nicht abwimmeln.

Lara seufzte und wandte sich neuerlich an Marco, der sich gerade mit einer Hand die Tränen trocknete. Er schien völlig mit den Nerven am Ende zu sein.

»Kann ich reden?«, murmelte Lara, mit zärtlicher, mütterlicher Stimme. »Wenn du mich angehört hast, kannst du gehen, keiner hält dich dann mehr auf … Ich bitte dich nur, einen Moment Geduld zu haben und mich anzuhören.«

Marco schnaubte und warf ihr einen Blick aus geröteten Augen zu.

»Es ist meine Schuld, wenn deine Mutter es nicht geschafft hat«, sagte sie dann entschlossen.

Marco sah sie an wie vor den Kopf geschlagen, ebenso wie Giuseppe, der immer noch auf der Zimmerschwelle stand und bleich geworden war.

»Aber was sagst du denn da, Lara …«

»Lass mich sprechen, Papa«, unterbrach ihn Lara.

Dann wandte sie sich wieder an Marco.

»Das ist der Grund, warum ich dir nicht sofort die Wahrheit gesagt habe … Da ist eine Last, die ich mit mir herumschleppe seit jener verdammten Nacht … eine Last, die mich mein ganzes weiteres Leben quälen wird. Ich bin ein Feigling, Marco. Und du hast recht … Ich habe gehofft, dass sich alles zum Guten wenden würde, wenn ich dich hierherbringe … dass ihr euch kennenlernt, Antonio und du … dass ihr eine Bindung zueinander eingeht … und dass nicht ich es sein muss, die dir erzählt, was wirklich passiert ist … Vielleicht hätte ich dann aufgehört, mich zu quälen, wegen der Schuld, die ich auf mir lasten spüre …«

In Marcos Augen standen alle Fragen der Welt. Lara setzte sich erneut aufs Sofa und schlug die Arme um ihren Oberkörper, bevor sie fortfuhr.

»Milena bekam ganz unerwartet die ersten Wehen. Dann hatte sie einen Blasensprung. Es war die fünfunddreißigste Woche, ich erinnere mich gut … fünf Wochen vor dem Termin. Eigentlich hätte sie vor dem Ablauf des neunten Monats ins Krankenhaus gehen sollen, so war es mit den Ärzten in der Klinik abgesprochen. Aber die Situation eskalierte plötzlich. Dein Vater kam zu mir und bat um Hilfe, er wollte sie so schnell wie möglich ins Krankenhaus bringen. Ich habe sie untersucht, bevor sie gefahren sind … Ich war damals Hebamme.«

»Ich weiß«, sagte Marco.

Lara nickte wehmütig.

»Antonio hat es dir gesagt, nicht wahr?«

Marco nickte schweigend.

»Ich habe sie untersucht … ihr Fruchtwasser war schon abgegangen … und ihr Gebärmutterhals war auf acht Zentimeter erweitert … Sie hatte sehr starke Wehen«, fuhr Lara fort.

»Was bedeutet das?«, fragte Marco.

»Das bedeutet, dass keine Zeit mehr war, Marco … Die Geburt stand unmittelbar bevor, es waren alle Symptome da … Es hätte aber über zwei Stunden gedauert, um in die Klinik zu kommen, und in Sarcola gab es nicht einmal einen ärztlichen Notdienst, nur eine Apotheke. Wir hätten riskiert, dass sie im Auto niederkommt, während der Fahrt … es war einfach nicht genug Zeit. Und dann war Milena auch sehr erschöpft und geschwächt … Sie sagte, sie würde spüren, dass du gleich auf die Welt kämst. Und es stimmte ja auch … es stimmte alles. Also habe ich die Verantwortung übernommen, sie zu Hause gebären zu lassen. Ich dachte, dass ich, im schlimmsten Fall, einen Dammschnitt setzen würde … dass aber ansonsten alles gut gehen würde. Wie auch immer … Mir war einfach bewusst, dass wir nicht die Zeit hatten, um uns ins Auto zu setzen und loszufahren …«

»Ich habe dir einen Brief geschrieben, und du hast mir nicht mal geantwortet …«

Es war Rosas Stimme, die plötzlich Laras Erzählung unterbrach. Sie war neben Giuseppe an der Tür erschienen, mit verwirrter Miene. Giuseppe legte ihr geduldig eine Hand auf die Schulter.

»Schon gut, Rosa … schon gut. Wir reden später darüber, nicht wahr?«, beruhigte er sie liebevoll.

Rosa antwortete nicht, drehte sich langsam weg und ging

schlurfend davon. Lara schüttelte traurig den Kopf und wandte sich dann wieder an Marco.

»Es war eine sehr schmerzhafte Geburt … aber es waren weder Dammschnitt noch Kaiserschnitt nötig … Eine halbe Stunde hat es nur gedauert, und schon warst du geboren.«

»Aber … aber was dann?«, wollte Marco wissen. »Was ist dann passiert?«

Lara schlug die Hände vor die Augen und führte sie dann vor den Lippen zusammen, als die Erinnerung sie mit ihren Bildern überspülte.

»Ich nahm dich in den Arm … ich gab dir einen Klaps auf den Po, um dich zum Atmen zu bringen, und du hast zum ersten Mal gewimmert. Und dann habe ich dich einfach im Arm gehalten und alles andere vergessen. Ich sah dich an, Marco … ich sah dich an …«

Lara weiß, dass Antonio im Zimmer mit den Sternen ist.

Sie weiß, er wartet und hofft, dass sich alles zum Besten wendet, allein, weil Milena nicht gewollt hat, dass er bei der Geburt dabei ist.

An ihn denkt sie, Lara, während sie das Kind in den Armen hält, während sie auf sein Wimmern hört, das sich erhebt wie ein süßer, schmerzlicher Gesang.

Sie hält es in den Armen und sieht es an, versucht zu erkennen, ob es dem Mann ähnelt, den sie liebt, oder der Frau, die sein Herz erobert hat.

Sie sieht es an und träumt, träumt, dass sie die Mutter dieses Kindes ist, träumt von der Zukunft, die sie immer erhofft hat.

Antonio und sie, für immer vereint, wie ein einziges Herz.

Sie träumt, dass sie es war, die ihm soeben einen Sohn geboren hat, um ihm eine Freude zu schenken, die kein Ende hat.

Sie träumt, dass sie dieses kleine Wesen mit ihm zusammen aufziehen wird, mit dem Mann, den sie liebt. Sie träumt …

»Als ich mich umdrehte zu Milena, sah ich das Blut. Sie hatte eine Blutung, ich dachte sofort an eine Uterusatonie … das heißt, dass sich die Gebärmuttermuskulatur nicht zusammengezogen hat … Ich legte dich in die Wiege und lief zu ihr … ich versuchte alles, um ihr zu helfen und die Blutung zu stillen … aber ich konnte sie nicht retten. All das Blut … es hörte einfach nicht mehr auf zu bluten. Ich sah sie langsam sterben und wusste einfach nicht mehr, was ich noch tun sollte …«

Marco sah sie bestürzt an, und auch Giuseppe musterte sie mit bekümmerter Miene.

»Du konntest nichts tun, meine Tochter«, murmelte er mit gebrochener Stimme.

»Ich weiß, Papa … ich weiß … Ich hatte nicht die Instrumente, ich hatte nichts, um einzugreifen. Aber das Schuldgefühl ist einfach stärker als ich … Ich habe immer gedacht, dass, wenn ich nicht diese wenigen Momente abgelenkt gewesen wäre, ich vielleicht die Zeit gehabt hätte, sie zu retten … Ich weiß nicht, wie, aber … aber wenigstens hätte ich es versuchen können … Das ist der Grund, warum ich weggegangen bin aus Sarcola, Marco … und warum ich nicht länger als Hebamme gearbeitet habe … Ich fühlte mich nicht mehr in der Lage dazu … Ich war es nicht mehr wert, diesem Beruf nachzugehen, auch weil ich glaubte, nicht mehr vertrauenswürdig zu sein …«

Lara sah Marco flehentlich an, der jedoch die Augen gesenkt hielt und schwieg.

»Ich bitte dich um Verzeihung, für alles«, schloss sie dann.

Marco antwortete nicht. Stattdessen hob er seinen Rucksack auf, hängte ihn sich über die Schulter und machte sich auf den Weg zur Haustür.

Rosa war allein im Schlafzimmer. Sie hatte eine Schublade der Kommode aufgezogen und wühlte darin herum.

Zwischen alten Kissenbezügen und Bettlaken, zwischen Taschentüchern mit Spitzenbesatz und Lavendelsäckchen suchten ihre Hände nach etwas ganz Bestimmtem. Endlich fand sie eine Blechdose, die einst sizilianisches Mandelgebäck enthalten hatte, und zog sie heraus. Sie klappte den Deckel auf und durchforstete den Inhalt, kramte zwischen Nippes und vergilbten Fotografien. Dann, endlich, fand sie ihn. Er war das Einzige, was sie aufgehoben hatte, nachdem sie Antonios Bitte erfüllt und alles hatte verschwinden lassen, was Milena gehört hatte.

Sie hatte ihn aufgehoben aus einem Grund, an den sie sich jetzt nicht mehr erinnerte. Auch wusste sie nicht, warum sie ihn eigentlich suchte. Aber als sie ihn fand, empfand sie etwas, das sie vage an Gefühle wie Freude und Erleichterung erinnerte.

Sie nahm ihn in die Hände. Und betrachtete ihn lange.

Marco umarmte Giuseppe zum Abschied und dankte ihm für die schöne Zeit in seinem Haus, wo er sich so beschützt und behütet gefühlt hatte.

Giuseppe versuchte zwar immer noch, ihn aufzuhalten, doch er musste einsehen, dass es vergeblich war. Der Junge hatte so viel Bitterkeit im Herzen, dass er sich nicht vorstellen konnte, jemals nach Sarcola zurückzukommen.

Lara stand da und sah traurig zu, wie sich die beiden voneinander verabschiedeten. Dann folgte sie Marco mit dem Blick, als er mit entschlossener Miene durch die Haustür ins Freie ging.

Die Zitronenbäume und Malven regten sich kaum im Wind, als Marco in den Hof hinaustrat. Bei ihrem Anblick musste er an den seltsamen Zufall denken, dass er auf dem Meeresgrund nicht nur die Augen seiner Mutter, sondern auch diesen Hof hier gesehen hatte …

Er zögerte, denn plötzlich konnte er den Abschiedsschmerz nicht mehr unterdrücken. Es war ihm klar, dass er diesen Ort für den Rest seines Lebens vermissen würde.

Im selben Moment trat Rosa aus ihrem Schlafzimmer und machte sich auf den Weg zur Haustür. In den Händen hielt sie einen abgegriffenen Briefumschlag.

»Ich habe dir einen Brief geschrieben, und du hast mir nicht mal geantwortet«, wiederholte sie noch einmal und reichte ihn dann ihrem Mann. Giuseppe nahm ihn verdutzt entgegen und erschrak heftig, als er den Adressaten auf dem Umschlag las.

»Das ist Milenas Handschrift«, sagte Lara, die an seine Seite getreten war und ihm den Brief aus der Hand genommen hatte.

Sie sah ihren Vater ungläubig an und stürzte dann ohne ein weiteres Wort aus dem Haus, um Marco noch zu erwischen, der gerade das Hoftor erreicht hatte.

»Ich glaube, das … das ist für dich«, sagte sie, als sie bei ihm angekommen war, und hielt ihm den Umschlag hin.

Marco zögerte einen Moment, nahm ihn dann aber an sich.

11

Lieber Angelo, mein liebster Engel,

es sind noch fast zwei Monate bis zu deiner Geburt, aber ich weiß schon jetzt, dass du ein Junge bist. Nur ich weiß das. Nicht weil ich eine Hellseherin wäre und Vorahnungen hätte, sondern weil die Ärzte es mir gesagt haben, im Krankenhaus von San Lazzaro, wo ich in Behandlung bin.

Dein Papa aber weiß es nicht, weil wir nämlich ausgemacht haben, dass wir uns lieber überraschen lassen. Aber dann habe ich es nicht ausgehalten und mir doch sagen lassen, dass du ein kleiner Junge wirst. Ich habe es ausgenutzt, dass er nicht da war, weil ich allein zu den Untersuchungen gehe. Der zweite Grund, warum ich es ihm nicht gesagt habe, ist, dass ich zurzeit sowieso eine ziemliche Schwindlerin bin. Warum, das werde ich dir später erklären. Du musst nur noch ein paar Zeilen Geduld haben. Oder so lange, bis ich den Mut habe, es dir zu sagen.

Auf jeden Fall wirst du ein Junge, und das freut mich. Um ehrlich zu sein, es freut mich sehr.

Aber damit das klar ist: Ich wäre genauso glücklich gewesen, wenn du ein Mädchen wärst, aber da du ja nun ein Junge bist, muss ich eben damit glücklich sein.

Vielleicht hast du es schon gemerkt: Ich scherze gern.

Und wenn du's kapiert hast, dann wirst du dich wahrscheinlich fragen, warum ich mich in so einen störrischen und schweigsamen Kerl wie deinen Vater verliebt habe.

Ich sag's dir gleich, damit du Bescheid weißt: Dein Vater, also mein Mann, ist innen drin der liebste Mensch der Welt. Vielleicht redet er nur deshalb so wenig, weil sein Licht sonst derart hell erstrahlen würde, dass sogar die Sonne sich vor Scham verstecken würde.

Du meinst, ich übertreibe? Vielleicht stimmt das, ja, mein Kleiner. Aber es stimmt jedenfalls auch, dass ich verrückt nach ihm bin, und er ist verrückt nach mir. Weißt du, dass er Fischer ist, aber nicht schwimmen kann? Muss man über so was nicht lachen? Ich finde es trotzdem wunderbar, und ich lache doch immer noch darüber, und er spielt den Beleidigten. Was meinst du, werden wir ihm zusammen das Schwimmen beibringen? Ich glaube, das wäre großartig.

Eines Tages werden wir dir erzählen, wie wir uns ineinander verliebt haben, auf den ersten Blick. Ehrlich gesagt, möchte ich es zuerst tun, und er kann es dann bestätigen. Als ich ihn zum ersten Mal gesehen habe, habe ich sofort gewusst, dass ich ihn schon immer gesucht hatte. Manchmal kommt es mir so vor, als hätte ich ihn wiedererkannt. Ja, genau so ist es. Wiedererkannt.

Weißt du, ich habe immer viele seltsame Ideen (auch das wirst du mit der Zeit merken), und ich habe mir mal eine Sache ausgedacht, die ich die »Theorie vom kleinen Hof« nenne.

Ich erzähle dir, was ich damit meine.

Ich glaube, dass wir uns alle, vor der Geburt, in verschiedenen Höfen aufhalten und dort darauf warten, zur Welt zu kommen. In diesen Höfen spielen wir miteinan-

der, unterhalten uns, lernen uns kennen, verlieben uns, verabscheuen uns, streiten miteinander und machen Frieden. Dann kommt der Moment, in dem wir geboren werden, und da verlassen wir unseren kleinen Hof und kommen auf die Erde. Und vergessen alles.

Aber wenn es uns dann passiert, dass wir jemanden wiedersehen, der mit uns in unserem Hof war, dann erkennen wir ihn sofort. Und alles beginnt wieder da, wo es stehen geblieben war.

Es scheint mir offensichtlich, dass ich mich schon in meinem Hof in deinen Vater verliebt hatte und er sich in mich, denn sobald wir uns sahen, haben wir uns wiedererkannt und dann nicht mehr voneinander gelassen.

Es ist wunderschön so, weißt du, mein Liebling? Ich bin mir sicher, dass es auch dir passieren wird. Vielleicht wirst du das kleine Mädchen wiedertreffen, mit dem du in diesem Moment spielst, wer weiß, in welchem kleinen Hof. Ja, sicher, mir ist klar, dass du gerade in meinem Bauch bist, aber ich glaube trotzdem, dass du noch dort lebst und dich aufhältst, in dem kleinen Hof, den du in etwa zwei Monaten verlassen wirst.

Übrigens, ich will dir noch von einer anderen seltsamen Sache erzählen, die geschehen ist, als ich deinen Vater kennengelernt habe (Antonio, so heißt er, das wirst du bald schon wissen und es sagen lernen, auch wenn du ihn dann »Papa« nennen wirst). Also, es war so, dass Antonio mich mit zu sich nach Hause genommen hat, und … rate mal? Da ist ein Hof mit Zitronenbäumen, und ich hatte gleich den Eindruck, dass ich ihn schon mal gesehen hatte! Vielleicht war das genau der Hof, wo wir gewesen waren, vor unserer Geburt. Und vielleicht ist das auch der Hof, in dem du jetzt bist, vor deiner Geburt, und gleichzeitig ist er hier vor meinen Augen, zum Greifen nah. Ich sehe ihn vom Fenster aus, genau jetzt, während ich dir schreibe.

Ich sehe auch das Haus gegenüber, wo ganz besondere Menschen wohnen: unsere Nachbarn. Auch sie werden dir gefallen, dessen bin ich mir sicher. Sie haben eine Tochter, die ungefähr mein Alter hat. Sie heißt Lara und ist bis über beide Ohren verliebt in deinen Vater. Sie tut so, als wäre es nicht so, aber mich kann sie nicht täuschen.

Wenn du es wissen willst, ich bin nicht böse auf sie, nur ein bisschen eifersüchtig vielleicht. Aber im Übrigen verstehe ich sie: Die Liebe ist nie eine freiwillige Sache, mein Süßer. Es gibt nie ein Motiv oder einen Grund dafür. Die Liebe packt dich, ohne dass du es merkst, und auch, wenn du es gar nicht willst. So ist sie eben gemacht, sie überfällt dich einfach, und du kannst nichts dagegen tun. All die Motive und Begründungen dienen nur dazu, um sie enden zu lassen, die Liebe. Das wirst auch du noch merken.

Aber kommen wir zurück zu uns. Ich sehne mich jetzt schon nach dir und kann es kaum erwarten, dich in den Armen zu halten und mit Küssen und Liebkosungen zu überschütten. Das gilt auch für deinen Papa, wenngleich er es nicht sagt. Aber ich weiß, dass er schmelzen wird wie Schnee in der Sonne, sobald er dich zu Gesicht bekommt.

Stell dir vor: Er hat dein Zimmer vorbereitet, es ist schon fertig eingerichtet, und weißt du, was er gemacht hat? Er hat die Decke mit unzähligen phosphoreszierenden Sternen beklebt, du wirst sie sehen, wenn du auf der Welt bist. Und wenn du dann in der Nacht aufwachst, wirst du nie Angst haben müssen, weil der Himmel an der Decke immer beleuchtet ist.

Er hat das gemacht, weil ich ihm eine alte Sage erzählt

habe, die von den Sternen handelt. Den Seesternen allerdings. Die eigentlich auch Asteroiden heißen und die, der Sage nach, vom Himmel gefallene Sterne sind. Es heißt, dass sie dann an ihren ursprünglichen Platz zurückkehren, wenn jemand wirklich glücklich ist. Verstehst du, was der Sturkopf gemacht hat? Er hat sie schon im Voraus zurückkehren lassen in den Himmel, all die gefallenen Sterne. Das war seine Art, um mir zu zeigen, wie glücklich er über dein Kommen ist. Und wenn er glücklich ist, bin ich es auch.

So ist die Liebe, mein Kleiner, mein Angelo, der du da drin in meinem Bauch bist. Liebe heißt, dass man glücklich ist, sonst ist es keine Liebe. Jedenfalls glaube ich das. Und die Tatsache, dass ich so glücklich darüber bin, dass du bald kommen wirst, ist der Beweis, wie sehr ich dich liebe.

Ich liebe dich, ja. Ich liebe dich, ich liebe dich, ich liebe dich, und ich werde nie aufhören, es zu sagen und es dir zu zeigen. Und es wird nie Gründe oder Motive geben, um sie enden zu lassen, diese Liebe.

Genau in diesem Moment hast du mir einen Tritt versetzt, weißt du? Vielleicht hast du gespürt, was ich dir schreibe, und hast mir sagen wollen, dass auch du mich liebst? Ich hoffe es wirklich.

Aber ich weiß es sowieso, dass du mich liebst, sei ganz ruhig. Und ich weiß, dass du auch deinen Vater lieben wirst, von ganzem Herzen. Er wird dich sicher in seinem Boot mitnehmen, wenn du größer bist. Und ich werde mit euch mitkommen: Ich lasse euch ja wohl nicht allein, damit ihr hinter meinem Rücken über mich reden könnt!

Mein Kleiner, ich weiß nicht, wann du diesen Brief lesen wirst. Wenn alles gut geht, werde ich ihn dir zeigen, wenn du schon groß bist. Ansonsten … aber daran will ich gar nicht erst denken. Oder, machen wir eins: Ich erzähle dir jetzt alles, und dann kannst du mir helfen, die Angst zu vertreiben, und vielleicht werde ich dadurch auch mehr Mut fassen, es wäre wirklich nötig für mich.

Es ist etwas passiert und … warte, ich schnaufe noch einmal tief durch, und dann schreibe ich dir alles.

Also … ich war schon seit fast drei Monaten schwanger, elf Wochen, um genau zu sein. Ich bin zu einer Untersuchung gegangen, und der Arzt hat mich gebeten, ein paar Tests zu machen, und dann … Also, mein Kleiner, dann haben sie mir gesagt, dass ich eine unschöne Krankheit habe, die Leukämie genannt wird.

Das heißt aber nicht, dass wir uns allzu sehr sorgen müssen. Ich werde eine Behandlung durchlaufen müssen, aber ich glaube, dass sich alles zum Guten wenden wird. Das einzige Problem ist, dass ich für diese Behandlung warten muss, bis du da bist, denn wenn ich sie vorher mache, mein Schatz, verliere ich dich. Die Behandlung heißt Chemotherapie und ist keine einfache Sache. Und ich kann sie jedenfalls nicht machen mit dir in meinem Bauch. Die Ärzte haben mir gesagt, dass ich sofort anfangen muss, wenn ich sicher sein will, gesund zu werden, und dass ich dann auf dich verzichten muss. Aber ich habe ihnen geantwortet, dass das überhaupt nicht infrage kommt. Ich werde nicht auf dich verzichten, auch nicht, wenn sie mich erschießen, geschweige denn wegen so einer dämlichen Leukämie, die mir nicht mal sympathisch ist.

Ich werde warten, bis du da bist. Ich werde das Risiko eingehen. Weil es zu wichtig ist, dass du auf die Welt kommst, und weil ich es mir nie verzeihen würde, wenn ich etwas tun würde, um dich nicht zu haben.

Aber … aber Papa habe ich nichts davon gesagt. Weil ich genau weiß, wie es dann ausgegangen wäre: Er hätte mich gezwungen, auf dich zu verzichten, weil er nicht auf mich verzichten will. Und ich hätte es nicht geschafft, mich zu widersetzen, stur wie er ist. Er hätte das aber nicht aus Boshaftigkeit dir gegenüber gemacht, glaub mir bitte. Es ist nur, dass er dich nicht im Bauch und daher keine Ahnung hat, was es bedeutet, dich da zu haben, wie du mich trittst und mir damit sagen willst, dass du mich liebst. Ja, ich weiß: Mit elf Wochen hast du noch nicht getreten, aber ich wusste es, dass du irgendwann damit angefangen würdest. Und hätte ich auf all das verzichten können? Ich gestehe dir, dass ich bis vor einem Jahr, bei nüchternem Verstand, gedacht hätte, ja, dass ich es hätte tun können und sollen. Aber vor einem Jahr gab es dich noch nicht. Und das ändert die Situation grundlegend. Jetzt bist du da. Und ich habe beschlossen, dass du bleiben wirst. Um jeden Preis. Ich habe mir nie etwas so sehr gewünscht, wie ich mir wünsche, dass du da bist, und das muss dir immer klar sein, egal, was passiert.

Ich habe es also niemandem gesagt. Wirklich niemandem. Nur der Doktor, der es herausgefunden hat, weiß es, und das konnte ich ja nicht ändern. Und dein Papa wird es erst erfahren, wenn du geboren bist. Dann werde ich es ihm sagen und mit der Behandlung beginnen. Ich weiß schon, dass er sich schrecklich aufregen und furchtbar mit mir schimpfen wird. Aber warum sollte er sich jetzt Sorgen machen, wenn es doch nicht zu ändern ist?

Ich fühle mich sehr schwach, eine einfache Erkältung reicht, damit sich mein Zustand verschlechtert. Ich nehme sichtlich ab (außer am Bauch), und jeder kleine Schmerz wird fast unerträglich. Aber das Herz hält noch durch, auch wenn sie mir sagen, dass es schon ein bisschen angeknackst ist. Und ich atme. Ich halte mich auf den Beinen.

Ich widersetze mich, mein Kleiner, und ich bin sicher, dass ich es schaffe. Ich werde im Krankenhaus niederkommen, das habe ich schon mit dem Doktor vereinbart, der alles weiß, auch all das, was er machen muss, wenn es die tausenderlei Komplikationen geben sollte, die er für mich befürchtet und an die ich mich weigere zu denken.

Also ich würde sagen, wir schaffen das. Alle drei, du, Papa und ich.

Wir schaffen das, weil wir uns so sehr lieben, dass es unmöglich ist, es nicht zu schaffen und dann unglücklich zu sein. Und ich will, dass du glücklich bist, ich schwöre, dass ich dir den Hintern versohle, auch mit vierzig Jahren noch, wenn du es nicht bist. Versprichst du mir das? Schwörst du mir, dass du glücklich sein wirst?

Ich werde dir dafür immer wieder sagen, das ganze Leben lang, dass ich dich so sehr liebe, dass ich ganz verrückt davon werde, mehr als ich es sowieso schon bin. Auch dieser Brief ist ja ziemlich verrückt, aber ich bitte dich, ihn einfach als Beweis dafür zu sehen, wie sehr ich dich liebe.

Ich stecke ihn in die Tasche, in die von meinem Mantel. So verliere ich ihn nicht, und Papa sieht ihn auch nicht, denn es ist ja schon fast Frühling, und wenn man später die Mäntel wieder rausziehen wird, wird alles gut sein.

Ciao, mein Kleiner. Auf bald.

Deine Milena (Mama)

12

Marco ging schweigend durch den Hof. Er betrachtete die Zitronenbäume und dachte dabei an Milenas Worte. Die Idee gefiel ihm sehr, schon vor seiner Geburt in diesem Hof gewesen zu sein und ihn auf dem Meeresgrund wiedergesehen zu haben, als er Angst um sein Leben gehabt hatte.

Nachdem er den Brief gelesen hatte, hatte er sich die Schrift seiner Mutter genau angesehen und einige Worte mit den Fingern nachgezogen, als könnte er so den Tag vor vielen Jahren rekapitulieren, als Milena am Fenster gesessen und ihm geschrieben hatte, während er selbst noch in ihrem Bauch gewesen war. Diese rundlichen Schriftzüge, dachte er, waren das Einzige, was ihm von ihr geblieben war, abgesehen von ihrer Eröffnung, dass sie den Kampf gegen eine tödliche Krankheit verloren hatte. Und auch ihr Gesicht auf dem Foto, das Antonio ihm gezeigt hatte, sowie ihre Augen, die er auf dem Meeresgrund gesehen hatte. Er war sich jetzt sicher, dass seine Mutter es irgendwie trotz allem geschafft hatte, ihm nahe zu sein.

Er hatte den Brief ein zweites Mal gelesen und ihn dann Lara gezeigt.

»Lies ihn … ich glaube, er wird dir guttun …«, hatte er zu ihr gesagt, wohl wissend, dass Milenas Worte die Last erleichtern würden, die sie in ihrem Herzen fühlte.

Dann war er wieder hinaus in den Hof gegangen, wo er sich jetzt umsah und den Duft der Rosenmalven und

Zitronen in sich aufsog. Er fragte sich unwillkürlich, wo seine Mutter wohl normalerweise gesessen hatte, wenn sie sich im Schutz der Zitronenbäume aufgehalten hatte. Welche Blickrichtung sie bevorzugt und ob sie einen Lieblingsbaum gehabt hatte, oder eine andere Pflanze, um die sie sich mehr als um die anderen gekümmert hatte. Er suchte die Spuren ihrer Schritte unter seinen Füßen, strich über die Hausmauer und stellte sich vor, wie ihre Hände sie vielleicht berührt hatten, versuchte, ihrer Stimme einen Klang zu geben, indem er die Worte des Briefes, die schon eine Spur in seinem Gedächtnis hinterlassen hatten, auswendig vor sich hin murmelte. Das »Ich liebe dich«, das sie mehrmals wiederholt und dadurch ihrer Liebe eine größere Tiefe gegeben hatte, und das, was sie über die Tracht Prügel geschrieben hatte, die sie ihm sogar noch mit vierzig geben wollte, wenn er sich nicht bemühte, glücklich zu sein … Immer wieder flüsterte er ihre Worte, bis er das Gefühl hatte, die Stimme seiner Mutter zu hören. Er stellte sie sich gleichzeitig fein und kristallklar vor, mit einem warmen weiblichen Timbre. Dann ließ er seinen Namen in sich aufsteigen, Angelo, den Namen, den er gerade erst entdeckt hatte und der nie wirklich der seine werden würde. Und er vermischte ihn mit dem Klang ihrer Stimme, bis er den Eindruck hatte, dass sie es war, die ihn aussprach. Anschließend stellte er sich ihr Lachen vor, das einen hellen Glanz in ihre Augen zauberte. Und so fühlte er sich ihr endlich wirklich nah, so nah, dass er den Eindruck hatte, in ihrem Bauch zu sein oder wenigstens in ihren Gedanken. So nah, dass er meinte, sie in seinem Herzen und sogar in seinem Atem zu spüren, weil er jetzt wusste, endlich, dass sie ihn nicht verlassen hatte und es auch nie getan hätte. Er wusste, dass nur der Tod sie daran gehindert hatte, an seiner Seite zu sein und ihn zu beschützen, seine ersten Schritte zu begleiten, ihn an der Hand zu halten, ihm die ersten Worte beizubringen, ihn in die Arme zu nehmen nach den ersten Enttäuschungen. Und obwohl er sich immer noch schuldig fühlte an ihrem Tod, verspürte er doch, zum ersten Mal, ein Gefühl der wiedergeschenkten Würde. Er spürte, dass sein eigenes Leben einen unschätzbaren Wert hatte, da Milena das ihre dafür gegeben hatte. Und er spürte, dass er von diesem Moment an stolz auf sich sein würde, genauso stolz, wie er es auch auf seine Mutter war.

Dann beschloss er, das Haus gegenüber zu betreten, zum letzten Mal. Er wusste, dass Antonio nicht zu Hause war, wahrscheinlich war er unten am Hafen, immer noch damit beschäftigt, den Schock zu verdauen, dass er seinen Sohn wiedergefunden hatte, und sich mit all dem Groll, ja sogar Hass, den er für ihn empfand, auseinanderzusetzen. Kurz entschlossen drückte er die Tür von Antonios Haus auf und warf einen Blick in die Küche, die strahlte wie neu, in einer ungewohnten Ordnung, die nach all den Jahren der Vernachlässigung nun dort regierte. Er versuchte, sie sich in Zeiten der Freude und der Liebe vorzustellen, und fragte sich, ob der Tisch mitten im Raum derselbe war, an dem seine Mutter gesessen und ihm geschrieben hatte. Er stellte sich auch die Zärtlichkeiten zwischen ihr und seinem Vater vor, das Hin und Her der Versprechen und Hoffnungen in den ersten Zeiten ihrer Liebe.

Dann fiel sein Blick auf die verbotene weiße Tür, und er ging darauf zu. Er zögerte, bevor er den Griff packte, doch dann drückte er ihn hinunter und öffnete sie. Das Zimmer war in Halbdunkel getaucht, und es war vollkommen leer, genau wie Antonios Leben, nachdem er allein zurückgeblieben war. Marco hob den Blick zur Decke und sah die

Abdrücke der phosphoreszierenden Sterne mit ihren geschwärzten Umrissen. Er wusste jetzt, dass Antonio es gewesen war, der sie von diesem imaginären Himmel abgerissen hatte, ebenso wie er sein eigenes Kind aus seinem Leben verbannt hatte. Marco versuchte, in den Schmerz seines Vaters einzutauchen, um ihn bis in die Tiefe zu verstehen und eine Rechtfertigung für ihn zu finden. Wenn ihm das gelänge, dachte er, hätte er auch eine Rechtfertigung für sein eigenes Leben gefunden, für das, was es bis zu diesem Moment gewesen war: ein Herumirren von einer Pflegefamilie zur nächsten, seine stummen Schreie, die immer nur danach verlangten, irgendwohin zu gehören, die ständigen Enttäuschungen, Verweigerungen und gebrochenen Versprechen. Es war, als ob das alles nichts anderes gewesen wäre als die Buße für eine Schuld und die Wiedergutmachung eines Schmerzes, der mit ihm in die Welt gekommen war und seinen Platz in diesem Haus eingenommen hatte, bis er zum einzig wahren Sohn seines Vaters geworden war.

»Du kannst nicht verleugnen, dass du ihn gernhast …«

Marco drehte sich um und fand Lara, die ihm gefolgt war und nun hinter ihm stand, Milenas Brief in den Händen. Nachdem sie ihn gelesen hatte, war ihr Blick ganz klar geworden, wie ein nächtlicher Himmel, der plötzlich von den Wolken befreit war. Sie hatte viel geweint und ihre Tränen so gut wie möglich getrocknet, und die eine, die noch glänzend am Rand ihres Lides hing, hatte etwas von einem Regentropfen, der zögernd auf ein neues Lächeln fällt.

»Wer hat gesagt, dass ich das verleugne?«, antwortete Marco, indem er wieder die schwarzen Umrisse an der Decke betrachtete.

Ja, er hatte gelernt, ihn gernzuhaben, indem er immer an

seiner Seite gewesen war und seinen Geschichten gelauscht hatte, und auch, indem er sein Schweigen und seine manchmal brüske Art widerstandslos akzeptiert hatte. Und durch ein seltsames Spiel des Schicksals hatte ausgerechnet Antonio ihm geholfen, in nur wenigen Wochen reifer zu werden, fast als hätte er so doch noch die Aufgabe eines Vaters erfüllt, ohne es eigentlich zu wissen.

»Aber dann musst du ihm diesen Brief zeigen«, sagte Lara. »Er muss das alles wissen, auch er.«

Laura lief ein Schauer über den Rücken, als Marco sein Gesicht in demselben bitteren Lächeln verzog, das sie auch von Antonio kannte.

»Vergiss es«, sagte er.

»Mir hast du ihn gezeigt, warum nicht ihm?«, drängte Lara.

»Ich habe ihn dir gezeigt, weil er gut für dich war. So hörst du wenigstens auf, dich zu quälen für eine Schuld, die du nicht hast«, antwortete Marco.

»Aber auch für deinen Vater wäre er gut … sogar noch mehr als für mich, verstehst du das nicht?«

»Nein … Nur ich selbst hätte etwas davon, wenn ich ihm den Brief zeigen würde. Vielleicht würde er mir dann verzeihen, vielleicht würde er verstehen, dass er falsch gehandelt hat an mir … Aber dann würde er sich ja nur damit abquälen, dass er das nicht schon früher begriffen hat. Und ehrlich gesagt … Weißt du was? Sie würde mir nicht wirklich gefallen, diese Lösung. Es ist, als würde ich ihn um ein Almosen bitten, darum betteln, mich zu akzeptieren, weil ich offensichtlich doch … *unschuldig* bin. Das kommt mir ziemlich absurd und trostlos vor … Und außerdem bin ich es einfach müde, ein Bittsteller zu sein«, erwiderte Marco.

Damit nahm er den Brief aus Laras Händen entgegen, faltete ihn zusammen und steckte ihn in die Jeanstasche.

»Es kommt auch noch hinzu, dass ich das Vertrauen meiner Mutter missbrauchen würde«, fuhr er fort. »Diese Dinge hat sie mir geschrieben, nicht meinem Vater. Sie hat sie sogar vor ihm verborgen gehalten. Also sind sie ein Geheimnis zwischen ihr und mir. Sehe ich aus wie ein Spion, deiner Meinung nach? So, und nun versprich mir, dass auch du ihm nichts sagen wirst.«

Lara war wie vom Donner gerührt. Sie spürte, dass Marco richtig daran tat, sein Leben jetzt selbst in die Hand zu nehmen, und sie verstand, dass er keine Kompromisse machen wollte. Sie musterte ihn bewundernd, aber auch ratlos, und musste wieder daran denken, wie sie ihn am Tag seiner Geburt angesehen hatte. Im Grunde träumte sie auch jetzt davon, dass er ihr Sohn wäre, dass sie es gewesen wäre, die ihn zu dem gemacht hatte, was er geworden war: ein junger Baum, der in seinem kurzen Leben schon gelernt hatte, sich nicht im Wind zu beugen.

Sie versprach ihm zu schweigen. Dann umarmte sie ihn fest, ohne ein Wort, und auch er erwiderte ihre Umarmung.

»Was machst du nun? Gehst du wirklich weg? Du kannst hierbleiben, solange du willst«, sagte sie dann, sich an eine letzte Hoffnung klammernd.

»Wenigstens weiß ich, wo ich herkomme«, murmelte Marco. »Jetzt muss ich nur noch herausfinden, wohin ich gehen soll … Aber hier kann ich ganz sicher nicht bleiben. Das wäre die Hölle für alle. Und das weißt du auch.«

Lara blieb nichts anderes übrig, als zu nicken.

Nachdem Marco sich ein zweites Mal von Laras Eltern verabschiedet hatte, nahm er sein Gepäck und ging.

»Ich fahre dich mit dem Auto«, schlug Lara vor. »Gib mir die Zeit, mich fertig zu machen und …«

»Danke, aber ich muss ein Weilchen allein sein«, wies Marco sie zurück. »Es gibt Busse, beim Belvedere … Ich warte auf den ersten, der fährt und … und wenn du dann auch wieder nach Hause kommst, ruf mich an. Ich schulde dir wenigstens ein Abendessen.«

»Darauf kannst du wetten«, sagte Lara mit einem traurigen Lächeln.

Sie sah ihm nach, wie er den Rucksack schulterte und in Richtung Dorf davonging.

Antonio hatte die Kisten mit den gefangenen Fischen mit einer Hektik ausgeladen, für die ein zufälliger Beobachter keine Erklärung gehabt hätte. Es war, als wollte er sich von einer Last befreien, die ansonsten drohte, ihn in Brand zu setzen. Er hatte von niemandem Hilfe akzeptiert, als er keuchend und leise vor sich hin fluchend Kiste um Kiste auf dem Kai deponiert und den Fang dann hilflos der Sonne überlassen hatte. Er hatte kein Eis in die Kisten gegeben, noch hatte er sich damit aufgehalten, die Fische mit frischem Wasser zu begießen. Nach dem Ausladen hatte er sich hingesetzt und schweigend die Frucht dieses Fangs betrachtet, bis die Farben der Fische nicht mehr silbern und rosa und blau waren, sondern anfingen, matt zu werden, gemartert von den aufdringlichen Strahlen der sengenden Sonne. Es war ihm völlig egal, dass der Fisch verderben und unverkäuflich werden würde. Mit finsterer Miene beobachtete er den langsamen Niedergang, als wollte er Teil davon sein, als könnte die Sonne auch seine Gedanken mit einem matten Schleier überziehen und das Eis in seiner Seele zum Schmelzen bringen.

Trotz allem war es ihm nicht gelungen, sich von dem quälenden Gedanken an Marco zu befreien, dessen Name sich nun mit dem Angelos überlagerte, in einer wüsten Folge von Klängen und Bildern. Vor allem das Muttermal in Form eines Seesterns tauchte immer wieder vor seinem inneren Auge auf, vermischte sich mit anderen Eindrücken und verschwand wieder, wie von einem Fluch verjagt. In einer seltsamen Zeitreise führte es ihn immer wieder von der Schulter des Neugeborenen zu der des Jungen, der sein T-Shirt auszog und es ihm zeigte, als wollte er ihm damit eine schallende Ohrfeige verpassen. Er fragte sich, wie es hatte geschehen können, dass er nicht sofort alles begriffen hatte, dass er in den Augen des Jungen nicht die eigenen erkannt, in seinem Lachen, als er ihm erzählt hatte, dass er nicht schwimmen konnte, nicht das von Milena gesehen hatte, das doch haargenau dasselbe gewesen war. Die einzige Erklärung, die er sich geben konnte, war zugleich auch die einfachste: Er hatte sich hartnäckig geweigert, die Wahrheit zu erkennen, er hatte die Zeichen, die er Tag für Tag vor Augen gehabt hatte, stur ignoriert, nur um der Realität entfliehen zu können.

Immer wieder richteten sich seine Gedanken auch in einem dumpfen Ingrimm auf Lara, denn sie musste es gewesen sein, die diesen teuflischen Plan ausgeheckt hatte. Marcos Reaktion auf die Geschichte von Milenas Tod und dem weggegebenen Kind hatte deutlich seine ehrliche Überraschung gezeigt, und auch seine Bestürzung, als er die Zusammenhänge erkannt hatte, war sicher nicht vorgetäuscht.

In all diesem Chaos war es Antonio unmöglich, irgendeinen klaren Gedanken zu fassen. Er hatte keine Ahnung, was er jetzt machen und wie es weitergehen sollte, und er fürchtete sich vor der Rückkehr nach Hause, weil sie ihn unweigerlich mit einer Realität konfrontieren würde, die ihn heillos überforderte.

Während er wieder Kraft schöpfte und den Schweiß auf seiner Haut trocknen ließ, ging er mit sich selbst hart ins Gericht. Er verfluchte sich, weil er Laras Vorschlag angenommen und damit den Pakt gebrochen hatte, den er viele Jahre zuvor mit sich selbst geschlossen hatte und der ihn zu lebenslänglicher Einsamkeit verdammen sollte. Nun hatte er genau zwei Möglichkeiten: Entweder, er mauerte sich zu Hause ein, noch mehr, als er es bisher schon getan hatte, oder er verkaufte alles, Haus und Fischkutter, und verließ seine Heimat, um niemandem mehr über den Weg laufen zu müssen, der seine Geschichte kannte. »Wieso habe ich das eigentlich nicht schon viel früher in Erwägung gezogen?«, fragte er sich jetzt. »Wie habe ich es nur ausgehalten, all die Jahre in diesen vier Wänden wohnen zu bleiben, die mich täglich an meine Hölle erinnern, und unter den Menschen, die alles über mich wissen? Wie habe ich all das ertragen können, ohne einfach zu verschwinden? Was ist es gewesen, das mich noch so viele Jahre in diesem Haus festgehalten hat?«

Die Schiffssirene eines mit Touristen beladenen Dampfers, der gerade in den Hafen einfuhr, riss ihn aus seinen Gedanken. Schwerfällig stand er auf und machte sich auf den Weg nach Hause. Zurück blieb der Fisch, der in der Sonne verdarb.

Das Dorf lag ausgestorben in der Mittagshitze da, während er es durchquerte. Er hatte noch nichts gegessen und hatte auch keinen Appetit, aber neben der Müdigkeit in den Beinen spürte er, dass ihm der Magen knurrte. Zu Hause angekommen, zögerte er einen Moment, bevor er den Hof betrat, aus Angst, dass Marco ihn von Laras Haus aus sehen könnte oder, schlimmer noch, dass er vielleicht sogar schon im Hof stand und auf ihn wartete. Seine Wut auf Lara war verebbt, aber in seinem Kopf wirbelten immer noch die Gedanken durcheinander, ohne zu einer wie auch immer gearteten Klarheit zu kommen. Er beschloss, sich ins Haus zu schleichen, ohne nach links oder rechts zu schauen, mit gesenktem Kopf, taub für jedes Wort, das man vielleicht an ihn richten würde.

Doch sein Plan ging nicht auf, denn vor seiner Haustür fand er Lara vor, die stocksteif dastand wie ein Wachposten und auf ihn wartete.

Antonio hielt bei ihrem Anblick abrupt inne und hatte große Lust, auf dem Absatz umzukehren und die Flucht zu ergreifen. Doch er hatte die Rechnung ohne den Wirt gemacht, denn sie hatte ihn ebenfalls bemerkt und steuerte bereits entschlossen auf ihn zu.

»Ich muss mit dir reden.«

Antonio warf einen ungeduldigen Blick zum Himmel.

»Wir haben uns nichts zu sagen«, erwiderte er kurz.

Dann machte er einen Bogen um sie herum, um zu seinem Haus zu gelangen, doch Lara hielt ihn auf, indem sie ihn am Arm packte.

»Ich möchte dich um Verzeihung bitten«, sagte sie wie aus der Pistole geschossen.

Antonio starrte sie finster an und antwortete nicht.

»Der Grund ist nicht der, an den du jetzt denkst. Ich werde dich nicht um Verzeihung bitten, weil ich deinen Sohn hergebracht habe. Das habe ich kein bisschen bereut und würde es tausendmal wieder tun. Es war richtig, dass er alles erfahren hat, es war richtig, dass er seinem Vater ins

Gesicht gesehen hat und nun selbst entscheiden kann, was er damit anfangen soll.«

Antonio schüttelte abwehrend den Kopf.

»Aber was ich davon halte, war dir völlig egal«, konterte er. »Du hast alles allein gemacht, alles allein entschieden … Wer glaubst du denn, wer du bist – der liebe Gott?«

»Ich bin nur eine Frau, die viele Fehler gemacht hat, Antonio. Ich habe mein Leben weggeworfen, so wie du das deine auch weggeworfen hast. Ich bin ganz allein zurückgeblieben, mit Bedauern und Gewissensbissen, genau wie du. Aber sag mir doch, welchen Sinn es hat, so zu leben?«

Antonio schüttelte wieder den Kopf und hob eine Hand, wie um eine Pause zu erbitten. Er hatte nicht die geringste Absicht, sich auf eine Diskussion mit ihr einzulassen, sondern wollte nur nach Hause und seine Ruhe haben. Er befürchtete, dass sonst am Ende auch noch Marco daherkommen und ihm eine Strafpredigt halten würde.

»Bist du fertig?«, fragte er missmutig.

»Nein, ich habe noch nicht mal angefangen. Denn es gibt noch etwas, das ich dir sagen will … Ich kann es einfach nicht mehr für mich behalten.«

Eine Zitrone löste sich vom Zweig, fiel mit einem dumpfen Plumps auf den Boden und rollte über das Pflaster im Hof. Sie drehten sich beide um, sahen ihr nach und dachten an ihrer beider Leben, das genauso weggerollt war, ohne eine Hand, die es gepflückt und seinen Saft aufgefangen hätte.

Lara fasste sich ein Herz und begann wieder zu sprechen.

»Als Milena gestorben ist«, sagte sie, »war auch ich sehr traurig, und ich fühlte mich schuldig, weil ich sie nicht retten konnte. Aber da war noch etwas … Neben allem Schmerz über ihren Tod habe ich auch ein Gefühl der

Freude empfunden, für das ich mich heute noch schäme. Es hat nur einen Moment gedauert, glaub mir. Es hat nur einen Moment gedauert, aber ich bekomme diesen Moment nicht mehr aus dem Kopf, und diese Freude, die sich in mein Herz geschlichen hatte, ohne dass ich es merkte und ohne dass ich sie haben wollte, hört nicht auf, mich zu quälen, bis zum heutigen Tag.«

Antonio sah sie völlig verdattert an.

»Ich verstehe nicht. Was willst du damit sagen?«

»Dass ich damals gehofft habe, du würdest nach Milenas Tod endlich mir gehören. Diese Hoffnung hatte ich, weil es das war, wovon ich immer geträumt hatte, auch wenn ich es dir nie gesagt habe.«

Antonios Augen gefroren zu Eis.

»Und warum sagst du mir das ausgerechnet jetzt?«

»Weil ich mich von diesem Gewicht befreien muss. Weil ich mit hoch erhobenem Kopf weiterleben will, weil ich mich nicht mehr quälen will und weil ich das Bedürfnis habe, nach vorn zu schauen. Und all das hat mir Marco beigebracht, wenn du es genau wissen willst.«

»Was hat er damit zu tun?«, fragte Antonio misstrauisch.

»Er ist gegangen. Und er hat es mit einer Würde getan, um die ich ihn beneide.«

Es waren diese Worte, die das Gerüst aus Eis, das Antonios Abwehr hielt, zum Schmelzen brachten. Sie hallten laut in seinem Kopf wider und zerrten heftig in seiner Brust. Er spürte mit einem Mal die unerträgliche Leere, die sein Leben schon so viele Jahre bestimmt hatte, in ihrer ganzen traurigen Ödnis. Sie wurde ihm so deutlich bewusst wie nie zuvor, doch gleichzeitig war es, als klärten sich langsam seine Gedanken, so wie sich der Nebel im ersten Morgenlicht auflöst. Und da verstand er, dass die Leere daher kam, dass ihm Marco immer gefehlt hatte, und er merkte plötzlich, dass die letzten Tage mit ihm ein großes Geschenk gewesen waren.

»Er wird es schaffen weiterzumachen«, fuhr Lara fort, »und das will ich auch tun … Und ich würde mich freuen, wenn es auch dir gelingt …«

Antonio hörte ihre Worte wie von weit her und begriff sie nicht, denn er nahm nichts anderes wahr als den Lichtstrahl, der in diesem Moment den Hof durchschnitt. Schmerzlich empfand er jetzt die Erfahrung von Abwesenheit und Verlust, die sich noch einmal wiederholte, wie ein starrsinniges Schicksal, das den Griff einfach nicht lockern wollte. Dann, endlich, fand er die Antwort auf die Frage, die er sich kurz zuvor gestellt hatte: »Wie habe ich es nur ausgehalten, all die Jahre in diesen vier Wänden wohnen zu bleiben, die mich täglich an meine Hölle erinnern, und unter den Menschen, die alles über mich wissen? Wie habe ich all das ertragen können, ohne einfach zu verschwinden? Was ist es gewesen, das mich noch so viele Jahre in diesem Haus festgehalten hat?«

Die Antwort war: Angelo. Es war die stillschweigende und immer verdrängte Hoffnung, dass er ihn eines Tages wiederfinden oder dass der Junge von selbst zurückkehren würde, die ihn hier gehalten hatte. Erst jetzt, in diesem Moment, wurde er sich dessen bewusst.

Er wandte sich an Lara, wie aus einem tiefen Schlaf erwacht, und stammelte: »Wo … wo ist er hingegangen?«

»Zu mir hat er gesagt, er fährt nach Hause«, erwiderte Lara. »Ich wollte ihn begleiten, aber er wollte lieber den Bus nehmen … Inzwischen wird er sicher schon unterwegs sein.«

»Der nächste Bus fährt erst um sechs.«

Antonio und Lara drehten sich verwundert zu Giuseppe um, der aus dem Fenster seines Hauses zu ihnen herüberschaute.

»Er muss noch mindestens drei Stunden warten, wenn er nicht zu Fuß gehen will«, fügte er augenzwinkernd hinzu.

Antonio nickte, warf einen Blick auf Lara und schien etwas sagen zu wollen. Er zögerte noch einen Moment. Dann jedoch drehte er ihr abrupt den Rücken zu und ging in Richtung Dorf davon.

Lara folgte ihm mit dem Blick und wandte sich dann ihrem Vater zu, der sie zärtlich anlächelte.

Sie tat zwei Schritte nach vorn und beugte sich hinunter zur Erde, um die Zitrone aufzuheben, die vom Baum gefallen und davongerollt war. Nachdenklich roch sie an ihr und sog genießerisch ihr wildes, intensives Aroma ein.

»Sie ist noch gut, was?«, fragte Giuseppe.

»Sie ist noch gut«, bestätigte Lara.

Dann ging sie zu Giuseppe ins Haus.

13

Marco spürte, dass die Angst vor dem Meer nicht weggegangen war, wie er gehofft hatte, und dass sie ihn auch später im Schwimmbad immer noch verfolgen würde. Mehrmals in den vergangenen Nächten hatte er geträumt, wie er barfuß am Rand des Sprungbretts stand, das tiefblaue Rechteck unter seinen Augen, nur allzu bereit, ihn aufzunehmen. Jedes Mal war er dann schweißgebadet und mit stockendem Atem aus dem Schlaf hochgefahren. Er war überzeugt, dass er es niemals mehr wagen würde, vom Brett zu springen, weil ihn das schreckliche Bild des sich rot färbenden Wassers immer wieder einholen und lähmen würde. Und doch hätte er alles dafür gegeben, um noch einmal erleben zu dürfen, wie es sich anfühlte, in senkrechtem Sturzflug ins Wasser zu tauchen. Was würde ihm bleiben, wenn er darauf verzichten musste? Eine Rückkehr in die Stadt, wo er zwar die Freunde von einst wiederfinden würde, nicht jedoch Aldo, der auf der Suche nach dem Glück ins Ausland gegangen war; wo er vielleicht noch ein paar bittere Begegnungen mit Virginia haben würde, deren Schicksal es war, Luca zu heiraten; wo er sich eine neue Arbeit suchen und mit der Erinnerung an einen Vater leben musste, der ihn weggegeben hatte.

Vielleicht war diese Ausweglosigkeit der Grund, dass er sich auf den Weg zum Rostro machte, als er am Belvedere ankam und feststellte, dass er noch drei Stunden Zeit hatte bis zum nächsten Bus. Es kam ihm jedenfalls so vor, als folgte er einem inneren Ruf, als er den Weg zu dem Felsen einschlug.

Während er den mit Unkraut bewachsenen Pfad entlanglief, ging ihm durch den Kopf, was Antonio damals auf dem Rostro zu ihm gesagt hatte. In seinem inneren Ohr hörte er seine Stimme, die ihm den Unterschied zwischen Angst und Hass erklärt und mit der Frage geendet hatte: »Was hat es dir genommen, das Meer?«

Das Meer lag jetzt schon vor seinen Augen ausgebreitet, während er dem Felsvorsprung immer näher kam und über eine Antwort auf diese Frage nachgrübelte. Ja, das Meer hatte ihm etwas genommen, aber plötzlich wurde er sich bewusst, dass er etwas wiederbekommen hatte, für das er vor allem Lara und auch Antonio gegenüber zu Dank verpflichtet war: die Kraft seiner Arme und Beine, die Gesundung seiner linken Hand, sein Gleichgewicht beim Laufen. Zudem war es, als hätte ihn das Meer um Verzeihung gebeten, indem es ihm das Erlebnis des Fischfangs geschenkt hatte, den Anblick des Netzes, das sich wie ein Fächer ausbreitete und dann von der Kraft des Motors durchs Wasser gezogen wurde, das Gefühl der Hoffnung während des Wartens, die Überraschung und Freude beim Anblick der mit Fischen gefüllten roten Maschen, das gemeinsame Hinausrudern mit seinem Vater und die fantastischen Geschichten, die dieser ihm erzählt hatte. All dies waren Geschenke, die er vom Meer bekommen hatte, und vielleicht würden sie ihren Beitrag leisten, dass er es in Zukunft nicht mehr fürchten musste, sondern lernte, es wie einen guten Freund zu betrachten, mit der Folge, dass Angst und Hass mit der Zeit verschwinden würden.

Mit dieser Hoffnung kam er beim Rostro an. Er stellte

den Rucksack auf den Boden und ging zu dem hoch über dem Meer aufragenden Felssporn. Dann zog er die Schuhe aus, um den Kontakt mit dem Stein zu spüren, und wagte sich vor bis zum Rand, wobei er sich vorstellte, dass er sich auf dem Sprungbrett im Schwimmbad befand.

Er breitete die Arme aus wie Flügel und hob sie in Schulterhöhe, die Handflächen zum Himmel gedreht.

Als Nächstes schaute er hinunter in die Tiefe und hatte das Gefühl, dass ihm das Blau fünfzehn Meter unter ihm förmlich in die Augen sprang. Er hielt den Atem an, während die Angst sich von Neuem seiner bemächtigte und ihn ein Gefühl völliger Kraftlosigkeit überkam, das ihn veranlasste, sich ruckartig zurückzuziehen. Wieder fühlte er sich dem Schrecken vor der tödlichen Gefahr völlig ausgeliefert, wie gefangen in einem Schraubstock, der ihn lähmte und ihm sogar den Atem raubte.

Er beugte sich vor und legte die Hände auf die Knie, um sich abzustützen und zu beruhigen. Dann gab er kopfschüttelnd auf und zog seine Schuhe wieder an.

In diesem Moment hörte er Schritte, und als er sich umdrehte, sah er Antonio in seine Richtung kommen.

»Was machst du hier?«, fragte Antonio, als er bei ihm angelangt war.

»Sag mir lieber, was du hier machst«, gab Marco zurück.

»Ich habe dich von unten gesehen«, sagte Antonio, indem er auf das darunter liegende Belvedere zeigte.

Marco nickte und bückte sich dann, um seinen Rucksack aufzunehmen.

»Ach so, klar … Jedenfalls war ich gerade dabei zu gehen, keine Sorge«, sagte er kurz.

»Du hast mir noch nicht gesagt, was du hier oben machst«, wiederholte Antonio.

Marco senkte hilflos den Blick.

»Nichts … von Bedeutung.«

»Man kommt nur hierher, wenn man etwas Wichtiges auf dem Herzen hat«, hielt Antonio dagegen.

Marco schnaubte.

»Ich wollte sehen, ob ich immer noch Angst vor dem Springen habe. Bist du jetzt zufrieden?«, erwiderte er mit zornig funkelnden Augen.

»Und, hast du noch Angst?«

»Ja«, sagte Marco grimmig. »Wie es aussieht, ist sie mir nicht vergangen. Und ich glaube auch nicht, dass sie je vergehen wird.«

»Das hast du schon gesagt.«

»Und wie man sieht, hatte ich recht. Daher entschuldige mich jetzt, aber ich muss zum Bus«, sagte Marco, indem er den Rucksack schulterte.

»Der nächste Bus fährt erst in zweieinhalb Stunden«, gab Antonio zu bedenken.

»Dann gehe ich eben ein bisschen spazieren«, antwortete Marco und schlug den Rückweg ein.

»Angelo!«

Der Junge blieb wie versteinert stehen. Der Klang von Antonios Stimme, die diesen Namen rief, jagte ihm einen Schauer über den Rücken und schenkte ihm gleichzeitig ein Gefühl, als wäre er neugeboren worden. Vielleicht war es dasselbe Gefühl, das Antonio empfunden hatte, als Milena zum ersten Mal seinen Namen gesagt hatte.

Er drehte sich ungläubig um.

»Komm her … bitte.«

Langsam ging er auf seinen Vater zu, wie ein Kind, das zwischen Angst und Hoffnung hin- und hergerissen ist.

»Willst du wirklich, dass die Angst vergeht? Willst du das

wirklich?«, fragte Antonio ihn in einem Ton, der neu war, endlich väterlich.

Marco nickte stumm, unfähig, einen Laut von sich zu geben.

»Dann sag es auch«, mahnte Antonio.

Marco verstand nicht und sah ihn nur verwirrt an.

»Ich habe von dir immer nur gehört, dass du Angst hast und dass deine Angst nie vergehen wird. Du hast kein einziges Mal gesagt, du willst, dass sie aufhört. Aber wenn du es willst, dann sprich es jetzt aus, so laut, dass ich es gut hören kann«, bekräftigte Antonio.

Marco zögerte immer noch, gab aber unter dem unbeirrbaren Blick seines Vaters nach.

»Ich … ich will keine Angst mehr vor dem Springen haben«, sagte er endlich.

Antonio trat an ihn heran, streifte ihm den Rucksack von der Schulter und ließ ihn zu Boden fallen.

»Dann komm jetzt mit«, sagte er zu dem Jungen.

Sie traten zusammen an den Rand des Rostro.

»Schau noch einmal hinunter … Sag mir, ob es dir immer noch Angst macht«, forderte Antonio ihn auf.

Marco lenkte den Blick langsam auf das Meer hinaus und starrte es eine Weile schweigend an.

»Macht es dir jetzt im Moment Angst?«, fragte Antonio.

Marco schüttelte stumm den Kopf.

»Ich höre nichts«, drängte Antonio.

»Nein … es macht mir keine Angst«, erwiderte Marco.

»Und warum macht es dir keine Angst?«

Marco fixierte die Linie des Horizonts, bevor er antwortete. Vielleicht hatte er keine Angst, weil er sich diesmal nicht über den Felsrand gebeugt hatte, so dachte er, oder weil er diesmal die Arme nicht ausgebreitet und sich vorgestellt hatte zu springen. Dann aber spürte er, wie langsam die richtige Antwort Gestalt annahm, und jagte sie schnell zurück, weil er sie nicht akzeptieren wollte. Doch trotz aller Widerstände kam sie wieder und kroch ihm direkt in Kopf und Herz und wurde Bewusstsein.

Er drehte sich zu Antonio um, der auf das Meer hinausblickte, und sah ihn fest an.

»Weil du da bist«, antwortete er dann so leise, dass es kaum zu hören war

Antonio schloss die Augen und ließ die Worte in sich einsickern.

»Vergiss aber nicht, dass ich nicht schwimmen kann«, sagte er. Dann ergriff er Marcos Hand und drückte sie fest in der seinen.

Marco wurde von einem Schauer überlaufen, der ihn für einen Moment ablenkte. Die Zeit reichte für Antonio, um einen Schritt ins Leere zu machen und ihn mit sich zu ziehen, mit hinunter, auf seinen Flug in den Abgrund.

Sie blieben eng zusammen, Hand in Hand, und während sie in die Tiefe stürzten, schrien sie sich gemeinsam die Seele aus dem Leib. Sie schrien die Worte, die nie gesagt worden waren, die Gespräche, die nicht stattgefunden hatten, die Wut über die vergeudete Zeit und die Hoffnung auf all das, was sein würde, von diesem Moment an.

Sie waren aufgehoben in diesem Schrei, während alles um sie herum stillzustehen schien.

Sogar das Meer, dort unten, tief unter ihnen, beruhigte sich, bis es unbeweglich dalag, wie eine riesige Tafel aus Glas, die den nackten Himmel reflektierte, ohne Wolken, ohne Sonne, ohne Möwen. Es war, als existierte es nicht mehr, dieses Meer, als brauchte es neue Tränen, um sich einen Ruck zu geben und die unterirdischen Strömungen zu nähren, als wäre die ganze Welt in Erwartung, mit angehaltenem Atem, in dem Bedürfnis, wiedergeboren zu werden, um einen neuen Anfang zu wagen. Ja, es brauchte die Tränen, ihre Tränen, alle Tränen, die sie nie zusammen geweint hatten, um neu beginnen zu können.

Und während sie stürzten, der Mann und der Junge, stellten sie sich vor, wie sie in einem einzigen Moment den Schmerz der Jahre, in denen sie sich nicht gekannt hatten, miteinander teilten, all die Tage und Nächte, die sie gelebt hatten, ohne voneinander zu wissen, die Qual ihrer jeweiligen Einsamkeit. Und sie weinten die Schmerzenstränen, die sie nie zusammen geweint hatten, und vergossen sie ins Meer.

Und tatsächlich, während sie stürzten, schien wieder Leben in das Meer zu kommen, das nun kaum merklich gekräuselt war von den ersten Wellen.

Aber jetzt forderte das Meer Freudentränen wie in der Sage, die Milena Antonio erzählt hatte und er seinem Sohn. Es war, als brauchte es auch diese Zeiten, die es nicht gegeben hatte, die glücklichen Zeiten, die der Vater nie erlebt hatte: die überschäumende Freude über die ersten Schritte seines Kindes, der erste Zahn, der plötzlich hervorbricht, ein Schulheft, das mit krummen Buchstaben gefüllt wird, die ersten Versuche, die Rätsel der Welt zu entziffern, der erste hektische Kuss des jungen Mannes und das erste ausgelassene Besäufnis mit Freunden. Und auch die Zeiten, die das Kind nicht erlebt hatte: der Vater, der ihm nachläuft mit dem Taschentuch in der Hand, um ihn zu überreden, sich die Nase zu putzen, die Spaziergänge am Sonntagmorgen und das Feuer im Kamin an regnerischen Nachmittagen, die Kerzen auf der Geburtstagstorte und ein Spielzeug, das eine Reparatur benötigt, die Überraschung, ihn wartend am Schultor vorzufinden, das gute Zureden zur Ermutigung nach einer Enttäuschung und die Ratschläge, um die ersten Hindernisse zu überwinden.

Es war, als würde all das nachgeholt in den wenigen Momenten des Flugs. Freudentränen, vereint mit Schmerzenstränen, vervollständigten das Meer, das Vater und Sohn endlich aufnahm, mit einem lauten Platschen und tausend silbrigen Wasserspritzern, die durch die Luft stoben.

Dann verschluckte sie das Blau, und sie tauchten ein in seinen tiefen Bauch.

Sie hielten sich immer noch an der Hand, als sie hinunter in die Tiefe glitten, dorthin, wo absolute Stille herrschte.

Sie sahen die Fische um sie herum, die in alle Richtungen des Windes davonschwammen, die Korallen in der Tiefe, die grünen Algen, den ruhigen Sand ganz unten am Meeresgrund. Nur das Meer merkte, dass aus der Jeanstasche des Jungen Milenas Brief entwich, wie ein Papierschmetterling, der seinem Wasserflug folgte.

Er trudelte noch ein Weilchen in der Strömung, federleicht und hauchdünn, um sich dann irgendwann auf dem Meeresgrund niederzulassen, mitten auf einem Seestern.

Vater und Sohn, Hand in Hand, tauchten zusammen wieder aus dem Wasser empor, hungrig nach Sauerstoff, die Münder aufgerissen zum Himmel, gierig nach Luft schnappend.

Dann nahm Marco Antonios Arm und half ihm ans Ufer, wo sie aus dem Wasser krochen und sich keuchend nebeneinander auf dem Sand ausstreckten.

»Das nächste Mal springst du allein«, sagte Antonio, immer noch außer Atem.

»Versprochen. Aber du stehst da und guckst mir zu«, erwiderte Marco und grinste schelmisch.

Sie lagen noch lange da und ließen sich in der Sonne trocknen, sahen den Möwen bei ihren Kapriolen zu und warteten stumm auf den Sonnenuntergang.

In Antonios Haus war Lara gerade dabei, den letzten Stern auszuschneiden. Sie war ins Dorf gegangen und hatte Stoff gekauft, als ihr klar geworden war, dass Antonio sich aufgemacht hatte, seinen Sohn zu suchen. Sie hatte den ganzen Nachmittag gearbeitet, mit Giuseppes Hilfe, der jetzt auf der Leiter stand und die Sterne an die Decke klebte, einen nach dem anderen, genau auf die Umrisse, die noch von den früheren Sternen zu sehen waren.

Als er fertig war mit seiner Arbeit, stieg er von der Leiter herunter und betrachtete zufrieden den Sternenhimmel, der wieder leuchtete wie einst. Lara lächelte ihrem Vater dankbar zu und klappte die Leiter zusammen. Dann verließen sie gemeinsam das Haus.

Wenn Antonio und Marco zurückkehrten, würden sie die Sternendecke vorfinden, die auf sie wartete.

Wie ein neuer Anfang.

Wenige Tage danach

Das Läuten des Handys durchbrach das Rauschen der Wellen, die sich an der Küste brachen.

Marco, der in einem Tretboot auf dem Trockenen saß, nahm das Gespräch an.

»Hallo … Virginia …«

»Ciao, Marco … oder Angelo? Ich weiß gar nicht mehr, wie ich dich nennen soll.«

Marco lächelte.

»Das weiß ich ehrlich gesagt auch nicht … Die anderen nennen mich mal Marco und dann wieder Angelo, immer abwechselnd. Es ist wirklich ein Durcheinander …«

Er hörte Virginias Lachen.

»Das Wichtige ist, dass es dir gut geht«, sagte das Mädchen.

»Das tut es, ja …«

»Apropos, was hast du eigentlich entschieden? Machst du weiter mit dem Springen oder nicht?«

»Ich weiß es noch nicht. Ich überlege noch.«

»Ich glaube, wenn du dich nicht entschließt zurückzukommen, fahre ich runter und überrede dich.«

»Ich freue mich, wenn du kommst, das weißt du …«

Virginia schwieg, doch Marco hörte, dass sie leise seufzte.

»Was ist denn?«, fragte er.

»Ich habe mich von Luca getrennt.«

»…«

»Bist du noch da?«, fragte Virginia.

»Ja, ich bin noch da … Es ist nur … es ist nur, dass ich das nicht erwartet hatte.«

»Keiner hatte das erwartet, vielleicht nicht mal ich selbst. Aber … irgendwann habe ich kapiert, dass ich es tun muss, und dann war die Entscheidung gefällt. Es war die Hölle, das kann ich dir sagen. Er ist stinksauer auf mich, und meine Eltern versuchen, mich zu überzeugen, es mir noch einmal zu überlegen …«

»Das kann ich mir vorstellen.«

»Aber es geht mir gut damit, weißt du? Ich fühle mich … erleichtert. Und das verdanke ich auch dir.«

»Mir?«

»Ja, natürlich … Nachdem ich nach Sarcola gekommen bin, habe ich mir gesagt, dass ich das Recht habe, glücklich zu sein, nicht wahr? … Ah, bevor ich es vergesse: Bist du sicher, dass du mir verziehen hast, weil ich in alles eingeweiht war und es dir verschwiegen habe? Du weißt schon … die Geschichte mit der Reise nach Sarcola und so …«

»Ja, mach dir keine Sorgen. Denk jetzt erst mal an dich«, unterbrach er sie.

»Weißt du was? Es ist wirklich seltsam, aber ich muss es dir einfach sagen. Also … weißt du, dass ich das Gefühl habe, dich schon immer zu kennen? Keine Ahnung, wie ich das ausdrücken soll … aber als ich dich das erste Mal gesehen habe, kam es mir so vor, als hätte ich dich wiedererkannt.«

Marco setzte ein strahlendes Lächeln auf und spürte, wie ihm das Herz in der Brust tanzte.

»Vielleicht sind wir ja im selben Hof gewesen«, meinte er.

»Im selben Hof? Was willst du denn damit sagen?«, fragte Virginia.

»Wenn du kommst, erzähle ich es dir ...«

Virginia sagte etwas, doch ihre Worte wurden von der Sirene eines einlaufenden Dampfschiffs übertönt, die fordernd tutete.

Marco schloss die Augen und spürte ihrem Klang nach, der ihm inzwischen vertraut geworden war.

Dann war die Sirene still, und Virginias Stimme im Handy kehrte zurück.

»... Hallo? Hast du gehört, was ich gesagt habe? Wo bist du denn eigentlich?«

Marco blickte sich um. Er sah das Meer, das im roten Licht der untergehenden Sonne leuchtete, hörte das Murmeln der Brandung unter den Booten, die am Kai vertäut waren. Dann fiel sein Blick auf Galiano, der Agnese bei ihrem Strandspaziergang folgte wie ein treues Hündchen, und er fragte sich einmal mehr, ob sein Freund je den Mut finden würde, sich ihr zu erklären. Schließlich entdeckte er Antonio und Lara, die ganz in der Nähe saßen und angeregt miteinander plauderten. Er sah, wie ein Lächeln auf Antonios Gesicht erschien und er die Hand ausstreckte, um in schüchterner Hast Laras Gesicht zu streicheln, und wie Lara verlegen und glücklich die Augen schloss.

»Hallo ...! Also ... darf man denn jetzt erfahren, wo du bist?«, insistierte Virginia am anderen Ende der Leitung.

Marco blickte von Neuem aufs Meer, das Meer, das ihm jetzt keine Angst mehr machte, und entschloss sich dann endlich zu antworten.

»Ich bin zu Hause«, sagte er. *»Ich bin zu Hause.«*

Danksagung

Die Ersten, denen ich meinen Dank aussprechen möchte, sind die Leser meines Vorgängerromans *Die wundersame Reise eines verlorenen Gegenstands*. Ihre Wertschätzung, die unzähligen bewegenden Nachrichten, die sie mir haben zukommen lassen, ihre Rufe nach einem weiteren Buch und nicht zuletzt die hilfreiche Kritik haben den Anstoß gegeben, dass ich mich noch einmal auf dieses Abenteuer eingelassen habe.

Ein Dankeschön auch an alle Buchhändler für ihre unerschöpfliche, unbezahlbare Arbeit. Dass ich hiersitze und diese Zeilen schreibe, ist auch ihr Verdienst.

Wenn es Elisabetta Migliavada nicht gäbe, würde ich alles daransetzen, um sie zu erfinden. Danke für deine Geduld, deine Kompetenz, für die Ratschläge und für all die Male, in denen du mich von qualvollen Irrwegen zurückgeholt und wieder auf den richtigen Pfad gebracht hast.

Laura Ceccacci, meine Literaturagentin, ist für mich wie die Schmusedecke für Linus. Wenn sie nicht da wäre, würde ich mich verloren fühlen. Aber Gott sei Dank ist sie ja da, und ich halte sie fest. Wie schon beim letzten Mal und wie überhaupt zu jedem Zeitpunkt: danke.

Einen Dank an Adriana Salvatori, meine Lektorin, ein Genie, das gerade erst entdeckt wurde. Ich hoffe, dass ich mithilfe deiner diabolischen Anmerkungen und der Magie deiner Kürzungen noch einen langen Weg gehen kann.

Dank auch an Rosanna Paradiso, dafür, dass du ein Arbeitsverhältnis in eine gefestigte, liebevolle, kulinarische Freundschaft verwandelt hast, auf die ich so stolz bin wie ein Pfau, der ein buntes Rad schlägt.

Einen großen Dank an das ganze Team des Garzanti Verlags, ohne Ausnahme. Ich umarme euch einen nach dem anderen.

Danke auch an Ilaria Marzi und Francesca Rodella. Auch wenn wir diesmal nicht im gleichen Boot saßen, vergesse ich nie, was ihr für mich getan habt.

Danke an Camilla Raimondi für ihre wertvolle Beratung zum Thema physiotherapeutische Rehabilitationsmaßnahmen.

Danke an Franco D'Arienzo für seine Ausführungen zum Fischfang und dafür, dass er mir die Geheimnisse seines Berufs und des Meeres enthüllt hat.

Danke an Fiammetta Dolma, dass sie ihn mir vorgestellt hat und an Katia Alagna, dass sie mich auf ein kleines, wendiges Boot an der Tibermündung gelassen hat.

Danke an Dr. Marina Vigilante für ihre gewissenhafte medizinische Beratung.

Danke an Jean Paul Bosco, weil er mich zur Ordnung gerufen hat, wenn es den Anschein hatte, als würde ich meine Tätigkeit als Drehbuchschreiber sträflich vernachlässigen.

Danke an Cristina Caboni für die gegenseitige telefonische Unterstützung und für die Freundschaft aus der Ferne.

Danke an Tina, Viola und Arianna für all die Wärme, die sie mir Tag für Tag schenken und ohne die ich in Einsamkeit frösteln würde.

Danke an meine Mutter, die den Jahren, die ins Land gehen, trotzt.

Danke an Romeo und Kenya, schweigende und schwanzwedelnde Begleiter jeder einzelnen Zeile.

Und auch dieses Mal ein großes Dankeschön an mein Neapel, wo ich für immer verwurzelt sein werde. Neapel – Mutter, Schwester, Geliebte.